비평적 글쓰기의 계보

한국 근대 문예비평의 형성과 분화

저자

강용훈(姜鎔勳, Kang, Yong Hoon) 고려대학교 국어국문학과를 졸업했고, 고려대학교 대학원에서 현대문학을 공부했다. 2011년 8월 「근대 문예비평의 형성 과정 연구」라는 논문으로 박사학위를 받았다. 2013년 현재 한림대학교 한림과학원 HK 연구교수로 재직하고 있다. '개념과 번역', '글쓰기', '비평 형태' 등의 문제에 초점을 맞춰 기존의 문예비평사 연구에서 배제되었던 지점을 재조명하는 연구를 진행하고 있다.

비평적 글쓰기의 계보
한국 근대 문예비평의 형성과 분화

초판인쇄 2013년 1월 10일 **초판발행** 2013년 1월 20일

지은이 강용훈 **펴낸이** 박성모 **펴낸곳** 소명출판 **출판등록** 제13-522호

주소 서울시 서초구 서초동 1621-18 란빌딩 1층

전화 02-585-7840 **팩스** 02-585-7848 **전자우편** somyong@korea.com **홈페이지** www.somyong.co.kr

값 24,000원

ⓒ 강용훈, 2013

ISBN 978-89-5626-814-9 93810

비평적 글쓰기의 계보

한국 근대 문예비평의 형성과 분화

The Genealogy of Critical Writing

: The Formation of Korean Modern Literature Criticism

강용훈

  '비평'이라는 말이 특정한 유형의 글쓰기 양식으로 인식된 때는 언제부터일까? 그리고 그러한 인식을 낳게 만든 동인(動因)은 무엇일까? 이 책은 '비평'을 문학의 하위 장르로 규정하는 시각을 잠시 괄호 친 채 위와 같은 질문들과 대면하려 시도했다.

  '비평적 글쓰기의 계보' 혹은 '문예비평의 형성'과 같은 주제로 글을 써야겠다고 생각하게 된 것은 3년 전 박사논문의 주제를 고민하던 때였다. 그 무렵 1920년대의 문예지 『조선문단』의 합평회와 『개벽』의 월평을 비교하며 읽게 되었고, 그 과정에서 문예비평의 형성 과정을 비평형태의 측면에서 조명해보면 어떨까, 하는 문제의식을 가지게 되었다. 『조선문단』과 『개벽』은 서로 다른 관점을 지니고 있었던 매체였지만, 양자의 매체에서 진행했던 합평회와 월평은 형태적 측면에서 일정한 유사성을 지니고 있었다. 처음에는 이에 초점을 맞춰 오늘날의 비평적 글쓰기에도 발견되는 '작가론', '월평(月評)', '작품론'과 같은 비평형태의 변천 과정을 살펴보려고 생각했다. 이는 논쟁사 중심으로 서술되었던 기존의 연구와는 다른 유형의 비평사를 모색해 보려는 고민을 내포하고 있었다.

3

그러나 1920년대에 착목하려고 했던 처음의 의도와는 다르게, 논문을 써나가는 과정에서 연구 대상의 시기적 범위는 1900년대로까지 거슬러 올라가게 되었고 이와 맞물려 고민의 범위 또한 넓어질 수밖에 없었다. 1900년대로 시야를 확장하는 순간, 1920년대에 시선을 고정하여 근대문예비평사를 서술할 때에는 고민하지 않아도 될 많은 난제들과 대면해야 했다. 고전비평과 근대비평의 경계를 어떻게 설정할 것인가, 근대적 글쓰기의 형성에 미친 식민성의 영향을 어떻게 규정할 것인가 등의 문제는 대답하기 쉽지 않은 질문들이었다. 그러나 1900년대의 비평적 글쓰기를 재조명하기 위해서는 그러한 과제들에 대한 나름의 대답을 제시할 필요가 있었다.

이 책은 '개념과 번역', '글쓰기와 산문 분류 방식', '매체와 공론장'과 같은 문제틀을 통해 한국 근대 문예비평의 형성과 관련된 쟁점들을 재조명하려고 시도했다. '비평' 개념과 연관되어 사용되었던 '비판' 개념의 역할과 의미, 근대 매체들이 산문 분류 방식으로 정립한 '평론' 체계, '평론'과 '감상'의 경계가 확립되는 과정은 근대 문예비평의 형성에 영향을 미친 요소이지만, 그동안의 비평사 연구에서 주요하게 다루어지지 않았던 지점이기도 하다. 이 책은 그 지점을 한편으로는 공론장의 변화 양상과 연관하여, 다른 한편으로는 '문예비평'의 분화 양상과 연관하여 탐색해갔다.

'문예비평'의 형성을 탐색하려는 시도는 '문예비평'의 범주에서 배제된 것들의 의미를 추적하는 과정과도 연결되어 있다. 그 과정은 이를테면 김기진의 산문 「프로므나드 상티망탈」(1923)이 가지는 의의를 재조명하는 작업으로 설명될 수 있다. 처음 「프로므나드 상티망탈」을 읽었을 때 느꼈던 이물감은 비평문으로도, 수필로도 규정짓기 어려운 이 글을 어떻게 해석해야 할지 몰랐기에 생겨난 당혹감과도 맞닿아 있다.

이 글이 지니는 기묘한 힘은 논리적 체계가 부각되는 김기진의 대표적 비평문 「금일의 문학, 명일의 문학」(1924)에는 담겨 있지 않는, 일종의 혼종성에 기인한 것으로 보인다. '문예비평'의 형성 과정을 규명하려는 이 책의 문제의식에는, 비평적 글쓰기의 경계에 위치하고 있는 혼종지대를 응시하려는 의도가 내포되어 있다.

이 책의 1부 「한국 근대 문예비평의 형성과 비평적 글쓰기」는 2011년 여름에 제출된 박사논문에 바탕을 두고 있고, 2부 「개념의 틀로 본 한국 근대 문예비평」은 2012년 발표된 두 편의 소논문으로 구성되어 있다. 박사논문을 쓸 때에는 자료들을 해석하고 배치하느라 충분히 서술하지 못했던 '나'의 관점을, 단행본 안에 정립시키려 노력해 보았다. 1부 3장 「공론장의 재편과 비평적 글쓰기의 성격 변화」는 그 과정에서 새롭게 서술된 장이지만, 미진한 상태로 수록된 부분이기도 하다. 2부에 포함된 두 편의 논문 역시 박사논문 때 풀어내지 못한 고민을 보충하기 위해 집필했지만, 부족한 지점이 곳곳에서 발견된다. 이 책이 발간된 후 내가 쓰게 될 논문들 중 상당수는 미완의 형태로 남아 있는 이 책을 수정해 나가는, 지난한 작업이 될 것 같다.

이 책에 실린 글들을 써나갔던 3년의 기간은, 나에게 육체적으로는 힘들었지만 정신적으로는 행복했던 시기였다. 연구자에게 가장 행복한 것은 연구자를 몰두할 수 있게끔 만드는 연구 테마를 발견했을 때라는 생각을 가질 수 있게 되어 다행이다. 비록 결과물은 만족스럽지 못했지만, 연구를 지속해나가는 과정에서 적지 않은 재미를 느낄 수 있었기에 지난 3년의 기간은 좋은 추억으로 간직될 것 같다.

그 시기를 잘 견뎌낼 수 있었던 것은 도움을 주셨던 많은 분들 때문이다. 지도교수이신 김인환 선생님께서는 기존의 연구사를 뚫고 나오는 새로운 논문을 구상해야 한다는 점과 기존의 연구들과 다른 이야기를 하나만 덧붙이면 된다는 점을 동시에 말씀해주셨다. 자기만족에 사로잡혀 나태해졌을 때는 전자의 말씀을, 지나친 욕심으로 인해 논문의 진도가 나가지 않을 때는 후자의 말씀을 되새기며 고민에서 벗어날 수 있었다. 이 책을 완성시켜 나갈 수 있는 용기를 얻게 된 것은 따뜻하게 격려해주셨던 김영민 선생님 덕분이다. 출판의 기회를 세심하게 배려해주신 선생님께 다시 한 번 감사드리고 싶다. '개념과 번역'의 문제를 고민해보라고 조언해주시며 논문 수정의 방향을 잡아주신 황호덕 선생님, 부족한 논문을 읽어주시고 여러 고민할 지점들을 일깨워주신 이상우 선생님, 권보드래 선생님께도 깊은 감사의 말씀을 올린다.

논문을 제출한 후 단행본 작업을 진행해 나가는 과정에서, 나의 일상에도 적지 않은 변화가 생겼다. 개념 연구에 대한 고민을 심화시켜 나갈 수 있는 기회를 주신 한림과학원의 김용구 원장님, 그리고 1년 가까이 일상을 함께 한 과학원의 여러 선생님들께도 감사의 인사를 드리고 싶다.

어려움에 부딪힐 때마다 여러 도움을 주셨던 선배님들, 그리고 연말에 책을 편집하느라 고생하신 소명출판 여러분들 덕분에 이 책이 완성될 수 있었던 것을 오래도록 기억하려고 한다. 늘 묵묵하게 지켜봐주시고 도와주셨던 부모님께 부족한 책이라도 선물할 수 있게 되어 기분이 좋다. 마지막으로 누구보다 이 책의 완성을 기뻐해줄 윤아에게 고마움의 인사를 전한다.

2012년 겨울
강용훈

2부_ 개념의 틀로 본 한국 근대 문예비평

제1장 이중어 사전 연구 동향과 근대 개념어의 번역

제2장 1900~1920년대 '감각' 관련 개념의 사용양상 연구
: 김기진 비평에 나타난 '감각' 개념에 대한 재인식과 관련하여

1부
한국 근대 문예비평의 형성과 비평적 글쓰기

제1장
'문예비평'과 비평적 글쓰기

1. 한국 근대 문예비평사 연구의 재인식

이 책의 목적은 비평적 글쓰기가 유형화되는 양상을 분석함으로써 근대 문예비평이 형성되는 과정을 재조명하는 데 있다. 이는 문예비평을 역사적으로 형성된 글쓰기 방식으로 인식하고자 하는 문제설정을 바탕으로 한다. 따라서 이 책은 초역사적 관점에서 비평의 본질을 전제한 후 비평 장르의 발전 과정을 단계론적으로 서술하는 시각과는 관점을 달리 하고 있다. 이 책의 초점은 '비평'이라는 글쓰기를 탄생하게 만든 역사적 조건들을 면밀하게 검토하는 데 맞추어져 있다. 이 연구에서는 1900년대부터 1920년대 중·후반까지 발표된 비평 관련 텍스트를 대상으로 삼아 비평이 여타의 산문들과 분화되어 고유한 영역을 확보하게 된 과정, 그리고 문예비평이 문학적 글쓰기의 하위 범주로 인식되는 과정을 살펴보려고 한다.

'비평'이라는 용어는 오늘날 문학 작품을 평가하는 활동이나 문학과 관련된 이론적 활동을 의미하는 말로 사용되고 있다. 1960년대에 발표된 백철의 「비평에 대한 이해」[1]는 이러한 용법을 보여주는 대표적 예이다. 백철은 비평에는 '일반이론'과 '작품비평'이 있다고 말하며 이 중 독자들에게 보다 뚜렷하게 비평의 이미지를 주는 것은 작품비평이라고 말한다.[2] 그러나 '비평'이 문학 작품의 가치를 평가하는 글쓰기로 이해되기 시작했던 것은 특수한 역사적 시기부터였다. 1900년대만 해도 '비평'이라는 말은 문학적 글쓰기의 하위 범주로 인식되고 있지 않았다. 비평문(批評文)이 다른 문학 텍스트에 표현된 내용을 대상으로 삼고 있는 글임을 명시한 이광수의 「문학이란 하오」(1916)[3]에서 비평문은 근래에 새롭게 생겨난 문종(文種)으로 소개되고 있다.

서구 사회에서도 '비평'이라는 말의 의미는 근대적 '문학' 개념의 출현과 맞물려 변동되었다. 레이먼드 윌리엄스의 분석에 따르면 '문학'이라는 말의 어원은 라틴어 '리테라(litera)'였으며, 이는 '읽을 수 있는 능력'이라는 의미를 지니고 있었다. 18세기에 와서야 '문학', 즉 literature는 근대적 의미를 얻게 되었으며 '창조적' 혹은 '상상적인' 작품들을 의미하는 말로 사용되기 시작했다. 이에 따라 문학의 질을 정의하는 기준은 '학식'에서 '취향'이나 '감수성'으로 바뀌었으며 '비평(criticism)' 또한 '감

---

1   백철, 「비평에 대한 이해」, 『어문론집』 5, 중앙어문학회, 1969.6.

2   이러한 시각은 1930년대에도 발견된다. 김환태는 「문예비평가의 태도에 대하여」에서 문예비평이란 "문예작품의 예술적 의의와 심미적 효과를 획득하기 위하여 대상을 실제로 있는 그대로 보려는 인간정신의 노력"이라고 정의한다. 매슈 아놀드의 '몰이해적 관심'이라는 말을 빌려와 문예비평가의 태도에 대하여 규정하고 있는 김환태의 논리는 작품비평을 강조하는 백철의 시각을 선취하고 있다. 김환태, 「문예비평가의 태도에 대하여」, 『김환태전집』, 문학사상사, 1988.

3   이광수, 「文學이란 何오」, 『이광수 전집』 1, 삼중당, 1962, 513쪽.

수성', '취향', '분별력'과 유관한 개념이 되었다.[4] 이상의 분석을 통해서도 확인할 수 있듯이 '비평'은 문학체계를 단순히 반영하는 것이 아니라 문학체계와 복합적으로 접합되어 문학체계를 구성하고 있는 요소이다. 따라서 문예비평의 역사를 탐구하기 위해서는 비평의 출현을 가능하게 만든 조건, 그리고 그 출현이 동시대의 다른 담론들과 맺는 관계를 탐구할 필요가 있다.[5]

1 한국 근대 문예비평의 역사를 서술하려는 시도는 1970년대부터 본격화되었다. 김윤식은 보다 완벽한 일반 문학사를 서술하기 위해서는 개별 문학 장르의 역사를 서술하는 작업이 선행되어야 한다고 주장하며 비평 장르의 역사적 변화 양상을 고찰했다. 『근대한국문학연구』[6]에서 김윤식은 초기 문예비평을 문학론, 작품평, 논쟁 등으로 구분한 후 개별 비평 형태의 특성에 대해 고찰하고 있으며 자연주의 문학론이 형성된 과정에 대해서도 논하고 있다.

이러한 김윤식의 연구는 프로문학운동을 중심으로 문예비평사를 서술하는 방향으로 발전되었다.[7] 김윤식은 프로문학운동에 영향을 받은 1920년대의 비평이 사회비평 혹은 정론적(政論的) 성격을 지니고 있

---

4 이상의 분석은 레이먼드 윌리엄스, 『마르크스주의와 문학』, 지식을만드는지식, 2009, 79~87쪽 참조. 일본에서도 '비평'이라는 말이 criticism의 역어로 정착된 것은 메이지 14년(1881) 이노우에 데츠지로가 감수에 관여한 「철학자휘」부터였다. 그러나 이 시기 '비평'이라는 말은 문학작품의 '감식'으로부터 치국평천하에 대한 논의까지 다층적 영역을 포괄하고 있었다. 노구치 다케히코, 「번민, 고양, 그리고 비애 : 근대 일본 '비평'의 발견」, 『근대 일본의 비평』 1, 소명출판, 2002, 19~21쪽.
5 테리 이글튼, 「비평이데올로기의 변천」, 『문학이론 입문』, 창작과비평사, 1986, 287쪽 참조. 본 연구의 문제 인식은 테리 이글튼의 다음과 같은 서술과 많은 부분을 공유하고 있다. "비평들의 역사를 탐구하는 과학은 그러한 비평들을 생산해낸 역사적 형식들을 탐구하는 과학이다."
6 김윤식, 『근대 한국문학 연구』, 일지사, 1973.
7 김윤식, 『한국 근대 문예비평사 연구』, 일지사, 1976.

었음을 강조했으며, 이 시기 비평이 일본 문학과 밀접한 관련을 맺고 있었음을 지적한다. 또한 프로문학을 중심으로 문예비평을 고찰할 때에는 조직론과 논쟁에 초점을 맞출 필요가 있음을 강조했다. 김윤식은 비평 논쟁사 및 프로문학운동사와 관련된 구체적 자료를 체계적으로 제시하며 이후 근대 문예비평사 연구의 근간이 될 틀을 확립해냈다.

그러나 김윤식의 연구는 다음 세 가지 면에서 재검토할 지점을 지니고 있다. 첫 번째, 한국 근대 문예비평의 범위를 한정하는 문제이다. 김윤식은 「한국문예비평사연구의 방법론」[8]에서 그 범위를 '신문학이 창작된 이후'로 규정하고 있다. 그렇기에 김윤식은 신소설, 신체시 및 『무정』, 「불놀이」 등의 작품이 창작된 전후 혹은 그 주변에서 비평의 출발점을 논의할 수 있다고 말한다. 다만 문학이론의 경우에 한해서는 작품과의 관련 없이 생겨날 수 있었을 것이라고 말하며 이광수의 논설을 근대비평의 출발점에 위치시키고 있다. 이러한 김윤식의 견해는 신문학의 출발점을 논의의 대상으로 설정하지 않은 채 신소설 및 『무정』 등의 작품을 신문학의 자명한 기원으로 전제하고 있다는 문제를 지닌다.[9] 근대 문예비평의 범위를 새롭게 설정하기 위해서는 『무정』, 「불놀이」와 같은 작품, 그리고 근대적 문학관을 내포하고 있던 이광수의 논설을 만들어낸 지반 자체를 근본적으로 재검토할 필요가 있다.

두 번째, 비평사 연구의 대상이 되는 비평형태의 성격을 규정하는 문제이다. 김윤식은 앞의 논문에서 비평형태를 ① 문학이론 ② 잠정적으로 '평론'이라 부를 수 있는 문예시평·시론·문단에 대한 비판 ③ '비평'이라 부를 수 있는 작품론·작가론으로 구분하고 있으나 이러한

---

8 김윤식, 「한국문예비평사연구의 방법론」, 『근대한국문학연구』, 일지사, 1973, 17쪽.
9 「초창기의 문학론과 비평의 양상」에서도 김윤식은 『무정』을 근대적 소설의 시초로 본 후 이에 대한 평문인 김기전의 「無情 122회를 讀ㅎ다가」를 근대적 작품평의 기원으로 설정하고 있다.

구분의 근거를 명확하게 제시하고 있지 않다. 문예시평·시론 등을 '평론'이라고 지칭하고 작품론·작가론을 '비평'으로 분류하는 관점은 연구자의 시각에 기인한 것인지, 아니면 그 당시 문예비평에서 사용된 '비평'과 '평론'이라는 말의 용례에 기인한 것인지가 명확하게 드러나 있지 않다. '비평', '평론'과 같은 말이 특정한 비평형태를 의미했는지의 문제, 그리고 비평형태를 초역사적으로 고정된 범주로 규정할 것인지 역사적으로 변천하는 글쓰기 형태로 인식할 것인지의 문제는 면밀하게 재검토될 필요가 있다.[10]

　마지막으로 비평사 서술의 체계를 문제 삼을 수 있다. 김윤식은 1910년대 문학 관련 담론과 자연주의 문학론, KAPF의 비평을 정밀하게 검토하고 있지만, 궁극적으로는 KAPF 비평에 초점을 맞추어 비평사를 서술하고 있다. 김윤식은 1910년대 비평에 대해서는 비평에 대한 전문적 자각이 결여되었다고 지적하며 이 시기에는 '단 한 사람의 전문직 비평가인 염상섭'이 존재했다고 말한다. 1910년대의 비평이 1920년대 비평에 미친 영향을, 김윤식은 염상섭에 의해 체계화된 '자연주의 문학론'에 국한시키고 있는 것이다. 이때 '자연주의 문학론'은 "초기 문학론이 현대적 비평의 모습에 가까운 프로문예비평에로 넘어오는 그 중간 단계"[11]로 인식되고 있다. 김윤식은 염상섭의 「개성과 예술」을 자연주의론의 정점으로 규정하며, 염상섭 개성론의 한계는 사회적 관계

10　『한국 근대 문예비평사 연구』의 III부 「비평의 내용론과 형태론」을 살펴보면 '평론'과 '비평'을 구분하는 김윤식의 시각은 최재서에게 영향을 받고 있다는 점이 드러난다. 최재서는 비평이 criticism의 의미를, 평론이 review의 의미를 담고 있다고 주장하며 양자의 차이를 중요하게 생각했다. 그러나 김윤식은 한국문학비평에서 '비평'과 '평론'은 실질적으로 구별될 수 없다고 말하며 비평의 '리뷰'의 경향은 1930년대 중반 두드러지게 나타난다고 주장한다. 이를 통해 김윤식 역시, 비평의 형태가 역사적으로 변천하고 있다고 인식했음을 확인할 수 있다. 김윤식, 『한국 근대 문예비평사 연구』, 일지사, 1976, 508~510쪽.

11　김윤식, 『근대한국문학연구』, 일지사, 1973, 21쪽.

로서의 개성을 파악하지 못한 점에 있다고 지적한다. 김윤식의 견해에 따르면 개성과 사회성을 변증법적으로 연결시킬 수 없었던 염상섭의 한계가 민족주의 문학과 프로문학의 극한적 대립으로 이어진 것이다.

김윤식의 연구는 KAPF가 형성되기 이전 시기의 매체들인 『청춘』·『개벽』 등의 종합지,[12] 『창조』·『백조』·『폐허』 등의 동인지[13]들에 발표된 다층적 문학 관련 담론에 주목하지 않았으며, 그 담론들이 KAPF의 비평에 어떠한 영향을 미쳤는지에 대해서는 면밀하게 검토하지 않았다. 그러한 문제점은 KAPF의 비평을 비평의 현대화가 완성되는 궁극적 단계로 상정한 후, 여타의 비평들을 궁극적 단계로 나아가기 위한 예비 과정으로 설정한 것에서 비롯된다.[14]

②이후의 연구자들은 고전문학에서 근대문학으로 이행하는 과정을 근대문예비평사 연구의 대상에 포함시켰으며 사회사 및 문화사와의 연관성 하에 비평사를 서술하려고 시도했다. 이선영의 「구한말·1910년대 한국문학비평 연구」[15]는 동학혁명과 갑오개혁이 일어난 1890년대를 근대의 기점으로 설정하고 있으며 1890년대에서 1910년대의 비

---

12 김인환은 한국 현대문학비평에서 『개벽』이 차지하는 역할과 중요성을 강조하고 있다. 김인환, 「20세기 한국 비평의 비판적 검토」, 『기억의 계단』, 민음사, 2001.

13 2000년을 전후로 발표된 연구들은 동인지 문학의 담론을 포괄적으로 검토하며 문학의 자율성 혹은 미적 근대성이 확립되는 과정을 연구했다. 황호덕은 작가론 중심의 동인지 문학 연구를 극복하는 대안으로 '미적 주체'라는 방법론을 설정하여 동인지 문학을 관통하는 미의식을 검토하고 있으며 김행숙은 동인지 문학에서 개별 장르가 어떻게 특성화되었는지를 살펴보고 근대적 표상이 작동되는 방식을 서술하고 있다. 황호덕, 「1920년대 초 동인지 문학의 성격과 미적 주체 담론」, 성균관대 석사논문, 1997; 김행숙, 『문학이란 무엇이었는가: 1920년대 동인지 문학의 근대성』, 소명출판, 2005.

14 이러한 문제제기는 주로 『한국 근대 문예비평사 연구』 중 1부에 초점을 맞추고 있다. 『한국 근대 문예비평사 연구』의 Ⅲ부 「비평의 내용론과 형태론」 부분에는 KAPF 비평으로 환원될 수 없는 다양한 유형의 비평들에 대한 논의가 전개되고 있다. 이 부분의 의의와 한계에 대한 고찰은 이 절의 뒷부분에서 진행하려고 한다.

15 이선영, 「구한말·1910년대 한국문학 비평 연구」, 『한국 근대문학비평사 연구』, 세계, 1989.

평을 주자학적 문학론에서 근대적 문학론으로 전환하는 과도기로 파악하고 있다.[16] 이선영의 연구는 1900년대를 전후로 발표된 '서발비평', '논설' 등을 비평의 대상에 포함시켜 근대적 문학론의 형성 과정을 포괄적으로 검토하고 있다는 점에서 의의를 지닌다. 김영민의 「1920년대 한국문학비평 연구」[17] 역시 민족주의의 분화, 아나키즘의 유입, 사회주의의 수용과 같은 사상사적 변화와 연관하여 1920년대 문학론의 다층적 전개 양상을 고찰하고 있다.

사회사 및 문화사의 관계하에 비평사를 서술한 연구들은 비평사 서술의 대상이 되는 비평적 텍스트의 범위를 확장시키고, 그 텍스트가 지닌 의미망을 사회적 지평으로 확장시켰다는 의의를 지닌다. 그러나 개별 비평 텍스트를 '전통적 문학론' 대 '서구적 문학론', '효용론' 대 '유미론'이라는 이분법적 체계 아래 분류하여 개별 비평 텍스트가 지닌 복합적 층위를 고찰하지 못하고 있다는 점은 이들 연구의 문제점이라 할 수 있다.

사회사 및 문화사의 관계 하에 비평사를 서술하려고 시도한 연구 경향은 이후 논쟁사에 초점을 맞추어 비평사를 서술한 연구,[18] 계급문학 운동의 전개 과정을 서술한 연구[19] 등으로 변화했다. 논쟁사를 중심으로 비평사를 서술한 연구들은 근대 문예비평의 주요한 쟁점을 체계적으로 제시했으며 운동사에 초점을 맞춘 연구들은 계급문학 운동의 이론적 투쟁이 지니는 의의를 사회운동과의 연관성 하에서 서술했다. 이들 연구들은 이후 비평사 연구의 기반이 되는 실증적 토대를 구축해냈

---

16 이러한 서술 방식은 기본적으로 자생적 근대화라는 문제 설정에 기반을 두고 있다. 이선영은 동학혁명과 갑오개혁이 '한국의 자주적 근대화의 주축'을 이룬다고 보고 있다.

17 김영민, 「1920년대 한국문학 비평 연구」, 『한국 근대문학비평사 연구』, 세계, 1989.

18 김영민, 『한국 근대문학비평사』, 소명출판, 1999; 신재기, 『한국 근대문학비평론 연구』, 고려대 민족문화연구원, 1996.

19 권영민, 『한국 계급문학 운동사』, 문예출판사, 1998.

다는 의의를 지니고 있다. 그러나 이러한 연구들은 비평가들 사이에서 벌어진 특정 논쟁 혹은 KAPF와 민족문학 진영 간의 대립에 주된 논의의 초점을 맞추다 보니, 근대 비평을 형성하게 만든 다층적 측면에 대한 관심을 기울이지 않았다는 점에서 한계를 드러냈다.

③ 비평사 서술과 관련된 기존 연구의 문제점을 제기하며 이 책은 근대문학을 형성하고 있는 지반 자체를 재검토하려고 시도한 연구들에 주목하려고 한다. 2000년대를 전후로 발표된 연구들은 1900년대부터 1920년대까지 발표된 문학 관련 자료를 포괄적으로 연구하며 근대적 문학 혹은 근대소설이 형성되어가는 과정을 추적하기 시작했다. 이러한 연구들은 오늘날 자명한 것으로 간주되는 '문학', 혹은 '소설'이라는 범주가 역사적으로 형성된 것임에 주목했다.

김영민[20]은 근대 문화의 산물인 신문 논설의 역할에 주목하여 근대소설 양식의 성립 과정을 재구성했으며 김동식은 19세기 말부터 1910년까지 '문학' 개념의 용례를 조사하며 이 시기의 문학적 양식이 정치적 공론장의 형성과 밀접한 관련이 있음을 분석했다.[21] 권보드래는 1900~1910년대 '소설' 범주가 확립된 과정에 초점을 맞춰 근대문학의 형성을 재조명하고 있다. 권보드래가 지적했듯이 근대적인 '문학'이 형성된 과정은 자국어 글쓰기로서의 의의를 확고히 한 '소설'이 예술적인 글쓰기로서의 위상까지 확보해 나간 과정과 연결되어 있다.[22]

---

20 김영민, 『한국 근대소설사』, 솔, 1997.
21 김동식, 「한국의 근대적 문학 개념 형성과정 연구」, 서울대 박사논문, 1999.
22 권보드래, 『한국 근대소설의 기원』, 소명출판, 2000. 황호덕 또한 신채호, 이광수, 『창조』파의 담론에 나타난 삼분법적 가치체계를 분석하여 문학의 자율성이 확립된 과정을 추적했다. 황호덕, 「한국 근대에 있어서의 문학 개념의 기원(들)」, 『한국사상과 문화』 8, 한국사상문화학회, 2000.

이러한 연구는 오늘날 우리가 자명한 체계로 인식하고 있는 비평이라는 장르의 형성 과정 또한 면밀하게 고찰해야 한다는 점을 시사해준다.[23] 권보드래의 연구에 따르면 '문학'의 근대적인 윤곽이 조금씩 나타나기 시작한 1900년대 후반에도, 시·소설·희곡·수필 등이 함께 '문학'이라는 공통 범주를 구성한다는 사고는 확립되지 않았으며, 수필 혹은 평론과 같은 글쓰기 양식도 자립하지 못했다. 오늘날 비평이라고 명명되는 글쓰기는 1900년대 후반에도 하나의 문종으로 인식되고 있지 않았던 것이다.[24]

제도적인 차원에서 1910년대와 1920년대 문학을 재조명하려고 한 시도들 역시 근대문예 비평의 형성 과정을 연구하는 작업에 많은 시사점을 던져주고 있다.[25] 한기형의 연구[26]는 근대문화제도 중에서도 매체, 학술(지식) 등에 주목하여 1910년대의 『소년』과 『청춘』이 심미적 지

---

23 이는 진화론적인 발전관에 입각하여 비평의 역사를 서술하는 태도를 지양해야 함을 의미한다. 2000년대를 전후로 한 문학 논의에 많은 영향을 미친 가라타니 고진은 자명한 것으로 인식되고 있는 근대의 인식론적 배치, 근대문학 담론의 문제틀을 근본적으로 의심해볼 것을 권유한다. 문학사적 구도 역시 고진에게는 의심의 대상이다. "메이지 20년대에 형성된 '국문학' 또는 '문학사'는 고대에서 중세, 근세, 근대로 향하는 문학의 '진화', '심화', '발전'이 있기라도 한 것처럼 문학을 배치한다. 그러나 우리에게 필요한 것은 그러한 원근법적 시각에 대해 다른 원근법적 시각(예를 들면 '반근대' 주의와 같은)을 제시하는 것이 아니라 단순히 그것을 가능하게 하는 동시에 자명하게 만들고 있는 배치를 주시하는 것이다." 이상의 내용은 가라타니 고진, 『일본 근대문학의 기원』, 민음사, 1997, 192쪽.

24 권보드래, 앞의 책, 96쪽.

25 한기형의 주장에 따르면 근대문학과 근대문화제도의 연관성에 대한 연구는 근대문학을 작동시키는 사회제도적 동력과 문학의 상관성을 중시한다는 점에서, '표상' 자체에 주력하는 문화론적 연구방법과는 일정한 거리가 있다. 한기형, 「근대문학과 근대문화제도 그 상관성에 대한 시론적 탐색」, 『상허학보』 19, 상허학회, 2007.

26 한기형, 「근대잡지와 근대문학 형성의 제도적 연관」, 『대동문화연구』 48, 성균관대 대동문화연구원, 2005; 「최남선의 잡지 발간과 초기 근대문학의 재편」, 『대동문화연구』 45, 성균관대 대동문화연구원, 2004. 다음 연구서들에는 이와 유사한 문제의식을 담은 연구들이 수록되어 있다. 민족문학연구소 기초학문연구단, 『탈식민의 역학 : 제도로서의 한국 근대문학과 탈식민성』 II, 소명출판, 2006; 박헌호 외, 『작가의 탄생과 근대문학의 재생산 제도』, 소명출판, 2008.

식을 부각시킨 점, 현상문예를 통해 자신들의 문학관을 재생산할 수 있는 토대를 마련했다는 점을 지적했다. 차혜영[27]은 근대문학을 제도적으로 근거 짓는 틀이 확립된 시기를 1920년대로 규정하며 '문학제도', '미 이데올로기와 주체구성', '소설양식화'라는 범주를 통해 1920년대 조선문학의 변화를 논한다. 한기형과 차혜영의 논의는 근대 매체가 근대문학의 형성을 만들어낸 동력이었음을 부각시켰다는 점에서 의의를 지닌다. 이들의 연구는 근대 문예비평의 형성 과정에 미친 근대 매체의 영향 관계 또한 주의 깊게 고찰할 필요가 있음을 드러낸다.

이 책은 '문학' 관련 담론의 변화 양상에 주목한 논의들, 그리고 근대 매체와 문학과의 관련성에 주목한 논의들의 문제의식을 참고하되, '글쓰기(écriture)'의 관점에서 근대 문예비평의 형성 과정을 재조명하며 기존 논의의 한계[28]를 극복하려고 한다. '글쓰기'의 관점에서 근대문학을 재조명하려고 한 시도들은 어문체계의 변화 양상,[29] 재현적 글쓰기가 형성된 과정[30]에 주목했으며, 독본 연구[31]를 통해 근대적 글쓰기의 다층적 성격을 드러내기도 했다.

이 책의 문제의식은 그중에서도 산문적 글쓰기의 변화 양상을 재조명하려고 하는 연구들과 맞닿아 있다. 최근의 연구들은 수필 및 논설

---

27 차혜영, 『한국 근대문학제도와 소설양식의 형성』, 역락, 2004.

28 김행숙의 연구는 1910~1920년대 문예 동인지를 중심으로 비평을 포함한 개별 문학 장르의 형성 과정과 특성화 논리를 재조명했다는 점에서 의의를 지니고 있다. 그러나 김행숙의 논의는 동인지 문학에서 드러난 장르 분류 방식에 초점을 맞추었기에, 개별 장르가 형성된 과정을 역사적으로 포착해내지 못했다. 이러한 문제는 연구 시기와 연구 대상을 확장하는 작업을 통해 해결될 수 있을 것으로 보인다. 김행숙, 『문학이란 무엇이었는가 : 1920년대 동인지 문학의 근대성』, 소명출판, 2005.

29 황호덕, 『근대 네이션과 그 표상들』, 소명출판, 2005.

30 신지연, 「근대적 글쓰기의 형성과 재현성」, 고려대 박사논문, 2005.

31 구자황, 「1920년대 독본의 양상과 근대적 글쓰기의 다층성」, 『인문학연구』 74, 충남대 인문과학연구소, 2008.

문의 형성 과정을 중심으로 산문 분류 체계가 변화하는 양상들에 주목하고 있다. 김현주[32]는 산문적 글쓰기의 분화와 전환을 알린 결정적인 표지로 1920년대 후반에서 1930년대에 걸쳐 이루어진 '수필'의 등장과 정착을 들고 있으며 문혜윤과 김지영[33] 역시 수필적 성격을 지니는 글들이 '수필'로 지칭된 과정에 주목하여 산문 분류 방식이 근대적으로 재구성된 과정에 대해 논하고 있다. 한편 배수찬[34]의 경우는 신문 논설의 문체를 분석하며 근대적 논설문이 성립된 과정을 밝히고 있다.

이 책은 선행 연구의 문제의식을 참고하되 이들 연구와는 방향을 달리하여, 문예비평이 논설적인 글쓰기·수필적 글쓰기와 분화되어 특정한 형태를 갖춘 글쓰기 유형으로 형성되는 과정에 초점을 맞추려고 한다. 이 책이 주목하려고 하는 지점은 크게 세 가지로 정리될 수 있다.

첫 번째, 이 책은 '문예비평'이 특정한 유형과 고유한 범주를 갖춘 글쓰기 방식으로 형성될 수 있었던 배경에 주목하려고 한다. '문예비평'이 여타의 산문들과 분화된 독립적 문종(文種)으로 인식되는 과정은 '문예비평'이라는 말이 출현하게 된 상황과 맞물려 있다. '문예비평'이라는 말은 '문예'라는 개념과 '비평'이라는 개념이 결합하여 탄생했으며, 이 용어를 본격적으로 사용하기 시작한 사람은 비평가의 역할과 책임을 둘러싼 논쟁을 벌이던 김동인과 염상섭이었다. 이후 1920년대에 '문예비평'은 문학의 하위 범주를 이루는 특정 장르를 의미하는 용어로 정착되었다. 이 책은 '문예비평'이 지칭하는 범주가 어떻게 형성

---

32 김현주, 『한국 근대산문의 계보학』, 소명출판, 2004.
33 문혜윤, 「'수필' 장르의 명칭과 형식의 수립과정」, 『민족문화연구』 48, 고려대 민족문화연구원, 2008; 김지영, 「문학 개념체계의 계보학」, 『민족문화연구』 51, 고려대 민족문화연구원, 2009.
34 배수찬, 『근대적 글쓰기의 형성과정 연구 : 논설문의 성립 환경과 문장 모델을 중심으로』, 소명출판, 2008.

되었는지를 살펴보기 위해서 우선 '비평'이라는 말의 의미가 변화해 간 양상을 분석한 후, 그 말이 '문예'라는 용어와 결합하게 된 과정을 살펴 보려고 한다. 이는 '문예비평'을 문학의 자명한 하위 갈래로 여기는 시 각에서 탈피하고 '문예비평'이 형성된 과정을 역사적으로 재조명하려 는 목적을 지닌다.[35]

'문예비평'이 당대에 실제 쓰이고 있는 글을 지칭하는 말로 인식되기 위해서는 '문예비평'의 형식을 갖춘 산문이 발표되고 있어야 했다. 이 글에서는 '문예비평'이 특정한 형식을 갖춘 산문으로 인식되고 실천된 양상을 살펴보기 위해 당대의 매체가 산문을 분류하는 방식을 검토하 려고 한다. 근대문학은 그 생산과 유통 체계의 상당 부분을 매체에 의 존[36]해왔으며 이러한 특징은 비평적 산문을 생산하고 유통시키는 과정 에서도 발견된다. 당대의 매체들은 특정한 시점부터 '비평'을 여타의 산문과 분화된 유형의 문종으로 인식했으며, 이러한 인식변화는 매체

---

35   류한영은 기존의 비평사 연구에서 '비평'을 '근대문예비평'으로 한정하여 사유하는 경향이
     나타나고 있다고 비판하며 근대문학형성기(1894~1916) 비평의 의의를 새롭게 검토하려고
     했다. 이러한 연구목적은 본 논문의 문제의식과 많은 부분을 공유하고 있다. 그러나 류한영
     은 국어국문담론이 당대의 비평 논리에 영향을 미친 점에만 초점을 맞추어 논의를 전개했
     으며, 비평적 글쓰기가 실제 수행되고 있는 양태에 대한 분석은 소홀히 하고 있다. 이러한
     분석방법의 문제점은 1894년에서 1905년에 발표된 국한문체 신문의 '논설'에 한하여 "논설
     비평"이라는 양식적 명칭을 부여하고, '논설비평'의 본질을 "순국문주의에 대한 對他적 성
     격"(30쪽)으로 규정한 데에서 확인할 수 있다. 반면 류한영은, 1905년에서 1910년에 발표된
     '논설'들 중 '순국문주의 담론'을 옹호한 글들에 대해서는 앞선 시기 "논설비평"과의 변별점
     만을 부각시킨다. 이러한 논의는 한문의 필요성을 옹호한 논설과 '순국문주의'를 옹호한 논
     설들이 공유하고 있는 '논설적 글쓰기' 자체의 성격에는 관심을 기울이지 않고 있다는 점에
     서 한계를 지닌다.
     또한 류한영의 연구는 근대문학 형성기의 비평과 1916년 이후 전개된 문예비평이 연결되
     는 지점에 대해서는 논의하고 있지 않기에 본 논문과는 연구 방향을 달리 하고 있다. 류한
     영, 「근대문학 형성기(1894~1916) 비평 논리의 변화 양상 연구 : 국어국문담론의 영향을
     중심으로」, 서울대 석사논문, 2009.
36   한기형, 「매체의 언어분할과 근대문학」, 『흔들리는 언어들』, 성균관대 동아시아학술원,
     2008, 243쪽.

들이 부각시킨 산문 분류 체계를 통해 드러나고 있다. 『창조』, 『폐허』, 『백조』 등의 동인지뿐 아니라 『개벽』, 『조선지광』과 같은 종합지에도 많은 비평 관련 산문이 실렸으며, 이들 매체들은 비평적 산문을 통해 근대문학에 대한 자기 매체만의 입장을 드러내려 시도했다. 이 연구에서는 근대 매체가 산문을 분류해낸 방식을 살펴보며 '문예비평'의 형식을 갖춘 산문들을 포괄하는 체계가 생겨나게 된 과정에 주목하려고 한다.

두 번째, 이 책은 '선후평', '작법', '월평'과 같은 비평형태가 형성되는 과정에 주목하여 문예비평의 분화양상을 서술하려고 한다. 김윤식의 『近代韓國文學研究』[37]는 근대 초기 비평을 '작품평', '선후평', '월평', '총평'으로 분류한 후 이에 속하는 텍스트를 소개하고 있다는 점에서 비평형태 연구의 선구적 의의를 지니고 있다. 그러나 김윤식은 비평형태들을 분류하는 데에만 초점을 맞췄으며 그러한 비평형태들이 생겨나게 된 원인, 비평형태가 역사적으로 변화해가는 양상에 대해서는 주목하지 않았다.

1920년대 식민지 조선의 문예비평은 다층적 형태로 분화되었으며 이는 문예비평의 대상 또한 분화되고 있었음을 드러낸다. 1920년대 문예비평은 '선후평', '작법', '월평' 등으로 분화되어 문예적 글쓰기, 당대 발표된 작품 등을 비평 대상으로 설정할 수 있었다. '작법', '월평' 등의 비평형태는 비평적 글쓰기를 유형화하는 틀로 자리매김 되었으며 그 틀은 서로 다른 문학적 견해를 지녔던 평자들의 글쓰기를 제약하는 요소이기도 했다. 이 책은 다층적 비평 형태를 만들어낸 동인이 무엇인지를 살펴보고, 그러한 비평 형태가 변화해간 양상을 추적하려고 한다.

세 번째, 이 연구는 문예비평의 형태가 형성되는 과정과 세분화된 비평 대상을 서술하는 언어 체계가 정립되는 과정이 맞물려 있었음을 부

---

37 김윤식, 『近代韓國文學研究』, 일지사, 1973.

각시키려고 한다.[38] 선후평(選後評) · 강화(講話) · 작법(作法) · 월평(月評) 등으로 세분화된 1920년대의 문예비평은 문학의 하위 범주에 속하는 장르의 특성, 개별 작품의 가치를 판단하는 방식 등을 탐색해 나갔다. 이러한 과정을 통해 비평 언어는 보다 구체화된 형태로 정립되기 시작했다.

비평 언어가 정립되는 과정은 다양한 유형의 사상 체계가 유입되는 과정과도 맞물려 있었다. 문예비평의 형성 과정은 곧 문예비평이 다양한 사상 관련 술어(術語)들과 교섭하며 비평 언어를 변화시켜 나간 과정이기도 하다. 기존의 연구에서는 그러한 교섭의 과정을 운동사 및 논쟁사와 연관하여 서술했다면, 이 연구에서는 그 과정을 비평 언어가 정립되는 양상과 연결하여 고찰하려고 한다.

2. 연구의 시각과 연구 대상

한국 근대 문예비평의 형성 과정을 재조명하려는 이 연구의 시각은 크게 세 가지 문제틀(problematique)에 기반을 두고 있다. '개념', '글쓰기(écrtiture)', '공론장(public sphere)'이 바로 그 문제틀이다.

우선 이 연구는 '비평'이라는 개념의 의미가 변화하는 과정을 살펴보려고 한다. 특정한 개념은 기존 의미가 변형되거나 새로운 의미가 첨가되는 등 일련의 의미 변화를 겪으며, 그러한 의미 변화는 사회적 · 역사

---

38 김우창은 "비평의 주요한 작업 중의 하나는 비평의 어휘를 정립해가는 작업"이라고 말한 바 있다. 김우창, 「감성과 비평」, 『궁핍한 시대의 시인』, 민음사, 1993, 305쪽.

적 변화의 실제적 측면을 이루고 있다.[39] '비평' 개념의 의미 변화를 추적하는 과정 역시 그러한 변화와 조응하는 사회적·역사적 변화를 탐색하는 작업인 동시에, 이전 시대의 '비평' 개념과 오늘날 '비평'을 인식하는 범주들 사이의 차이(혹은 수렴 여부)를 측정하고 조사하는 작업인 것이다.[40]

'비평' 개념의 변화 과정을 추적하기 위해서는 '비평'이 'criticism'이라는 어휘와 맺고 있는 관계를 해명할 필요가 있다. '비평' 혹은 '비판'으로 번역되는 critique, Kritik, criticism 등의 어휘는 '가려내다', '구분하다', '평가하다', '재판하다', '고발하다' 등의 말뜻을 지니고 있는 그리스어 krinein에 그 어원을 두고 있다. 이 말에는 위급한 상황을 일컫는 의학적 의미, 어떤 문헌의 진위 여부를 가리는 의미, 법정에서 죄의 유무를 가려내는 의미 등이 내포되어 있었다.[41]

레이먼드 윌리엄스에 따르면 'criticism'이라는 어휘는 17세기 초반 영어에 등장했으며 이 시기에 'criticism'은 흠잡기(fault-finding)와 같은 부정적 의미를 내포하고 있었다. 이후에도 부정적 판단(negative judgment), 비난(censure)과 같은 의미로 사용되던 'criticism'은 17세기 말에 이르면, 문학을 평가하는 행동, 혹은 그러한 평가를 구현한 글쓰기로도 이해되기 시작했다. 이때 '비평'은 취향(taste), 교양(cultivation), 문화(culture), 식별(discrimination) 등의 개념과 연결되었으며 권위 있는 판단(authoritative judgment)과 같은 의미도 내포하게 되었다.[42]

---

39 나인호, 「레이먼드 윌리엄스(Raymond Williams)의 'Keyword' 연구와 개념사」, 『역사학연구』 29, 호남사학회, 2007, 462쪽; 나인호, 『개념사란 무엇인가 : 역사와 언어의 새로운 만남』, 역사비평사, 2011, 39쪽.

40 Reinhart Koselleck, 한철 역, 『지나간 미래』, 문학동네, 1998, 389쪽.

41 강영안, 『칸트의 형이상학과 표상적 사유』, 서강대 출판부, 2009, 41쪽.

42 Raymond Williams, "Criticism", *Keywords*, Oxford University Press, 1983, 84~86쪽 참조.

criticism은 번역으로 대표되는 언어 간(interlingual) 실천을 통해 '비평' 혹은 '비판'이라는 말과 연관되기 시작했으며, 근대적 외국어 사전은 이러한 연관 관계를 고정된 것으로 만들어냈다.[43] 서구와 비서구 지역 사이에 일어나는 언어 간 상호 작용은 리디아 리우가 제안한 '언어횡단적 실천(translingual practice)'이라는 문제틀(problematique)을 통해 재조명될 수 있다. 리디아 리우는 번역 이론에서 사용되는 '원천언어(source language)'와 '목표언어(target language)'라는 개념을 '손님언어(guest language)'와 '주인언어(host language)'로 대체했다. 이를 통해 리디아 리우는, '주인언어' 쪽의 번역자가 '손님언어'로부터 단어와 텍스트를 도입·선택·조합·재창안함으로써 언어적 상호작용이 시작되는 것임을 부각시킨다. '언어횡단적 실천'에 관한 연구는 어떤 개념이 손님언어에서 주인언어로 옮아갈 때 그 개념의 의미가 주인언어의 현지 환경 속에서 창안/발명된다는 점을 강조하고 있다.[44]

이 책은 리디아 리우가 제시한 '언어횡단적 실천'이라는 말 안에 담긴 문제의식을 수용하여 '비평'이라는 개념의 의미가 변화하는 과정을 분석하려고 한다. 리디아 리우는 『언어횡단적 실천』의 「부록」 부분에서 '批判'과 '批評'을 '회귀차형어(回歸借形語, return graphic loan)'로 분류하고 있다. '회귀차형어'는 근대 서구의 용어를 번역하기 위해 일본 학술계가 차용한 고전 중국어 표현으로, 이 용어들은 이후 중국어 속으로 역수입되었다. 리디아 리우는, 일본 학술계가 한자어 批判 및 批評을

---

43 리디아 리우, 민정기 역, 『언어횡단적 실천-문학, 민족문화, 그리고 번역된 근대성 : 중국, 1900~1937』, 소명출판, 2005, 27쪽 참조.

44 위의 책, 60~63쪽. 리디아 리우는 '원천언어'라는 관념이 권위·기원·영향 등과 같은 개념에 기대고 있음을 비판하며 "비서구 주인언어가 번역의 과정에서 손님언어에 의해 변형되거나 그것과 공모 관계를 맺을 수도 있지만, 손님언어의 권위를 침해하고 치환하며 찬탈할 가능성도 있다는 점"을 강조한다.

criticism 혹은 critique의 번역어로 사용했다는 점, 그리고 이러한 용어 및 용법이 근대 중국어에 영향을 미쳤다는 점을 부각시키고 있다. 이는 '비평' 개념의 의미가 변화해간 양상을, 고전 중국어 批評 및 일본식 한자어 批評과 서구어 criticism이 조우하고 대치했던 역동적 과정과 연관하여 분석할 필요가 있음을 의미한다.[45]

criticism이 '비평(批評)'으로 번역되는 과정, 더 나아가 19세기 후반기 서구어와 한국어가 상호작용을 벌이고 있는 양상은 이 시기에 편찬된 이중어 사전[46]을 통해서도 확인된다. 리델(Felix Clair Ridel)이 편찬한 『韓佛字典』(1880), 언더우드(Horace G. Underwoood)가 편찬한 『韓英字典』(1890), 게일(James S. Gale)이 편찬한 『韓英字典』(1897)과 같은 서양어-한국어 대역사전은 문어적 표제어를 포함하고 있었고 전문어까지 등재하고 있었다.[47] 그렇기에 이들 사전은 근대 한국어 개념의 형성 과정과 변화 양상을 살펴볼 수 있는 자료로 볼 수 있다.[48] 이 책에서는 이중어 사전 등을 참고하여 19세기 이후 한국에서 'criticism'이라는 말이 번역되고 있는 양상을 살펴본 후, 이와 연관하여 '비평' 및 '비평' 관련 어휘들의 의미가 변화해간 과정을 분석하려고 한다.

---

45 이상의 논의는 리디아 리우, 앞의 책, 71·421~425쪽 참조. 批判 및 批評 개념이 근대 이전 중국어 문헌에 나타난 양상은 리디아 리우, 앞의 책, 474~475쪽 참조. 차형어(借形語, graphic loans)에 대한 논의는 페데리코 마시니, 이정재 역, 『근대 중국의 언어와 역사』, 소명출판, 2005, 205~238쪽을 참조할 것.

46 이병근에 따르면, 단일어 사전은 오직 하나의 언어로 표제항과 풀이 문장을 제시한 사전을 말하며, 대역사전은 표제항과 풀이 문장이 서로 다른 언어로 구성된 사전을 말한다. 그중에서도 표제항을 하나의 다른 언어로 대역한 사전은 이중어 사전이라 하고, 둘 이상의 다른 언어로 대역한 사전은 다중어사전이라고 한다. 이상의 내용은 이병근, 「국어사전 편찬의 역사」, 『한국어 사전의 역사와 방향』, 태학사, 2000, 17쪽.

47 이병근, 「서양인 편찬의 개화기 한국어 대역사전과 근대화」, 『한국 근대사회와 문화』 I, 서울대 출판부, 2003, 6쪽.

48 황호덕, 「번역가의 원손, 이중어 사전의 통국가적 생산과 유통」, 『상허학보』 28, 상허학회, 2010, 115~116쪽 참조. 이중어 사전의 연구 동향과 사료적 가치에 대해서는 이 책의 2부 1장에서 상세히 규명하도록 하겠다.

'비평' 개념의 다층적이고 역사적인 의미변화를 부각시키기 위해 이 책에서는 포괄적 의미의 '비평'과 연관된 글쓰기에 대해서는 '비평적 글쓰기'라는 용어를, 문학과 연관된 좁은 의미의 비평 활동에 대해서는 '문예비평'이라는 용어를 사용하려고 한다. '비평적 글쓰기'와 '문예비평'을 구분하는 이유는 '문예비평'을 초역사적 장르로 상정하는 태도를 지양하고, '비평적 글쓰기'가 분화되고 유형화되는 과정에서 '문예비평'이 형성되었음을 부각시키기 위해서다.[49]

　이 책에서 '비평'이라는 말과 연결하여 사용하려고 하는 '글쓰기(écriture)' 개념에는 글쓰기의 양식들을 제약하고 있는, '역사와 전통의 압력'에 주목하려는 문제의식이 내포되어 있다.[50] 개별 작가의 글쓰기 행위는 역사와 전통이 제공하는 언어적 틀 속에서 수행되는 것이다.[51]

　비평적 글쓰기를 제약하고 있던 역사와 전통의 압력을 살펴보기 위해서는 '비평'과 연관된 고전적 글쓰기 방식을 검토할 필요가 있다. 한국 고전비평 연구의 기본 자료를 이룬 것은 '시화(詩話)'이며 '시화'에는 시론(詩論) 및 시에 대한 평(評)들이 수록되어 있었다. 문인들이 자유로운 형식으로 쓴 '잡록(雜錄)', 책의 앞이나 뒤에 붙이는 글로 책의 서술 경위·서술 내용·서술 체제 등을 논하고 평가하는 글인 '서발류(序跋類)', 사리를 분석하고 시비를 변별하는 것을 위주로 하는 '논변류(論辯類)', 책의 사상·내용과 예술적 묘사에 대해 '평어(評語)'를 쓰고, 문장

49　'문예비평'은 1920~1930년대 문학과 관련된 비평적 글쓰기를 일컫는 말이었다. 따라서 이 시기의 문학 관련 비평을 지칭할 때는 '문예비평'이라는 용어를 사용하고, 오늘날의 관점에서 문학 관련 비평을 지칭할 때는 '문학비평'이라는 용어를 사용하려고 한다.

50　이 책에서는 '글쓰기'라는 말을, Roland Barthes의 écriture 개념의 번역어로 사용하려고 한다. 영미권에서는 writing으로 번역되고 있는, Roland Barthes의 écriture 개념이 가장 명료하게 제시된 구절은 다음과 같다. "It is under the pressure of History and Trandition that the possible modes of writing for a given writer are established: there is a History of Writing", Roland Barthes, *Writing Degree Zero*, Trans. by Annette Lavers and Colin Smith, New York : HILL and WANG, 1980, 16쪽.

51　서정철, 「롤랑 바르트의 글쓰기와 언어학」, 『불어불문학연구』, 한국불어불문학회, 1990.

이 잘된 곳에는 권점(圈點)을 가한 '평점(評點)' 혹은 평비(評批)'도 고전 비평 연구의 근간을 이룬다.[52]

이 중 비평적 글쓰기의 형성 과정과 밀접하게 연관되어 있는 것은 '서발류' 산문과 '논변류' 산문이다. 문집 간행의 경위를 기록하는 과정에서 필자 자신의 문학론을 함께 드러내는 글인 '서발류' 산문[53]은 1910년대까지도 빈번하게 발표되었다. 역사·전기류 소설 및 신소설 작품에 서문 혹은 발문 형태로 삽입된 글들은 문학의 본질과 효용성에 대한 논의를 담아내고 있었다.[54] 논(論), 변(辯), 설(說) 등의 문체규범을 지니는 산문들을 수렴·종합하는 명칭인 '논변류' 산문[55]은 근대적 신문을 통해 새롭게 등장한 글쓰기 방식인 '논설'과 연관된다. 자기의 의견을 직접적으로 주장하는 '논(論)'과, 개인적 삶의 체험이나 주변에서 들은 이야기 혹은 가상의 서사적 상황을 소재로 삼아 자신이 깨달은 이치를 설파하는 '설(說)'의 특징은 '논설'에서도 부분적으로 발견되고 있다.[56] 1900년대 신문에 나타난 '논설'이라는 글쓰기 안에는 사상적 글쓰기와 문학적 글쓰기가 선명하게 분화되지 않은 채 포함되어 있었다.[57]

---

52 이상의 내용은 심경호, 『한문산문의 미학』, 고려대 출판부, 1998; 정대림, 『한국고전비평사 : 조선 후기편』, 태학사, 2001; 김경미, 『소설의 매혹 : 조선 후기 소설비평과 소설론』, 월인, 2003 참조.

53 심경호, 위의 책, 306쪽.

54 김복순은 '서발류' 비평의 변화 양상에 주목하여 고전비평과 근대비평 사이의 연관관계를 고찰했다. 김복순, 「근대문학비평의 여명기」, 『1910년대 한국문학과 근대성』, 소명출판, 1999 참조.

55 '논변문'은 '의론문(議論文)'이라고도 하고 논설문(論說文)이라고도 한다. '논변류' 산문과 관련된 내용은 다음을 참조했다.
    이가원, 「한문 문체의 분류적 연구(2)」, 『아세아연구』 3(2), 고려대 아세아문제연구소, 1960; 심경호, 앞의 책, 264쪽; 송혁기, 「論說類 산문의 문체적 특성과 작품양상」, 『동방한문학』 31, 동방한문학회, 2006, 63쪽.

56 김종철, 「한문산문 '論'의 갈래성격과 글쓰기특성」, 『동방한문학』 18, 동방한문학회, 2000; 송혁기, 「한문산문 '說 體式의 문학성 再考」, 『한국언어문학』 58, 한국언어문학회, 2006; 송혁기, 「論說類 산문의 특성과 작품양상」, 『동방한문학』 31, 동방한문학회, 2006, 72쪽.

기존의 연구에서는 1890년대에서 1910년대까지의 비평적 글쓰기가 '서발'이나 '논설' 등의 형태를 취하고 있다는 점을 지적했으며 이에 근 거하여 고전비평과 근대비평의 관계를 규명하려 시도했다.[58] 그러나 고전비평과 근대비평의 연속성 혹은 단절을 규명하기 위해서는 비평 적 글쓰기가 근대 매체의 형성과 맺고 있는 관계에 주목할 필요가 있 다. 차태근이 1900년대 중국의 글쓰기 지형을 분석하며 지적했듯이, 근 대 인쇄매체는 비평 공간을 급속도로 확장시키는 역할을 담당했다. 대량 발행이 가능해진 신문과 잡지는 다양한 지역적 여론 공간을 연계시켰고, 다층적 형태의 문장들이 발표될 수 있는 공간을 제공했던 것이다.[59]

1900년대 한국에서도 인쇄매체의 발생은 '사회전체를 향한 의사소 통양식을 창출'[60]했으며 이는 근대적 성격의 공론장을 발생시키는 요 인이 되었다. 찰스 테일러에 따르면, '공론장'은 잠재적으로 모든 사람 들을 끌어들이는 토론 장소를 지칭하는 말이다. 사회 구성원들은 '공 론장' 안에서 공통의 이해관계가 걸린 문제들을 논의하여 공통의 의견 을 도출할 수 있을 것이라고 상상했다. 인민이 주권을 지닌다는 시각, 정치권력이 외부의 무엇인가에 의해 감독되어야 하고 견제되어야 한 다는 관념은 근대적 공론장과 더불어 등장했던 것이다.[61]

---

57 정선태, 『개화기 신문 논설의 서사 수용 양상』, 소명출판, 1999, 43~44쪽 참조.
58 전기철, 「개화기 지식계급 논설의 발달과 근대비평의 형식」, 『어문연구』 26, 한국어문교육 연구회, 1998; 장사선, 「한국 근대 초기 문예평론 형성의 비교문학적 연구」, 『한국현대문학 연구』 26, 한국현대문학회, 2008. 이외에도 앞에서 언급했던 이선영(1989), 김복순(1999), 류 한영(2009)의 논의를 대표적 예로 들 수 있다.
59 차태근, 「문학의 근대성, 매체, 그리고 비평정신」, 『대동문화연구』 59, 성균관대 대동문화 연구원, 2007, 498쪽.
60 김동식, 앞의 글, 25쪽.
61 찰스테일러는 '공론장'이 다양한 공간들을, 실질적인 모임이나 만남과는 상관없는 '하나의 공통 공간(a common space)'으로 엮어낸다는 점을 강조했다. 이때 사용된 '하나의 공통공간' 이라는 표현은, '공론장'이 다양한 공간들을 하나로 엮어내는 '장소 초월적(metatopical)' 성 격을 지니고 있다는 점을 부각시킨다. 찰스 테일러는 사람들이 어떤 목적을 위해 모여 있을

1900년대를 전후로 시도된 비평적 글쓰기는 근대적 공론장의 형성과 밀접하게 관련되어 있다. 이 책에서는 공론장과 연관되어 있었으며 다층적 양태로 수행되던 비평적 글쓰기가 변화해간 양상을 분석한 후 이와 연관하여, '문예비평'의 형성 과정을 살펴볼 것이다. 이를 위해 본 논문은 1905년부터 1920년대 후반까지의 시기를 연구 대상으로 설정하려고 한다.

광무 · 융희 연간 중 1905년 이후에 초점을 맞춘 이유는, 이 시기 한국 사회에 일어난 급격한 변화가 비평적 글쓰기에 미친 영향을 부각시키기 위해서다. 1905년 11월 17일, 일본은 한국을 보호국으로 설정하고 외교권을 장악했다.[62] 이로 인해 위기감을 느낀 한국의 지식인들은 위기의 원인을 진단하고 위기를 극복할 수 있는 방안을 모색했다. 1900년대 후반 생겨난 다양한 학회들은 그러한 문제의식 위에서 설립된 것이었다. 그 단체들은 교육과 식산(殖産)이라는 당면 과제를 제시하며 식민 상태로부터 벗어날 수 있는 길을 탐색했다.[63] 그러한 탐색의 과정은 곧 학회지를 중심으로 한 잡지의 양적 확장, 학문 질서의 급격한 재편을 불러일으켰다.[64] 이 책은, 1900년대 후반 잡지에 나타난 '비평' 관

때 만들어진 공통 공간을 '장소 한정적 공통 공간(topical common space)'이라고 부른 후, 공론장은 '장소를 넘어선(metatopical) 공통 공간'이라고 주장한다. 이상의 논의는 찰스 테일러, 이상길 역, 『근대의 사회적 상상』, 이음, 2010, 133~153쪽 참조. 이외에도 '공론장'의 개념 규정과 관련하여 다음의 저작을 참조했다. 위르겐 하버마스, 한승완 역, 『공론장의 구조변동』, 나남, 2001; 사이토 준이치, 윤대석 · 류수연 · 윤미란 역, 『민주적 공공성』, 이음, 2009. '공론장과 관련된 보다 구체적인 논의는 이 책의 1부 2장 3절 「공론장의 재편과 비평적 글쓰기」에서 진행하려고 한다.

62 앙드레 슈미드는 1895년부터 1910년까지의 한국 역사를 ① 국가 제도와 사회에 대한 왕실의 장악력을 강화시키려고 시도한 서사 ② 국가 주도의 개혁으로 귀결된 서사 ③ 민간 주도로 진행된 민족주의 운동의 성장 서사로 정리하고 있다. 슈미드는 1905년 을사조약의 체결이 이 세 가지 역사적 내러티브에서 모두 중요한 위치를 차지하고 있다고 주장한다. Andre Schmid, 정여울 역, 『제국 그 사이의 한국』, 휴머니스트, 2007, 95~107쪽.

63 노대환, 「1905~1910년 문명론의 전개와 새로운 문명론 모색」, 『유교사상연구』 39, 한국유교학회, 2010.3, 351~353쪽.

런 어휘의 사용 양상과 비평적 글쓰기의 변화 양상을, 1905년이 지니는 역사적 의미와 연관하여 분석하려고 한다.[65]

또한, 연구시기를 1920년대 후반까지로 확장시킨 이유는 ① 비평적 글쓰기가 유형화되는 과정과 연관하여 '문예비평'의 형성 과정을 고찰하는 동시에, ② 문예비평의 형태가 분화되는 과정 또한 문예비평의 형성과 밀접하게 맞물려 있다는 점을 드러내기 위함에 있다. 본 연구에서는 1905년부터 1920년대 후반까지의 시기를 두 개의 분기점으로 구획하려고 한다.

---

64 을사보호조약은 한국의 외교권을 박탈하고 황제의 위상을 급격하게 약화시켰지만, 다양한 언론·정치운동은 역설적으로 이 시기에 활기를 띠게 되었다. 근대적 인쇄매체의 발간 역시, 1899년 『독립신문』이 폐간된 이후 급격히 감소했다가 1905년 이후 다시 증가하게 된다. 이상의 논의는 권보드래, 「근대 초기 '민족' 개념의 변화」, 『근대계몽기 지식의 굴절과 현실적 심화』, 50쪽; 박주원, 「『대한매일신보』에 나타난 '개인' 개념의 특성과 의미」, 앞의 책, 101~102쪽, 구장률, 「근대지식의 수용과 소설 인식의 재편」, 연세대 박사논문, 2009, 46~49쪽 참조.

65 학회와 잡지의 양적 확산은 한국에서만 일어난 현상은 아니었다. 1900년대 중국에서도 학회와 잡지의 출현은 비평 공간을 확장시켰고 '시사단평'과 같은 새로운 글쓰기 실험 또한 가능하게 만들었다. 선행 연구에 따르면, 이러한 실험은 양계초가 주도한 잡지인 『淸議報』(1898~1901)와 『新民叢報』(1902~1907)에 배치된 '國開短評', '批評門' 등의 지면에서 이루어졌다. 이상의 논의는 차태근, 위의 글, 2007 참조. 홍준형, 「시사단평과 근대 매체 산문의 계보」, 『중국어문논역총간』 27, 중국어문논역학회, 2010 참조.

반면, 1890년대부터 1910년대의 한국에 나타난 비평적 글쓰기에 대한 선행 연구는 '신문논설'과 '서발류 산문'에 집중되어 있었다. 1900년대 후반 잡지에 나타난 글쓰기 양상에 대한 연구는 2000년대 후반부터 본격적으로 진행되었으며 학문적 글쓰기의 근대적 전환 양상(김지영), 잡지에 실현된 국한문체(임상석), 서사체의 투영 양상(문한별)에 대한 연구가 수행된 바 있다. 최근에는 학회지에 나타난 글 중 사회비평적 성격을 지니는 서사물에 대한 연구(김경남) 또한 발표되었다. 그러나 1900년대 후반 한국 잡지에 나타난 비평적 글쓰기의 양상을 본격적으로 탐색한 연구는 발표되고 있지 않다.

『학지광』, 『청춘』, 『창조』, 『개벽』 등의 잡지가 1910년대 이후 비평적 글쓰기의 변화에 미친 영향을 고려할 때, 이러한 잡지들의 선구 격인 1900년대 후반 잡지에 대한 연구는 보다 활발하게 진행될 필요가 있다. 이 연구가 '신문논설'과 '서발류 산문'이 아니라, 1900년대 후반 이후 발간된 '잡지'에 초점을 맞추어 논의를 시작한 이유 또한 여기에 있다. 이상의 논의는 김지영, 「학문적 글쓰기의 근대적 전환」, 『우리어문연구』 27, 우리어문학회, 2006; 임상석, 『근대계몽기 잡지의 국한문체연구』, 고려대 박사논문, 2007; 문한별, 「근대전환기 학회지의 서사체 투영 양상」, 『우리어문연구』 35, 우리어문학회, 2009; 김경남, 「1900년대 사회 비평 서사와 근대적 글쓰기」, 『겨레어문학』 44, 겨레어문학회, 2010.6. 참조.

첫 번째 분기점은 1917년부터 1920년까지의 기간으로, 이 기간에는 ① '문예'라는 말과 '비평'이라는 말이 결합된 형태로 나타나기 시작했고 ② 『청춘』 등의 매체에서 현상문예 제도가 실시되어 이와 연관된 비평형태인 '선후평(選後評)'이 시도됐으며 ③ 『창조』 등의 동인지를 중심으로 '문예비평'적 성격을 지닌 글을 지칭하는 체계가 출현했다. 본 연구는 1905년부터 첫 번째 분기점까지의 기간을 탐색하며 '근대 문예비평'이 형성된 배경을 탐색하려고 한다.

두 번째 분기점은 1924년부터 1926년까지의 기간으로, 이 기간에는 대중적 문예잡지였던 『조선문단』과 종합지 『개벽』에 '강화(講話)', '작법(作法)', '월평(月評)'과 같은 다층적 형태의 비평이 발표되었다. 또한 이 시기에는 비평 언어에 대한 문제의식이 생겨나 비평 술어 사전이 편술(編述)되었으며 비평 방법과 관련한 논쟁이 전개되기도 했다. 본 연구는 두 번째 분기점인 1924년부터 1926년까지의 기간을, 1920년대 문예비평의 변화 양상과 연결하여 고찰하며 '근대문예비평'이 분화된 양상을 탐색하려고 한다.

이상의 논의를 바탕으로 하여 본론에서는 다음과 같은 점을 살펴볼 것이다. 우선 제 2장에서는 근대문예비평이 형성된 배경을 세 가지 층위로 나누어 분석하려고 한다.

첫 번째, 제 2장의 1절 「'비평' 개념의 변천과 '문예비평'의 탄생」에서는 '문예비평'이라는 말이 지칭하는 범주가 형성된 과정을 분석하려고 한다. 이 분석 작업은 두 방향으로 나누어 진행된다. ① 'criticism' 이 번역되는 양상을 살펴본 후 이와 연관하여 1905년부터 1920년까지 '비평'이라는 말이 어떻게 사용됐는지를 추적하려고 한다. 그 과정에서 '비평'과 밀접한 관련을 맺고 있었던 어휘들을 살펴본 후, 그러한 어휘가 변화해간 과정을 분석하려고 한다. ② 1910년대 '문학' 개념의 의미가 전환되면서 부각되기 시작한 '문예'라는 말의 의미를 분석한 후, 이와 연관하여 '문예비평'이라는 용어가 나타나게 된 원인, '문예비평'의 지시범주가 확립된 과정에 대해 서술하려고 한다.

두 번째, 제 2장의 2절 「산문 분류 방식의 변화와 '평론' 체계」에서는 1900년대부터 1920년대까지 간행된 근대 잡지가 산문을 분류해온 방식을 살펴보려고 한다. 1900년대 학회지, 『학지광』·『청춘』으로 대표되는 1910년대 잡지, 『창조』·『폐허』·『백조』 등의 동인지, 『개벽』·『조선지광』과 같은 1920년대 종합지는 잡지의 목차 및 현상문예 공모를 통해 산문을 분류하는 방식을 확립해 나갔다. 그 방식을 비교·검토하여 '평론'이라는 분류 체계가 나타나게 된 과정을 분석한 후, 그 체계가 내포하는 의미에 대해서 고찰하려고 한다. 또한 '평론'이라는 분류 체계가 확립되는 시기, 함께 출현한 '감상(感想)' 혹은 '수필'이라는 분류 체계의 의미에 대해 살펴보고, 비평적 글쓰기와 수필적 글쓰기의 경계를 탐색하려고 한다.

세 번째, 제 2장의 3절 「공론장의 재편과 비평적 글쓰기의 성격 변화」에서는 1910년대 공론장이 재편된 양상을 분석하며 그러한 재편의 과정이 비평적 글쓰기에 미친 영향을 검토하려고 한다. 이를 위해 우선적으로 식민지 매체 관리 정책의 변화 과정을 살펴본 후 이와 연관하여 1920년대 비평적 글쓰기의 성격이 변화해간 양상을 분석하려고 한다. 그다음으로 『청춘』의 현상문예와 『매일신보』의 현상문예에 나타난 '선후평(選後評)'을 비교·분석한 후, '선후평(選後評)'이 '문단'의 형성 및 재생산 작업과 어떻게 연결되고 있었는지를 탐색하려고 한다. 이는 문단의 형성이 공론장 및 비평적 글쓰기의 성격 변화에 미친 영향을 분석하는 작업으로 발전될 것이다.

문예비평의 형태가 분화되는 양상에 대해서는 본 연구의 제 3장에서 다루려고 한다. 문예비평이 분화된 양상 또한 세 가지 층위로 나누어 분석하려고 한다.

첫 번째, 3장의 1절 「'강화류' 비평의 형성과 문예적 글쓰기의 규범 확립」에서는 1920년대 중반, 강화류(講話類) 비평이 형성된 과정을 분석하려고 한다. 1920년대에는 시·소설 등의 문예적 글쓰기와 관련된 지식을 제시하는 담론, 예비 문사를 교육하는 활동의 중요성을 부각시키는 담론들이 빈번하게 발표되고 있었다. 이 절에서는 1920년대 초·중반, 현철의 비평 활동과 이광수의 비평 활동을 대상으로 삼아, 교육론의 성격을 지니는 비평이 나타나게 된 배경을 분석하려고 한다. 또한 『조선문단』에 발표된 「소설작법」과 「작시법」 등의 작법류(作法類) 글들이 이광수의 「문학강화」와 연결되는 지점을 분석한 후, 『조선문단』의 작법이 문예적 글쓰기를 사유했던 방식을 살펴보려고 한다.

두 번째, 제 3장의 2절 「'월평류' 비평의 제도화와 당대 작품의 가치 판단」에서는 월평류(月評類) 비평이 형성된 과정을 분석하려고 한다. 이 절에서는 월평의 형성 과정이 1920년대 초반 매체 간행이 확대된 상황과 맞물려 있음을 살펴본 후, 1920년대 중반 『개벽』과 『조선문단』 등의 매체에서 월평이 제도화된 과정을 분석하려고 한다. 그 다음으로 월평류 비평이 지니는 특징을 분석하고 월평 과정에서 각기 다른 평자들이 공통적으로 사용했던 비평 술어(術語)를 알아보려고 한다. 개별 작품의 가치를 판단하는 데 초점을 맞추던 월평 쓰기 방식이 1926~1927년을 기점으로 변화해간 양상을 분석하는 데 이 절의 최종적 목적이 있다.

세 번째, 3장의 3절 「메타비평의 확대와 문예비평의 위상 변화」에서는 1920년대 중·후반 '비평에 대한 비평', 즉 '메타비평'이 활성화되고 있었던 상황을 살펴보려고 한다. 이러한 상황은 1920년대 다양한 사상 관련 술어(術語)가 유입된 과정과 맞물려 있다. 이 절에서는 1924년 7월

『개벽』에 실린 「중요술어사전」에 초점을 맞춰 사전의 편술자인 박영희가 사상 관련 술어의 의미를 정리하고 있는 양상, 문학 관련 술어의 의미를 정립하고 있는 양상을 분석하려고 한다. 또한 1920년대 중·후반 일어났던 다양한 비평 논쟁을, 비평 술어에 대한 문제의식이 발현된 양태·비평 방법에 대한 인식이 정립된 양태와 연관하여 분석하려고 한다. 그러한 분석은 1920년대 문예비평의 위상이 변해간 과정을 탐색하는 작업으로 발전될 것이다.

제2장

한국 근대 문예비평의 형성 배경

1. '비평' 개념의 변전과 '문예비평'의 출현

1) '비평' 관련 어휘의 사용 양상: '평론' · '비평' · '비판'

(1) 1900년대 : '비평'과 '여론'

19세기 후반 조선에 거주했던 서양 선교사들이 발간한 이중어 사전에서 criticism 관련 어휘의 번역어로 제시되었던 단어는 '평론'이었다. 언더우드(Horace G. Underwood)가 편찬한 『韓英字典』(1890)에서 '평론'이라는 단어는 1부인 「한영사전」에서는 수록되어 있지 않지만, 2부 「영한사전」 부분에서 criticism 관련 단어의 번역어로 제시되고 있다. 『韓英字典』에서는 critic의 번역어로 '평론ᄒᆞ는 이', criticise의 번역어로 '평론ᄒᆞ오'가 제시되고 있었다.[1]

그러나 '평론'이라는 어휘 역시 criticism과 유사한 의미만을 내포하고 있지는 않았다. 19세기 후반기의 이중어 사전을 살펴보면 '평론'이라는 어휘가 '토의하다', '의논하다', '판단하다', '중재하다'와 같은 다층적 의미의 단어들로 번역되고 있는 것을 발견할 수 있다. 언더우드의 사전보다 10년가량 일찍 편찬된 『韓佛字典』(1880)에는 '평논ᄒ다'와 '평론ᄒ다'가 동시에 등재되어 있는데 전자의 경우에는 '사람을 판단하다', '장점과 결점을 보다'는 의미를 지닌다고 서술되고 있으며, 후자의 경우에는 '토의하다'라는 의미를 지닌다고 설명되고 있다.[2] 게일(James S. Gale)이 편찬한 『韓英字典』(1897)에서도 '평론ᄒ다'라는 어휘는 to discuss와 to arbitrate on과 대응한다고 서술되어 있다.[3] 이는 1900년대 이전 '평론ᄒ다'라는 말이 내포하는 의미망이 폭넓게 구축되어 있었으며 criticism과 관련된 의미는 그 망의 일부였음을 드러내준다.

1900년대의 학회지에 사용된 '평론'이라는 말도 특정한 글쓰기 방식을 가리키는 의미로 사용되기 보다는 '옳고 그름을 판단하고 평가하는 행동'이라는 의미를 주로 내포하고 있었다.[4] '평론'과 함께 사용되곤 했던 '비평'이라는 말 역시 '평론'과 거의 유사한 의미를 내포하고 있었다. '비평'과 '평론'이라는 어휘가 동시에 실려 있는 이훈영의 「유쾌한 처세

---

1 Horace Grant Underwood, 『韓英字典』, 橫濱 : 須原德義, 製紙分社 印刷, 1890(고려대 중앙도서관 소장). 이중어 사전의 의의와 이중어 사전 연구 동향은 이 책의 3부 1장을 참조할 것.

2 설명된 부분을 인용하면 다음과 같다.
   "① 평논ᄒ다, HPYENG-NON-HĂ-TA, 評論, Juger les hommes; voir les défauts, les vertus ② 평론ᄒ다, HPYENG-RON-HĂ-TA, 評論, Dé-libérer." Felix Clair Ridel, 『韓佛字典』(1880), Yokohama : C. Levy, Imprimeur-Libraire(국학자료원 영인본, 1994), 359쪽.

3 James S. Gale, 『韓英字典』 초판, Yokohama : Kelly and Walsh, 1897, 470쪽(고려대 중앙도서관 소장).

4 1900년대 후반 『태극학보』와 『야뢰』 등의 잡지, 그리고 『대한매일신보』에서 '평론'은 산문을 유형화하는 체재로 사용되기 시작했으나, 그러한 사용법이 보편화되지는 않았다. 이와 관련한 논의는 이 책 1부의 2장 1절에서 진행하려고 한다.

법」[5]에서 이를 확인할 수 있다.

이 글에는 "他人의 語ᄒᆞᄂᆞᆫ ㅂ를 ──**批評**ᄒᆞᄂᆞᆫ 者 有ᄒᆞ나 此는 誤謬홈이라. 自己ᄂᆞᆫ 單히 同情의 有無를 表ᄒᆞ얌즉혼 言을 ᄒᆞ면 足ᄒᆞ고 **是非의 評**은 此를 他人에게 委ᄒᆞ라"[6]와 같은 구절이 삽입되어 있다. 이때 '비평'은 뒷부분에 나온 '시비의 평'과 같은 의미, 즉 타인의 말에 대해 옳고 그름을 평가하는 행동을 일컫는 의미로 사용되고 있다. 이 글은 시비를 평하는 행동이 올바른 처세법이 아니라는 점을 충고하고 있으며, 그러한 충고에는 비평적 언행이 일상생활을 살아가는 데 있어서 실용적 도움을 주지 못한다는 가치 판단이 함축되어 있다.

미국의 대통령 조지 워싱턴의 일상생활 좌우명을 소개하고 있는 글의 말머리에서도 "病人을 慰問홀 時에 卽時 醫師를 **評論**ᄒᆞᄂᆞᆫ 等事를 물지어다"와 같은 표현이 발견된다. 이 부분에서도 '평론'은 전문가인 의사의 치료에 대해 평가하는 행동이라는 의미를 내포하고 있다. 의사를 평론하는 행동을 하지 말라고 한 것에서 확인할 수 있듯이 '평론하는 행동'은 '비평'과 마찬가지로 흠잡기와 같은 부정적 의미를 내포하고 있었다.

부정적 의미로 사용되긴 했지만 '비평'과 '평론'은 일상적으로 사용되는 단어였으며 '판단하고 평가하는 행동'이라는 의미를 담고 있었다. 그러한 판단 행위·평가 행위는 타인의 의견과 나의 의견을 교환하는 의사소통 행위로 인식되기도 했다. 『서우』 4호에 실린 논설 「기회」에서 박은식[7]은 "年來 我韓現狀이 世界眼觀에 映ᄒᆞ야 各國에 **評論**이 有ᄒᆞ되 韓國은 政治의 濁亂과 人心의 腐敗가 極頂에 達ᄒᆞ야 國家의 地位는

---

5   이훈영, 「유쾌한 처세법」, 『태극학보』 8, 1907.
6   인용문의 강조는 특별한 언급이 없는 한 인용자가 표시한 것임을 밝혀둔다.
7   박은식, 「기회」, 『서우』 4, 1907.

野蠻의 同等이오"라고 말한다. 이때 '평론' 역시 '평가하는 논의'라는 의미를 내포하고 있으며, 글의 문맥상으로는 대한제국을 부정적으로 판단하는 세계의 시각을 의미하고 있다. 필자는 한국의 정치를 혼란 상황으로, 한국의 인심을 부패한 상태로 평가하는 세계의 견해를 보며 절망하고 있다.

『서우』15호(1908.2)에 실린 「여자교육의 급선무」[8]에도 "持卵求晨ᄒ고 臨渴掘井의 **批評**을 不免홀 듯 ᄒ나 此ᄂᆫ 其本을 不知ᄒᄂᆫ 言이라"와 같은 표현을 발견할 수 있다. 이 글에서 필자인 김하염은 나라를 부강하게 하기 위해서는 여성 교육이 필요하다고 주장하고 있는 반면, 김하염의 주장에 반대하는 사람은 '어느 겨를에 여성을 급히 먼저 공부시키겠는가'라고 반박한다. 반박하는 사람들의 주장을 지시하는 말로 사용된 '**批評**'은 '부정적 평가'라는 의미를 내포하고 있으며, 필자는 여성교육을 반대하는 비평에 맞서 여성이 국민의 절반이라는 점을 강조하고 있다.

타인과 토의하여 자신의 의견을 결정하고, 때로는 그 의견에 반박하는 의사소통 행위는 근대적 공론장이 형성되고 있던 당대의 정세와 관련을 맺고 있다. 찰스 테일러에 따르면 공론장(a public sphere)은, 잠재적으로 모든 사람들을 끌어들이는 토론 장소를 말하며, 공론장에서 형성되는 공통 의견은 사람들 사이의 비판적 논쟁으로부터 도출된 성찰적 관점을 내포한다. 찰스 테일러는 단편적이고 국지적인 토론들이 서로를 참조하고 있는 점, 다양한 인쇄물들이 유통되고 있는 점을 공론장 형성의 객관적 조건으로 상정하고 있다.[9]

앞에서 분석했듯 1900년대 학회지에서는 단편적이고 국지적인 토론들이 서로를 참조하고 있었으며 이러한 토론들은 공개된 인쇄물을

---

8   김하염, 「여자교육의 급선무」, 『서우』15, 1908.
9   이상의 논의는 찰스 테일러, 앞의 책, 133~135쪽.

통해 유통되고 있었다. 이는 1900년대 한국에서 근대적 공론장이 형성될 수 있는 객관적 조건이 마련되어 있었음을 보여준다.[10] 『대한협회회보』 11호(1909.2)에 실린 정운복의 「여론의 가치」[11]는 1900년대의 논자들이 공공적 문제와 여론의 형성에 관심을 기울이고 있었음을 드러내준다.

이 글에서 정운복은 '여론'이라는 말의 뜻이 막연하기는 하지만, 이 말은 '공론(公論)' 혹은 '정론(正論)'으로 바꾸어 부를 수 있다고 주장한다. 정운복은 정당하고 공평한 '언론(言論)'으로 사회에서 우세를 점하고 있는 것을 여론으로 보고 있다. 이러한 여론의 의미를 정운복은 협의와 광의로 나누어 이야기하는 데 광의로 볼 때에 여론은 "공공적 문제에 대하여 자유로 발표하여 사회에서 우세를 점하는 의견"을 말하며, 협의로 볼 때에 여론은 "정치적 문제에 대하여 자유로 발표하여 사회에서 우세를 점하는 의견"을 말한다.

정운복의 정의에서 우리는 두 가지 의미를 유추할 수 있다. 첫 번째, 여론을 공공적 문제와 연결시키고 있다는 점을 볼 때 당대에 공공성에 대한 인식이 자리 잡고 있었다는 점을 확인할 수 있다. 두 번째, 자유로운 발표의 문제를 여론 형성의 전제 조건으로 인식하는 견해가 나타나고 있다는 점을 확인할 수 있다. '자유로운 발표'를 중요시하는 견해에는 자신의 의견을 자율적으로 결정하는 개인 주체에 대한 신뢰가 깃들어 있고, 그러한 주체의 의견이 발표되는 공간으로서의 '사회'가 상정되어 있다. "敢히 社會에 發表치 못ᄒᆞᄂᆞᆫ 者ᄂᆞᆫ 興論이 아니"라고 정운복이 주장한 부분에서도 이를 확인할 수 있다.[12]

---

10 이와 관련한 보다 상세한 논의는 1부의 2장 3절 「공론장의 재편과 비평적 글쓰기의 성격 변화」에서 진행하도록 하겠다.

11 정운복, 「여론의 가치」, 『대한협회회보』 11, 1909.

12 박명규에 따르면 '사회'라는 개념이 처음으로 소개되고 사용된 것은 1890년대 중반 무렵부

19세기 말에서 20세기 초 한국 사회에 근대적 공론장이 발생하기 시작했으며 이러한 변화가 의사소통 방식의 변모를 만들어냈다는 점은 김동식[13]의 선행 연구에서도 지적된 바 있다. 김동식은 근대적 공론장의 형성을 상징적으로 드러낸 사건이 1898년 10월 일어났던 만민공동회였다고 지적했다. 또한 김동식은 근대적 공론장이 당대 한국 사회의 의사소통방식의 변화를 이끌어냈으며 그 변화를 보여주는 대표적 글쓰기 양식은 논설임을 분석한 바 있다. 본 연구는 이러한 선행 연구의 문제의식을 이어받되, 공론장의 발생이 비평 행위에 대한 당대의 인식 체계에도 영향을 미치고 있었음을 부각시키려 한다.

정운복의 글의 마지막 부분에는 "當局者를 能히 **批評**ᄒ며 能히 **監督**ᄒ야 民聲은 即 神聲이라 하는 格言과 如히 吾人의 秉彝之性으로써 **思考判斷**ᄒ야 他人을 同化케 ᄒ며 且 **輿論**이 能히 人民의 智德 程度를 表示하오"라는 구절이 삽입되어 있다. 이 부분에서 당국자를 비평하는 행위는 단순한 개인의 문제제기에 그치는 것이 아니라 당국자를 감독하는 작업과도 연결된다. 이러한 비평 행위의 기반을 이루고 있는 것은 자신의 타고난 천성(秉彝之性)으로 사고하고 판단하는 행동이며 이러한 행동이 타인을 동화시킬 때 곧 여론이 형성되는 것이다. 이때 여론은 인민의 지와 덕의 정도를 드러내 보이는 척도로써 기능하게 된다. 개인의 사고와 판단에 기반을 둔 비평이 여론으로 형성될 때, 이는 곧 당국자를 감독할 수 있는 힘을 획득하게 된다고 정운복은 보고 있었다. 이는 곧 정치권력으로부터 독립된 개인들이 여론을 통해 정치권력을 견제할 수 있다는 문제의식, 즉 근대적 공론장과 연관된 문제의

터이다. 이 시기 『독립신문』은 '회'라고 불리는 단체 안에서 사람들이 동등한 의사 참여를 통해 공론을 형성하는 현상을 부각시키기 위해 '사회'라는 개념을 사용했다. 박명규, 「한말 '사회' 개념의 수용과 그 의미 체계」, 『사회와 역사』 59, 한국사회사학회, 2001.

13　김동식, 「한국의 근대적 문학 개념 형성과정 연구」, 서울대 박사논문, 1999.

식을 드러내고 있다.[14]

유사한 내용은 『대한협회회보』 9호(1908.12)에 실린 「我會의 本領 十二月通常會」[15]에도 나타난다. 이 글은 우리나라가 부강한 문명으로 전진할 가능성이 보이지 않는다고 말하며 그 이유를 '정부당국자'들의 태도에서 찾고 있다. 정부당국자들은 국민을 지식이 없고 쉽게 복종하지 않는 존재라고 비판하지만, 필자인 윤효정이 보기에 "我國民은 決코 不識時 不順服ᄒᆞᆫ 者가 아니라 卽 其 常識를 具備ᄒᆞ야 國家政令이 **時宜物論**에 不合ᄒᆞᆫ 者을 時或質問 **批評**ᄒᆞᆯ 能力이 有ᄒᆞᆫ 者"이다. 여기에서 국민은 국가의 정치적인 명령에 질문을 던지고 비평할 능력을 갖춘 자로 이해되고 있다. 국민의 비평 행위의 기준이 되는 것은 '時宜物論'이며, 당대의 상황과 관련된 여러 사람의 의견과 논의라는 뜻으로 해석될 수 있는 '時宜物論'은 '여론'과 유사한 개념으로 이해될 수 있다.

이상을 통해 확인할 수 있듯 1900년대 후반 '비평' 개념은 '여론' 개념과 연결되었으며 정치권력을 감독하는 근원적 힘으로 인지되기 시작했다.[16] 그러나 공론장 및 여론과 연관하여 비평이라는 개념을 사용한 글들의 경우에도 비평 행위의 근본을 이루는 '비평할 수 있는 타고난 천성'이 무엇인지에 대한 질문은 제기되지 않고 있다.[17] 이들의 글은

---

14   찰스 테일러 역시 '공론장'은 정치권력으로부터 독립된 인민들이 자유로운 토론을 통해 정치권력을 감시하고 견제한다는 문제설정에 기반을 두고 있음을 강조한 바 있다.

15   윤효정, 「我會의 本領 十二月通常會」, 『대한협회회보』 9, 1908.

16   이와 맞물려 1900년대 후반 『태극학보』, 『야뢰』, 『대한매일신보』에는 '평론'이 특정한 유형의 글쓰기 방식을 가리키는 말로도 사용되기 시작한다. 이에 대한 상세한 분석은 다음 장인 「산문 분류 방식의 변화와 '평론' 체계」에서 진행하도록 하겠다.

17   비평을 여론과 연결시켜 사용한 예는 『대한협회회보』에서 주로 발견되고 있으며, 이는 대한협회가 입헌군주제를 지향하는 정치적 성격을 지니고 있었기 때문으로 보인다. 임상석에 따르면 이 당시 발간된 학술 잡지 중 정치단체의 기관지로 기능한 잡지들로는 『대한자강회월보』, 『대동보』, 『대한협회회보』, 『조양보』 등을 들 수 있으며 『대한협회회보』를 발간한 대합협회는 연설회를 개최하고 정부에 대한 건의서를 제출하며 자강운동을 진행했던 대한자강회의 후신 조직이다. 이상의 논의는 임상석, 『20세기 국한문체의 형성과정』, 지식산

비평을 수행하는 개별 주체의 능력에 관심을 기울기보다는, '인민' 혹은 '국민'의 비평 행위가 가져다 줄 수 있는 정치·사회적 효과에 주목했다. 1910년대 이전에 발표된 글들 중 '비평' 개념이 '자기(自己)'와 같은 개인적 주체와 연결되어 있었던 글로는 『대한흥학보』 12호(1910.4)에 실린 이광수의 「日本에 在한 我韓 留學生을 論」을 들 수 있다. 이광수는 이 글에서 일본에 있는 대한제국 유학생들의 공통된 분위기를 개관하고 있다. 그중 하나는 '학교교육 만능주의'이고, 또 하나는 다음과 같다.

> 自己의 理想으로 人의 理想을 批評ᄒ며 자기의 윤리관, 도덕관으로 直히 사람의 사상과 행동을 判斷하려 ᄒ는 것이 是라.[18]

여기에서 비평은 '어떤 사람의 이상을 평가한다'는 의미를 내포하고 있으며 다음 문장에 사용된 '판단'이라는 어휘와 대응 관계를 이루고 있다. 이어 이광수는 선악의 표준이 서로 다르며 개인의 이상이 서로 다르기에 "自己一個의 定見으로 直히 人을 批評判斷"하는 행위는 오류를 범할 수밖에 없다고 말한다. 유사한 의미로 사용되고 있는 '비평'과 '판단'은 "自己의 理想으로", "自己一介의 定見으로"와 같은 표현과 결합되고 있으며, 타인의 이상을 배려하지 않는 행동이라는 의미 또한 담고 있었다. 이광수 역시 개인만의 견해에 기반을 둔 비평 행위를 부정적으로 바라보고 있었던 것이다.

이상을 통해 확인할 수 있듯 1910년대 이전 '비평' 개념은 '평론', '판단' 등의 어휘와 밀접하게 연결되어 사용되었으며 '비평·평론'은 사

업사, 2009, 55~59쪽 참조. 대한협회의 활동 및 대한협회를 주되게 이끌었던 윤효정의 활동에 대한 비판은 박찬승의 책에 상세하게 나타나 있다. 박찬승, 『한국 근대 정치사상사 연구』, 역사비평사, 1992.

18 이광수, 「日本에 在한 我韓 留學生을 論」, 『대한흥학보』 12, 1910.

회의 여론을 형성하고 당대의 권력을 감독하는 역할을 수행하는 행위로 이해되었다. 1910년대의 담론이 1900년대의 담론과 변별되는 지점은 1900년대의 이광수조차도 부정적으로 평가했던 '일개인의 판단', '자기 개인만의 의견'이 새롭게 의미를 부여받는 과정으로 이해될 수 있다. '비평' 개념의 의미 또한 이러한 시대적 변화와 맞물려 변화하고 있었다.

(2) 1910년대 : '자기'의 자각과 '비평'·'비판'

일본 유학생 잡지인 『학지광』에서 확인할 수 있듯 1910년대에는 '자기'를 자각하고 표현하는 행위를 중요시하는 담론들이 나타나기 시작했다. 『학지광』 3호(1914)에 실린 장덕수의 「학지광 3호 발간에 임호야」에서는 "자기실현과 자기표현은 우주의 근본사실"이라고 말하고 있으며 같은 호에 실린 「이상적 혼인」에서 나혜석은 "자기개성을 발휘코저 허는 자각"을 가질 필요를 역설한다. 『학지광』 5호에 실린 최승구의 「너를 혁명하라」 역시 앞의 글들과 유사한 문제의식을 담고 있다.

「너를 혁명하라」(『학지광』 5호, 1915)에서는 '개인적 혁명'의 당위성을 강조하고 있다. 최승구에게 개인적 혁명은 자기의 개성을 찾고 자유의지를 자각하는 행동으로 이해되고 있다. "獰惡한 幽靈이 우리를 누르고, **崇嚴한 批評**이 우리를 찌른다"라는 표현에서 확인할 수 있듯 개인적 혁명의 과정에서 '비평'은 중요한 역할을 담당하게 된다. '비평'은 잠들어 있는 '自己'를 깨워 스스로를 혁명하는 활동으로 이해되기 시작한 것이다.

1910년대 '비평'은 한편으로는 '자기'라는 개념과 연결되기 시작했으며 또 다른 한편으로는 '비판(批判)'과 유사한 개념으로 사용되기 시작했다. 『학지광』 5호(1915)에 실린 현상윤의 「사회의 비판과 밋 그 표준」

은 서두에서부터 지금 조선사회에 "비판력이 있느냐?"는 질문을 던진다. '비판'이라는 말과 '력'이라는 말이 결합되었다는 것은 '비판'을 일종의 능력으로 사유하고 있다는 점을 드러낸다. 현상윤은 '비판'과 '창조'가 밀접한 관련이 있다고 말하며 과거 조선사회에는 '비판'이 존재하지 않았다고 주장한다.

> 대개 **批判**이란 只今까지 지나온 過去와 當場에 서 잇는 現在를 **批評하고 判斷하야** 한거름 더나아가 理想鄕의 將來로 올마가랴는 努力의 한 階段이니, 社會의 進步가 이에서 發端되고 人間의 向上이 이에서 起源함이라, 停滯되얏던 文明이 다시 開展코져함에도 批判이 안이고는 될 수가 업스며 沉澱되얏던 잠 潛勢力이 다시 發現코져 함에도 批判이안이고는 할수업도다.[19]

비판의 중요성을 서술하는 부분에서 현상윤은 '비판' 개념을 '비평'하고 '판단'하는 행동이라는 의미로 사용하고 있다. 여기에서 '비평'과 '판단'은 '비판'이라는 개념의 하위 범주로 배치되고 있다. 현상윤은 '지나온 과거'와 '지금 서 있는 현재'를 비판의 대상으로 상정하며 비판을 통해 과거와 현재는 이상적 미래로 나아가기 위한 계단의 역할을 담당할 수 있게 된다고 주장했다. 더 나아가 사회를 진보하게 만들고 정체되었던 문명을 다시 일어날 수 있게 만드는 것 역시 '비판'이라고 말한다. 칸트의 영향을 받은 독일 낭만주의자들이 '비판'이라는 개념을 모든 확정된 기본 법칙들을 파괴하는 작용으로 해석한 것과 달리, 현상윤은 '비판'을 통해 한 사회와 문명이 발전할 수 있는 방향을 제시하려하고 있다.[20] 엄정한 비판이 성립하기 위해서는 엄정한 표준이 설정되

---

19 현상윤, 「사회의 비판과 및 그 표준」, 『학지광』 5호, 1915, 24쪽.
20 칸트의 사상과 독일 낭만주의의 '비판' 개념을 연결시킨 논의는 발터 벤야민, 박설호역, 「독

어야 한다고 말한 부분에서 이를 확인할 수 있다.

현상윤은 비판의 표준을 '참'과 '참 아닌 것', 즉 거짓으로 규정한다. 이때 현상윤은 '참'이라는 말이 지시하는 바가 무엇인지를 근본적으로 되묻고 있지는 못하다. 현상윤은 '발전하며 번성한 것'을 '참'과 연관시키고 있으며, "위대한 사업도 그 보통사업보다 특별히 위대한 점은 결국 '참'된 점"에 있다고 말한다. 이 부분에서 현상윤이 설정한 '참'이라는 기준은 위대한 자와 열패자를 이분법적으로 구분하고 양자를 위계화 시키는 진화론적 세계관²¹에서 벗어나지 못하고 있다. 글의 말미에서 현상윤은 '참'이라는 표준을 가지고 '조선사회'를 비판하며 조선 사람의 생활을 '허위의 생활', '가면의 생활'로, 조선 사람을 '환영적 존재'로만 규정하고 있다. 현상윤은 '비판'이 역사와 사회를 변화시키는 근본적 동력임을 강조했지만, 조선사회를 비판하는 자신의 시각 자체를 근본적으로 문제 삼지는 않았던 것이다.

이광수 역시 「부활의 서광」(『청춘』 12호, 1918.3)에서 '비판'을 구투(舊套)에 반항하고 진보를 만들어내는 작업으로 이해하고 있으며 '비판' 활동은 "精神的 自覺이 生하였음을 意味"한다고 주장했다. 「신생활론」(『매일신보』, 1918.9.6~10.19)에서 확인할 수 있듯이 이광수에게 '비판'은 "政治라든지 倫理, 法律, 習俗 같은 人事現想의 **批評判斷**에 쓰는 말"로 이해되고 있다. 『대한흥학보』에 실린 「日本에 在한 我韓 留學生을 論」(1910)에서부터 이광수가 사용했던 '批評判斷'이라는 말은 「신생활론」에서는 '비판'이라는 개념과 연결되고 있다.

일 낭만주의에서의 예술 비평의 개념」, 『베를린의 유년시절』, 솔, 1992, 188~192쪽 참조.

21 적자생존·우승열패를 인류 사회의 지배적 원리로 규정 하는 사회진화론은 19세기 후반부터 20세기 초 조선사회에 전파되었고 당대의 지식인들에게 커다란 영향을 미쳤다. 이상 사회진화론과 관련된 내용은 다음 책을 참조했다. 전복희, 『사회진화론과 국가사상』, 한울아카데미, 1996.

'비판'이 진보의 근본 동력이며 문명인의 최고 능력이라고 본 점에서 이광수의 견해는 현상윤의 견해와 닮아 있다. 이러한 견해를 바탕으로 조선사회에 비판이라는 것이 존재하지 않았다고 결론내린 부분에서도 현상윤과의 유사성을 확인할 수 있다. 현상윤의 논의와의 결정적 차이점은 이광수가 비판의 주체인 '자기'를 부각시키고 있다는 점에 있다.[22]

「내가 그것을 觀察하고 推理해 보니 이러하다」하여 自記라는 主體의 自覺이 分明하고 그 分明한 自己의 눈으로 精密히 觀察하고 그 精密한 觀察로써 얻은 材料를 自己의 理性으로 嚴正하게 判斷한 然後에야 비로소 善惡眞僞를 안다 함이 批判이외다.[23]

현상윤은 '비판'의 표준으로 참 / 거짓을 설정하고 있지만 참 / 거짓은 비판 활동을 작동시키는 원리로 보기 어려우며 비판의 결과로 획득

---

22 김현주는 이광수의 「신생활론」을 분석하며 이광수가 '비평'의 의미를 '비판'과 연관시켜 규정했다는 점을 밝혔으며, 이를 통해 '사회비평' 혹은 '문화비평'이라는 글쓰기가 1910년대 후반 출현했다고 말하고 있다. 이러한 김현주의 연구는 본 논문의 문제의식을 선취한 것으로 볼 수 있다. 그러나 김현주는 이광수에 초점을 맞추어 논의를 전개하였기에 1900년대와 1910년대 '비평' 개념의 의미가 변해간 양상, 일본과 한국에서 criticism이라는 개념이 번역된 양상과 연관하여 「신생활론」을 논하고 있지 않다. 현상윤의 「사회의 비판과 밋 그 표준」에 대해서도 이광수에 앞서 '비판'의 의미를 논했다는 점을 지적했지만, 이 글에 대한 상세한 분석은 수행하지 않고 있다.
김현주가 지적했듯이 1910년대 이광수의 글쓰기는 오늘날의 관점에서 보면 '문화비평' 혹은 '사회비평'의 맹아를 담고 있었다고 이해될 수 있다. 그러나 그 당시의 이광수는 자신이 수행하고 있던 글쓰기를 '비평'으로 인식하고 있지는 않았다. 이후 이광수가 「문학에 뜻을 두는 이에게」에서 자신이 쓴 글들을 '논문'으로 지칭하고 있는 것에서도 이 점을 확인할 수 있다. 본 연구는 1910년대의 글쓰기에서 '논문', '사회비평', '문예비평'은 명확히 분화되지 않은 채 중첩되어 있었으며 이광수 또한 이러한 글쓰기 상황에 제약되어 있었음을 강조하려고 한다. 비평적 글쓰기의 분화가 사회 전반에 걸쳐 진행되고 있다는 사실을 규명하기 위해서는 당대의 매체가 신문을 분류하는 방식을 포괄적으로 검토할 필요가 있다. 이에 대한 논의는 다음 절에서 진행하도록 하겠다. 이상의 논의는 김현주, 『이광수와 문화의 기획』, 태학사, 2005; 김현주, 「'사회'와 비평 / 소설의 글쓰기」, 『한국 근대문학 연구』, 한국근대문학회, 2004 참조.
23 이광수, 「신생활론」, 『이광수전집』 17권, 삼중당, 1962, 519~520쪽.

되는 가치 판단에 가깝다. 반면 이광수는 비판 활동의 선행 조건을 '자기'라는 주체의 자각'에서 찾고 있다. 『학지광』에서 강조했던 '자기각성', '자기표현'과 같은 담론은 이광수에게도 영향을 미치고 있었던 것이다. 이광수는 비판 활동의 과정을, 정밀한 관찰과 자기의 이성을 통한 엄정한 판단으로 정리하고 있으며 그 과정을 거친 후에 개인은 비로소 '선악'과 '진위'를 알게 된다고 말하고 있다. '비판'을 규정하는 데 있어서 '자기의 각성' 못지않게 부각되고 있는 것은 '엄정한 판단'이다. 이광수는 충효오륜과 같은 유교사상에 대해 엄정한 판단을 내리지 않았기에 조선의 사상이 독단과 미신에 빠져들었다고 보고 있는 것이다.[24]

이광수와 현상윤이 강조했던 '비판' 개념은 1910년대 이전 잡지에는 빈번하게 사용되지 않았던 말이다. 그러나 1920년을 전후로 '비판' 개념의 사용 횟수는 증가하게 된다.[25] 1910년대 중·후반부터 '비판' 개념이 빈번하게 나타나기 시작한 점, '비판'이 '비평'과 연관되기 시작한 것은 criticism을 '批評' 혹은 '批判'으로 번역한 일본 학술계와 밀접한 관련을 맺고 있다.

1914년 미국 선교사 존스(George Heber Jones)에 의해 편찬된 『英韓字典』(1914)에서는 critic의 번역어로 '비편가(批評家), 감명자(鑑定者)', crticism의 번역어로 '비평(批評), 논박(論駁)'이 제시되어 있다.[26] 1890년에 발간

---

24 '선악'과 '진위'를 판단하는 과정을 '비판'으로 해석한 이광수의 견해에서 '미적인 것'을 판단하는 행위와 '비판'을 연결시키는 사유는 발견되지 않고 있다. 이 부분을 고찰하기 위해서는 「문학의 가치」, 「문학이란 하오」로부터 시작하여 「문학강화」까지 전개된 이광수 문학론의 변화 과정을 면밀하게 검토할 필요가 있다. 이러한 작업은 다음 절에서 진행하도록 하겠다.

25 '국사편찬위'가 제공한 '한국사데이터베이스'의 『한국근현대잡지자료』을 통해 확인해 본 결과 '비평(批評)' 개념은 1910년대 이전 학회지에서 50회 이상 나타났으며, '평론(評論)' 개념도 40회 이상 나타났다. 반면 1910년대 이전 '비판(批判)' 개념은 단 한 차례 밖에 나타나지 않았다. 그러나 1920년대 발간된 『개벽』에는 1920년부터 1924년까지에만 30회 이상 '비판(批判)' 개념이 사용되고 있다.

26 George Heber Jones, 『英韓字典』, 東京 : 新文館, 1914, 32쪽.

된 언더우드의 사전과 비교해보면 '평론'이 아니라, '비평'이 criticism과 관련된 어휘의 번역어로 채택되었음을 확인할 수 있다. 기존의 연구에서 지적했던 것처럼 존스는 『英韓字典』의 서문에서 중국과 일본 등 주변국의 번역어를 적극적으로 수용하려 했다.[27] 이 연구에 따르면 『英韓字典』에서 critic을 번역한 양상은 미국 선교사 헵번(James Curis Hepburn)[28] 이 편찬한 일영(日英)사전 『和英語林集成』 재판(1872)의 내용과 일치하고 있으며, criticism을 번역한 양상 또한 『和英語林集成』 3판(1886)의 내용과 일치하고 있다.[29] 이를 통해 '비평(批評)'이 crticism의 번역어로 부각된 상황은 일본식 한자어를 수용한 과정과 밀접하게 연결되고 있음을 유추할 수 있다.

일본 학술계에서 criticism은 주로 '批評'으로 번역되었지만, '批判'으로 번역되기도 했다. 초기의 영일(英日)사전인 『英和對譯袖珍辭書』(1862)에서는 critic을 '批評', '譏評'[30]으로 옮겼으며, 이노우에 데츠치로(井上哲次郎)가 영국의 플레밍의 철학사전을 토대로 1881년 편찬한 『철학자휘』에서도 '批評'은 criticism의 번역어로 사용되었다.[31] '批評'이라는 말

---

27 北鄕照夫, 「Jones編 『英韓字典』의 譯語에 대하여 : 『和英語林集成』과의 關聯을 중심으로」, 고려대 석사논문, 1996, 8쪽.

28 제임스 커티스 헵번은 이광수가 3년 반 동안 유학생활을 했던 메이지학원(明治學園)과도 밀접하게 연관되어 있다. 일본이 미국과 불평등조약을 체결했던 1859년, 미국 장로회 본부는 선교사 헵번을 일본으로 파견했다. 헵번은 1859년 일본에 도착했으며 헵번의 아내 클라라 리드는 1963년 요코하마에 헵번숙(塾)을 열고 영어와 성경을 가르쳤다. 이는 1886년 설립된 '메이지 학원'의 전신이었으며 헵번은 이 학원의 총장으로 활동했다.
'메이지 학원'은 신학부, 고등부, 보통부로 나뉘어져 있었으며 이광수는 1907년부터 1910년까지 이 학교에서 수학했다. 이광수 외에도 문일평, 주요한, 김동인 등이 모두 이곳에 입학해 유학생활을 해나갔다. 이상의 내용은 김윤식, 『이광수와 그의 시대』, 솔, 1999, 191~201쪽 참조.

29 北鄕照夫, 앞의 글, 34쪽.

30 여기에서 사용된 '譏'는 '非難'의 의미를 내포하고 있다. 石塚正英·柴田隆行 監修, 『哲學·思想 飜譯語事典』, 論創社, 2003, 230쪽.

31 강영안, 『우리에게 철학은 무엇인가』, 궁리, 2002, 219쪽; 石塚正英·柴田隆行 監修, 앞의 책, 230쪽 참조.

이 '批判'이라는 말과 병용되기 시작한 것은 일본 학술계에서 칸트철학을 수용해간 과정과 밀접한 관련을 맺고 있다.

일본 제국 대학 철학과의 첫 일본인 교수였던 이노우에 데츠치로가 독일 관념론 철학을 토대로 유불(儒佛) 사상을 근대화한 후 이에 기초한 국가지상주의를 주장하려고 했다면, 오니시 하지메(大西祝)는 칸트의 철학을 정당하게 평가하고 그 뛰어난 점을 계승한 비평 활동을 전개하려고 했다.[32] 그는 「批評論」(1888)에서 지금 일본에서 필요한 작업은 서양 사상을 비평하고 세밀하게 규명하는 작업이라고 주장하며 여러 종류의 사상을 판별하고 비평해 그 진가를 분명히 하는 것을 비평가의 임무로 규정했다.[33] 또한 「方今思想界の要務」(1889)에서 오니시 하지메(大西祝)는 칸트의 『순수이성비판』의 서문에 실린 "우리의 시대는 진리를 비평하는 시대"라는 구절[34]을 인용하며 칸트의 사상을 일본의 현재 상황과 접목시킬 필요를 역설하기도 했다.[35] 이 글에서 칸트의 Kritik 개념은 '批評'으로 변역되고 있다.

칸트 사상에 대한 일본 사상계의 관심은 칸트의 『순수이성비판』을 정밀하게 해설한, 키요노 츠토무(淸野勉)의 『標註韓圖純理批判解說』(1896)을 계기로 한층 발전할 수 있었다. 칸트의 Kritik 개념[36]을 '批判'이라는

---

32 이상의 내용은 미야카와 토루(宮川透) 외편, 『일본 근대철학사』, 생각의나무, 2001, 102~128쪽 참조.

33 위의 책, 2002, 20쪽.

34 한국어판에서 그 구절은 다음과 같이 번역되어 있다. "우리 시대는 진정한 비판의 시대요, 모든 것은 비판에 부쳐져야 한다. 종교는 그 신성성에 의거해서, 법칙수립(입법)은 그 위엄을 들어 보통 비판을 면하고자 한다. 그러나 그럴 때 종교와 법칙수립은 당연히 자신들에 대한 혐의를 불러일으키는 한편, 꾸밈없는 존경을 요구할 수는 없을 것이다. 이성은 오직, 그의 자유롭고 공명한 검토를 견디낼 수 있는 것에 대해서만 꾸밈없는 존경을 승인한다." Immanuel Kant, 백종현역, 『순수이성비판』, 아카넷, 2009, 168쪽.

35 노구치 다케히코, 앞의 책, 2002, 20쪽.

36 '비판'의 근원인 그리스어(κρινω)의 본래 뜻에는 '어떤 것을 나누어 그 각각의 분지의 의의와 제약(또는 한계)를 확인한다'는 뜻이 담겨 있다. 칸트의 '비판' 개념에도 이성 능력 일반에 대

말로 번역한 키요노 츠토무[淸野勉]의 논의와 맞물려, '批判'은 '批評'이라는 어휘와 병용되어 사용되기 시작했다.[37] '비평' 개념과 '비판' 개념이 일본 유학을 경험한 현상윤과 이광수와 같은 지식인을 중심으로 병용되고 있는 것 역시 이러한 일본 학술계의 칸트 수용 양상과 밀접한 관련을 맺고 있었던 것으로 보인다.[38]

이상에서 확인할 수 있는 것처럼 1900년대 후반, '평론' 혹은 '판단' 등의 개념과 연관되어 사용되던 '비평'은 1910년대 후반에 이르면 '비판' 개념과 연결되기 시작했다.[39] 1910년대 후반, 『학지광』에 나타난 '비평'

한 한계를 규정하고 형이상학의 원천 및 범위를 결정하려는 문제의식이 담겨 있다. 사카베 메구미 외, 『칸트사전』, b, 2009, 176쪽.

37 이상의 내용은 石塚正英·柴田隆行 監修, 앞의 책, 230쪽 참조. 이쿠타 조코[生田長江]·모리타 소헤이[森田草平]·가토 아사토리[加藤朝鳥]가 함께 편집한 『新文藝辭典』(大正 7년)에서도 '批評論'은 '批判論'과 병용될 수 있는 어휘이자 칸트의 비판 철학에서 유래한 말로 해설되고 있다. 松井榮一 外, 監修 『近代用語の資料集成 27 : 新文藝辭典』, 大空社, 1994, 230쪽.
한편, 가라타니 고진은 독일의 철학자 한스 파이잉거(Hans Vaihinger)의 논의를 빌려와 칸트의 '비판' 개념이 스코틀랜드의 사상가 홈(Henru Home)의 『비평의 원리(*Elements of Criticism*)』에 영향을 받았다고 추정한다. 이를 바탕으로 고진은 칸트의 '비판' 개념이 상업적 저널리즘에서 성립하는 비평, 즉 누구도 결말을 지을 수 없는 평가를 둘러싼 '아레나(투기장)'에 영향을 받았다고 주장하고 있다. 가라타니 고진, 송태욱 역, 『트랜스크리틱』, 한길사, 2006, 76쪽.

38 『학지광』이 창간되었던 1910년대 일본에서는, 쿠와키 겐요쿠[桑木嚴翼], 토모나가 산주로[朝永三十郎]에 의해 칸트 철학이 체계적으로 탐구되었으며 이들의 칸트 연구와 철학사 연구는 일본 아카데미 철학의 확립에 큰 영향을 미쳤다. 쿠와키 겐요쿠와 토모나가 산주로는 20세기 초반 독일에서 유행했던 '신칸트주의'의 영향을 받았다. 이 시기 독일의 지식인들은 스스로를 교양(Bildung) 계층이자 문화(Kultur)의 담당자로 자각했으며, '문화'를 '문명'과는 다른 정신적 가치로 이념화하고 있었다.
독일 '신칸트주의'의 영향을 받은 쿠와키 겐요쿠와 토모나가 산주로는 '문화주의'의 확립에 영향을 주었으며, '문화주의'는 당대 일본 사상계에 큰 영향을 미쳤다. 박찬승은 『개벽』의 초기 사설에 나타난 '개조주의' 또한 일본에서 유행하던 '문화주의' 사조의 영향을 받았다고 지적한 바 있다. 이상의 내용은 한단석, 「일본 근대화에서의 칸트철학수용과 그 토착화」, 『일본학보』 25, 한국일본학회, 1990; 미야카와 토루 외편, 앞의 책, 139~162쪽; 박찬승, 앞의 책 참조.

39 '비판'과 '비평'을 연결시켜 사용하고 있는 예는 1920년대의 종합지 『개벽』에서도 발견된다. 『개벽』에서는 초대 학예부 주임을 역임했던 현철이 「예술협회 제2회 시연(試演)을 보고」(『개벽』 19호, 1922)에서 연극을 비평하는 행위와 비판을 연결시킨다. 현철은 연출가들이 자신의

혹은 '비판'은 일종의 능력으로 간주되었으며 '자기라는 주체의 자각'에 기반을 둔 행위로 인식되었다. 1900년대 후반 정운복과 윤효정의 글에서도 인민 혹은 국민이 비평할 수 있는 능력을 갖추고 있다는 인식이 나타난다. 그러나 이광수는 비평 행위를 수행할 수 있는 주체를, 인민 혹은 국민이 아니라 '自己'로 설정했다는 점에서 이들과 변별점을 지닌다. 그 결과 이광수는 비평 행위의 내적 작동 양상을 탐색할 수 있었으며 '자기의 이성'을 모든 판단 행위의 기준으로 설정할 수 있었다. 이광수가 「신생활론」에서 주되게 비판하고 있는 것 역시 '자기의 이성에 입각한 비평'을 가로막는 유교사상과 기독교 사상이었다. 반면 인민 혹은 국민의 비평 행위를 통해 국가의 정치적 명령을 감독하려 했던 정운복과 윤효정의 문제의식은 이광수에게서는 발견되지 않고 있다.[40]

식민 통치를 행사하는 권력을 '비판'의 대상에서 삭제한 대신, 이광수와 현상윤은 비판 활동을 수행해 나갈 영역을 세분화시켜 나열하고 있다. 현상윤은 '사상계', '사업', '교육', '신앙'의 영역을 관찰한 후에 '조선사회'에는 비판 개념이 존재하지 않는다고 말하고 있으며 이광수 역

비평을 보고 감정을 가지게 된다면, 이는 그들에게 극을 사랑하는 양심이 없는 것이라고 단언한다. 현철이 보기에 "비판이 없는 사회에는 진보가" 없으며, "극을 발전시키려고 하는 참 뜻이 있다"면 "진정한 비평을 바라지" 않을 수 없는 것이다. 현철 역시 이광수와 마찬가지로 비평 행위의 기반을 비판에서 찾고 있는 것이다. 비판을 통해 한 사회가 진보할 수 있다고 본 점에서 현철의 견해는 1910년대 현상윤, 이광수가 사용한 '비판' 개념과 맥락을 같이 하고 있다.

40 1910년대 이광수의 논의에서 '비판' 혹은 '비평' 개념은 '자기라는 주체'와만 연결되고 있었던 것은 아니다. 이광수는 '비평' 혹은 '비판' 활동을 조선 민족과도 연결시키고 있다. 이광수는 조선사회에 '논단이 존재하지 않는 이유를 유교의 압박 때문이라고 진단하며 그 결과 조선인민은 '思索批評의 習慣'을 잃어버렸다고 말한다. 이광수는 이러한 과거의 전통 때문에 "思想, 言論의 自由가 憲法으로 保障된 今日까지도 우리는 思想할 줄을 모르고, 批判할 줄을"(이광수, 앞의 책, 520쪽) 모르게 되었다고 결론 내린다.
여기에서 이광수가 말하고 있는 '우리'는 조선민족을 의미하며 이광수에게 '비판'은 잃어버린 조선인의 정신생활을 부활시킬 수 있는 활동으로 이해되고 있다. 흥미롭게도 이광수는 1910년대 후반을, 그러한 부활의 계기를 만들어낼 수 있는 때로 간주하고 있으며, 이 시기를 사상과 언론의 자유가 헌법으로 보장된 때로 인식하고 있다.

시 「부활의 서광」에서 '과학', '경제', '종교', '정치', '교육' 등의 영역을 구분하고 있다. 이때 현상윤이 사용한 '사회'라는 개념은 '사상계', '정치', '교육', '신앙' 등으로 분화된 세계를 공통적으로 엮어주는 지점을 지시하는 의미를 내포하고 있다.

『학지광』에는 '경제계', '과학계'와 같은 말을 통해 한 사회 안에 분화된 영역들이 존재하고 있다는 점을 드러내려 했다. 「我學友思想界를 論함」(4호), 「과학계의 일대혁명」(4호), 「경제계를 不振케 하는 삼대요인」(12호) 등이 대표적인 예이며 '문학' 개념을 새롭게 정의하려고 시도한 글들인 최두선의 「문학의 의의에 대하여」와 안확의 「조선의 문학」역시 유사한 맥락에서 이해될 수 있다.

다음 장에서는 1910년대 문학 관련 담론이 변화하는 양상을 분석하며, 그러한 변화가 '비평' 개념에 미친 영향을 분석하려고 한다.

2) '문예' 개념의 부각과 비평 영역의 분화

1910년을 전후로 발표된 문학에 관한 논의들은 인간이 지니고 있는 감정에 초점을 맞추어 '문학'이라는 말의 의미를 새롭게 정의하려고 시도했으며 이러한 시도는 이광수에게 선취된 바 있다. 이광수는 「문학의 가치」(『대한흥학보』 11호, 1910)에서 '문학'이 과거에는 '일반 학문'이라는 의미로 통용되었으나 오늘날에는 "시가, 소설 등 情의 분자를 포함한 문장"이라는 의미로 사용된다고 말한다. 「문학이란 하오」(『매일신보』, 1916.11.10~12.13)에서도 이광수는 당대에 통용되고 있는 문학이 서양어 literature에 담긴 어의(語義)를 번역한 것이라고 주장한다. 번역어 문학은 재래의 문학과 음만 같을 뿐 다른 뜻을 담고 있다는 것을 강조하며 이광수는 literature와 인간의 감정을 연결시키고 있다. 「문학이란 하오」는 인간의 정신 작용을 知·情·意로 3분한 후 문학은 그중에서 '情의 滿足'을 목적으로 삼는다고 주장했다. 최두선 역시 「문학의 의의에 관하야」에서 '정'에 바탕을 두고 문학 활동의 가치를 논하고 있다.[41]

'정'의 중요성을 부각시키고 이를 문학 활동과 연결시킴으로써 이광수와 최두선은 문학을 일개 오락으로 사유하는 태도와 문학을 교훈 전달의 매개체로만 이해하는 태도를 동시에 비판할 수 있게 된 것이다. '정'을 기반으로 한 문학 개념은 문학 활동이 지니는 독립성과 자율성을 강조하고 있었다.[42]

'문학' 개념을 새롭게 정의하려고 시도하는 글에서 '비평' 혹은 '평론'은 문학의 하위 범주에 속해 있는 글쓰기 양식으로 규정되고 있다. 이러한 규정 역시 1900년대에는 나타나지 않았던 반면, 1910년대 발표된 이광수의 「문학이란 하오」와 안확의 「조선의 문학」에서 비로소 확인된다.

此 外에는 近代에 新成한 一體가 有하니, 즉 소위 **批評文** 又는 **評論文**이라. 人

---

41 최두선은 「문학의 의의에 관하야」(『학지광』 3, 1914)에서 문학을 학문으로 보는 광의의 견해, 시가나 소설과 같은 것으로 보는 협의의 견해를 동시에 비판하며, 문학에는 '문학의 생명'이 있다고 말한다. 최두선은 문학 작품을 감상하는 사람들 역시 그 생명을 맛보게 된다고 말하며 "知識의 滿足으로는 生命을 判斷할 수 없"음을 강조한다. 「문학의 의의에 관하야」에서도 인간의 심리 활동을 지(知), 정(情), 의(意) 3종으로 나눈 후 문학을 정의(情意)의 경험과 연결시킨다. 이러한 최두선의 논의는 지적(知的) 영역으로 환원될 수 없는 지점이 인간의 심리 활동 속에 존재하고 있음을 부각시키며, 과학자들의 지적(知的) 연구와 대등한 위상을 문학 활동에 부여하고 있다.

42 이러한 분석은 황종연이 이미 지적한 바 있다. 황종연은 이광수의 「문학이란 하오」가 근대 서양 및 일본의 문학이론을 번안하는 '언어횡단적 실천'이었음을 강조하며, 「문학이란 하오」가 성립시킨 근대적 문학론의 핵심은 미학 이데올로기(aesthetic ideology)였다고 말한다. 동시에 황종연은 감각과 감성의 정련을 통해 자율적 주체를 형성하려고 하는 심미주의와 민족적 일체성을 진작하는 민족주의가 이광수에게는 별개의 것이 아님을 말하며, 양자의 해소 불가능한 모순이 한국문학의 근대적 기획이 겪어갈 굴곡과 착종을 예시한다고 결론 내린다. 황종연, 「문학이라는 역어」, 『한국문학과 계몽담론』, 새미, 1999.

이 文學的 作品, X 論文이나 小說, 詩, 劇 등에 表現된 主旨를 自家의 頭腦 중에 一旦 溶入하였다가 便히 自家의 論文으로 發表함을 謂함이니, 現代 文學界의 一半을 占하니라.[43]

以上에서 말함과 가치 文學의 本領은 純文學이라 하는 詩歌 小說 敍事文 抒情文 等과 雜文學이라 하는 敍述文 評論文 等을 勿論하고 다 人間의 精神上 感銘과 理想上 活動을 與하는 바이라.[44]

이광수는 「문학이란 하오」의 '문학의 종류' 부분에서 '운문문학'과 '산문문학'으로 문학을 구분하고 있으며 '산문문학'을 다시 소설, 극, 논문, 산문시로 구분하고 있다. 이 중 오늘날 문학의 하위 장르에 속해 있다고 간주되는 글쓰기와 가장 구분되는 것이 '논문'이다. 이광수는 '논문'을 두 가지로 구분하고 있는데, 그중 첫 번째는 "發表하려는 바를 小說과 詩의 技巧的 形式을 取하지 아니하고 '말하듯이' 發表"하는 것을 말하며 도연명의 「귀거래사」, 소식의 「적벽부」, 에머슨과 칼라일의 저작이 여기에 속한다.

'논문'에 속하는 두 번째 형식이 바로 위의 인용문에서 제시되고 있는 '비평문' 혹은 '평론문'이다. 이광수는 '비평문'이 다른 문학 텍스트에 표현된 주지(主旨)를 대상으로 발표된 논문이라는 점을 강조하고 있다. 그러나 「문학이란 하오」에서 이광수는 '비평문'이 근대에 새롭게 생겨났다는 점만 강조하고 있으며, 그 형식의 특성을 구체적으로 서술하지 못하고 있다.

안확의 경우에는 문학을 '순문학'과 '잡문학'으로 구분하고 있으며,

---

43 이광수, 「文學이란 何오」, 『이광수 전집』 1, 삼중당, 1962, 513쪽.
44 안확, 「조선의 문학」, 『학지광』 6, 1916, 64쪽.

'잡문학'에 속하는 예로 '서술문'과 '평론문'을 들고 있다. 이때 '서술문'과 '평론문'은 이광수의 분류를 빌리면 '논문'에 속하는 글과 유사한 성격을 지닌 것으로 유추할 수 있다. 하지만 안확 역시 문학의 하위 범주에 속하는 글쓰기를 사례로서 나열하고 있을 뿐, 개별 양식의 특성을 구체적으로 서술하고 있지는 않다. 「조선의 문학」의 초점은 보편적 범주로서의 문학이 인간의 내면적 감정과 관련되어 있다는 것을 강조한 후, 조선문학의 변화 과정을 논하는 데에 맞춰져 있다.

이상에서 확인할 수 있듯 '비평' 혹은 '평론'을 문학의 하위 범주에 속하는 글쓰기 양식으로 정의하려는 시도는 1910년대 중반을 전후로 나타나기 시작했다. 그러나 그러한 인식은 피상적 수준에 머무르고 있으며 그 인식 또한 '문학'의 근대적 성격을 개괄적으로 정리한 글에서 주로 나타나고 있다. '비평'이 문학적 글쓰기의 한 영역으로 확고하게 자리매김 되기 시작한 것은 '문예'라는 개념이 부각되면서부터이다.

문학 개념을 새롭게 정의하려고 시도한 이광수의 「문학이란 하오」에는 '문학예술'이라는 표현이 빈번하게 발견된다.[45] 이광수는 문학을 음악, 미술 등과 함께 예술의 하위 범주에 속하는 것으로 간주하고 있으며 이러한 인식은 '미술'과 '예술' 개념이 1910년대 들어서서 변화했기 때문에 생겨날 수 있었다.[46] '문학예술' 혹은 '문학, 예술'이라는 표현

45　「文學이란 何오」의 다음과 같은 부분에서 이를 확인할 수 있다. "情도 **文學·音樂·美術** 등으로 自己의 滿足을 求하려 하도다. 古代에도 差等 **藝術**이 有한 것을 觀하건대, 아주 情을 無視함이 아니었으나, 此는 純全히 情의 滿足을 爲함이라 하지 아니하고 (…중략…) **文學藝術**은 실로 此要求를 充하려는 使命을 有한 것이니라. (…중략…) 고로, **文學藝術**은 某材料를 전혀 人生에 取하라." 이광수, 앞의 책, 508쪽.

46　권보드래, 『한국 근대소설의 기원』, 소명출판, 2000, 72~73쪽. 권보드래에 따르면 1900년대 '예술'은 드물게 사용된 용어였던 반면, '미술'은 오늘날의 '예술'에 가까운 의미로 사용되기도 했으며, 공예나 공업에 뜻에 가깝게 사용되며 식산흥업론과 결부되어 있었다. 1910년 미술연구회가 창설되고 '서화(書畵)'라는 용어가 부각되면서 '미술'은 시각 예술을 가리키는

을 사용하고 이를 단축한 형태로 '문예'를 사용한 예는 일본에서는 쓰보우치 소요[坪內逍遙] 등에게서 발견된다. 1890년대 후반부터 '문예'라는 말은 언어예술의 성격을 지닌 문학, 즉 학문적 층위를 배제한 협의의 문학을 의미하는 말로 사용되었으며 러일전쟁 이후에 이 말은 점차 일반화되기 시작했다.[47]

조선사회에서도 '문예'라는 말은 1910년을 전후로 사용되기 시작했다. 이광수의 「문학의 가치」(『대한흥학보』 11호, 1910)는 그 대표적 예이다. 이광수는 이 글에서 문학의 범위가 극히 넓으며 그 경계선을 긋기도 어렵다고 말하며 '情的 分子를 포함한 문장'을 문학으로 간주한다. 이후 이광수는 "詩, 歌, 小說 等도 文學의 一部分"이라고 말하며 이와 관련해서는 '特別히 文藝라는 名稱'이 있다고 말한다. 그러나 「문학의 가치」에서 이광수는 '정'이 의미하는 바가 무엇이며 '문예'라는 말을 사용한 이유는 무엇인지를 상세하게 서술하고 있지 않다. 이는 '지(知)', '의(意)'와 분화된 '정'을 근거로 '문학'을 설명하는 사유 체계, '문학'을 예술의 하위 범주로 설정하는 인식 체계가 1900년대 후반 조선사회에서 온전히 갖추어지지 않았음을 의미한다. 「문학이란 하오」에서 확인할 수 있듯 이광수 역시 1910년대 중반에 이르러서야 문학을 음악, 미술 등과 함께 예술의 하위 범주에 속하는 활동으로 간주할 수 있었다.

'문예' 개념이 부각되기 시작한 것은 '문예'에 대해 전문적으로 논의하기 시작한 매체가 등장하면서부터였다.[48] '문예'라는 개념은 '문예'을

뜻으로 축소되기 시작했고, 한일 병합이라는 정치적 사건은 이 변화를 신속하고 명백한 것으로 만들었다. '미술'이 시각 예술을 가리키는 용어로 한정되기 시작한 1910년대, '예술'이라는 말은 예술 일반을 가리키는 art의 번역어로 자리매김 될 수 있었다. 이상의 논의는 권보드래, 앞의 책, 53~70쪽 참조.

47 스즈키 사다미[鈴木貞美], 김채수 역, 『일본의 문학개념』, 보고사, 2001, 345~347쪽 참조.
48 이외에도 『청춘』과 『매일신보』 같은 매체에서 '현상문예'를 모집한 것 역시 '문예' 개념을 부각시키는 효과를 낳았다. 이와 관련된 분석은 제2장의 3절에서 진행하도록 하겠다.

매체의 이름에까지 적극적으로 수용한 『태서문예신보』부터 본격적으로 부각되었다. 1918년 9월 발간된 『태서문예신보』 1호의 사설(에디토리얼)에서 윤치호는 "태셔의 유명한 쇼설 시됴 XX 가곡 음악 미슐 각본 등 일X 문예에 관한 기사를 문학 대가의 붓으로 즉접 본문으로붓터 충실하게 번역하여 발힝할 목적"이라고 말하고 있다. 이때 '문예'는 소설과 시조, 각본뿐 아니라 가곡, 음악, 미술 등의 영역 전반을 포함하는 예술 일반을 의미하는 개념으로 사용되고 있다.[49]

이와 연관하여 동인지 『창조』에서 '문예' 개념이 부각되고 있음을 눈여겨 볼 필요가 있다. 『창조』 3호의 「나믄말」에서 확인할 수 있듯 동인들은 "문예를 주안(主眼)으로 삼"는 잡지로 『창조』를 규정하고 있었다. 「문예에 대한 잡감」(『창조』 4호, 1920.3), 「문예에서 무엇을 구하는가」(『창조』 6호, 1920.5)와 같은 글들 또한 문예를 표제로 삼고 있다. 노자영의 「문예에서 무엇을 구하는가」(『창조』 6호, 1920.5)는 "文藝를 사랑하는 者여 文藝에서 무엇을 求 하는가?"라는 질문을 던지며 시작한다. 1910년대 발표된 문학론에서 이광수와 최두선이 새로운 문학 개념에 대한 이해가 부족한 자를 독자로 상정한 반면, 「문예에서 무엇을 구하는가」는 '문예를 사랑하는 사람들'로 글의 수신자를 한정하고 있다. 이는 '문예'라는 개념이 당대에 보편화되기 시작했음을 드러낸다.

'문학' 개념이 literature의 번역어임을 부각시키며 전통적 문학과의 단절을 주장하던 이광수 역시 「문학강화」(1924)[50]에서는 '문예'라는 말을 사용하며 '문학'이라는 어휘가 초래할 오해를 피하려고 한다. 이광

---

49 이와 관련하여 김행숙은 『태서문예신보』에 음악, 미술에 관한 기사가 실질적으로 실린 적이 없음을 지적하며 실질적으로 『태서문예신보』의 문예 개념은 시와 소설을 중심으로 하고 있다고 분석한다. 김행숙, 「『태서문예신보』에 나타난 근대성의 두 가지 층위」, 『국어국문학』 36, 국어국문학회, 5~6쪽.

50 이광수, 「문학강화」, 『조선문단』 1, 1924.

수는 "문예란 문자로써 하는 예술이라는 뜻이니, 어의가 너무 광범한 문학보다 예술인 문학을 표현하기에 심히 적당한 말"이라고 말한다. 이광수에 따르면 '문예'라는 말은 시문, 소설 등 예술적 작품을 가리키며, '문학'은 학자적 태도로 모든 문예적 작품을 연구하는 활동을 가리킨다. 이광수에게 '문예'는 '문학'에서 학문적인 성격을 삭제한 개념으로 이해되었다. 그렇기에 그는 '문예'의 창작에 종사하는 이를 '문사(文士)'로 지칭했고 문학의 연구에 종사하는 이를 '문학자'라고 말한다.

'문학'이라는 개념을 사용할 때는 '문학'의 전통적 용례를 형성했던 '학문'적인 층위를 의식해야 한다. 그 학문적인 층위를 구성하는 것은 기존의 한문학적 전통으로 볼 수 있다. 1910년대 이광수가 '문학'을 인간의 '감정'과 연관된 활동으로 부각시킨 원인에는 한문학적 전통에서 벗어나고 싶은 욕망 또한 자리하고 있었다. 1920년대에 이르면, 이광수에게 '문학' 개념을 둘러싼 한문학적 전통과의 논쟁은 더 이상 중요한 문제로 인식하지 않게 된다. 이 시기 이광수는 근대적 분과학문 제도에 맞추어 '문학'의 학문적 성격을 재규정하는 작업이 필요하다고 인식하고 있었다.[51] 그렇기에 이광수는 학문적 성격의 '문학'과 예술적 성격의 '문학'을 구분하려고 시도하고 있다. 「문학의 가치」(1910)에서는 사용되었지만, 「문학이란 하오」(1916)에서는 사용되지 않았던 '문예' 개념은 바로 후자의 '문학' 개념을 지시하기 위해 소환된 것이다.

1920년을 전후로, '문예'라는 말이 예술적 성격을 지닌 '문학'을 지시하는 개념으로 정착[52]되면서 '문예'와 '비평'이 결합된 용어인 '문예비

---

51 이광수의 「문학강화」에 한국의 근대문학을, 근대학문의 분과로 인식하는 내용이 담겨 있다는 점은 구인모가 지적한 바 있다. 구인모, 『한국 근대시의 이상과 허상』, 소명출판, 2008, 34쪽.

52 '문예' 개념은 동인지뿐 아니라 종합지의 성격을 지녔던 『개벽』에도 빈번하게 사용되고 있다. 『개벽』 18호(1921.12)에 실린 신식의 「오인의 생활과 예술」에서도 문학을, "개인의 자아 표현본능에서 울어나온 예술품"으로 보고 있다. 이 글에서는 '문학'과 '문예' 개념을 동일한

평'도 출현했다. 앞의 절에서 분석했던 것처럼 미국 선교사 존스(George Heber Jones)가 편찬한 『英韓字典』(1914)에서는 critic의 번역어로 '비편가 [批評家]'뿐 아니라, '감뎡쟈[鑑定者]'를 제시하고 있었다. 이러한 번역은 criticism에 '문학을 평가하는 행동'이라는 특수한 의미가 담겨 있다는 점을 부각시키고 있다. '감뎡쟈'와 함께 배치된 '비평가'라는 어휘 또한 그 의미의 자장 아래 있었다고 볼 수 있다. 이는 이노우에 데츠지로의 『철학자휘』 초판(1881)이 criticism의 번역어로 '批評'만을 제시했지만, 재판(1884)부터 '批評' 옆에 '鑑識'을 추가시킨 것과도 연관된다.[53] 그러나 '비판' 개념을 부각시켰던 이광수와 현상윤은 그 개념을 '문학을 평가하는 행동', 즉 '감식'이라는 의미와 연결시키고 있지는 않다. '비판'이라는 개념 속에 온전히 담아내지 못했던 '감식'의 의미는 '문예비평'이라는 말을 통해 부각될 수 있었다.

'문예비평'이라는 용어의 출현 과정은 비평 활동을 수행하는 평자의 역할과 태도를 부각시키는 논의와 맞물려 있다. 김동인과 염상섭은 1920년대 초반, 비평가의 역할에 대한 논쟁을 벌이며 '문예비평'이라는 말을 본격적으로 사용하기 시작한다. 『창조』 9호에 실린 「비평에 대하여」[54]에서 김동인은 자신이 말하는 비평은 '사회비평'도, '문명비평'도 아닌, '문예비평'이라고 단정한다. 이는 비평의 영역들이 분화되고 있

의미로 사용하고 있으며 양자 중 이 글에서 보다 빈번하게 사용되고 있는 용어는 '문예'이다. 특히 예술과의 연관하에서 문학을 논하는 부분에서 신식은 '문예'라는 말을 사용하고 있다. "나는 예술 중에도 특별히 문예를 들어 지금부터는 말하랴 한다"고 서술하고 있는 부분, 전통의 문예에 대해서 "실로 예술로의 문예 문예로의 문예는 아니었다"라고 비판하고 있는 부분에서 이를 확인할 수 있다.

동일한 지면에 실린 「예술계의 회고 1년간」(『개벽』 18, 1921.12)에서 현철 역시 "모든 문예 방면이나 예술 방면"에서 1년 동안 있었던 일 중 이야기할만한 것을 찾아보겠다고 말하고 있다. 이를 통해 '문예'라는 개념이 1920년대 초반 널리 사용되고 있었다는 것을 확인할 수 있다.

53 노구치 다케히코, 앞의 책, 2002, 19쪽.
54 김동인, 「비평에 대하여」, 『창조』 9, 1921.

다는 것을 김동인 스스로가 인지하고 있었다는 점, 여타의 비평과는 구분되는 '문예비평'만의 특수성을 김동인이 강조하고 있었다는 점을 의미한다. 염상섭 역시 『폐허』의 월평[55]에서 김동인을 비판하며 '문예비평가를 활동사진변사'에 비유하는 것은 '예술가'를 '銀房의 職工'에 비유하는 것과 마찬가지라고 말하고 있다. 이러한 비유는 '문예비평가'에 '예술가'와 같은 독립적 위상을 부여해야 한다는 점을 부각시킨다.

염상섭과의 논쟁에서 드러난 김동인의 비평관은 크게 두 가지로 정리될 수 있다. 첫 번째, 김동인은 비평의 영역을 작품으로 제한할 것을 주장하면서 창작자의 자율성을 지키려 했다. 「霽月氏의 評者的 價值」[56]에서 "작품을 비평하려는 눈은, 절대로 작자의 인격을 비평하려는 눈으로 삼지 말 것이다"라고 말한 부분, 「霽月氏에게 對答함」[57]에서 "自己의 惡評을 보고 落心하며 自己의 善評을 보고 춤을 추는 作者 — 즉 세상에 비최인 自己의 기름자만 보고, 지나는 作者가 있다 하면, 그는 存在할 價值도 업슬뿐더러, 오히려 없는 편이 낫다"라고 말한 부분에서 이를 확인할 수 있다. 작품 속 내용의 일부분을 창작자의 인격과 동일시하려는 견해, 비평을 통해 창작자의 작품 활동에 직접적 영향을 미치려는 시도를 김동인은 모두 경계하고 있는 것이다.

두 번째, 김동인은 비평가의 자격과 역할을 엄격하게 제한하고 있다. 김환의 소설 「자연의 자각」을 평한 염상섭에게 김동인이 의심의 눈길을 보내고 있는 근본적 이유는 염상섭의 "소설작법에 대한 지식이 제로"라고 생각한 김동인의 선입견에 있다. 김동인은 "소설의 작법을 모르는 사람은 소설 평자 될 자격"이 없다고 말한다. 이러한 견해에는

---

55 염상섭, 「월평」, 『폐허』 2, 1921.
56 김동인, 「霽月씨의 評者的 價值」, 『창조』 6, 1920, 72쪽.
57 김동인, 「霽月氏에게 對答함」, 『동아일보』, 1920.6.12.

창작의 경험이 있는 사람만이 소설을 비평할 수 있다는 전제가 깃들어 있다. 이러한 김동인의 관점을 염상섭의 관점과 비교해보자.

① **批評은 民衆을 지도합니다.** 鑑賞力이 不足한 **民衆에게 鑑賞法을 가르치는 것**—이것이 批評의 직책이요, 비평의 存在할 必要입니다. 그러면, 批評家는 가장 **沈重한 態度**로 作品에 接ᄒ여, 모든 缺點善點을 가르치지 아느면 안됩니다.

(김동인, 「비평에 대하여」, 『창조』 9, 1921, 54쪽)

②-1. 또 此等 諸條件이 實로 一個人의 人格을 構成하는 바인 以上 作을 評함에 除하야 그 作者의 人格을 吟味함이 當然한 事가 안인가. 그러ᄒ나이 人格이라는 말은 決코 在來에도 道德을 唯一의 標準으로 삼고 査定하는 바는 아니다. 오즉 **眞理에 살겟다는 藝術家로서의 良心**에 빗취여서 論評함이다.

②-2. 왜 그러냐 하면 사람은 늘 自己를 보담 더 낫게 보이랴는 本能이 잇기 때문에 함으로 나는 늘 **作의 優劣을 批判**키 前에 그 動機를 **藝術家의 良心**에 빗처 보는 것이다.

(염상섭, 「余의 評者的 價値를 論함에 答함」, 『동아일보』, 1920. 5. 31)

김동인은 비평의 의의를 민중에게 감상법을 지도하는 것에서 찾고 있다. 이 부분에서는 민중 및 당대의 독자들이 작품을 올바르게 감상하지 못하고 있다는 김동인의 불만이 드러나고 있다. 김동인은 비평가에게 가장 중요한 것은 작품을 대하는 태도라고 말한다. 인용문에서 강조되고 있는 '침중한 태도'가 바로 김동인이 역설한 올바른 작품 감상의 자세이다. 같은 글에서 김동인은 한 작품을 비평하려는 비평가는 그 작품의 "작자와 같은 기분 아래 자기를 두고, 그 작품을 觀"해야 한다고, 즉 '마음의 눈'으로 작품을 보아야 한다고 말한다. 김동인은 예술 작품을 평가하기 위해서는 그 작품을 창작하는 자의 기분과 창작 방법을 깊이 있게 고려해야 한다는 점을 강조하고 있다.

이는 김동인이 『창조』 2호(1920.3)의 「나믄말」에서 "紙上네 흐르는 글 자를 보시지 말고 한층 더 기피 조히 아래 감초여 잇는 글자, 作者가 쓰려하면서도 쓰지 못한 말"을 찾아 봐달라고 부탁한 것과 연관된다. 김동인은 한 작품의 예술적 가치를 비평하는 태도는 사회나 문명을 비판하는 방식과는 다른 성격을 지니고 있다고 생각했지만, 이를 논리적 언어로 서술해낼 수 없었다. 이는 김동인이 '문예'의 특수성에 대해서는 명확하게 인지하고 있었지만, '비평'의 역할과 기능에 대해서는 엄밀하게 사유하지 못했다는 점을 드러낸다.

반면 염상섭에게 '비평' 행위는 비평 활동을 수행하는 주체의 자율적 판단으로 인식되고 있다. 염상섭은 자신의 비평에 김환에 대한 인신공격이 담겨 있다는 김동인의 지적에 반박하며 자신은 김환의 사적 행동을 문제 삼은 것이 아니라 작품의 창작 동기를 분석했을 뿐이라고 말한다. 이와 같은 반박이 담겨 있는 인용문 ②에는 '비평'에 대한 염상섭의 견해 또한 드러나 있다. 염상섭은 '비평'의 최종 목적을 '작품의 우열'을 '비판'하는 것에 있다고 보았으며, '창작자의 동기'를 분석하는 것은 이를 위한 선행 작업이라고 보았다. 이때 염상섭이 사용하고 있는 '비판'은 1910년대 현상윤과 이광수가 조선사회를 비평할 때 제시했던 '비판' 개념과 유사한 성격을 지니고 있다.

염상섭은 작자의 인격을 비평의 대상으로 삼아서는 안 된다고 주장한 김동인의 견해에 반박하며 재판관의 비유를 사용한다. 작자의 인격을 비평하지 말라는 것은 "재판관더러 범인의 신문을 조사하지 말라는 것"과 같다고 말한 염상섭의 말을, 김동인은 작가를 지도하려는 비평가의 오만으로 이해했다. 그러나 염상섭의 비유는 비평 및 창작 주체의 자율성을 부각시키려는 의도로 사용되었으며 이는 염상섭이 "오즉 진리에 살겠다는 예술가로서의 양심에 빗춰여서 논평"한다는 점을 강조한 부분에서도 확인된다. 가치판단의 근거를 자기 바깥의 도덕, 혹은 여론이 아니라 비평 주체의 내부에서 찾고 있다는 점에서 염상섭의 담론은 비판 주체의 자율성을 부각시킨 1910년대의 논의들과 맞닿아 있다.

이상을 통해 확인할 수 있듯 '문예비평'이라는 말의 출현은 한편으로는 예술로서의 문학을 강조하는 '문예' 개념이 부각된 상황과 맞물려 있지만, 다른 한편으로는 '비평' 개념 안에 '비판적 주체의 자율적 판단'이라는 의미가 담기게 된 과정과도 중첩되어 있었다. 김동인이 '문예비평'의 대상이 되는 '문예' 영역의 특수성을 부각시켰다면, 염상섭은 '문예비평'을 수행하는 주체의 역할에 대해 강조했다. 두 사람의 논의는 '문예'와 '비평'이 결합되는 과정에서 파생될 다층적 문제들을 심도 있게 고민하고 있지는 않다. 그럼에도 김동인과 염상섭의 논쟁은 '문예비평'이라는 말이 다층적 지시 범주를 내포하고 있는 '개념어'[58]임을 드러냈다는 점에서 의의를 지닌다.[59]

---

[58] 코젤렉이 강조했듯이 '단어'는 사용되면서 의미가 명확해지지만 '개념어'는 사용되는 맥락에 따라 다의적 의미를 내포하게 된다. Reinhart Koselleck, 앞의 책, 134쪽.

[59] 김영민은 김동인과 염상섭의 논쟁을, 작가 대 비평가의 대결로 파악하는 시각에 문제를 제기하며 두 사람의 논쟁이 비평가의 역할에 대한 관점 차이에서 비롯되었다고 지적한다. 김영민에 따르면 김동인은 '해설자로서의 비평가'를 부각시켰다면, 염상섭은 '판단자로서의 비평가'를 강조했다. 이 연구는 전체적 맥락에서는 김영민의 해석과 방향을 같이 하지만, 김동인이 '문예'라는 영역의 특수성을 강조했다는 점과 염상섭이 '비평' 혹은 '비판적 주체'의 역할에 주목했다는 점에 초점을 맞췄다. 그렇기에 이 연구는 김동인과 염상섭의 논쟁이 "비평방법론에 대한 원론적 문제의 제기라는 의미만을 지닌 채 일회성을 띠고 끝나 버린 논쟁"(김영민, 앞의 책, 37쪽)이라는 주장과는 결론을 달리하고 있다. 김동인과 염상섭의 논쟁은 '문예비평'이라는 말이 지니는 중층적 속성을 드러냈다는 점에서 의의를 지니며, 김동인과 염상섭은 이후 이 논쟁에서 드러난 문제의식을 발전시켰다. 이 책의 3장 1절에서 다루게 될 김동인의 「소설작법」, 그리고 69쪽에서 분석하게 될 염상섭의 「개성과 예술」(1922)에서 이를 확인할 수 있다.

염상섭이 김동인과의 논쟁 과정에서 사용했던 '비판'이라는 말은 1920년대 초반 '문예비평'과 동의어로 사용되기도 했다. 『백조』의 월평 「嗚呼 我文壇」(『백조』 2호, 1922)에서도 확인된다. 이 글의 저자인 박종화는 조선 문단의 빈곤함을 개탄하며 "詩가 有하냐, 小說이 有하냐, 戲曲이 有하냐, 批判이 有하냐, 創作이 有하냐, 飜譯이 有하냐"라고 말한다. 이때 '비판'은 시, 소설, 희곡 등과 함께 거론되고 있기에 개별 장르로서의 '문예비평'과 동일한 의미로 사용되고 있음을 확인할 수 있다. 뒷부분에서도 박종화는 "批判이 無한지라 그 어찌 創作의 慾能을 激動하고 創作의 傾向을 批判하여 그 作品의 眞價를 保障"할 수 있겠느냐고 말한다. 이 부분에서도 '비판'은 예술 작품의 가치를 판단하고 창작의 경향을 비평하는 행위라는 의미를 지니고 있는 동시에, 문학의 하위 장르로서의 비평을 의미하기도 했다.

박종화의 월평에서도 확인될 수 있듯이 1920년대 초반에 이르면 '문예비평'은 시, 소설과 함께 문학의 하위 장르로 인식되기 시작했다. 이광수 역시 「문학에 뜻을 두는 이에게」(『개벽』 21호, 1922)에서 '문사'를 '작자'와 '비평가'로 구분하며 '비평'을 문학의 특정 장르(시, 소설, 희곡)에 대해 전문적으로 평가하는 작업으로 이해하고 있다. 또한 이러한 비평 활동을 수행하는 사람을 '문예비평가'로 지칭하고 있다. 이때 비평가는 '문예'라는 분화된 영역에서 활동하는 전문가로 설정되고 있으며, 시인, 소설가와 동일한 위상을 부여받게 된다.

1910년대 중반 「문학이란 하오」에서 '논문'이라는 양식에 속해 있다고 인식되던 '비평'은 1922년 「문학에 뜻을 두는 이들에게」에 이르면, '논문'과는 구분되는 독립된 양식으로 이해되기 시작한다. '문예비평'은 시, 소설과 동일한 위상을 부여받는 개별 양식으로 인식되기 시작했지만, '문예' 개념과 '비평' 개념이 결합하여 하나의 독립된 양식으로 정착되는 과정 안에는 1910년대부터 부각되기 시작되었던 '비판' 개념의 흔적이 깃들어 있다. 염상섭의 '비평' 개념 안에 '비판적 판단'이라는 의미가 담겨 있는 부분, '비판'을 문학의 개별 장르로서의 '비평'과 동일한 의미로 사용했던 박종화의 월평 등에서 이를 확인할 수 있다.

1920년대를 넘어서면 '문예'와 '비평'을 보다 정교하게 매개하려는 논의들이 나타나기 시작한다. 염상섭은 『개벽』 22호(1922.4)에 실린 「개성과 예술」,[60]에서 비평에 대한 원론적 견해를 전제 삼아 예술 영역의 특수성을 논하고 있다. 이 글에서 염상섭이 근대문명의 근간으로 설정하고 있는 것은 '자아의 각성'이다. 염상섭에게 자아의 각성은 곧 비평적 태도와 연결된 것이다. 자아의 각성은 곧 "自己의 周圍를 疑心하고, 批評的 態度로 一切을 探究評價하랴할뿐 아니라, 自己自身에까지 疑惑의 眼光을 向하게 되는" 행동으로 연결되는 것이다. 이때 염상섭이 강조하고 있는 비평적 태도는 김동인과의 논쟁에서 강조했던 자율적 주체의 비판 행위와 연관된 것이다.

염상섭에게 '자아의 발견'은 일반적인 의미로는 인간성의 자각으로 이해되었지만, 개개인에 한정해서 보았을 때는 '개성의 발견'으로 이해된다. 염상섭에게 개성은 '獨異的 生命', 즉 다른 사물로 대체될 수 없는 단독적(singular) 영역으로 인식되고 있다. 염상섭은 미(美) 역시 이러한 개성의 산물로 이해하고 있다. 염상섭은 미를 쾌감의 대상으로 보는 견해를 비판하며 예술미와 쾌미(快美)를 구분한 후, 미적 가치를 내재적 생명, 즉 개성의 표현 여부에서 찾고 있다. 개성이라는 매개를 통해 염상섭은 근대적 자아를 탄생시킨 비평 정신과 미적 영역의 특수성을 연결시킬 수 있었던 것이다.[61]

---

60 염상섭, 「개성과 예술」, 『개벽』 22, 1922.
61 이러한 염상섭의 견해는 미적 가치를 판단할 수 있는 근거를, 진리나 선의 측면이 아니라 창

염상섭이 '개성'에 근거하여 양자를 연결하려 시도했다면, 이광수는 '문예'와 '비평'을 관통하는 '감정'의 문제에 천착했다. 『조선문단』 3호에 실린 「문학강화(三)」[62]에서 이광수는 문학 작품을 읽을 때 일종의 '쾌미(快味)'를 느끼게 된다고 말하며 예술작품의 본질을 '쾌미 또는 재미'에서 찾고 있다. 이광수는 육체적 만족에서 오는 '쾌미', 감각을 통해 획득하는 '쾌미'와 예술 작품을 통해 획득하는 '쾌미'를 구분한 후 '예술적 쾌미'를 '심미적(審美的) 감정(感情)'과 연결시킨다. 염상섭이 「개성과 예술」에서 예술미(藝術美)를 쾌감(快感)과 구분한 것과 달리, 이광수는 심미적 감정의 근원을 '쾌'에서 찾고 있는 것이다.

이광수에게 '심미적 감정'은 '특수한 가치감정의 만족'으로 이해되고 있으며, 이때 '가치감정'은 진리가치감정(眞理價値感情), 선가치감정(善價値感情), 미가치감정(美價値感情)으로 구분되고 있다. 이광수는 이 '가치감정'이 곧 '비평의 감정'을 일컫는다고 말한다. 「문학강화」에서 이광수는 '가치판단'의 층위를 진(眞), 선(善), 미(美)의 영역으로 구분하여 논의를 전개하고 있지만, 비평을 이 중 어느 하나의 영역과 연결시키고 있지 않다. 가치판단의 근거가 결국은 "인류의 이상"에 있다고 주장하

작자 개성의 표현 양상에서 찾고 있다는 점에서 의의를 지닌다. 그러나 염상섭에게 개성은 단독자의 개성으로 이해되는 동시에, 민족적 개성으로 이해되고 있다. 양자를 연결시킨 데에는 염상섭이 조선의 미술품에서 예술적 가치를 찾은 야나기 무네요시의 영향 하에 있었던 원인 또한 존재한다. 내재적 생명의 표현 여부에 따라 예술품과 상품을 구별할 수 있다고 주장한 후 염상섭은 곧바로 야나기 무네요시의 말을 인용한다. 야나기 무네요시가 조선 미술품(美術品)에서 조선의 민족적 개성을 발견했다는 말을 차용하여 염상섭은 고려자기의 곡선미에는 "작자 자신의 개성이 표현된 **동시에**, 민족적 개성이 표현"되었다고 결론 내린다. 그러나 '동시에'라는 표현을 사용하며 염상섭은 단독자의 개성과 민족적 개성 사이에 설정될 수 있는 다층적 관계에 대한 고찰을 생략하고 있다. 가라타니 고진에 따르면 특수성(particularity)은 일반성에서 본 개체성인 반면, 단독성(singularity)은 일반성에 속하지 않는 개체성을 말한다. 염상섭이 작자 자신의 개성과 민족적 개성을 동시에 강조했을 때, 작가의 단독적 개성은 민족이라는 일반적 범주로 환원될 우려가 있다. 가라나티 고진, 권기돈 역, 「단독성과 특수성」, 『탐구』 2, 새물결, 1998, 12쪽 참조.

62 이광수, 「문학강화(三)」, 『조선문단』 3, 1925.

며 이광수는 '이상'을 플라톤처럼 '진·선·미의 합치'로도 볼 수도 있
고, 쉘링처럼 '미(美)'로, 헤겔처럼 '절대(絶對)'로도 볼 수도 있다고 말한
다. 서로 다른 사상가들의 하나로 엮일 수 없는 사유 체계를 '이상'이라
는 말로 통합시키려고 한 부분에서 확인할 수 있듯 '비평'에 대한 이광
수의 견해는 엄밀하게 체계화되어 있지 않았다.

1910년대 중반 「문학이란 하오」에서 '논문'이라는 장르의 하위 범주
에 속해 있다고 인식되던 '비평'은 1922년 「문학에 뜻을 두는 이들에게」
에 이르면, 하나의 독립된 활동으로 이해되기 시작한다. 그 분화의 과
정은 '비평' 앞에 '문예'라는 수식어가 덧붙여지고 있는 상황, 즉 비평적
글쓰기의 대상을 '문예'라는 분화된 영역으로 한정시키는 과정과 맞물
려 있다. 그러나 '문예'와 '비평'이 결합하는 과정에서 '판단', '비판' 등과
연관되어 사용되었던 '비평'이라는 말의 의미는 소실되지 않은 채 남아
있었다. 염상섭 등이 사용한 '비평' 개념 안에 '비판적 판단'이라는 의미
가 담겨 있는 부분에서 이를 확인할 수 있다.

2. 산문 분류 방식의 변화와 '평론' 체계

1) '평론' 체계의 확립 과정

앞의 장에서 분석했듯, '문예비평'의 형성과정은 '문예'가 사회의 여
타 영역으로부터 분화된 독립적 영역으로 인식된 과정, '비평' 개념이
자율적 주체의 비판 활동이라는 의미를 획득하는 과정과 맞물려 있다.

'문예비평'이 독립된 위상을 획득하게 된 것은 『창조』, 『개벽』을 비롯한 다양한 매체들이 산문을 분류하는 방식을 변화시킨 데에서도 발견할 수 있다. 독립된 위상을 획득하기 이전, 문예비평은 여타의 산문들과 분화된 글쓰기로 인식되고 있지 않았다. 이는 1900년대 발간된 학회지들의 편집 체재에서 확인된다.

1900년대 발간된 학회지의 체재는 대체로 논설적인 글을 싣고 있는 〈연단(演壇)〉, 학문적인 글을 싣고 있는 〈학해(學海)〉, 한문 문예란인 〈문원(文苑)〉과 〈사조(詞藻)〉, 역사적인 글을 담고 있는 〈사전(史傳)〉, 그 외의 잡다한 글들을 싣고 있는 〈잡찬(雜纂)〉 등으로 나뉘어 있다. 『대한흥학보』, 『대한유학생회학보』, 『대한학회월보』 등은 부분적인 차이는 있지만 거의 유사한 체재를 취하고 있었다.[63] 1900년대 학회지들은 〈연단〉, 〈학해〉, 〈잡찬〉 등의 체재를 통해 논설적인 글, 학문적인 글, 기사글로 산문을 유형화하기 시작했지만, 각각의 글들은 여전히 내용과 형식면에서 명확하게 분화되어 있지는 않았다.[64]

『대한흥학보』, 『대한유학생회학보』, 『대한학회월보』보다 1년 정도 먼저 발간되었던 『태극학보』를 확인해보면 당대 잡지의 체재가 혼란스럽게 나타나고 있다는 점을 발견할 수 있다. 초기에는 '강단(講壇)'과 '학원(學園)'으로 구성되던 『태극학보』는 10호에서 '연설(演說)', '평론(評論)', '강단 학원(講壇 學園)'의 체재를 취했다가 11호에는 '논단(論壇)', '강단(講壇)', '예원(藝園)', 12호에는 '논단(論壇)', '학원(學園)', '문예(文藝)' 등의 구성을 취하기도 했다. '강단 학원(講壇 學園)'으로 합쳐지기도 했던 '강단'과 '학원'에 실린 글들은 대체로 학문적 성격의 글들, 즉 '학해'에

---

63 이상의 내용은 김지영, 「학문적 글쓰기의 근대적 전환」, 『우리어문연구』 27, 우리어문학회, 2006, 338~340쪽을 참조하여 재검토한 것이다.

64 이상의 내용은 김지영, 위의 글 참조.

실려 있는 글들과 연관된다. 이 책의 1절에서 분석했던 이훈영의 「유쾌한 처세법」이 바로 『태극학보』 8호의 '강단 학원(講壇 學園)'에 배치된 글이다. 반면 『태극학보』 10호에서 '평론', '연설' 등으로 분류되었던 글들은 11호부터 '논단'이라는 체재 안에 포함되기 시작했으며 이 체재에 속한 글들은 논설적인 성격을 지니고 있었다. '논단'에 실린 대표적 글로는 이광수의 「국문과 한문의 과도시대」(『태극학보』 21호)를 들 수 있다.

『태극학보』에 일시적으로 나타났던 '평론'이라는 체재는 당대의 종합 계몽잡지였던 『야뢰』[65]에도 나타난 바 있다. 『야뢰』 2호[66]는 '논설', '기서', '시사평론', '학술', '역사지리', '문예', '실업', '외국사정', '내국휘보' 등의 체재를 취하고 있었다. '시사평론'이라는 체재가 '논설'이라는 체재와 함께 나타나고 있으며, 그 체재 안에는 박태서의 「蓄妾稅論」, 안국선의 「民元論」 등이 실려 있었다. 임화는 「개설 신문학사」에서 『야뢰』에 나타난 '시사평론' 체재에 주목하며 『야뢰』가 "시사평론잡지로서의 자기 일면"을 표시했다고 해석한 바 있다.[67] 1900년대 잡지에 나타난 '평론'이라는 체재는 『태극학보』에서 확인할 수 있는 것처럼 '논단' 체재로 통합되기도 했으며, 『야뢰』에서 확인할 수 있는 것처럼 시사적인 문제를 다룬 글로 인식되기도 했던 것이다.

1910년대에 발간된 잡지들은 1900년대 학회지와는 달리, 편집 체재를 통해 산문을 유형화하려고 시도하지 않았다. 1910년대의 대표적 잡지인 『청춘』을 통해 이를 확인할 수 있다. 학회지에서는 서로 다른 체제 아래 분류되어 있을 글들이 『청춘』에는 특별한 체재 없이 뒤섞여

---

65 임화는 「개설 신문학사」에서 1900년대 학회잡지, 전문잡지를 지배하고 있었던 정론성과 계몽성이 『야뢰』와 『조양보』에서 만개했다고 평가하며 『야뢰』를 '종합 계몽잡지'로 규정하고 있다. 임화, 임규찬·한진일 편, 『신문학사』, 한길사, 1993, 95~97쪽.

66 『夜雷』 2, 夜雷報官, 1907.

67 임화, 앞의 책, 99~100쪽.

있다.[68] 『학지광』 역시 별다른 분류 체계를 설정하지 않고 있지만, 『학지광』 13호에는 '언론(言論)', '설원(說苑)', '연구(研究)', '문예(文藝)', '잡찬(雜纂)'과 같은 체재를 통해 산문을 분류하고 있다. 그러나 '연구'와 '설원'에 속하는 글들이 한 편 밖에 실려 있지 않으며 대부분의 글은 '언론' 체재 아래 배치되고 있다. 반면 다음호인 14호에서 『학지광』은 '언론', '문예', '잡찬'으로 3분화된 체재를 사용하고 있다. 이는 『학지광』의 투고 규정과도 연관되어 있다. 『학지광』은 투고 원고의 제재를 '언론', '학술', '문예'로 3분화하며 '시사정치'에 대한 글은 싣지 않겠다고 밝히고 있다. 시사정치적 성격의 글이 배제되었다는 것을 통해 한일병합 이후 공론장이 위축되고 있던 당대의 정세를 확인할 수 있다.

1910년대 중반부터 1920년대에 나타났던 산문 분류 체계 중 가장 복합적인 글들을 지시하고 있던 용어는 '논문'이었다. 『청춘』 7호(1917.5)에서는 '특별대현상(特別大懸賞)' 원고를 모집하며 세 종류의 문종을 제시하고 있다. '故鄕의 事情을 錄送하는 文', '自記의 近況을 報知하는 文', '단편소설'이 그 문종이다. '故鄕의 事情을 錄送하는 文'에 대해서 『청춘』은 "고향의 산하풍토(山河風土)와 인물사적(人物事蹟)"을 알리는 글로 설명하고 있으며 '自記의 近況을 報知하는 文'에 대해서는 자기가 최근에 경험한 것, 감상한 것, 깨달은 것, 견문한 것을 알리는 글이라고 말하고 있다. 주의 깊게 볼 부분은 『청춘』 9호에 실린 현상문예에 대한 기사[69]에서 '故鄕의 事情을 錄送하는 文'과 '自記의 近況을 報知하는 文'

---

68 한기형에 따르면 『청춘』은 다양한 서양 고전을 축약번역의 형태로 소개하였고, 동시에 각종 여행기, 내면 고백적 에세이, 수필, 소설, 근대적 자유시 등 다양한 양식의 글쓰기를 독자들에게 제공했다. 그러나 『청춘』에서 시도된 다양한 실험들은 기존의 산문 분류 방식을 재정립하는 데까지는 이르지 못했다. 한기형, 「근대잡지와 근대문학 형성의 제도적 연관」, 『대동문화연구』 48, 성균관대 대동문화연구원, 2004, 51쪽.

69 「매호현상문예」, 『청춘』 9, 1917, 126쪽.

을 '논문'으로 지칭하고 있다는 점이다. "特別大顯賞의 **兩種論文**과 短篇
小說도 應募된 成績이 아즉 시월치 못하야 쓰느고 엇저고할 餘地가 매
우 적으니"와 같은 구절에서 이를 확인할 수 있다.

　오늘날의 기준으로 볼 때 '故鄕의 事情을 錄送하는 文'은 '설명문'으
로, '自記의 近況을 報知하는 文'은 '수필'로 분류될 수 있다. 다층적 특
성을 지닌 글들이 함께 '논문'으로 인식된 것을 통해 1910년대에는 설
명적 성격을 지니는 글, 수필적 성격을 지니는 글이 오늘날과 같은 양
태로 분화되지 않았으며 '논문'이라는 말 역시 학술적 성격의 산문을
지칭하는 용어로 사용되지 않았음을 확인할 수 있다.[70]

　이광수 역시 「문학이란 하오」에서 '논문'이라는 범주 안에 "發表하려
는 바를 小說과 詩의 技巧的 形式을 取하지 아니하고 「말하듯이」 發表"
한 글과 '비평문' 혹은 '평론문'을 포함시키고 있다. 전자의 경우에 '논
문'은 '시'와 '소설'로 구분될 수 없는 성격을 지닌 산문을 지칭하고 있
었으며 「문학에 뜻을 두는 이들에게」(『개벽』 21호, 1922.3)에서 이광수는
이 말이 에세이(essay)의 번역어임을 말하고 있다.

　　이것을 小品文이라 하면 긴 글도 잇스니 適當치 아니하고 賦라 하면 多少의
　　韻律이 必要하니 그도 適當치 아니하고 論文이라 하면 新聞雜誌의 **政治的 論文
　　도 論文, 모든 科學的 論文도 論文인즉 論文이라함도 適當치 아니하나** 假令 에머
　　슨의 엣세를 例로 들면 歷史論, 戀愛論, 交友論, 이 모양으로 東洋말로 飜譯할

70　'논문'이라는 글쓰기의 성격을 규정하고 있는 용어인 '論'은 근대 계몽기 학회지의 체재였던
　　'논단(論壇)', 학지광의 목차에서 나타났던 '언론(言論)'에도 나타나고 있었으며 이 체재 안에
　　는 논설적인 글, 학술적인 글들이 함께 포함되어 있었다. 이를 통해 이 시기에 '論'이라는 말
　　이 지시하는 범주가 다층적이었음을 확인할 수 있다. 이는 근대 이전의 '論' 개념이 변화하
　　고 있었던 것과도 연관된다. 박성규에 따르면 근대 이전 '論'은 "성인의 가르침인 경(經)에 들
　　어있는 이치를 논술하는 것"이었으며 "사상과 생각을 결집하여 만사를 올바로 평가하는 것"
　　이었다. 박성규, 「문체(장르) 용어의 개념」, 『고전비평 용어 연구』, 태학사, 1998, 58쪽 참조.

때에 論字달릴 것이 만흐니 이 意味로 論文이라 할 것이외다. 아마 **文學的 論文**
이라 하면 좀더 適當할는지 모르겠습니다.[71]

인용한 부분에서 확인할 수 있듯이 이광수는 에세이의 번역어를 설
정하기 위해 고심했지만 적당한 단어를 발견하지 못하고 있다. 그렇기
에 이광수는 에머슨의 에세이를 조선말로 옮길 때 사용되던 '論'이라는
말을 차용해 '논문'을 에세이의 번역어로 설정했다고 말한다.[72] 그러나
이광수는 '논문'이라는 말이 이미 '정치적 논문', '과학적 논문'도 지칭하
고 있다고 말하고 있다. 이러한 이광수의 말을 통해 '논문'이라는 말이
에세이뿐 아니라, 논설적 성격의 글, 학술적인 성격의 글을 포괄적으
로 지칭하고 있는 용어로 사용되고 있었음을 확인할 수 있다.

1920년대 초에 이르면, '논문'이라는 말로 지칭되던 글들은 분화되기
시작한다. 이는 1920년대의 매체인 『개벽』과 『조선문단』의 '현상문예
모집'을 통해 확인할 수 있다. 『개벽』은 창간 1주년을 기념하기 위해
현상문을 모집[73]하며 현상문의 문종을 '論文', '小品文', '新詩', '小說' 등
으로 나누고 있다. 소품문, 신시, 소설에 대해서는 제재의 성격을 한정
하고 있지 않지만, 논문에 대해서는 제재를 "정치에 關치 아니한 社會
問題"로 한정하고 있다는 점 또한 특징적이다. 이는 『개벽』이 '사회문
제'를 다루는 글들을 여타의 산문들과 구분하기 시작했다는 점, 그리
고 그 '사회문제' 중 총독부의 검열에 걸릴 수 있는 정치적 쟁점을 배제
하려고 했다는 점을 드러낸다.[74]

---

71 이광수, 「문학에 뜻을 두는 이들에게」, 『개벽』 21, 1922.
72 이광수가 essay를 '논문(論文)'으로 번역한 것 역시 일본 학술계의 영향을 받았을 가능성이
    높다. 1914년 Jones가 편찬한 『英韓字典』에서는 essay의 번역어로 '론문(論文)', '작문(作文)'
    을 제시하고 있다.
73 「현상문 모집」, 『개벽』 11, 1921.5, 86쪽.

1924년 10월 창간된 『조선문단』도 1호부터 독자들의 원고를 모집했다. 1호에 실린 「每號男女投稿募集規定」에 드러난 모집 원고의 종류는 '단편소설', '희곡', '시', '시조', '논문', '감상문', '소품문', '서간문', '일기문기행문' 등으로 나뉘어 있다. 『개벽』의 현상문예에서 '논문' 이외의 산문은 '소품문'으로 분류된 것과 달리, 『조선문단』에서는 '감상문', '서간문', '일기문기행문' 등으로 모집 분야를 세분화하고 있다. 『조선문단』 3호(1924.12)에 발표된 '선외 가작(選外 佳作)'의 목록을 보면 대부분의 분야에서 모집된 작품이 있었음을 확인할 수 있다.[75] 『조선문단』의 독자투고는 '논문'으로 통칭되던 산문들이 분화되기 시작했음을 보여주고 있다.

문예비평의 형성 과정은 '논문'으로 분류되었던 '산문'들 중 수필적 성격을 지니는 글들, 문예비평적 성격을 지니는 글들이 분화되는 과정

---

74 『개벽』13호에 발표된 현상문예 당선작은 「靑年諸君에게 時間의 貴함을 告함」과 「希望論」이었다. 두 편의 글은 조선청년을 대상으로 시간의 귀함과 희망의 중요성을 주장하고 있으며, '논설문'적인 성격을 지니고 있는 글들로 볼 수 있다.

반면 당선된 '소품문'의 경우에는 『청춘』의 현상문예에서 '自記의 近況을 報知하는 文'과 유사한 성격을 지니고 있었다. 소품문 3등을 차지한 「석양」의 저자 노문희는 『청춘』의 독자투고란에도 자주 글을 투고했으며 『청춘』 현상문예 중 '自記의 近況을 報知하는 文'에서 3등을 차지하기도 했다. 『청춘』에 실린 노문희의 글과 『개벽』에 실린 노문희의 글은 모두 전원풍경을 묘사하고 있다는 공통점을 지니지만, 『청춘』에 실린 글은 전원생활 중에 생겨난 고민이 토로되고 있는 것과 달리, 『개벽』에 실린 글은 자연에 동화되는 화자의 감상만이 드러나고 있다. 그럼에도 이 글들은 화자 자신의 감정 표출에 중점을 두고 있다는 점에서 『개벽』 현상문예에 당선되었던 '논문'들과는 차이점을 지닌다.

노문희는 『청춘』 10호에 발표된 '현상문예' 당선작에 산문 「初夏夕景」이 실렸으며, 『청춘』 11호에 발표된 '특별현상문예' '自己 近況을 報知하는 文' 부문 3등에도 당선이 되었다. 『청춘』 11호 小說 부문에도 「故情」이라는 작품이 '선외가작'으로, 『청춘』 13호 散文及小說 부문에 「힘」, 『청춘』 15호에 散文 부문에 「바늘소리」, 「보배」라는 작품이 당선작으로 선정된 것을 통해 노문희가 현상문예의 다양한 부문에 응모하고 있었음을 확인할 수 있다.

75 시의 경우에는 총 12편의 작품이 선외 가작으로 선정되었으며, 감상(感想)의 경우에는 두 편, 서간문·단문·일기문·논문의 경우에는 각기 한 편씩의 가작 작품이 발표되었다. 논문(論文)으로 선정된 작품의 제목은 「혼인(婚姻)」이었으며 필자는 박동엽(朴東燁)이었다. 「佳作(選外)」, 『조선문단』 3, 1924.12, 6쪽.

과 맞물려 있으며, 그 과정은 '논문'과는 변별되는 새로운 산문 분류 방식을 출현시켰다. 새로운 산문 분류 체계가 출현하고 있다는 점은 『창조』에서 확인되고 있다.

1919년에 창간된 동인지 「창조」의 경우 창간호 목차부터 개별 글의 문종을 명확하게 밝히고 있다. 주요한의 「불노리」의 경우는 '시', 김환의 「신비의 막」, 전영택의 「혜선의 사」, 김동인의 「약한 자의 슬픔」의 경우는 '소설'임이 목차에서부터 명시되어 있다. 불과 몇 년 전 발간되었던 『청춘』의 경우 오늘날의 기준으로 보았을 때는 논설, 소설, 수필로 분류되었을 글들이 별다른 구분 없이 혼재되어 있다. 『청춘』 8호(1917)의 경우, 현상윤의 「핍박」, 이광수의 「소년의 비애」와 같은 글들도 '소설'과 같은 '문종'이 표시되지 않은 채 실려 있다. 그에 비해 『창조』는 실려 있는 글의 문종을 명확히 표시함으로써 전문적으로 문학에 대해서 논의하는 매체라는 인상을 심어주고 있다.

그러나 『창조』의 경우에도 창간된 초기에는 시, 소설, 희곡을 제외한 산문의 경우 명확한 분류 기준을 설정하지 못했다. 『창조』 2호(1919)에서는 「르네쌍스」와 「시인 괴테」를 모두 '평론(評論)'으로 분류하고 있는 반면,[76] 3호에 실린 최승만의 「불평」에 대해서는 '論'으로 분류하고 있다. 최승만은 「불평」에서 불평을 경원시하는 조선사회의 문화를 비판하고 불평하는 행위의 창조적 가능성을 논하고 있다. 문예 영역을 전문적으로 탐색한 글로 볼 수 없는 「불평」이 『창조』에 실린 이유는 『창조』 3호(1919)의 「남은 말」에 적혀 있다. 「남은 말」에서 『창조』의 편집인들은 "문예를 主眼으로 삼지만은 우리 현 사회의 요구에 應키 위하야 이번

---

[76] 최승만의 「르네쌍스」는 우리가 르네쌍스에 대해서 알고 있던 관념들이 이미 1920년대의 문인들에게 널리 인식되고 있었음을 확인할 수 있는 글이고 「시인 괴테」는 괴테의 삶을 간략하게 소개하고 있는 글이다.

3호부터는 思想 방면[論, 評]의 글"도 실으려고 한다고 말한다.[77] 이 부분만을 참고했을 때는 『창조』에서 사상 방면의 글은 論이나 評으로 분류했고, 문예 영역과 관련된 산문은 評論으로 분류한 것처럼 보인다.

그러나 『창조』 4호(1920.2)에 실린 「미술론」,[78] 『창조』 6호(1920.5)에 실린 「문예에서 무어슬 구하는가」는 모두 論으로 분류되고 있는 반면 최승만의 「문예에 대한 잡감」(4호), 김동인의 「제월씨의 평자적 가치를 논함」(6호)은 評으로 분류되고 있다. 또한 7호(1920.7)에 실린 김동인의 「자기의 창조한 세계」는 感想으로 분류되고 있다. 이 글들 중 노자영의 「문예에서 무어슬 구하는가」와 최승만의 「문예에 대한 잡감」은 모두 '문예'라는 영역을 예술과의 관련성 하에서 논하고 있는 글이라는 공통점을 지닌다. 또한 김동인의 「자기의 창조한 세계」는 작품 속 세계를 대하는 작가의 태도에 초점을 맞추어 톨스토이와 도스토예프스키 작품의 예술적 가치를 비교하고 있는 글이다. 앞에서 '評論'으로 분류되었던 「르네쌍스」, 「시인 괴테」와 유사한 성격을 지닌 글들이 '評', '論', '感想'으로 각기 다르게 구분되고 있는 것이다. 이상을 통해 확인할 수 있듯 『창조』 7호에 이르기까지 '評'과 '論'은 문예비평적 성격을 지니는 글을 포괄하는 분류 체계로 정립되지 못했으며 비평적 글쓰기와 '감상' 또한 명확하게 구분되지 않았다.

문예비평적 성격을 지니는 글을 분류하는 기준은 정립되지 않았지만

---

77 여기에서 말하고 있는 '우리 사회의 요구'는 3 · 1운동 이후 변화하고 있던 조선사회의 분위기를 의미하고 있는 것으로 보인다. 이는 『창조』 2호가 1919년 3월에 발간된 이후, 한동안 발행되지 않던 『창조』 3호가 1919년 12월에 발간된 것을 통해 유추할 수 있다.

78 「미술론」은 미술에 대해 정당한 지위를 부여할 것을 요구하며 시작한다. 필자인 김환은 학술이 학문적 형식 위에서 진리를 연구한다면, 미술은 미적 형식에서 진리를 연구하는 것이라고 말하며 미술의 가치에 대해 역설한다. 『창조』 1호에 실린, 「르네쌍스」와 「시인 괴테」가 르네쌍스와 괴테에 대한 다소 평이한 소개에 그친 것에 비한다면 김환의 글은 앞의 글들보다는 심도 있게 미술, 미적 형식에 대해 논의하고 있다.

『창조』의 동인들은 동인지를 간행할수록 비평을 중요하게 생각하게 된다. 『창조』 6호의 「남은 말」에서 전영택은 다음과 같이 말하고 있다. "우리 창조 소설단에 이채를 발하는, 우리의 자랑인 동인군은 그 필치가 점점 예술의 가경에 드러가는 것을 보겠습니다. 그러나 동군이 비평을 맛핫스닛가 자기비평은 할수업스니 비평안이 鈍하고 예술의 이지가 부족한 저라도 來號에는 총평을 하나 써보겠습니다."(『창조』 6호, 75쪽)

이러한 전영택의 말에서 주목할 것은 김동인이 비평을 맡았다는 말이다. 이 말을 통해 『창조』 5호(1920.3)를 기점으로 김동인이 「글동산의 거둠」이라는 월평을 연재하게 된 것은 동인(同人) 차원에서 역할을 분담했기 때문이라는 것을 추측할 수 있다. 실제로 『창조』 5호부터 비평적 성격을 지니는 산문은 늘어나기 시작했다. 『창조』 5호와 7호에 김동인이 「글동산의 거둠」이라는 이름으로 월평을 쓴 것, 6호에서 염상섭과 김동인이 비평의 책임과 역할에 관한 논쟁을 전개한 점을 통해 이를 확인할 수 있다.

『창조』 8호(1921.1)에 이르면 '評論'은 목차에서부터 '소설', '시가', '산문'과 대응을 이루는 분류체계로 자리매김 되고 있다. '評論'으로 분류된 글들은 주요섭의 「성격파산」, 이광수의 「조선문사와 수양」, 김유방의 「현대예술의 피안에서」, 시어듬의 「사람의 사른 참모양」이다. 이전 호에서 '評', '論', '감상'으로 분류된 글들이 '평론'으로 분류되기 시작한 것이다. 또한 『창조』 9호(1921.6)에서는 '批評, 感想, 飜譯'이라는 체계로 다양한 유형의 산문 글들을 함께 배치하고 있다. 문예비평적 성격을 지니는 글들은 '평론' 혹은 '비평'으로 분류되기 시작했다.

『창조』 이외에도 『폐허』, 『백조』, 『개벽』 등의 잡지들은 비평의 위상을 중요하게 생각했으며 이러한 생각은 잡지에 나타난 산문 분류 체계를 통해 확인할 수 있다. 『폐허』의 경우 1호(1920.7)에는 문종이 명시되어 있지 않지만, 2호(1921.1)에서부터는 '시', '소설', '평론'으로 글을 분류하고 있다. '評論'으로 분류된 글들은 오상순의 「종교와 예술」, 변영로의 「메-터링크와 예잇스의 신비사상」, 김원주의 「먼저 現狀을 打破하라」, 김억의 「쯔로예르론」이다.

이 중에서 오상순의 글은 예술과 종교 사이의 관련성을 분석한 글이고, 변영로의 글은 메터링크와 예이츠를 중심으로 서양에서 유행하던 신비사상을 소개하고 있는 글이다. 김억의 「쯔로예르론」 역시 외국의 논문을 영역하긴 했지만 작가론의 성격을 지니고 있는 글로 볼 수 있다. 이 세 편의 글들은 모두 문예 영역을 대상으로 삼고 있다. 반면 김원주의 「먼저 현상(現狀)을 타파(打破)하라」는 조선의 여성들이 조선사회의 인습을 타파하고 완전한 인격자로 개조되어야 한다는 점을 주장하고 있는 글이다. 이 글은 사회 문제와 관련된 주장을 담고 있다는 점에서 『개벽』의 현상문예에서 '논문'으로 모집했던 글들과 유사한 성격을 지니고 있다. 『폐허』에서 '평론'으로 분류된 글들은 문예비평적 성격을 지니는 글들이 주를 이루었지만, 그 안에는 사회비평의 성격을 지니고 있는 글들도 포함되어 있었다.

문예비평적 성격을 지니는 글과 사회비평적 성격을 지니는 글은 명확히 분화되지 않은 반면, 수필적 성격을 지니는 글은 비평문과 구분되기 시작했다. 『폐허』2호에서 나타난 '수상(隨想)'이라는 분류 체계, 『백조』2호(1922)와 3호(1923)에 나타난 '상화(想華)'라는 분류 체계를 통해 이를 확인할 수 있다. 『백조』2호와 3호를 예로 들면, 노자영의 「우정애 형에게」, 이광수의 「감사와 사죄」, 홍사용의 「그리움의 한묵금」, 박영희의 「감상의 폐허」, 김기진의 「떨어지는 조각조각」 등은 '상화'로 분류되고 있다. 반면 박종화의 월평 「오호아문단」은 '평론'으로 분류되고 있었다.

이상을 통해 확인할 수 있듯 '평론'은 1920년대 초반부터 문예비평적 성격을 지니는 글을 지칭하는 분류 체계로 설정되고 있었으며, 수필적 성격을 지니는 글들은 비평문과 다른 유형의 글로 분류되기 시작한다. 이러한 분류 체계는 1925~1926년에 이르면 『개벽』과 같은 종합지, 『조선문단』과 같은 대중적 문예 잡지에도 나타나기 시작한다.

『개벽』의 경우에도 창간 초에는 문예 작품에 한해 '시', '소설', '각본'과 같은 문종을 표시하고 있었으며 여타의 산문들은 문종을 표시하지 않았다. 1923년 12월호(42호)부터는 문예 작품의 문종에 '감상'이 포함되기 시작[79]했고 '각본' 대신에 '희곡'이라는 문종이 표시되었다. 시, 소설, 희곡, 감상으로 분류된 개별 작품들은 1924년 2월호(44호)에서는 '創作'이라는 상위 체계의 하위 범주로 배치되기도 했다. 또한 『개벽』 44호에서는 「現文壇의 世界的 傾向」이라는 특집을 기획했고 그 특집에는 러시아, 영국, 프랑스, 독일, 미국, 중국, 일본, 조선문학의 최근 경향 등을 다룬 글들이 실려 있다. 「現文壇의 世界的 傾向」 앞에는 김기진의 「금일의 문학 명일의 문학」, 박영희의 「노서아환멸기의 고통」이 배치되어 있다. 이 글들은 이후 『개벽』 문예란에 비평적 산문의 비중이 높아질 것을 예고하고 있는 것처럼 보인다. 실제로 1924년 3월호(45호)에는 염상섭과 박월탄이 쓴 「신춘창작평」이 실렸고, 4월호(46호)에는 '月評'으로 분류된, 김억의 「시단산책」이 실렸으며, 역시 '評'으로 분류된, 월탄의 「문단방어」가 실렸다.

---

79 '感想'으로 처음 분류된 글은 김기진의 「마음의 廢墟」였으며 이외에도 김기진의 「눈물의 순례」(『개벽』 43호, 1924.1), 현진건의 「이러쿵저러쿵」(『개벽』 44호, 1924.2), 조명희의 「집업난 나그네」(『개벽』 45호, 1924.3)가 '감상'으로 분류되었다. 1924년 4월호인 『개벽』 46호에는 「陽春隨想」이라는 특집 아래 박종화의 「남루한 봄」, 현진건의 「꿈에 본 「新岳陽樓記」, 김기진의 「환멸기의 조선을 넘어서」, 김억의 「바람에 날니는 군소리」, 이익상의 「생활의 傀儡」, 조명희의 「봄잔듸밧 우에서」, 김석송의 「이생, 져생, 이몸」 등이 실리기도 했다.

1925년 1월호(55호)에 이르면 '創作·隨筆·論評'이라는 체재가 나타나기 시작한다. 이 체재 아래 소설·시·희곡 작품과 '感想'으로 분류된 김기진의 「불이야 불이야」, '論'으로 분류된 박영희의 「창작비평과 평자」 및 이익상의 「사상문예에 대한 단상」 등이 함께 묶이게 된다.[80] 감상적 성격을 지니는 글들과 비평적 성격을 지니는 글들이 분화되기 시작했으며 이 글들이 문예창작의 성격을 지니는 글들과 대등한 범주로 인식되기 시작한 것이다. 1925년 4월호(58호)부터 '논평'이라는 분류 명칭은 '평론'으로, '수필'은 '상화'로 각각 바뀌게 된다. 박종화의 「삼월 창작평」, 김기진의 「현시단의 시인」, 이상화의 「문단측면관」이 '평론'에 속하는 글로 분류되고 있으며 이러한 분류 방식은 이후 『개벽』에서 지속되었다.

　　'평론'이라는 분류 체계는 『개벽』과 같은 종합지뿐 아니라 1920년대의 대중적 문예지였던 『조선문단』에도 나타났다. 『조선문단』의 경우에는 1926년 3월호(14호)부터 '論評', '隨想', '노래', '당선시', '戲曲·小說'이라는 편집 체재를 설정하여 잡지에 실린 글들을 체계적으로 분류하기 시작했다. 유사한 체재는 1926년 5월호(16호)에서도 나타나고 있다.[81] 1920년대 초 동인지에서부터 '評論'으로 분류되었던 월평이 『조

80　'創作·隨筆·論評' 체재를 부각시킨 『개벽』, 1925년 1월호 목차의 일부분은 다음과 같다.

評	論	·	筆	隨	·		作		創
文壇雜記	思想文藝에對한片想	創作批評과評者	불이야 불이야	王昭君	斷章五篇	信仰	불	戰鬪	黎明	明文
(消息)	(論)	(論)	(感想)	(戲曲)	(詩)	(詩)	(小說)	(小說)	(小說)	(小說)

81　이때 '論評'에 분류된 글로는 이광수의 「문학과 '부르'와 '프로'」, 김억의 「예술과 감상」, 김영진의 「현대문학의 주조」, 방인근의 「이월소설평」, 최남선의 「조선국민문학으로의 시조」,

선문단』의 '論評'에 포함[82]되어 있으며 계급문학과 국민문학 사이의 대립을 논하고 있는 글들[83] 또한 '論評'에 포함되어 있음을 확인할 수 있다. 이외에도 김억의 글처럼 예술의 일반적 문제에 대해 다룬 글, 외국문학이나 문학 사조와 관련된 글들이 '論評' 안에 들어 있었다.

『조선문단』 1927년 1월호에서 편집 체재 '論評'은 '評論'으로 바뀌기 시작했고, '隨想'은 '感想·隨筆'로 바뀌기 시작했다. 반면, '노래', '당선시', '희곡·소설' 등으로 분류되던 문예 작품은 모두 '創作'이라는 상위 체재 하에 배치되었다. 1927년 1월호에는 다음 달에 나올 『조선문단』 2월호의 주요 목차 또한 소개하고 있다. 여기에서도 '評論'은 '創作'과 함께 잡지에 실린 글들을 분류하는 대표적 체재로 자리매김 되고 있다.[84] 『개벽』과 마찬가지로 『조선문단』에서도 문예비평적 성격을 지니는 글들은 수필적 성격을 지니는 글 및 창작 작품과 분화되기 시작했으며 이러한 글들은 '評論'이라는 분류 체재에 포함되기 시작했다.

앞의 절에서 분석했던 것처럼 1900년대 '평론'이라는 말은 '평가' 혹은 '비판'의 의미를 내포하고 있었으며 '비평'과 동의어로 사용되었다. 1910년대부터 '평론'은 '비평'과 함께 문예작품을 전문적으로 평가하는 활동을 의미하기 시작했으며 동일한 용례는 1920년대 『개벽』에도 나

염상섭의 「프로레레타리아 문학에 대한 '피'씨의 언」, 이윤재의 「중국극발달소사」, 김기진의 「사월의 창작란」, 양주동의 「사월시평」 등이 있다.

82 『백조』에서 평론으로 분류된 글이 박종화의 월평뿐이었다는 점, 『창조』에서 문예비평의 위상이 강화된 시점과 김동인이 월평을 연재한 시기가 맞물린 것, 『폐허』에도 염상섭의 월평이 실려 있었던 것을 고려해보면, 월평 쓰기가 '평론'이라는 분류 체계 확립과 긴밀하게 연결되어 있음을 확인할 수 있다. 이와 관련하여 월평의 형성 과정을 보다 상세하게 분석하는 작업은 3장 2절에서 진행하도록 하겠다.

83 이광수의 「문학과 '부르'와 '프로'」, 최남선의 「조선국민문학으로의 시조」, 염상섭의 「프로레레타리아 문학에 대한 '피'씨의 언」 등이 그러한 성격을 지니고 있었다.

84 『조선문단』 1월호(1927)에 예고된 작품들 대부분은 『조선문단』 2월호(1927)에도 실려 있다. 다만 「미정」으로 표시되어 있는 박영희의 글 대신에는 김기진의 「무산문예작품과 무산문예시평」이 수록되어 있었다.

타나고 있다.[85] 이러한 의미로 사용되던 '평론'은 1920년대 문예 동인지에서 비평적 성격을 지니는 산문을 지칭하는 용어로 사용되기 시작했으며, '평론'이라는 분류 체계는 1920년대 중반 『개벽』과 『조선문단』에서 '창작', '수필(혹은 '감상')'[86]과 대등한 위상을 부여받게 된다. 이는 문예비평적 성격을 지닌 산문이 여타의 산문들과 분화되어 고유한 영역을 확보했음을 의미한다.

동인지와 『개벽』, 『조선문단』의 산문 분류 방식이 변화한 양상을 통해 '평론' 체계의 확립에 영향을 준 요소들을 정리해보면 다음과 같다. 첫 번째, '평론' 체계가 나타난 시기는 비평의 중요성 및 비평가의 전문적 역할에 대한 인식이 증대된 과정과 밀접한 관련을 맺고 있다. 『창조』의 산문 분류 체계가 변화하기 시작한 『창조』 5호에는 전영택의 「벌꽃君의게」[87]라는 짤막한 편지가 실려 있다. 전영택은 그 글에서 상해에 잇는 주요한에게 그동안 발표된 자신의 작품에 대해 비평해달라고 요청한다. 덧붙여 "우리 사회에 문예에 대하야 너무 이해가 업서 참

---

85 「藝術的 良心이 缺如한 우리 文壇」(『개벽』 11, 1921.5)에서 이익상은 "**비평가**로 어떠한 작품을 **비평**할 때에 우리는 자연주의의 문학을 반듯이 거치어 간다는 뜻으로 **평론**한 것을 읽은 기억"이 있다고 말한다. 이 부분에서 '평론'은 '비평'과 함께 문예비평적 활동을 의미하는 용어로 사용되고 있다.

86 '수필'이라는 장르의 역사적 형성 과정을 분석한 대표적 논의들은 다음이 있다. 김현주, 『한국 근대 산문의 계보학』, 소명출판, 2004; 문혜윤, 「'수필' 장르의 명칭과 형식의 수립 과정」, 『민족문화연구』 48, 고려대 민족문화연구원, 2008; 김지영, 「문학 개념체계의 계보학 : 산문 분류법의 변화 과정을 중심으로」, 『민족문화연구』 51, 고려대 민족문화연구원, 2009.
이들 연구에 따르면, 1920년대 초반 '감상', '수상', '상화' 등으로 분류되던 글들은 1920년대 후반부터 1930년대 초반에 이르면, '일기', '기행문' 등과 함께 '수필'이라는 명칭으로 지칭되기 시작했다. '수필'의 형성과정을 분석한 기존의 연구들은 1920년대 초반 동인지에 나타난 수필적 산문, 그리고 '수필'에 대한 인식이 정립되기 시작한 1920년대 후반 · 1930년대 초에 주목하여 '수필'의 형성 과정을 서술하고 있다. 그렇기에 1920년대 중반, 『개벽』과 『조선문단』이 산문을 분류하는 방식 중의 하나로 '수필'이라는 체계를 설정했다는 점을 논의에 포함시키고 있지 않다. 1920년대 산문의 분화 양상을 보다 세밀하게 탐색하기 위해서는 『개벽』 및 『조선문단』에서 '수필', '감상', '수상' 등으로 분류된 글들이 지니는 특성에 대해 분석할 필요가 있다.

87 전영택, 「벌꽃君의게」, 『창조』 5, 1920.

답답합니다. 거긔 대하여 군이 무엇 좀 쓰시오, 그들을 교도하야지오" 라고 말한다. 전영택 등『창조』동인들은 비평을 통해 근대적 문예 활동을 수용하고 있지 않는 조선의 대중을 계몽하려 했던 것이다.

비평가에게 독자를 지도하는 위상을 부여하려 했던『창조』동인들의 시도는 비평가의 역할에 대한(김동인과 염상섭의) 논쟁으로 이어졌고, 이러한 논쟁은『창조』를 비롯한 문예 동인지들이 '평론'이라는 분류 체계를 확립하는 데 영향을 미쳤다.

두 번째, '평론' 체계의 확립 과정은 다양한 매체에 사상 관련 글들, 시평류(時評類) 글들이 나타나기 시작한 시기와 맞닿아 있다. 1920년대 대표적 종합지였던『개벽』의 경우, 문예지면의 산문 분류 방식이 변화한 시기는『개벽』의 전반적 체재가 개편된 시기와 맞물려 있다.『개벽』에 비평적 글쓰기가 강화되기 시작했던 1923년 후반,『개벽』은 '관찰과 주장', '참고와 연구', '수견수기(隨見隨記)', '그동안 세상' 등으로 체재를 개편했다. 이 체재 중 '그동안 세상'에 실린 글들은 동시대의 조선과 세계에서 일어난 다층적 사회 현상들을 소개한 후 그에 대한 논평을 가하고 있다.[88]

이후의『개벽』에서는 이와 같이 체계적으로 전체 지면을 분류한 체재는 나타나지 않았지만, '그동안 세상'과 유사한 성격의 글들은 '시평(時評)'(44호, 1924.2 / 57호, 1925.3 / 67호, 1926.3 / 69호, 1926.5) 등의 지면에서 지속적으로 나타나고 있다.[89] '시평'류 글들이『개벽』에 지속적으로 배

---

[88] 반면, '관찰과 주장'에 실린 글들은 논설적 성격, '참고와 연구'에 실린 글들은 학술적 성격, '수견수기(隨見隨記)'에 실린 글들은 수필적 성격을 지니고 있었다. 이상의 내용은,『개벽』 41호(1923.11) 참조.

[89] '정국 · 비판(50호, 1924.8), '시국관'(54호, 1924.12), '개벽 평단'(60호, 1925.6), '시사 · 논단'(61호, 1925.7), '시사 · 정국'(63호, 1925.11), '시언(時言) · 평단'(64호, 1925.12), '시언'(65호, 1926.1), (66호, 1926.2), '사건! 여론! 관찰!'(68호, 1926.4) 또한 '시평'과 유사한 성격을 지니고 있던 지면이다.

치된 시기는 『개벽』 문예 지면에서 비평적 글쓰기가 부각된 시점, '평론'이라는 분류 체계가 확립된 시점과 맞물려 있다. '평론' 체계가 확립된 과정은 사회 전반에 걸쳐 비평적 글쓰기의 위상이 변화한 것과도 연결되어 있었다.[90]

마지막으로 '평론' 체계의 확립은 '감상' 혹은 '수필'이라는 분류 체계의 형성 과정과도 맞물려 있었다. 이는 1920년대 수필(혹은 감상)적 글쓰기와 평론적 글쓰기의 경계가 구획되기 시작했음을 의미한다. 다음 절에서는 이와 관련된 논의를 진행하려고 한다.

2) '평론(評論)'과 '감상(感想)'의 경계

산문을 분류하는 방식의 변화는 산문적 글쓰기에 대한 당대의 인식 변화를 반영하고 있는 동시에, 산문적 글쓰기를 제약하는 관습의 변화 또한 이끌어낸다. '평론' 체계의 형성은 평론의 전문성을 강조하는 당대 평자들의 인식과 관련되어 있었다. 이러한 인식은 '비평'과 '감상'을 구분하려고 하는 견해로 표출되었다. 1920년대 초 비평 관련 논쟁에 참여했던 김동인과 김억의 글에서 이 점을 확인할 수 있다. 먼저 염상섭과 비평 논쟁을 주고받은 후, 김동인이 『창조』에 발표한 「비평에 대하여」의 일부분을 살펴보자.

---

90 임형택은 3·1운동 이후 1910년대에 소거된 정론적 성격의 글이 예전의 '계몽논설'과는 다른 형태로 부활했음을 말하고 있다. '시평류(時評類)' 글의 등장은 그러한 맥락에서 재조명될 필요가 있다. 이 책의 3장 1절에서는 이와 관련된 논의를 '공론장의 재편'과 연관하여 진행하려고 한다. 임형택, 「소설에서 근대어문의 실현 경로」, 『대동문화연구』 58, 성균관대 대동문화연구원, 2007.

①作品에 대훈 **感想과 評과는 嚴然한 區別**이 잇슴니다. 感想에는 자기의 意見이 存在할 餘地가 잇지만, 評에는 절대로, 自己의 意見이라고는 잇지 못흡니다.[91]

김동인은 작품에 대한 감상(感想)과 비평(批評) 사이에는 구별이 있음을 강조한다. 김동인이 양자를 구별하는 기준으로 설정하고 있는 것은 '자기의 의견'이다. 김동인의 견해에 따르면 감상에는 평자 자신의 의견이 존재할 수 있지만, 비평에는 '자기의 의견'이 존재할 수 없다. 이러한 김동인의 견해는 평자의 주관성을 비평 논의에서 배재하고 있다는 인상을 심어준다. 그러나 뒷부분에 서술된 "'萬人이 首肯할 意見'이 評이오, 自己 혼 사람의 意見이 意見임니다"라는 구절을 살펴보면 김동인이 평자의 주관성 자체를 무시하고 있는 것이 아니라, 평자의 의견이 보다 보편적인 동의를 획득할 수 있어야 한다는 점을 강조하고 있음을 확인할 수 있다. 그러한 동의를 획득하지 못한 의견을 김동인은 감상(感想)으로 인식하고 있다.

감상과 평론을 구별하며 평자의 책임을 논하려는 문제의식은 김억에게도 발견된다. 『개벽』32호에 실린「무책임한 비평」에서 김억은 『개벽』31호에 실렸던 박종화의「문단의 일년을 추억하야」라는 글을 비판한다. 박종화는『개벽』31호인 1923년 1월호에 1922년의 문단을 되돌아보는 연간평(年間評)을 쓰며 김억의 시를 비판했다. 김억은「무책임한 비평」에서 박종화의 그러한 평가에 항의를 표시하고 있다.

②-1. 月灘씨의 評文이 批評 되기에는 넘우도 內容이 가난하고, 다만 한 **感想 밧게** 지내지 아니한 까닭입니다. 더욱 그의 詩評이라는데 니르러서는 거의 뜻

---

91   김동인,「비평에 대하여」,『창조』9, 1921.

할, 또는 가할 만한 아모러한 評文될 가치가 업섯습니다.[92]

②-2. 道義的 責任과 作品에 對한 根本的 理解(客觀의) 업시, 作品을 評한다 하면, 그 評者는 沒廉恥한 地位에서 自己의 서푼짜리도 못되는 **讀者的 偶感**을 말하는 評者 — 물론 그것을 評者라고 할수업다 — 에 지내지 못합니다. 소위 評者의 批評을 보면 대개는 作者의 內生活 쏘는 作品에 대한 根本的 理解와 道義的 責任도 업시 主觀的 偶感을 말하는 이가 만습니다. 어찌하야 偶感과 批評의 사이에 그들은 區別의 굵은 줄을 긋지 아니하는지, 나는 그러한 이들의 맘을 알 수가 업습니다.[93]

첫 번째 인용문에서 김억은 박종화의 평론이 비평이 될 가치가 없으며 감상에 지나지 않는다고 말한다. 이러한 견해는 비평과 감상을 구별하고 양자를 위계 짓는 시각을 근간으로 하고 있다. 두 번째 인용문에서 김억은 감상을 '독자적 우감(偶感)'이라고 주장하며 이를 비평과 구별해야 한다고 강조한다. 김억에게 비평은 비평의 대상인 작가와 작품을 근본적으로 이해하는 행위로 인식된 반면, 감상은 독자의 입장에서 우연적 느낌을 토로하는 행위로 이해되고 있다. 또한 김억은 시평(詩評)에는 시상의 분석, 리듬과 무드에 대한 관찰이 있어야 한다고 말하며 박종화의 비평에서는 이러한 점을 고려하지 않고 있다고 비판한다.

김억의 반론을 받은 박종화는 자신의 비평관이 '가장 진보된 근대적 비평'인 감상비평(鑑賞批評)과 설리비평(說理批評)에 근거를 두고 있는 반면, 김억의 견해는 17~18세기에 형성되었던 의고비평(擬古批評)에 가깝다고 반박한다. 박종화에 따르면 "감상비평은 일절의 객관 비평에서

---

92 김억, 「무책임한 비평」, 『개벽』 32, 1923, 1쪽.
93 위의 글, 2쪽.

떠나서 작품 그것을 주관으로 감상하야 그 미점을 찾고 그 결점을 찾는 것"이며 "설리비평은 작품의 조코 나진 것을 설명하는 것"이다.[94] 이를 근거로 박종화는 평론을 쓸 때에 주관적 인상에 기반을 뒀던 자신의 비평 태도를 옹호하며 객관적 비평을 강조하는 것은 18세기 이전의 관점이라고 비판한다.

김억의 「무책임한 항의」가 평자의 주관적인 차원을 지나치게 경시했다는 것을 지적했다는 점에서 박종화의 비판에는 일정한 타당성이 있다. 그러나 김억의 견해를 "자아의 주관은 내버리고 비평의 표준을 객관에서 구"하는 의고비평으로 박종화가 단정한 것은 김억의 비평관을 일면적으로 파악한 데서 발생된 오류로 보인다. 김억 역시 「무책임한 항의」에서 '평문(評文)'을 쓰기 위해서는 우선적으로 '충실하게 주관적 태도', 즉 '순실(純實)한 독자적 태도'로 작품을 읽는 것이 필요하다고 말하고 있기 때문이다. 김억이 강조한 '객관적 태도'는 의고비평에서 말하는 전형으로서의 객관이 아니라, 감상자의 주관성을 성찰하는 행동에 가깝다.

이상을 통해 확인할 수 있듯이 1920년대 초반 평자들은 평론 혹은 비평에서 평자의 주관적 감상이 차지하는 역할을 각기 다르게 규정하고 있었다. 박종화는 평론이 평자의 주관적 감상에 근원을 두고 있다는 점을 강조하고 있다면, 김억과 김동인은 평론과 감상을 구분하며 평자의 감상이 보다 보편적인 동의를 획득할 수 있어야 한다는 점을 부각시킨다.

칸트에 따르면 어떤 대상이 미적인 것인가, 아닌가를 구별하는 판단은 그 규정의 근거를 주관적인 것에서 찾을 수밖에 없다. 그렇기에 칸

---

94 박종화, 「항의같지 않은 항의자에게」, 『개벽』 35, 1923.

트는 심미적 판단에 대한 상투적 오해가 생겨났다고 말한다. 그 오해 중 첫 번째는, 주관적 성격을 지니는 심미적 판단은 타인의 필연적 동의를 요구할 권리를 갖지 못한다는 견해이고, 두 번째는 심미적 판단에 관해서는 논쟁할 수 없다는 견해이다. 칸트는 이러한 오해에 맞서 "누구나 심미적인 것을 판정하는 능력을 지니고 있"지만, 동시에 "심미적인 판단에 관해서 논쟁할 수 있"으며 그 논쟁은 서로의 의견이 합치될 수 있다는 희망에 바탕을 두고 있다고 말한다. 이러한 두 가지 주장이 이율배반적 성격을 지닌다고 본 칸트는 심미적 판단의 원리와 관련해 생겨나는 이율배반을 해결하는 방식을 모색했다.[95]

1920년대 초반 김동인과 염상섭, 박종화와 김억 사이에 생겨난 논쟁 또한 '평자 개인의 주관적 감상이 어떻게 하면 타인에게도 공유되는 보편적 성격을 획득할 수 있는가'의 문제와 연관되어 있었다. 그러나 논쟁에 참여한 평자들은 심미적 판단이 지니는 이율배반적 성격을 인식하고, 그 해결방안을 탐색하는 데까지 이르지 못했다. 김동인과 김억에게서 확인할 수 있듯이 이 시기 문인들은 주관적 감상을 독자의 영역으로 구획한 후, 비평가의 판단을 이와는 구별되는 전문적 영역으로 설정하는 데 주력했다. 이러한 문제는 비평가 또한 주관적 감상에 근거하여 심미적 판단을 수행한다는 점을 숙고하지 않았기에 발생한 것이다.

개별 작품에게서 받은 '인상' 혹은 '감상'과 개별 작품의 가치를 판단하는 '평론'의 영역을 구분 짓는 견해는 평론적 글쓰기와 감상에 기반을 둔 글쓰기의 경계를 구획하는 시각과도 연결되어 있다. 평론적 글쓰기와 감상적 글쓰기에 대한 당대 문인들의 인식을 살펴보기 위해서는 『조선문단』에서 두 차례에 걸쳐 연재했던 인물론을 살펴볼 필요가

---

95   임마누엘 칸트, 백종현 역, 『판단력비판』, 아카넷, 2009, 382~383쪽 참조.

있다. 『조선문단』에서는 '수상' 혹은 '수필'이라는 분류 체계가 생겨나기 전부터 특집을 통해 다양한 글쓰기를 시도하고 있었다. 『조선문단』 6호(1925.3)에서는 '處女作 發表 當時의 感傷', 『조선문단』 7호(1925.4)에서는 '日記와 隨感', 8호(1925.5)에서는 '諸作家의 쓸 째의 氣分과 態度', 11호(1925.8)에서는 '뫼·들 물·숩' 등이 기획되었으며 이 기획들에는 이광수, 염상섭, 박종화, 현진건, 김억, 전영택, 최서해, 방인근과 같은 당대의 대표적 문인들이 참여했다. 『조선문단』은 6호(1925.3)에 실린 '六堂崔南善論', 『조선문단』 9호(1925.6)에 실린 '金東仁論'도 이러한 특집들 중 하나였다.

이광수는 특집에 실린 첫 번째 글 「六堂崔南善論」에서 사람을 평론하는 일의 어려움을 토로하고 있으며, 염상섭은 「崔六堂印象」에서 최근 조선에서 인물론이 유행하고 있다고 말한다. 이러한 글들은 염상섭에게 "論評인지 印象記"인지 갈피를 잡을 수 없는 글로 인식되고 있었다. 『조선문단』의 인물론 기획에 참여한 문인들은 염상섭처럼 '논평' 혹은 '평론'과 '인상기'를 구분하고 있었다. 「六堂崔南善論」에서는 인물론의 어려움을 토로하던 이광수는 「六堂의 첫印象」에서는 "印象記요 解剖的 論評"이 아니기 때문에 관찰의 어긋남이 있을 것이라고 말하고 있다. 이러한 언급에서 문인들이 '평론', '논평'을 보다 분석적인 글로, '인상기'를 가볍고 부담 없는 글로 인식하고 있었음이 드러난다.

유사한 인식은 「金東仁論」을 쓴 전영택, 「金東仁은 엇더한 사람인가」를 쓴 방인근에게도 발견된다. 두 사람은 김동인이라는 인물에 대해서 이야기하고 있는 동시에, 김동인의 작품, 작풍(作風)에 대해서도 간략하게 언급하고 있다. 그러나 전영택과 방인근은 자신들이 작품 비평을 할 줄 모르고, 소설가로서의 김동인에 대해서도 모른다고 말하며 지금 쓰고 있는 글이 '비평' 혹은 '론(論)'이 아니라 '인상기'라는 점을 강조한다. 이들에게 '비평'이나 '론'은 보다 전문적 지식을 지닌 사람들이 쓸 수 있는 글쓰기로 이해되고 있으며, 반면 이들 자신이 수행하고 있는 글쓰기는 전영택의 표현을 빌리자면 "생각나는 대로 인상기로 감상으로 쓰는" 방식으로 인식되고 있다.

'평론적 글쓰기'와 '감상적 글쓰기'의 경계가 구획되는 양상은 『백조』와 『개벽』 등에 실린 김기진의 산문을 통해서도 확인할 수 있다. 김기진은 『백조』 시절부터 '상화'로 분류된 산문을 썼고, 『개벽』에서도 '감상'으로 분류된 산문을 주로 집필하다가 1925년을 전후로 '평론'으로 분류된 산문을 쓰기 시작했다. 김기진의 산문을 분석해보면 김기진이 '감상'으로 분류된 글을 쓸 때와 '평론'으로 분류된 글을 쓸 때 각기 다른 글쓰기 방식을 취하고 있다는 점을 확인할 수 있다.

김기진이 『백조』에 발표한 「썰어지는 조각조각 : 붓은, 마음을 쌀하」는 제목에서 밝히고 있듯이 글쓴이의 마음의 벽에서 떨어지는 조각들을 따라가는 글쓰기 방식을 취하고 있다. 더운 날씨에 대해 이야기하던 '나'는 하루살이를 바라보며 사람의 인생을 떠올리기도 하고, 인류의 잃어버린 꿈에 대해서 생각하기도 한다. 이러한 생각들은 다시금 "우리는 지금보다 더 잘 살아야 한다", "우리의 생활에서 幽靈을 업새버려라"와 같은 주장으로 이어지고 있다. '나'의 파편적 생각들은 예술에 대한 견해로도 연결되고 있다.

③ 그러면 生活을 印度할 사람은 누구냐? 藝術家이다. 藝術家의 할 일이다. 藝術家는 모든 意味의 創造者이다. **生活에 對한 先覺者**이다. 生活은 藝術이요, 藝術은 生活이어야만 할 것이다. 生活의 藝術化가 되지 안흐면 안 될 것이요, 藝術의 生活化가 되지 안흐면 안 될 것이다. 世界의 人類生活의 極限짜지 이러한 理想을 實現하여야 할 것이다.[96]

인용문에서 김기진은 '예술'과 '생활' 사이의 연관성을 부각시키며 예술가는 '생활에 대한 선각자'라고 말한다. 예술과 생활을 연결시킨 김기진은 "수음문학의 붓대라는 붓대는 살러엎새야만 한다"고 주장하며 예술지상주의를 강도 높게 비판한다. 이러한 김기진의 견해는 이후 김기진의 글들에서 반복적으로 나타나고 있는 문학관, 즉 예술의 기원을 생활에서 찾는 견해를 선취하고 있다. 그러나 「썰어지는 조각조각 : 붓은, 마음을 딸하」는 예술과 문학에 대한 김기진의 견해를 심도 있게 피력하는 데 목적을 두고 있지 않다. 예술에 대한 견해를 드러내던 '나'는 떠나온 동경을 그리워하다가, 다시금 지나간 모든 것을 잊고 세상으로 나와야겠다고 다짐하고 있다. 그렇기에 이 글은 기존의 연구에서 언급했듯이 궁극적으로는 끊임없이 표현 주체인 '나'에게로 되돌아오는 형식[97]을 취하고 있다.

김기진의 초기 산문은 단정적 표현을 사용하며 예술에 대한 글쓴이의 견해를 주장하고 있으며 바르뷔스나 투르게네프와 같은 외국 문인의 글 일부분을 인용하며 조선사회의 당면 과제를 제시하고 있기도 하다. 김기진 초기 산문의 독특한 점은 인용과 주장이 혼재되어 있는 글의 세목들이 '산책' 혹은 '순례'와 같은 기행 형식과 결합되고 있다는 점이다.[98] 이러한 특징을 『개벽』 37호(1923.7)에 실린 「프로므나드 상티망탈」을 통해 확인해 보자.

---

96 김기진, 「썰어지는 조각조각 : 붓은, 마음을 딸하」, 『백조』 3, 1922.

97 문혜윤에 따르면 '수필'이라는 장르로 귀속된 '감상', '감', '상화', '수상' 등은 대상 자체를 사유하는 것이 아니라 대상으로부터 촉발된 '나'를 사고하는 데 중점을 두었다. 문혜윤, 앞의 글, 138~140쪽.

98 「눈물의 순례」에서도 김기진은 조선을 순례하며 생명을 찾고자 발딱거리는 조그만 새, 나그네길에서 신음하는 중년의 여자, 행랑방에서 불 때는 여편네, 파산을 하고서 물러나가는 젊은 상인을 발견하고 눈물 흘린다. 이러한 순례는 인도의 여자 시인 사로지니 나이두의 「부러진 죽지」, 체홉의 「오랜, 장구한 휴식」과 같은 문학 작품에 대한 감상과 병치되어 드러나고 있다.

「프로므나드 상티망탈」은 서울을 산책하며 느끼는 '나'의 감상을 서술하며 시작하고 있다. '내'가 발 딛고 있는 서울은 자신을 낳아주고 길러준 땅이지만, 한편으로는 도깨비, 즉 거짓과 허위의식이 지배하고 있는 곳이다. 그렇기에 화자는 끊임없이 "아아, 서울은 어디 가 있느냐"고 묻는다. 작열하던 태양 속에서 서울을 산책하며 예술과 사회에 대한 의견을 토로하던 '나'는 글의 말미에서 서울의 밤풍경을 바라보며 감상에 잠겨든다.

④ 비가 개이고 한울이 맑었다. 별이 총총하게 나려다본다. 초생반달이 中天에 걸러엿다.

비오고 개인 밤이 일마나 맑으냐 얼마나 씩씩하냐 그러나 서울은 조을고 잇다. 混沌과 傲慢과 虛僞의 서울은 熟睡에 빠지고 잇다. 東大門서부터 西大門까지 鐘路를 쮜여뚤코 北岳山밋까지 보이는 것이 독가비뿐이다! (…중략…)

우리의 쌍뎅이를 南으로부터 北까지 東으로부터 西까지 오고가는 바람이 그리웟섯다.

벌거버슨 山이 그리웟섯고 長竹물고 뒤셤지으신 한아버지가 그리웟섯고 흰 저고리 행조치마에 물푸시는 누나들이 그리웟섯다―. 아아 그러나!

朝鮮이 어대냐, 어느 곳에 生命이 잇느냐!

모든 것이 독가비의 그림자에 가리워 잇다. 모든 것이 독가비의 춤에 놀고 잇고나!

초록으로 안을 밧친 감장치마가 독가비를 避해서 길모통이로 쏩으라저 드러 갓다…….

○

우리들의 누의들을 엇더케하나?

朱英이를 생각한다. 에레-나를 생각한다.

불가리아의 志士 인싸로-꾸를 싸라가는 露西亞의 處女 에레나를 생각한다.

國境에서 警官을 射擊하고 大同江 언덕우에서 春容이와 가티 죽은 朱英이를 생

각한다.[99]

인용문에서 확인할 수 있는 것처럼 서울의 밤을 지켜보던 '나'는 서
울이 깊은 잠에 빠져 있으며 도깨비에 지배되고 있다고 느낀다. 도깨
비, 즉 혼돈과 허위가 지배하기 이전의 서울을 그리워하던 '나'는 갑자
기 조선의 누이들을 근심하기 시작한다. 이때 김기진은 별다른 사전 설
명 없이 '주영이'와 러시아의 처녀 '에레나'를 호명하고 있다. '주영이'는
나까니시 이노스께의 소설 『품等의 背後에서』에 나오는 등장인물이고,
'에레나'는 투르게네프의 소설 『그 전날밤』에 나오는 등장인물이다. 김
기진은 소설 속에 나오는 이들 인물의 반항적 행동에 깊은 인상을 받았
으며, 그렇기에 인용문의 뒷부분에서 "조선에는 에레-나가 果然 멫치
나 잇"냐고 물으며 "朱英이가 쏘다시 그리웁다"라고 말하고 있다.

김기진은 「프로므나드 상티망탈」에서 한 편의 소설, 혹은 그 소설
속에 나오는 등장인물을 비판의 대상으로 설정하여 그 대상의 가치를
판단하는 글쓰기 방식을 취하지 않고 있다. 소설 속 등장인물에게 자
신이 받은 느낌, 조선의 누이들에 대한 자신의 바람에만 초점을 맞추
었기에 김기진은 아무런 사전 설명 없이 조선의 풍경들과 소설 속 등
장인물을 뒤섞어 놓을 수 있었다. 「프로므나드 상티망탈」은 이 부분
이외에도 투르게네프의 소설 『처녀지』에 나오는 네즈다노프의 시, 앙
리 바르뷔스의 소설 『클라르테』에 나오는 마리의 고민, 알렉산드르 블

---

99 김기진, 「프로므나드 상티망탈」, 『개벽』 37, 1923.7, 99~100쪽.

로크의 「혁명과 지식계급」에 나오는 구절들을 차용하며 화자의 감상을 토로하고 있다. 이때에도 김기진은 인용된 작품들을 비평의 대상으로 설정하지 않았으며, 인용문들은 작가의 내면을 대신 드러내주는 매개적 역할만을 담당하고 있다.

1924년 2월 『개벽』 40호에 발표한 「금일의 문학·명일의 문학」에서 김기진은 자신이 발표했던 산문들에 대해 "感想文도 아니요, 小說도 안인 雜文"이라고 이야기한다. 김기진은 그 글들에 대해 사람들이 문제를 만들고 있다고 말하며 자신의 "態度를 鮮明하게 할 必要"를 느껴 「금일의 문학·명일의 문학」을 집필했다고 말한다.[100] 그렇다면 「금일의 문학·명일의 문학」은 「프로므나드 상티망탈」을 비롯한 김기진의 초기 산문과 어떠한 차이를 드러내고 있는가? 글쓴이의 내면을 표출하는 작업을 생략하는 대신, 김기진은 「프로므나드 상티망탈」에서 단편적으로 언급했던 "현대의 문학은 유물사관 우에 섯다", "예술이나 문학의 뿌리를 근저로부터 개혁하는 것"이 필요하다는 진술을 체계적으로 서술하는 데 집중하고 있다.

김기진의 「금일의 문학·명일의 문학」은 예술이 발생하게 된 근원적 조건을 해명한 후 그 조건에 근거하여 예술이 변천되는 양상을 분석하고 있다. 김기진은 우선 예술이 탄생한 순간을 "생의 비참", 혹은 "생활의 비참"을 의식한 때에서 찾고 있다.

⑤ 大槪, 藝術은 **生의 悲慘을 意識**하는 때 비로소 誕生된 것이라고 보는 것이 正當하다 할 수 잇스니, 비록 **遊戲本能說**을 가지고 잇는 사람이래도, 希臘古代, 或은 더 올라가서 原始時代의 백성들의 詩歌, 舞踊이 但只 遊戱的 心情으로부

---

100 김기진, 「금일의 문학, 명일의 문학」, 『개벽』 44, 1924, 53쪽.

터 誕生된 것이라고는 말할 수 업슬 것이다.[101]

⑥ 이와 가티 歷史的으로 文藝思想의 發達을 보아 내려오면, 그 **思想의 出發**
됨이 그 **生活 狀態** 로부터임이라는 것을 깨닷는다. 밧구어 말하면, 그 時代의 生
活 狀態가 그 時代의 時代思想을出生하게 하였다는 것을 깨닷게 된다.[102]

첫 번째 인용문에서 확인할 수 있듯이 김기진이 "생의 비참"에서 예
술의 근원을 찾은 것은 유희 본능에서 예술의 기원을 찾고 있는 견해
를 비판하기 위해서다. 김기진에 따르면 생활의 비참함을 인식한 사람
들은 아름다움을 그리워하기 시작했고, 이러한 미의식에 기반을 둔 예
술은 생활로부터 점차 독립되어 "예술을 위한 예술"로 발전하기에 이
른 것이다. 두 번째 인용문에서도 김기진은 예술이나 문예 사상의 출
발점, 즉 기원을 환기시키려고 시도하고 있다. 그러한 기원은 '생의 비
참', '생활 상태'로 의미화 되고 있으며 「금일의 문학·명일의 문학」은
이에 근거하여 한 시대의 생활 상태가 그 시대의 문예 사상 및 미의식
을 발생시킨다는 점을 강조하고 있다.

김기진 스스로가 글의 마지막 부분에 밝히고 있듯이 「금일의 문학·
명일의 문학」은 "생의 비참과 미의식-문학의 문예사적 일람-유물사
관과 문학-프로와 부르-감각의 혁명-금일의 문학-명일의 문학"이라
는 체계로 구성되어 있다. 이를 통해 김기진은 유물사관에 입각해 문
학을 규정하려는 자신의 입장을 명시적으로 드러내고 있다. "나의 態
度를 鮮明하게 할 必要"를 느껴 「금일의 문학·명일의 문학」을 집필했
다는 말 역시 예술과 문학에 대한 관점을 보다 체계적으로 드러내려고

---

101 위의 글, 42쪽.
102 위의 글, 46쪽.

한 김기진의 문제의식과 연관된다.

「금일의 문학·명일의 문학」의 글쓰기 방식은, 평자의 내면을 표출하는 작업을 생략하거나 축소시키는 대신, 비평 대상의 가치 혹은 속성을 규정하는 평자의 태도를 부각시키는 데 초점을 맞추고 있다. 그 결과 「금일의 문학·명일의 문학」은 「프로므나드 상티망탈」과 같은 감상문보다 논리적 설득력을 획득할 수 있었다. 그러나 그 논리적 구도 때문에 「금일의 문학·명일의 문학」은 특정한 예술 작품이 평자의 정서적 층위에 불러일으킨 인상에 대해서는 서술해낼 수 없었다.

김윤식은 김기진이 "감상문에서 보다 논리성을 띠기 시작한 평론문"을 쓰기 시작한 것은 바르뷔스를 소개할 때부터였다고 보고 있으며, 박영희 역시 "평론으로 발전하기 전에 수필이라는 감상문과 소설의 단계"를 거쳤다고 분석한다. 이 분석에는 '감상문'(혹은 '수필')에서 '평론'으로 이행한 과정을 '자연스러운 현상'으로 규정하는 시각이 내포되어 있다.[103] 그러나 김기진이 '감상문'에서 '평론문'으로 이행한 과정은, 투르게네프와 나까니시 이노스께의 소설을 읽은 화자의 느낌과 조선의 사회적 상황에 대한 화자의 진단이 접합(「프로므나드 상티망탈」)되었을 때 생겨났던 긴장감[104]이 사라져간 과정과도 일치한다. 역사적 유물론

---

103 이러한 분석은 김기진과 박영희가 '감상문'에서 '평론문'으로 이행한 과정을 '자연적 발전 과정'이라고 말하고 있다는 점에서, '감상문'과 '평론문'을 위계화 하는 시각으로 해석될 우려가 있다. 이 글에서는 「프로므나드 상티망탈」에서 「금일의 문학, 명일의 문학」으로 이행한 김기진의 변모를, '감상'과는 다른 방식의 글쓰기를 모색한 결과로 해석하려고 한다. 이러한 해석에는 '감상'과 '평론'을 위계화한 후, '감상' 혹은 '수필적 글쓰기'의 가치를 폄하하는 시선에 대한 문제제기가 내포되어 있다. 김윤식, 『한국 근대 문예비평사 연구』, 일지사, 1976, 21~23쪽.
104 김현주는 김기진의 초기 산문 「썰어지는 조각조각 : 붓은, 마음을 쌀하」를, 김기진 자신의 "인식론적·미적 혼란을 그대로 보여주는 글쓰기"라고 규정한다. 김현주에 따르면, 김기진은 다양한 지향과 층위를 가진 내용들이 형성하는 긴장과 갈등을 하나의 형식으로 수렴하려 하지 않았다. 이러한 김현주의 분석은 김기진의 「프로므나드 상티망탈」의 특성에도 적용될 수 있을 것으로 보인다. 김현주, 「1920년대 초 동인지문학과 수필적 글쓰기」, 『한국 근대 산문의 계보학』, 소명출판, 2004.

에 바탕을 둔 김기진의 글 「금일의 문학·명일의 문학」은 그의 '감상문'에서 드러났던, 예술 작품으로 인해 촉발되는 화자의 감정 변화에 대해서는 서술해내지 못했던 것이다.

　이상을 통해 확인할 수 있듯이 이 시기 평자들은 감상과 평론을 구분하려 했다. 이는 평론을 보다 무게 있는 글로 인식한 반면, 감상의 가치를 폄하하는 시각에 기반을 두고 있다. 당대의 평자들은 자신의 미적 판단이 필연적으로 가질 수밖에 없는 주관적 성격을 응시하려 하지 않았고, 그 대신 자신의 판단을 감상과는 구별되는 전문적 판단으로 설정하는 데 주력했다. 이러한 평자들의 견해는 '평론'과 '감상문'을 위계화하여, 전자를 전문적 글쓰기로 설정한 반면, '감상'에 기반을 둔 글은 가볍고 부담 없는 글쓰기로 치부했던 시각과도 연결되어 있었다.

　잠재적으로 구분되기 시작하던 '비평적 글쓰기'와 '수필적 글쓰기'의 경계는 '평론' 체계가 확립되면서 가시화되었다. '평론'은 보다 전문적인 글, 예술과 문학에 대한 평자의 관점을 선명하게 드러내는 글로 인식되었으며, 그러한 인식은 '비평적 글쓰기'를 제약하는 관습을 만들어냈다.

3. 공론장의 재편과 비평적 글쓰기의 성격 변화

　1장과 2장에서 언급했듯이 한국 근대 문예비평의 형성 과정은 '비평' 개념이 변전했던 과정, 매체들의 산문 분류 방식이 변화해 온 과정과 맞물려 있었다. 그러한 변화의 과정은 1910년을 전후로 한국 사회의 공론장이 재편된 상황에 기반을 두고 있다.

'공론장'은 독일어 'Öffentlichkeit'의 번역어로서 이 말의 어원은 '열려 있다'는 의미의 'offen'이다. '공론장'은 복수의 가치·의견 사이에서 생성되는 의사소통의 영역을 일컫는 말이며 누구나 접근할 수 있는 공간이라는 점을 조건으로 삼는다.[105] 전통적 세계에서 '공공성'은 '관(官)'과 '공(公)'의 영역에서 형성되어 있었다. 이때 '관'은 공식적 정치가 이루어지는 제도적 장으로서 그 장을 표상하는 것은 '조정(朝廷)'과 '국왕(國王)'이었으며, '공(公)'은 국왕도 따라야만 되는 보편적 준칙을 의미했다. 반면 '사적(私的) 영역'은 독자적 정당성을 부여받지 못한 채 사사롭고 은밀한 영역으로 취급되었다. 18세기 무렵 유럽을 중심으로 출현하기 시작한 '공론장'은 '공/사'에 대한 전통적 구분법을 전복하고 '사(私)'의 영역에 속하는 문제를 공공의 쟁점으로 바꾸는 역할을 수행했다. 그렇기에 '공론장'은 '자율적 주체로서의 개인관'이 나타난 것과 더불어 출현한 역사적 형성물로 규정내릴 수 있다.[106]

한국의 경우 1890년대 이후 정부와는 구별되는 다층적 형태의 자발적 결사체가 등장했으며 이러한 결사체들은 '회(會)'라는 명칭으로 불렸다. 상하귀천을 막론한 사람들이 결사체에 참여하여 공론을 형성하

---

105 이상의 내용은 사이토 준이치, 윤대석 외역, 『민주적 공공성』, 이음, 2009, 27~30쪽.

106 이상의 내용은 최갑수, 「서양에서 공공성과 공공영역」, 『진보평론』 9, 한국노동이론정책연구소, 2001, 322~333쪽; 황병주, 「식민지 시기 '공' 개념의 확산과 재구성」, 『사회와 역사』 73, 한국사회사학회, 2007, 12쪽 참조. 공공영역에 대한 최갑수의 논의는 하버마스의 『공론장의 구조 변동』을 많은 부분 참조하고 있다. 하버마스는 '의사소통의 자유'와 '비판적 공개성'을 축으로 '공론장'을 규정하여 '공론장'과 관련한 논의의 자장을 크게 변화시킨 이론가다. 그러나 하버마스의 논의는 '공론장' 안에 존재하는 이질성과 가치 대립의 문제를 배제했다는 점, 합의를 형성해가기 위한 토론을 강조했다는 점에서 비판을 받고 있다. 이 책에서는 이러한 비판을 수용하여 하버마스의 기본적 문제의식을 참조하되 '공론장' 안에 존재하는 이질적 가치의 충돌 양상을 부각시키려 한다. 하버마스의 논의에 대한 비판 및 '공론장'을 '이질적 가치 사이에 존재하는 담론 공간'으로 규정한 견해는 사이토 준이치, 앞의 책, 49~57·113~118쪽 참조.

는 활동을 수행했던 것이다.[107] 자발적 결사체의 출현은 '인민(人民)' 개념이 부각된 상황과도 맞물려 있다. 김윤희의 연구에 따르면, 1876년 강화도 조약 체결 및 임오군란을 전후로, 민(民)을 적자(赤子)로 규정하는 관점이 균열되기 시작했고, 이와 맞물려 '인민'이라는 용어의 사용이 증가하게 되었다. '인민'은 1890년대에 이르면 "신체와 재산에 대한 배타적 소유권을 행사"하며 "결사와 이윤추구의 자유를 누리는 근대적 주체"로 이해되기 시작했다.[108] 1896년 창간되어 1899년 폐간된 『독립신문』 역시 인민의 토론 과정을 통해 '공론'이 형성될 수 있다는 점[109]을 강조했으며 비슷한 시기 결성된 '독립협회'는 '만민공동회'와 같은 대중집회 형태의 정치 운동을 전개하기도 했다. 기존의 연구에서도 지적했듯이 『독립신문』 및 '독립협회' 활동과 '만민공동회'는 한국에서 근대적 공론장의 형성을 드러내는 사건으로 규정할 수 있다.[110]

그러나 1910년 한국이 주권을 상실하고 식민지 상태에 접어들면서 공론장의 성격은 변화하게 된다. 한일 강제병합 이후 한국인들이 발행하던 한글 신문인 『제국신문』, 『황성신문』, 『국민신문』, 『대한신문』, 『대한민보』 등이 폐간되었으며 식민 권력에 가장 비판적 논조를 드러냈던 『대한매일신보』 역시 『매일신보』라는 제호하에 총독부의 기관지

---

107 박명규, 앞의 글, 2001 참조.

108 김윤희, 「근대 국가구성원으로서의 인민 개념 형성(1876~1894)」, 『역사문제연구』 21, 역사문제연구소, 2009. 김윤희의 연구에 따르면 유교정치 이념에 기초했을 때 임금과 백성의 관계는 가족관계의 연장으로 이해되었으며 민(民), 백성, 신민(臣民), 인민(民人), 인민(人民) 등은 적자(赤子)로서의 피통치자를 일컫는 말로 통용되었다.

109 장명학, 「근대적 공론장의 등장과 정치권력의 변화 : 『독립신문』 사설을 중심으로」, 『한국정치연구』 16(2), 서울대 한국정치연구소, 2007, 37~39쪽.

110 이와 같은 견해는 최형익, 「한국에서 근대 민주주의의 기원」, 『정신문화연구』 96, 한국학중앙연구원, 2004; 정선태, 「근대적 정치 운동 또는 국민 발견의 시공간」, 『근대계몽기 지식의 발견과 사유 지평의 확대』, 소명출판, 2006; 장명학, 앞의 글, 2007 등에서 확인된다. 『독립신문』과 '독립협회'의 전반적 활동은 신용하, 『신판 독립협회 연구』, 일조각, 2006 참조.

가 되어버렸다.[111] 이처럼 식민지 시기 공론장은 총독부의 권력에 의해 전유되었으며 총독부의 정책 변화에 따라 공론장의 성격 또한 변모하게 된 것이다.[112] 이 장에서는 1910년을 전후로 공론장이 재편되고 있는 양상을 추적한 후 그 재편의 과정이 비평적 글쓰기의 형성에 미친 영향에 대해 살펴보려고 한다.

1) 매체 환경의 변화와 '시사평론(時事評論)'의 행방

1919년 3 · 1운동이 일어나기 이전 총독부는 신문지법에 의한 매체 발간을 엄격히 금지했으며 출판법에 의해 허가된 『청춘』 등의 잡지에서도 시사와 정치 문제를 다룰 수 없게 했다. 박찬승의 연구에 따르면, 1910년대 조선총독부는 1907년 7월 반포된 '광무 신문지법'에 의거해 신문 및 잡지 발행을 허가할 권리를 독점했다. 매체의 발간과 관련된 또 하나의 법은 '출판법'으로 1909년 2월 대한제국 정부에 의해 공포된 출판법에는 책을 출판하기 전 원고를 제출하도록 하는 사전검열제도가 포함되어 있었다.

1910년대 조선총독부가 허가한 조선어 신문은 총독부 기관지였던 『매일신보』뿐이었고, 잡지의 경우에는 40여 종의 출판만을 허용하고 있었지만 그중 최남선의 『청춘』, 신흥우의 『공도』 정도가 조선인이 발행한 교양 종합잡지였다. 교양잡지였던 『청춘』마저 '국시위반'이라는

---

111 박찬승, 『언론운동』, 경인문화사, 2009, 18쪽.
112 황병주는 식민지 시기 공공영역이 총독부의 권력에 의해 전유되었지만 그 전유의 과정은 피식민자를 규율하려는 식민자, 식민권력에 맞서고자 한 민족주의적 실천, 조선인 내부의 사상적, 계급적 분화 등이 충돌하고 있는 상황과 중첩되어 있다고 보고 있다. 황병주, 앞의 글, 2007.

구실로 정간을 당했으며 이들 교양잡지에는 시사적인 문제를 다루는 글을 일절 실을 수 없었다.[113]

1900년대 역시 다양한 양태로 언론·출판에 대한 검열이 이루어졌지만 시사적 사안들에 대해 비판적 논평을 가하는 작업은 『제국신문』 및 『대한매일신보』를 중심으로, 활발하게 이루어졌다. 『제국신문』에서는 「편편시스」, 「시스편어」, 「시스단언」, 「시스일필」 등의 제명 하에, 『대한매일신보』에서는 「閭巷漫評」, 「時事一評」과 같은 명칭으로 단평이 발표되었다.[114] 1907년부터는 『대한매일신보』의 2면 잡보란에 「시사평론」이라는 이름의 고정된 지면이 생겼으며 이 지면에는 시사적 사항에 대해 논평하는 글들이 연재되기도 했다.[115]

반면 『매일신보』로 대표되는 1910년대의 언론에서는 시사적 사안에 대해 논평을 가하는 작업은 활발하게 이루어지지 않았다. 『매일신보』의 경우 1910년부터 1914년까지 '평론' 개념은 단 세 차례 기사 제목으로 사용되었다. 「신간소개 : 불여귀의 호평, 불여귀의 좋은 평론」(1912.11.16), 「북경전보 : 지나 정국 평론」(1913.4.8), 「희귀한 이야기 : 영국 평론주의 망령」(1914.3.7) 등의 기사 제목에서 확인할 수 있듯 이러한 기사는 식민지 조선의 사회 문제를 심층적 논의의 대상으로 설정하고 있지 않았다. 1918년에는 기존 '사설'이라는 지면하에 배치되었던 『매

---

113 이상 1910년대의 식민지 언론 정책과 관련한 내용은 박찬승, 앞의 책, 17~24·193~200쪽 참조.
114 신범순의 지적에 따르면 촌평 혹은 단평의 성격을 띤 '시사평론'은 지도비평의 형식을 취하지 않았으며 풍자적 문체를 지니고 있다는 점에서 '논설'과는 성격을 달리 했다. 신범순, 「애국계몽기 '시사평론가사'의 형성과 정치적 위기의식의 문학화」, 『국어국문학』 97, 국어국문학회, 1987.
115 이러한 글들은 1907년 12월에 이르면 가사의 형식을 차용한 형태로 나타났다. 『대한매일신보』에 연재된 이러한 가사들은 오늘날 개화가사, 계몽기 가사, 우국시가 등 다양한 명칭으로 불리고 있다. 신범순과 김교봉은 이러한 글들이 지니는 특수한 성격 및 양식적 혼재성을 부각시키기 위해 '시사평론가사'라는 명칭을 사용하고 있다. 김교봉, 「근대 전환기 「시사평론가사」의 유형과 전개」, 『어문학』 54, 한국어문학회, 1993, 26쪽.

일신보』1면 1단이 '언론과 비평'이라는 명칭으로 재편되었으며 이 지면에는 식민지 조선사회의 문제들을 논평하는 글들도 수록되었다.

그 논평들 중 1918년 8월 15일에 실렸던 「식량문제에 就ㅎ야」, 1918년 8월 23일에 실렸던 「물가와 사회문제」 등은 식민지 조선사회가 물가 및 식량과 관련하여 심각한 위기에 봉착해 있음을 인정하고 있다. 이는 "조선사회를 질서／무질서의 관점에서 재현하며 '치안' 담론을 통해 사회의 질서를 세울 것을 강조"했던 1910년대『매일신보』의 담론과는 변별되는 것이라 볼 수 있다.[116] 특히 「물가와 사회문제」에서는 식민지 조선에서 중산계급이 하층계급으로 몰락하고 있는 현상을 우려의 시선으로 바라보고 있다. 그러나 이러한 문제제기는 총독부 권력자체에 대한 비판으로 발전되지 못했으며 개개인들이 인내하고 노력하면 위기를 극복할 수 있다는 결론으로 마무리되고 있다. 그렇기에『언론과 비평』에 실린 글들 역시 동시대의 사회 현상과 정치 권력을 비판적으로 문제 삼던『대한매일신보』의 '시사평론'과는 성격을 달리하는 것으로 볼 수 있다.

언론을 통제하고 조선인의 신문 발행을 허가하지 않았던 1910년대의 매체 관리 정책은 1919년 사이토 마코토가 조선의 새로운 총독으로 부임하면서 전환되었다. 한기형이 강조했듯이 사이코 마코토는 조선인에게 미디어를 제한적으로 허용하여 미디어를 보다 효율적으로 '관리'하는 것을 목표로 삼았으며 이러한 정책적 변화는 3·1운동으로 확인된 조선의 민심을 달래려는 의도와도 결합되어 있었다.[117] 그 결과 1920년 초에는『조선일보』,『동아일보』,『시사신문』의 발간이 허가되

---

116 1910년대『매일신보』에 재현된 '사회'의 양상에 대한 분석은 김현주, 「식민지에서 '사회'와 '사회적' 공공성의 궤적」,『한국문학연구』38, 동국대 한국문학연구소, 2010, 231~234쪽.

117 이상의 내용은 한기형, 「문화정치기 검열체제와 식민지 미디어」,『대동문화연구』51, 성균관대 대동문화연구원, 2005 참조.

었고, 1922년 9월경에 이르면 『개벽』, 『신천지』, 『신생활』, 『조선지광』 등이 신문지법에 의거해 시사문제를 다룰 수 있게 되었다.[118]

새로운 매체 관리 정책이 의미하는 바는 조선에서 활동하던 일본인 변호사 大久保雅彦 이 『동아일보』 1920년 4월 2일 판에 발표한 축사 「시사평론(時事評論)에 전력(全力)을 주(注)하라」에 잘 나타나 있다. 이 글의 필자는 동아일보의 창간을 축하하면서도 언론 통제의 표준 및 구획이 분명하게 제시되고 있지 못한 점에 우려를 표하고 있다. 그렇기에 그는 집필자들에는 신중한 자세와 온건한 논조를 요구하고 있으며 총독부 당국에는 관대한 태도를 당부하고 있다. 이에서도 확인할 수 있듯 총독부 당국이 부분적으로 허용했던 언론의 자유는 총독부 당국의 검열과 집필자들의 권리가 충돌할 수 있는 영역을 만들어낸 것이다.

> 故로 如는 獨立 문제만은 次置하고 時事評論에 全力을 드림이 有效하려니와 그만한 自由는 言論의 自由를 是認하는 以上 當然히 保障이 有하리라 思惟하는 바이다. 萬一 一便으로 言論機關을 認許하면서 總督府 정책과 其他 百般 **時事를 論評할만한 自由**를 抑制한다면 그것은 橫暴라 할 것이다.[119]

大久保雅彦는 조선에 거주하는 일본인의 관점에서 조선의 언론에 허용할 수 있는 자유의 한계를 설정하고 있다. 조선의 독립 문제가 바로 그 한계 지점이며 필자는 한계를 넘어서지 않는 지점에서 총독부 정책 및 시사 문제를 논평할 자유가 보장되어야 한다고 주장하고 있다. 인용문에서 확인할 수 있듯 '시사평론'은 특정한 글쓰기 방식을 가리키는 개념인 동시에, 조선의 언론에 허용된 제한적 자유를 표상하는

---

118 박찬승, 『언론운동』, 경인문화사, 2009, 30쪽.
119 大久保雅彦, 「時事評論에 全力을 注하라」, 『동아일보』, 1920. 4. 2.

말로도 제시되고 있다. 1910년대 후반 일어난 매체 관리 정책의 변화는 1910년대에 허용되지 않았던 시사적 사안에 대한 논평을 제한적으로 허용할 수 있도록 한 것이다.

그러나 1910~1920년대 총독부의 검열은 '조선의 독립문제'와 관련된 논설에만 가해졌던 것은 아니다. 다음 『조선일보』의 사설은 총독부가 문예잡지의 발간 또한 끊임없이 제약하려 하고 있었음을 드러내준다.

> 총독부-경무당국의 말ᄒᆞᆫ는 바 뜻은 민중의 인심을 쇼동케ᄒᆞ며 선동케ᄒᆞᄂᆞᆫ 것은 신문보다도 오히려 잡지이다. 그것은 지금 일본 너지를 보아도 넉넉히 ᄋ ᄂᆞᆫ 바이라 더욱이 **문예잡지** 등은 시나 쇼셜갓흔것으로써 예술적으로 과격한 사상을 선젼ᄒᆞᄂᆞᆫ고로 말ᄒᆞ자면 **민족사상을 션동**케ᄒᆞᄂᆞᆫ 점에셔ᄂᆞᆫ 문예잡지 호올로가 그 위ᄃᆡ한 힘을 가졋ᄂᆞ니 현지의 일본사회를 보드라도 더긔ᄂᆞᆫ 그 변동ᄒᆞ랴ᄂᆞᆫ 원동력-은 문예잡지에셔 나온것이라 ᄒᆞ여도 과언이 안일것이리ᄒᆞ다.[120]

인용문에서 제시된 것처럼 총독부 당국은 잡지, 그중에서도 특히 문예잡지가 민중을 선동할 수 있다고 보고 있었다. 시와 소설 같은 문예 작품을 통해 과격한 사상을 선전할 수도 있다는 점을 총독부 당국은 경계하고 있었던 것이다. 그 경계 때문에 총독부 당국은 『동아일보』와 『조선일보』 등의 조선어 신문 발간을 허용한 이후에도 문예잡지의 발간을 허락하지 않으려 했던 것이다. 『조선일보』의 기사는 그러한 총독부 당국의 태도를 일본 사회와의 비교를 통해 비판한다. 문예잡지가 과격한 사상을 선전한다고 하면 일본의 문예잡지와 학술잡지, 사회주의를 선전하는 잡지 또한 조선 안에 들어오지 못하게 해야 한다. 그 작업은 하지 않은 채 "조선 사람의 손으로 조선 사람의 생활·감정을 그

---

120 「朝鮮文學에 對한 總督府當局의 態度」, 『조선일보』, 1920.7.1~7.2.

리는 일"을 금하는 것은 "조선 민족에 대한 차별"이라고, 『조선일보』의
기사는 주장하고 있다.

하버마스는 『공론장의 구조변동』에서 공론장의 형성 과정을 논의
하며 정치적 공론장이 형성되기 이전, 예술작품과 문학작품에 대해 논
평하는 문예적 형태의 공론장이 생성되고 있었음을 지적한 바 있다.
하버마스의 분석에 따르면 예술 작품에 대한 비전문가들의 자유로운
판단은 예술 및 문화비평지로 제도화되었고, 문예적 공론장은 점차 공
권력에 대한 비판영역으로 변화하게 된다.[121] 그러나 식민지 조선에서
문예적 공론장과 정치적 공론장은 시간적 선후 관계로 형성되었다고
단정하기 어렵다. 매체 환경의 변화로 인해 조선 언론이 논평할 수 있
는 대상이 총독부의 정책 및 식민지의 언론 및 출판 문제로까지 확장
된 시점, 즉 정치적 공론장이 굴절된 형태로나마 허용된 시점은 문예
잡지들이 융성하게 된 시기와 중첩되어 있었다.

실제로 1920년의 『동아일보』 기사를 보면 언론이 비판할 수 있는 영
역이 1910년대보다 다소 확대되고 있음을 확인할 수 있다. 「과격파와
조선」(『동아일보』, 1920.5.12)이라는 사설은 사이토 총독의 정책이 조선
민중을 주체로 삼고 있지 않다는 점, 가난한 자와 약한 자를 배려하고
있지 않다는 점을 강도 높게 비판하고 있다. 추송(秋松) 장덕준이 쓴
「조선 소요에 대한 일본 여론을 비평함」(『동아일보』, 1920.4.2~1920.4.13)에
서는 비판 영역이 동시대 일본에서 발표된 담론으로 확대되고 있다. 이
글은 일본과 조선이 병합된 지 10년이 지났지만 일본과 조선의 이해관
계 및 서로의 운명에 대한 "일구의 비평과 일절 언론 비평"이 존재하지
않았음을 개탄한다. 장덕준은 3·1운동 이후 조선문제에 대한 일본 여

---

121 하버마스, 앞의 책, 2001 참조.

론이 변화하고 있음을 주목하여 末廣重雄의 '조선자치론'과 小川鄕太郞의 '조선통치론'에 대해 논평하고 있으며 특히 조선의 독립 능력 및 조선의 역사를 부정한 小川鄕太郞의 논의를 강도 높게 비판하고 있다.

이상을 통해 확인할 수 있듯 1910년대 매체 환경의 변화는 1900년대를 전후로 형성되었던 근대적 공론장을 재편하는 역할을 수행했다. '시사적 사안'을 논평하는 작업은 1910년을 전후로 소멸되다시피 했지만, 총독부의 매체 관리 정책이 변화한 1920년대 초반 다시금 신문과 잡지 등에 나타나게 된 것이다.

이러한 변화는 1920년대 중반까지 지속되었다. 『조선일보』의 경우에는 1924년부터 석간 1면에 '시평(時評)'이라는 지면을 만들어 시사평론적 성격을 지니는 글들을 연재했으며 유사한 시기인 1924년 3월호부터 종합지 『개벽』도 '시평'이라는 지면을 신설해 당대의 사회 현상을 비판적으로 논평하는 기사를 수록했다.

'시평'류 글의 특성은 김기진이 『개벽』 57호(1925.3)에 발표한 「시사소평」에서 단적으로 확인된다. 김기진은 이 글의 첫 머리에서 '여성해방운동'의 의의를 설명하며 지난달인 1925년 2월 '조선여성해방총동맹'이 결성되었다는 것을 함께 언급하고 있다. 이를 통해 확인할 수 있듯 시평류(時評類) 글들은 원론적 차원에서 여성이 받고 있는 억압과 여성운동의 의의를 서술하는 데에서 한 걸음 나아가, 현 시점에서 발생하고 있는 대중운동의 실상을 제시하고 있었던 것이다.

'시사평론'의 귀환은 식민지 시대의 비평적 글쓰기가 동시대에 일어난 다층적 사회 문제를, 다시금 비평 대상으로 상정하기 시작했다는 점을 보여준다. 이는 곧 비평적 글쓰기의 성격이 시간성에 민감하게 반응하는 양태로 변화했음을 드러낸다.[122]

이와 유사한 양태의 변화는 '시사평론'뿐 아니라 비평적 글쓰기 전반에 일어났다. '문예비평' 또한 예외는 아니었다. 총독부가 제한적으로 허용한 언론 환경을 토대로 하여 다양한 문예 잡지들이 출현할 수 있었고 1920년대 '문예비평'은 그 매체들을 기반으로 발전하게 되었다. 앞의 장에서 다루었던 김동인과 염상섭 사이에 벌어졌던 비평가의 역할과 책임에 대한 논쟁 역시 『창조』와 『동아일보』의 지면을 경유하여 전개되었으며 그 논쟁의 이면에는 매체 환경의 변화로 인해 확장된 언론 공간이 내재하고 있었다.

또한 식민지 조선에서 매체 발간이 증대하면서 '문예비평'은 다층적 매체들에 발표된 문예 작품을 가치판단의 대상으로 설정하기 시작한다. 이와 맞물려 '문예비평'은 문학 관련 지식을 원론적 형태로 소개하던 차원에서 벗어나 동시대에 창출되고 있는 문예 작품을 비평하기 시작했다. 이는 1920년대 다양한 매체에 '월평류(月評類)' 비평 및 '문예시평(文藝時評)'이 지속적으로 수록된 것에서 확인할 수 있다. 이러한 유형의 비평은 1개월 혹은 1년과 같은 제한된 기간에 나타난 문예 작품 및 문화 현상의 의미를 판단하는 작업을 수행했다. '월평류' 비평은 '시사평론'과 마찬가지로 시간성에 민감하게 반응했으며 문화 및 문학 현상의 동시대적 의의를 제시하는 역할을 담당했던 것이다. 이에 대한 상세한 분석은 3장의 2절 「월평류 비평의 제도화와 당대 작품의 가치판단」에서 진행하려고 한다.

---

122 차태근은 잡지와 신문과 같은 근대적 매체에 실린 글들이 시간성에 지배받고 있음을 지적하며, 이러한 글들은 '넓은 의미에서 일종의 시사비평'과 같은 성격을 지닌다고 지적한 바 있다. 1910년대를 전후로 공론장이 재편되며 한국의 비평적 글쓰기는 시사비평적 성격을 상실했다고 볼 수 있다. 1910년대 후반 매체 환경이 변화하며 식민지 조선의 비평적 글쓰기는 다시금 시간성에 민감하게 반응하기 시작한다. 차태근, 앞의 글, 497쪽 참조.

2) 문단의 형성과 선후평(選後評)의 역할

1920년대를 전후로 형성된 문단이 식민지 조선에서 공론장의 기능을 수행했다는 점은 김춘식의 선행 연구에서 지적된 바 있다. 『창조』, 『백조』, 『폐허』와 같은 동인지는 사적 개인들이 자유롭게 교제하는 장소였던 동시에, 동인들의 미의식을 사회적으로 드러내는 역할을 수행했던 것이다.[123] 이러한 김춘식의 연구는 동인지 문단의 미의식이 공론장의 형성과 맺는 관련성을 드러냈다는 점에서 의의를 지니고 있다. 그러나 그 연구는 1920년대 초반 발표된 동인지 문학에 한정하여 문단의 형성 과정을 논했기에 『청춘』, 『매일신보』와 같은 1910년대의 매체가 문단의 형성 및 공론장의 재편과 관련해 수행한 역할을 분석하지는 않았다.

『청춘』, 『매일신보』와 같은 1910년대 매체는 현상문예 제도를 시행하며 참여 독자에게 매체의 지면을 일정 부분 할애했다. 또한 참여한 독자의 글에 등급을 부여하며 더욱 가치 있는 투고 작품과 그렇지 않은 작품을 구별하려고 시도했다. '선후평(選後評)'은 그러한 구별의 과정에 논리적 근거가 있음을 밝히는 비평이었으며, 당선된 투고자에게 보다 전문적으로 글쓰기를 수행할 수 있는 (상징적) 자격을 부여하는 비평이기도 했다.[124] 그렇기에 '선후평'과 현상문예제도는 전문적 문학인의 집단인 '문단'의 형성 과정과도 밀접하게 연결되어 있었다고 볼 수 있다.[125] 이러한 제도는 『개벽』 및 1920년대의 대표적 문예지였던 『조

---

123 김춘식, 「1920년대 동인지 문단의 미적 근대성」, 동국대 박사논문, 2002, 37~58쪽.

124 김윤식은 '선후평'이 창작을 지도하는 역할을 담당했으며, 월평(月評)으로 넘어가는 교량적 구실을 한 초기 비평형태임을 강조했으며 이광수의 「懸賞小說考選餘言」(『청춘』 12호, 1918)을 대표적인 '선후평'으로 규정했다. 월평과 선후평은 문예 작품을 대상으로 삼는 비평이라는 공통점을 지닌다. 그러나 '월평'이 동시대 문예 잡지에 발표된 문학 작품을 대상으로 진행된 비평인 반면, '선후평'은 현상문예라는 제도에 기반을 두고 있는 비평이라는 점에서 양자는 서로 변별된다. 김윤식, 『근대한국문학연구』, 일지사, 1973, 90~91쪽.

선문단」에까지 이어졌다.

이 장에서는 서로 다른 성격을 지녔던 『청춘』과 『매일신보』의 현상문예를 비교하며 이 두 매체에서 ① '문단'이라는 개념을 어떻게 사용했는지, 그리고 ② '선후평'에 어떠한 역할을 부여했는지를 분석하려고 한다. 이를 통해 '문단'의 형성 과정이 공론장의 재편과 어떻게 맞물렸는지를 살펴보고, 문단의 형성이 '비평적 글쓰기'의 변화에 미친 영향을 분석하려고 한다.

독자들의 투고를 매체에 반영하는 작업은 『독립신문』, 『매일신문』, 『제국신문』, 『황성신문』, 『대한매일신보』, 『만세보』와 같이 1900년대를 전후로 발간된 매체에서부터 시도되었으며 1908년 창간된 『장학보』는 독자의 창작문예 원고를 수록하기도 했다.[126] 1910년 창간된 『소년』의 경우에는 독자들의 원고를 모집하는 기획에 '소년문단'이라는 말을 사용하고 있다. 『소년』 창간호에 실린 「소년문단」은 독자들의 투고를 권하고 있으며 '투고필준(投稿必遵)'을 제시하여 독자들에게 글을 쓸 때 주의해야 할 사항을 제시한다. '투고필준'에서는 자신의 경험

---

125 김춘희는 선행연구에서 현상문예 및 등단제도와 관련하여 근대 문단의 형성 과정을 포괄적으로 살펴본 바 있다. 한기형은 『청춘』의 현상문예가 근대문학을 재편한 방식을 상세하게 분석했으며, 박헌호는 등단제도의 권력이 초기 현상문예로부터 동인지 시대를 거쳐 신문의 신춘문예로 변환되는 과정을 추적했다. 본 연구는 이러한 선행연구의 성과를 참고하되, 선행연구에서 소홀하게 다룬 '선후평'에 초점을 맞추어 문단의 형성이 비평적 글쓰기의 변화에 미친 양상을 검토하려고 한다. 이상의 논의는 김춘희, 「한국 근대문단의 형성과 등단제도 연구」, 동국대 석사논문, 2000; 한기형, 「최남선의 잡지 발간과 초기 근대문학의 재편」, 『대동문화연구』 45, 성균관대 대동문화연구원, 2004; 박헌호, 「동인지에서 신춘문예로 : 등단제도의 권력적 변환」, 『대동문화연구』 53, 성균관대 대동문화연구원, 2006 참조.

126 이와 관련된 상세한 분석은 다음 연구들에서 시도된 바 있다. 전은경, 「『대한매일신보』의 '편편기담'과 '쓰는 독자'의 출현」, 『한국현대문학연구』 30, 한국현대문학회, 2010; 전은경, 「『만세보』의 '독자투고란'과 근대 대중문학의 형성」, 『어문학』 111, 한국어문학회, 2011. 그중에서도 『장학보』와 관련된 내용은 김영민, 「근대 매체의 독자(讀者) 창작 참여 제도 연구(1)」, 『현대문학의 연구』 43, 한국문학연구학회, 2011, 107~112쪽 참조.

과 감정에 입각해 진실하게 글을 쓰는 태도와 하려고 하는 말을 중심에 놓는 간결한 글쓰기 방식을 강조하고 있다.

「소년문단」의 기획자들은 글쓰기 방식과 관련해서는 주의할 점을 제시한 반면 투고문의 종류와 내용을 한정시키고 있지는 않다. 이들은 감회, 견문, 일기, 고향의 풍토 등 어떤 내용의 글을 투고해도 상관없다고 말하고 있다. 「소년문단」에서 사용된 '문단'이라는 말의 의미 또한 오늘날 우리가 사용하고 있는 '문단'의 의미, 즉 전문적인 작가들이 교류하고 있는 집단이라는 의미와는 거리가 있다. "「소년문단」은 우리 독자 제군의 河海를 傾하고 風濤를 驅할 壇場이라"라고 설명하는 부분[127]에 사용된 '문단'이라는 말은 독자들의 글쓰기를 담을 수 있는 물질적 장의 의미만을 내포하고 있다. 「소년문단」은 독자들의 투고를 지속적으로 수록하지 못한 채 마감되고 만다.[128] 이후 현상문예는 『청춘』과 『매일신보』에서 본격적으로 시도된다.

『청춘』의 경우 1917년 '每號顯賞文藝'(『청춘』 7호, 1917.5)에서 문학 형식 별로 원고를 모집하고 있다. 모집 분야는 '시조', '한시', '잡가', '신체시가', '보통문', '단편소설'로 각각 나뉘어 있다. 『청춘』은 '매호현상문예' 외에도 11호(1917.9)에 발표될 '特別大顯賞' 원고도 모집했는데 여기에는 '故鄕의 事情을 錄送하는 文', '自己의 近況을 報知하는 文', '短篇小說'이 모집 분야로 설정되어 있다. 『청춘』의 현상문예에는 일정한 투고 조건이 제시되어 있었으며 그 조건 또한 현상문예의 종류에 따라 차이가 있었다. '每號顯賞文藝'의 '단편소설'의 경우에는, 한자를 약간 섞은 시문체(時文體)로 쓸 것만을 조건으로 하고 있는 반면, '特別大顯賞'

---

127 「소년문단」, 『소년』 1(1), 1908, 78쪽.
128 한기형은 「소년문단」이 2호까지 밖에 지속되지 못한 원인을 근대적 글쓰기에 익숙한 투고자가 적었던 탓으로 판단하고 있다. 한기형, 앞의 글, 2004, 244쪽 참조.

의 '단편소설'은 학생을 주인공으로 할 것까지 조건에 포함시키고 있다. 『청춘』 9호에서는 '每號懸賞文藝'를 모집하게 된 동기와 결과에 대해서 다음과 같이 말하고 있다.

> 懸賞文藝欄을 두기는 一邊 讀者허고의 **思想上交際의 기회**를 짓는 동시에 또 一邊으로는 바야흐로 勃興하려하는 **新文壇에 의미있는 一波瀾을 寄與**코저 함이온바 아즉 成績의 如何를 말할 수 업슴은 母論이어니와 當初에는 좀더 活潑히 應募되고 좀더 燦爛한 詞藻를 보리라 하얏더니 이제까지 分量으로든지 內容으로든지 그다지 莫大한 것이 업슴은 遺憾아니라 할수 업사온지라 생각건데 靑年學生으로 讀者의 大部를 차지하는터이매 試驗其他 學事의 事情이 응당 多大한 影響을 波及하얏겟지오마는 熱心과 誠意의 넉넉지못한것도 얼만큼 關係잇지 안타 할수업는지라.[129]

인용문에서 확인할 수 있듯 『청춘』은 단순히 독자의 투고를 받는 데에만 목적을 둔 것이 아니라, 독자와 사상적인 교류를 하기 위해 현상 문예를 기획했다고 말한다. 이러한 기획 의도는 '신문단'에 의미 있는 파란을 일으키려고 했다는 말과도 연관된다. 『청춘』은 일정한 조건을 내세운 현상문예를 기획하여 독자의 글쓰기를 특정한 방향으로 조직하려 했으며, 이를 통해 '문단'에 의미 있는 변화를 만들려고 했다. 『청춘』은 '독자'와 '문단'이라는 두 가지 층위를 의식하며 현상문예를 기획했던 것이다.

이때 사용된 '문단'이라는 말에는 '신'이라는 접두사가 덧붙여져 있다. '문단'이라는 말 앞에 새로움을 의미하는 형용사가 덧붙여져 있는

---

129 「每號懸賞文藝」, 『청춘』 9, 1917.

것을 볼 때 『청춘』에서 사용한 '문단'이라는 말은 '다양한 글[文]을 담아내는 공간[壇]'이라는 뜻 이상의 의미를 내포하고 있었던 것으로 보인다. '신문단' 앞에 사용된 '발흥'이라는 말을 통해서도 '문단'이라는 말이 새롭게 생겨나고 있는 특정 조직이나 집단을 의미하고 있었음을 확인할 수 있다. 일본에서 역시 '문단'은 메이지 20년대까지 논단적(論壇的)인 것을 의미하고 있었다. 그렇기에 장르로서의 언어예술에 종사하는 사람들의 집단은 '순문계', '순문학계'로 불렸다. 하지만 1897년에 이르면 '문단'이 소설가나 시인들의 그룹을 의미하게 되는 용례가 많아진다.[130] 1910년대 후반, 식민지 조선에서도 '문단'이라는 말은 전문적 문인 집단이라는 의미를 지니기 시작했지만, 아직 그러한 용법은 보편화되어 있지 않았다.

조선총독부의 기관지였던 『매일신보』 역시 1910년대 여러 차례 '현상문예'를 기획했으며, 1919년에는 '소품현상문예모집'에 선정된 작품을 '매신문단(每申文壇)'이라는 지면에 수록했다. 『매일신보』는 1912년에는 「현상모집」[131]이라는 명칭으로 '각지기문(各地奇聞)', '속요(俗謠)', '시(詩)', '소화(笑話)', '단편소설(短篇小說)', '서정서사(敍情敍事)' 분야의 글을 모집했다. 또한 1914년 12월과 1916년 12월에는 '신년문예모집'[132]이라는 이름 아래 현상모집이 실시되었다. 이 시기부터 '현상모집'의 제명에 '문예'라는 말이 들어가기 시작했음을 확인할 수 있다.

그러나 1912년과 1913년 『매일신보』에 30편이 넘는 단편소설이 실린 반면, 1914년의 현상문예에 당선된 단편소설은 두 편에 불과했고, 1916년의 현상문예에 당선된 단편소설은 한 편도 없었다.[133] 1919년

---

130 스즈키 사다미, 『일본의 문학 개념』, 보고사, 348~349쪽.
131 『매일신보』, 1912.2.9.
132 『매일신보』, 1914.12.10; 『매일신보』, 1916.12.8.
133 이상의 내용은 김영민, 앞의 글, 113~116쪽; 이희정, 『근대소설의 형성과 『매일신보』』, 소명

'소품문예현상모집'에서 『매일신보』가 '문예', '신문학'과 같은 표제를
전면에 내건 이유는 자사의 현상모집이 독자들에게 외면 받고 있던 상
황을 타개하기 위한 것으로 보인다.

「小品文藝懸賞募集」

半島 新文學의 發達을 조장ㅎ며 文藝의 취미를 一般에 보급케 ㅎ기 위하여 每
週 一次 本紙에 「文藝페-지」를 設ㅎ여 내월브터 실행코자 ㅎ는 바 그 지면의
일부를 공개ㅎ야 독자의게 제공코져 左記조건으로 계속하여 원고를 모집함.

　一. 작품의 종류ᄂᆞ 단편소설, 시조, 신체시, 일기급기행, 기타, 수필 등 소품문예
　一. 상금은 일등이원 이등일원 삼등오십원으로 정원은 무ㅎ며 선외라도 가작
　　이면 紙上에 揭載함[134]

앞에서 분석한 『청춘』 9호에 실린 '현상문예' 관련 글과 비교해보면
『매일신보』의 '소품문예현상모집'에는 "문예의 취미"라는 말이 두드러
져 있음을 확인할 수 있다. 『매일신보』 역시 신문학을 일반 독자에게
보급하려고 한 기획 의도를 지니고 있었지만 『매일신보』의 '현상문예'
기획자에게 문예는 일종의 취미로 인식되고 있었다. 최근의 연구에 따
르면 1900년대 '취미' 개념은 '문명'·'계몽' 담론의 영향력 하에 있었으
며 근대적 앎에 대한 흥미라는 의미를 내포하고 있었던 반면, 1910년
대에 오면 '취미'는 "미적 대상을 충분히 즐길 수 있는 미적 감응력"이
라는 의미, 즉 영어 taste와 유사한 의미를 지니게 된다.[135]

출판, 2008, 129~142쪽 참조.

134 『매일신보』, 1919.6.22.

135 이상의 연구는 문경연, 「한국 근대초기 공연문화의 취미 담론 연구」, 경희대 박사논문, 2008 참조.

앞의 인용문에서 확인할 수 있듯 '小品文藝懸賞募集(=「매신문단」)'에서 사용된 '취미'라는 말 역시 단순한 홍미를 넘어선 의미, 즉 '미적 취향'의 의미를 내포하고 있었던 것으로 보인다. '문예의 취미'라는 말이 '신문학의 발달'이라는 목표와 연결되어 있었다는 점에서도 이를 확인할 수 있다.

그러나 '小品文藝懸賞募集'에는 현상문예 참여자의 '미적 취향'을 특정한 방향으로 조직할 수 있는 방침, 즉 「소년문단」의 "투고필준" 같은 규준이 제시되어 있지 않다. 『매일신보』의 현상모집, 즉 「매신문단」은 현상문예 기획자의 의도를 선명하게 내세우기 보다는 문예 수용자 층의 적극적인 참여를 유도하는 데 집중했다. 이는 독자들과 사상적으로 교류하고 새로운 문단을 건설하기 위해 현상문예를 기획했다고 밝힌 『청춘』의 의도에 비한다면 소박한 것으로 볼 수 있다.

현상문예를 기획한 의도의 차이는 『매일신보』의 「매신문단」과 『청춘』의 '매호현상문예'에서 '선후평'이 차지하는 역할을 비교하면 보다 선명하게 드러난다. 1919년 『매일신보』에서 기획했던 「매신문단」의 경우에도 독자의 문예 관련 글을 투고 받아 매주 1회 수록했지만, 선자(選者)의 역할은 크게 부각되지 않았다. 1919년 7월부터 1920년 1월까지 「매신문단」은 100여 편이 넘는 작품을 수록했지만 선자의 평을 실은 것은 2편에 그치고 있으며 그 평도 매우 소략하다.[136]

> (選音) 着想과 句調가 다 舊式이면셔도 그 廢端되는 誇張과 虛飾이 업고 簡潔
> 흔 中에 眞情이 發露되야 보는 者에게 一種 惻惻흔 感을 줌은 특히 可
> 取흔 點.[137]

---

136 김영철, 「매신문단의 문학사적 의의」, 『국어국문학』 94, 국어국문학회, 1985.
137 『매일신보』, 1919.9.2.

(選音) 이 新體詩는 勿論 名作이라고도 ᄒ겟스나 西洋詩의 飜案이기로 選外에 付ᄒ엿소.[138]

'선음'으로 지칭된 선후평은 모두 시(詩) 작품을 대상으로 하고 있다. 첫 번째 작품은 황연희의 시 「회심」이고 이 작품은 3등으로 선정되었으며, 두 번째 작품은 步星의 「너의 발자국 소리」로 '선외'로 선정되었다. 선후평은 황연희의 작품이 옛날식의 착상과 어조를 취하고 있다는 점을 비판적으로 바라봤지만 진정성이 표출되고 있다는 점을 높이 평가했다. 반면 보성의 작품은 서양시를 번안한 것임을 밝히고 있다. 그러나 「매신문단」의 '선음'에는 인상 비평 수준의 간략한 느낌만이 서술되어 있으며, 그 결과 선자(選者)의 문학에 대한 관점은 부각되지 않고 있다.

「매신문단」과는 달리, 『청춘』은 특별현상문예 원고를 모집할 때부터 산문의 경우에는 최남선이, 소설의 경우에는 이광수가 고선자(考選者)라는 점을 강조했다.[139] 『청춘』의 경우에는 '특별현상문예'에 선정된 작품을 발표하면서 이광수와 최남선의 '考選의 感'을 실었으며 선정된 개별 작품의 말미에는 짤막한 "選者評"도 수록했다. 선정된 작품을 발표하는 일 못지않게 그 작품이 왜 선정되었는지를 설명하는 과정 또한 『청춘』은 중요하게 생각했던 것이다. 이를 통해 『청춘』은 당대의 글쓰기 지형에 적극적으로 개입하려고 했으며 근대적 문학에 대한 문

---

138 『매일신보』, 1919.9.8.
139 『청춘』의 현상 모집이 시도되던 시기, 황석우 역시 『매일신보』에 「현대조선문단」이라는 글을 연재한다. 이 글에서 황석우는 조선문단이 아직 문단으로서는 극히 미미하고 어린 상태라고 비판한다. "조선문단에는 춘원 군의 습작 「무정」이란 소설밖에는 아직 하나도 꼽을 만한 변변한 창작이 없다"고 말한 부분에서도 '문단'은 전문적으로 문학 활동을 하는 사람들의 모임이라는 의미로 사용되고 있다. 황석우의 글에 따르면 맹아기에 있던 당대의 조선문단에서 이광수는 상징적인 인물이었다. 황석우, 「조선현대문단」, 『매일신보』, 1918.8.29, 정우택, 「자료」, 『황석우연구』, 140쪽에서 재인용.

제의식을 현상문예에 참여한 독자들과 공유하려고 했음을 알 수 있다.

『매일신보』와 『청춘』은 모두 현상문예를 기획하며 '문단'이라는 말을 사용했지만, 두 매체가 생각하고 있는 '문단'의 상은 달랐다. 『매일신보』에게 '문단'은 독자들의 문예적 취미를 전시하는 공간으로 인식되고 있었다. 『매일신보』는 「매신문단」을 통해 독자들의 투고 작품 중 우수한 것들을 선정해 발표했지만, 그러한 선정의 기준이 무엇인지를 이야기하는 과정을 중요하게 생각하지 않았다. 반면 『청춘』은 '문단'을 가치판단이 이루어지는 공간이자, 그 판단을 통해 변화를 만들어낼 수 있는 공간으로 인식하고 있었다. '선후평'은 『청춘』이 생각하는 가치판단의 기준을 드러내는 글쓰기 방식이었던 것이다.

최남선은 「兩文考選의 感」,[140]에서 '考選의 標準'을 상(想), 즉 사상에 중심을 두고 문(文), 즉 문장을 그다음 기준으로 삼았다고 말한다. 그러나 최남선은 "文이 또한 成樣한 것", 즉 문장이 형식이나 모양을 갖춘 글만을 입선작으로 선정했다고 말하며 문장의 중요성을 거듭 강조하고 있다. 이는 청년들의 문장연습이 부족하다는 것을 비판한 부분, "시문(時文)에 대한 용의(用意)"가 있어야 한다는 점을 강조한 부분에서도 확인된다. 『청춘』 12호에 실린 이광수의 「懸賞小說考選餘言」에서도 투고된 소설들이 모두 순수한 시문체로 쓰였으며 교훈적인 구투에서 벗어났다는 점을 높이 평가한다.

최남선과 이광수가 강조하고 있는 '시문체'가 의미하는 바는 「懸賞小說考選餘言」에 나타난 이광수의 사례 제시를 통해 확인될 수 있다. 이광수는 띄어쓰기에 대한 인식이 발견되지 않은 글, 문장 부호를 제대로 사용하지 못한 글, '본문과 회화의 구별'이 없는 글을, 문장의 체재

---

140 최남선, 「兩文考選의 感」, 『청춘』 11, 1917.

를 갖추지 못한 글이라고 비판하고 있다.[141] 「懸賞小說考選餘言」과 같은 호『청춘』에 발표된 「부활의 서광」[142]을 보면, 이광수가 '시문체'를 '현대적 조선문'으로 이해하고 있었음이 확인된다. 이광수는『청춘』의 현상문예에 응모한 소설들이 '순수한 현대적 조선문'을 사용하고 있음을 높이 평가하며 최남선을 '현대의 조선어'로 글쓰기를 쓰기 시작한 사람으로 평가하고 있다. 한문을 중심에 둔 문장 체계가 조선어를 중심에 둔 문장으로 변화하고 있는 모습은 이광수에게 '조선신문학'을 형성하기 위한 준비 과정으로 이해되고 있는 것이다.

1917년 「문학이란 하오」에서는 조선에 신문학이 형성되어 있지 않다고 말했던 이광수는 2년 후 「懸賞小說考選餘言」에서 '朝鮮文壇 新興'의 징조를 읽는다.[143] 이광수는 현상문예에서 당선된 소설 작품들을 '조선문단 신흥의 서광', '신문학의 건설자'로 평가하고 있다. 근대 이전의 文學과 번역된 근대문학 'literature' 사이의 단절을 강조한 「문학이란 하오」에서 이광수는 전대의 문학을 중국 사상의 노예라고 평가하

---

141 기존의 연구는, 이러한 이광수의 견해를 통해 '시문체'가 문장의 시각적인 배치를 고려한 문체였으며, 표준적인 문법을 설정하려고 노력한 문제의식이 담겨 있는 문체였다는 점을 지적한다. 김지영, 「최남선의『시문독본』연구」, 『한국현대문학연구』23, 한국현대문학회, 2007, 98쪽 참조. 표준적 문법 체계를 설정하려는 지향은 최남선이 편찬한『시문독본』의 1916년 초판의 「例言」에서도 발견되나, 이러한 문제 설정은 1918년『시문독본』의 정정합편에서는 철회되고 있다. 이와 관련된 연구는 임상석, 「『시문독본』의 편찬 과정과 1910년대 최남선의 출판 활동」, 『상허학보』, 상허학회, 2009, 50~52쪽; 박진영, 「최남선의『시문독본』초판과 정정합편」, 『민족문학사 연구』40, 민족문학사연구소, 2009 참조.

142 이광수, 「부활의 서광」, 『청춘』12, 1918.

143 이광수가 무엇보다 중요하게 생각한 것은 수신서나 종교서와는 변별되는 "문학 자신의 이상과 책무"였다. 문학에서 교훈적 가치를 찾으려는 태도는 이광수에게 "文學이라는 新見解"를 모르는 이가 흔히 저지르는 오류로 이해된다. 충효를 소재로 한다면 충효를 장려하는 의미를 담는 것이 중요한 게 아니라 "忠孝라는 感情의 發露가 어떻게 아름다운 人情美를 發揮하는가"를 묘사하는 게 중요하다고 이광수는 말하고 있다. 인간의 감정에 기초를 두어 문학 개념을 새롭게 재구성하려고 한 이광수의 견해는 이 글에서 투고된 작품들을 고평하는 근거로 활용되고 있다.

며 '신문학'을 민족문학 "제1차의 유산"이라고 주장했다.[144] 그렇기에 그는 "朝鮮文學은 오직 將來가 有에할 뿐이요, 過去는 無하다"고 결론 내린다.[145] 이는 이광수가 「문학이란 하오」의 결말에서 '신문학의 관념'을 젊은 청년에게 주는 데 자기 글의 목적이 있다고 말한 것과 연관된다. 이때 이광수가 정의하고 있는 '신문학'은 동시대에 발표되고 있는 시, 소설 등을 총칭하는 말이 아니라, 아직 조선에는 형성되지 않은 '새로운 문학'이라는 이상을 표현하는 어휘로 볼 수 있다.

조선의 문학적 전통 및 당대 조선에서 발표되고 있는 문학 작품을 부정했던 이광수는 『청춘』현상문예를 통해 선정된 작품들에 적극적으로 의미를 부여하고 있다. '조선문단 신흥', '신문단'이라는 표현에서 이를 확인할 수 있다. 이때 사용된 '문단'은 "전습적(傳襲的), 교훈적(敎訓的)인 구투(舊套)"에서 탈피해 예술적 글쓰기를 수행하는 사람들의 집합이라는 의미를 내포하고 있었다.

이상을 통해 확인할 수 있듯 근대적 문학 개념을 도입하며 전대(前代)의 조선문학을 부정했던 이광수는 현상문예 선자(選者)로 활동하며 조

---

144 이러한 견해는 곧 한문으로 쓰인 작품을 조선문학에서 배제하는 논의로 이어지고 있다. 이광수는 조선문학을 "조선인이 조선문으로 쓴 문학"이라고 규정한다. 이광수는 삼국시대 이두로 쓰인 작품을 조선문학에 포함시킨 반면 고려부터 이조 세종에 이르기까지 한문으로 발표된 작품은 조선문학에서 제외시킨다. 또한 세종의 한글 창제 이후 발표된 작품도 판소리계 소설, 중국소설의 번역작품, 가사, 시조 등의 가치만을 인정하고 있다. 고전소설의 경우에도 제재를 중국에서 취한 작품, 유교 도덕의 속박 하에 놓였던 작품은 비판적으로 평가하고 있다.

145 「문학이란 하오」의 '문학과 도덕' 부분에서 이광수는 종래의 조선문학이 유교도덕, 권선징악적 의미에 속박되어 있었다고 지적하며 이로 인해 조선인의 감정이 자유롭게 표현되지 못했다고 비판한다. 이광수에게 종래의 조선문학은 타민족의 사상인 유교도덕에 지배된 문학으로 규정된다. '문학과 민족성' 부분에서도 조선민족을 문학이 없는 민족으로 정리하고 있으며 이는 조선민족의 사상이 중국 사상의 침입을 받았기 때문으로 보고 있다. 이광수의 「문학이란 하오」가 중국을 문화적으로 타자화시킨 후 종족과 문자를 준거로 삼아 '조선문학'의 이념을 주창했다는 점은 황종연이 지적한 바 있다. 황종연, 「문학이라는 역어」, 『한국문학과 계몽담론』, 새미, 1999.

선문학을 새롭게 구조화하려고 시도했다. 이러한 시도는 현상문예 선자(選者)의 선후평(選後評)을 부각시켰던 『청춘』의 뒷받침이 있었기에 가능했던 것이다. 한기형은 『청춘』을 통해 이광수를 정점으로 한 작가 선발 시스템이 작동되기 시작했으며 이 시스템은 한국 근대문학에서 '문단'이라는 사회 조직이 등장할 수 있는 토대를 마련했다고 분석했다.[146] 이러한 분석은 현상문예 제도와 선자인 이광수 사이를 매개하는 '선후평'이라는 비평 형태에 대한 의미 부여를 통해서 보다 구체화될 수 있다. 이광수는 「懸賞小說考選餘言」을 일종의 비평으로 인식하고 있었다. 당선작 이외의 작품에도 가작이 많지만, "――이 批評할 餘裕도 업스며 坐 批評할 處所"도 아니라고 말한 부분에서 이를 확인할 수 있다.

현상문예에서 선자(選者)의 비평을 부각시켰던 『청춘』의 문제의식은 이후 1920년 창간된 종합지 『개벽』의 현상문예로 이어졌다. 『개벽』은 창간 1주년을 기념하기 위해 「현상문대모집」[147]을 실시한다. '논문', '소품문', '신시', '소설' 등으로 모집 분야를 나눈 후 『개벽』은 각 분야의 '評選員'을 밝히고 있다. '논문' 분야는 현상윤, 시는 김석송, 소품문은 장응진, 소설은 현철이 '評選員'이었다.

그중에서 현상윤은 1910년대 매체인 『청춘』과 『학지광』에도 활발하게 논문을 발표했던 유학생 출신의 지식인이라는 점에서 눈길을 끈다. 현상윤은 『개벽』 13호에 발표된 「고선여감」[148]에서 독자들의 글을 보며 우리 사회가 발전한 것을 느꼈다고 말한다. 이때 현상윤은 비교 대상을 "지금부터 4, 5년 전"에 두고 있다. 여기서 현상윤이 말하는 4~5년 전은 『청춘』 현상문예가 실시되던 1917년 무렵으로 보인다.

---

146 이상의 내용은 한기형, 「최남선의 잡지 발간과 초기 근대문학의 재편」, 『대동문화연구』 45, 성균관대 대동문화연구원, 2004 참조.
147 「현상문대모집」, 『개벽』 11, 1921. 5, 86쪽.
148 「고선여감」, 『개벽』 13, 1921. 7, 57~62쪽.

현상윤은 4~5년 전에 비한다면 글 속에 담긴 사상도 건전해졌으며 문사(文辭), 즉 문장 속에 담긴 말이 주장을 자유롭게 표현(=창달(暢達))하고 있다고 말하고 있다. 이는 두 가지 의미를 드러낸다. 첫 번째, 『청춘』의 현상문예에서 강조되었던 '시문체'가 사상의 자유로운 표현을 가능하게 만드는 '문장'을 창출하는 데 목적이 있었음을 드러내준다. 두 번째 그 목적이 4~5년 후 어느 정도 실현되었다고 본 현상윤의 평가를 볼 때 당대의 독자들이 '시문체'를 상당 부분 받아들였음을 추측할 수 있다.[149]

1920년대 중반에 이르면 『개벽』의 현상문예는 모집분야를 문예적 글쓰기로 한정짓기 시작했다. 『개벽』 45호(1924.3)에 실린 「현상모집」의 영역은 '소설'과 '희곡'으로 축소되어 있었다.[150] 비슷한 시기 실시된 『조선문단』의 현상문예는, '문단' 제도의 재생산 과정과 현상문예가 긴밀하게 연관되어 있음을 명확하게 드러내고 있다. 1924년 창간된 『조선문단』의 경우 창간호부터 '매호남녀투고모집규정'을 제시하고 있으며 현상문예의 선자로는 이광수, 주요한, 전영택을 내세우고 있다. 규정을 살펴보면 특작(特作)의 경우 "문단에 추천한다는 의미로 '추천' 표시를 사용하고, 나머지 작품에 대해서는 '입선'과 '가작'으로 분류하겠다"고 말하고 있다.[151] 1920년대 현상문예의 영역은 문예적 글쓰기로

---

149 현상윤은 그럼에도 투고된 논문이 사회문제에 대한 논문으로는 부족한 느낌이 든다고 말하며 논문의 선발 기준을 문장에 두겠다고 말하고 있다. 이후 현상윤은 문장을 쓸 때 한자를 지나치게 남용하는 점, 문어와 구어를 구별하지 못하는 점을 경계해야 한다고 지적한다.

150 최수일 역시 『개벽』의 현상문예를 검토하며 이와 유사한 분석을 제시한 바 있다. 최수일, 「『개벽』의 '현상문예'와 '신경향파'」, 『상허학보』 20, 상허학회, 2007, 49쪽.

151 이러한 분류 기준은 『조선문단』 5호에서부터는 사라지게 된다. '추천', '입선', '가작'으로 분류되던 작품들에는 모두 '당선'이라는 표시가 붙게 된다. 분류 기준이 바뀌기 전 『조선문단』에서 '추천소설'로 분류했던 작품은 최학송(최서해)의 「故國」, 채만식의 「세길로」, 임영빈의 「난륜」, 한병도(한설야)의 「그날밤」, 박화성의 「추석전야」였으며, '추천시'로 분류된 작품은 전준의 「黃昏의 때」, 정태연의 「바람에 나붓기는 갈대를 볼때」, 류도순의 「갈냅밋혜 숨은노래」, 강성주의 「永劫의 愛像」, 이일성의 「거룩한 眼光」, 진종혁의 「어두운밤의꼿」 외 3편, 운계의 「寂寞한째」 등이다.

축소되었고 문단과의 관련성 또한 높아지고 있었던 것이다. '선후평'을 통해 당대의 글쓰기 지형 전반을 재편하려 했던 『청춘』의 문제의식은 1920년대의 '선후평'에서는 찾아보기 어렵다.

1920년대 현상문예의 선자(選者)로 활동한 사람들은 현상윤, 현철, 김석송, 김정진, 염상섭, 주요한, 전영택, 이광수, 박영희 등이다. 이 중 현철, 염상섭, 주요한, 이광수, 박영희 등은 '작법', '월평', '강화(講話)' 등 다층적 형태로 전개된 1920년대 문예비평을 대표하는 사람들이기도 했다. 선자(選者)로 활동하게 된 비평가는 당대의 문예적 글쓰기에 직접적으로 개입하여 글쓰기의 전범을 제시했다. 또한 '考選餘感', '考選의 感', '考選餘言', '選後言', '選後感' 등으로 지칭되던 선자(選者)의 글쓰기는 『조선문단』 11호에 이르면 '選後評'이라는 말[152]로 지칭되었다. 현상문예에 참여한 과정을 밝히는 선자(選者)의 글쓰기가 더 분명하게 비평으로 인지되기 시작한 것이다.

이는 현상문예에 참여했던 선자(選者)의 위상 또한 이중적 성격을 지니고 있었다는 것을 의미한다. 현상문예의 선자(選者)는 우선적으로 투고된 작품들을 비평하며 개별 작품의 가치를 판단하는 역할을 담당했다. 동시에 선자(選者)는 선후평(選後評)을 통해 문예적 글쓰기의 전범을 제시하는 역할 또한 담당했다. 후자의 역할을 담당할 때 선자(選者)는 일종의 전문적 교육자로서의 위상을 담당하게 된다. '선후평'을 담당했던 선자(選者)의 이중적 역할은 '문예비평'을 수행했던 비평 주체의 위상과도 중첩되어 있었다. 이는 앞에서 분석했듯이 현상문예 선자 중 대부분이 1920년대를 대표하는 비평가였던 점과 연결된다.

다른 한편으로 '선후평'은 1920년대 문예비평의 분화양상과도 밀접하

---

152 이광수, 「當選小說選後評」, 『조선문단』 11, 1925.8, 60쪽.

게 연관되어 있었다. 1910년대 후반 『청춘』에서부터 시작된 선후평(選後評)은 당대의 문예적 글쓰기에 직접적으로 개입하고 있다는 점에서 1920년대 발표된 작법류(作法類) 글들과도 유사한 성격을 지니고 있었다. 이에 대한 상세한 분석은 3장의 1절에서 진행하려고 한다.

제3장
문예비평의 분화 양상과 비평언어의 정립

　근대 문예비평의 형성 과정은 비평 형태가 분화되는 과정과 중첩되어 있다. 비평형태의 분화는 문예비평의 대상이 세분화되고 있었다는 점, 그 세분화된 비평 대상을 서술하는 언어 체계가 정립되기 시작했다는 점을 드러낸다. 분화된 비평 형태는 문예비평을 유형화하는 틀인 동시에, 이질적 견해를 지녔던 비평 주체들의 글쓰기를 제약하는 장치이기도 했다. 3장에서는 1920년대 '강화류(講話類) 비평'(1절)과 '월평류(月評類) 비평'(2절)이 확립된 양상을 분석하며 문예비평의 분화 양상을 분석하려고 한다.

　이러한 분석은 KAPF 비평의 출현 혹은 KAPF 비평과 민족문학 담론의 대립에만 초점을 맞춰 한국 근대비평사를 서술하려는 시각에서 탈피하려는 문제의식을 내포하고 있다. 이를 위해 3장의 3절에서는 다층적으로 분화된 1920년대 문예비평이 사상 관련 술어(術語)들과 교섭하며 문예비평의 위상을 변화시켜 나간 과정을 탐색하려고 한다.

1. 강화류(講話類) 비평의 형성과 문예적 글쓰기의 규범 확립

　문단의 형성은 곧 시, 소설로 대표되는 문예적 글쓰기를 전문적으로 수행하는 집단이 구축되었음을 의미한다. 이는 곧 전문화된 문인 집단과 일반 독자 사이의 간극이 생겨났음을 의미하기도 한다. 김동인에게 비평은 그 간극을 극복하는 작업으로 인식되었다. 김동인은 창작 활동을 수행하는 작가의 자리를 비평가들도 침범할 수 없는 자율적 영역으로 인식했다. 한편으로 김동인은 염상섭과의 논쟁에서 '변사론'을 제기하며 비평가에게 독자를 교육하는 역할을 부여하려고 했다. 김동인은 비평의 기능을 전문적 문인과 대중 독자 사이를 매개하는 역할로 인식했던 것이다.

　비평과 교육을 연결시키려 했던 김동인의 문제의식은 1920년대 중반 창간된 『조선문단』에서 보다 구체화된다. 『조선문단』에 연재된 이광수의 「문학강화」, 주요한의 「노래를 지으시려는 이에게」, 김억의 「작시법」, 김동인의 「소설작법」 등은 문학을 구성하는 개별 장르의 특성을 서술하는 데 초점을 맞췄다. 이러한 글들은 두 가지 목적을 지닌다. 문학에 뜻을 둔 예비 문사(文士)들에게 문예창작과 관련된 지침을 제공하는 것이 첫 번째 목적이라면, 일반 독자들에게 문예 작품 감상을 도울 수 있는 지식을 소개하는 것이 두 번째 목적이었다. 그 두 가지 목적은 문예 작품을 창작하는 규범 및 문예 작품을 수용하는 관습을 확립하는 작업과 연결되어 있었다.

　김윤식은 『근대문예비평사연구』의 III부 「비평의 내용론과 형태론」에서 이러한 유형의 글들을 "作法類"로 분류했다. 김윤식은 『개벽』에 연재된 현철의 「소설개요」와 같은 글들이 "作法類"의 첫 번째 단계에,

『조선문단』에 연재된 이광수의 「문학강화」, 김동인의 「소설작법」과 같은 글들이 '作法類'의 두 번째 단계에 해당한다고 말한 바 있다.[1] 그러나 이러한 글들은 구체적 창작 방법을 서술하는 데 초점을 맞추고 있지는 않았으며, 문예적 글쓰기와 관련된 평자 자신의 견해를 '강의하듯이 쉽게 풀어서 이야기(=강화(講話))'하고 있다는 공통점을 지니고 있었다.

이 책은 이러한 글들이 지니고 있는 교육적 성격을 부각시키기 위해 '강화류(講話類) 비평'이라는 용어를 사용하려고 한다.[2] 「文學이란 何오」로 대표되는 1910년대 비평이 근대문학의 가치를 알지 못하는 사람에게 '문학의 의의'를 계몽하는 데 목적을 두었다면, '강화류(講話類) 비평'은 문학에 뜻을 둔 이들, 혹은 문예 독자를 대상으로 삼아 시 · 소설과 같은 개별 장르의 특성을 소개하는 데 초점을 맞췄다. 이는 당대의 문예적 글쓰기가 일정한 독자층을 확보하기 시작했음을 의미하기도 한다.

이 장에서는 '강화류(講話類) 비평'의 형성 배경을 살펴보기 위해서는 우선 1920년대 초『개벽』현상문예의 선자(選者)로 참여했으며 문학과 관련된 개론적 지식을 소개하는 활동을 전개했던 현철의 문제의식을 점검할 필요가 있다.

---

1   김윤식은 '작법류'의 세 번째 단계에 해당하는 글로는『삼천리』에 실린 이병기의 「시조감상과 작법」, 송영의 「회곡작법」, 염상섭의 「소설작법」 및『중앙』에 연재된 이태준의 「글짓는 법 ABC」 등을, 네 번째 단계에 해당하는 글로는『문장』에 실린 이태준의 「문장강화」 등을 들 수 있다고 말한다. 이어서 김윤식은 '작법류'에 속하는 글들 중 「문장강화」 만이 문학사적 의의를 지닌다고 서술하고 있다. 그러나 김윤식이 '작법류'로 분류한 글들의 특징을 비교하여 분석하는 작업은「문장강화」의 형성 배경을 연구하는 작업으로도 발전될 수 있을 것으로 보인다. 이상의 논의는 김윤식,『한국 근대 문예비평사 연구』, 일지사, 1976, 504~505쪽 참조.
2   '강화(講話)'라는 말은 오늘날에도 쓰이고 있는 '강좌(講座)'라는 말과 밀접하게 연관되어 있었다. 이는 양주동이 주간을 맡았던『문예공론』에서 확인할 수 있다.『문예공론』2호에는 염상섭의 「小說作法講話」, 양주동의 「詩作法講話」, 이병기의 「時調作法講話」가 실려 있었는데, 이 글들은 '通俗文藝**講座**'라는 특집 아래 배치되어 있었다. 또한 목차에는「詩作法**講話**」, 「時調作法**講話**」로 표시되어 있는 양주동과 이병기의 글은 본문에서는 「詩作法**講座**」, 「小說作法**講座**」라는 제목을 달고 있었다. 이를 통해 '강화'와 '강좌'가 거의 유사한 의미를 지니고 있었음을 확인할 수 있다.

1) 장르의 경계 설정과 개론적 지식의 소개

[1] 1920년대 현상문예의 선자(選者)들은 선후평을 통해, 예비문사를 지향하는 독자층에게 문예적 글쓰기를 교육하는 역할을 수행했다. 선자들은 투고된 작품을 평가하기에 앞서, 시 · 소설 · 희곡과 같은 개별 장르의 특성을 서술한 후 이러한 장르의 작품을 창작할 때 주의해야 할 점을 함께 제시하고 있다. 예비 문사들에게 개별 장르의 특성을 교육하는 작업은 곧 문예적 글쓰기의 규범을 제시하는 작업과 연결된다. 『개벽』의 현상문예에 선자로 참여했던 현철과 김석송을 통해 이를 확인할 수 있다.

『개벽』 13호의 현상문예(1921.7)에서 '신시' 부문의 선자였던 김석송은 투고된 작품을 보며 실망을 표출하고 있다. 첫 번째로 김석송은 투고된 작품 수의 빈약함에 놀라고 있으며 그다음으로는 작품의 수준에 실망을 표하고 있다. 김석송은 투고된 작품의 문제점이 '사상-내용'에 있는 것이 아니라, '표현-형식'에 있다고 말한다. 여기에서 김석송이 말하고 있는 '표현-형식'은 산문, 소설 등과 구별되는 시 장르만의 형식을 의미한다.

김석송은 '신시(新詩)'라고 하는 것이 청년들 사이에 유행처럼 번지고 있지만, 청년들은 '신시(新詩)'가 무엇인지를 모르고 있다고 비판한다. 김석송은 현상문예 응모한 사람들을 '시의 초학자(初學者)'로 호명한 후 그들에게 "詩의 生命은 무엇보다 우리의 感情을 가장 率直히 가장 單純히 가장 直接으로 發表함"에 있다는 점을 강조한다. 이러한 김석송의 주장은 상징시에 대한 비판과 연결되고 있다. 김석송은 시 쓰기를 시작한 초학자들이 상징시의 영향을 받고 있다고 지적하며, 쓸데없는 형용사의 남용 · 상징용어의 무비판적 사용 · 내용의 몽롱화(朦朧化) 경향이 나타나고 있음을 비판한다.

김석송이 선후평을 통해 시 창작의 방향성을 제시하려고 한 것과 마찬가지로 소설 부분 선자(選者)였던 현철 역시 소설 창작의 전범을 제시하려 시도했다. 현상문예 '선후평'에서 현철은 소설을 투고한 독자들 중 소설이 어떠한 것인지 모르는 사람들도 있었다고 말하며, 소설을 창작 혹은 감상하려고 하는 사람들은 현철 자신이 『개벽』에 발표했던 「소설개요」를 읽어보라고 말하고 있다.[3] 이러한 현철의 견해는 앞에서 분석했던 김석송의 '선후평'과 유사한 문제의식을 공유하고 있다. 두 사람은 모두 소설 혹은 시라는 장르에 대한 지식을 습득하는 것이 실제 창작에 유효한 도움을 줄 수 있을 것이라고 생각했던 것이다. 현철은 『개벽』에 「소설개요」,[4] 「소설연구법」,[5] 「희곡의 개요」[6]와 같은 글을 연재하며 소설, 희곡과 같은 개별 장르의 특성을 개괄적으로 소개했으며, 황석우와 신시(新詩) 논쟁을 벌이며 '시' 장르의 성격을 규정하려 했다.

그렇기에 현철의 비평 활동을 분석하는 작업은 1920년대의 비평이 문학의 개별 장르를 사유했던 방식을 분석하는 작업으로 발전될 수 있을 것이다. 이 장에서는 개별 장르의 특수성을 사유하는 현철의 문제의식을 점검한 후, 이러한 사유가 개론적 지식을 소개하는 양태로 드러나고 있다는 점을 분석하려고 한다.

---

3 '선후평'에서 현철이 부각시키고 있는 것은 문장이나 사건의 진행 과정에서 드러나는 자연스러움이다. 현철은 이를 근거로 KS生의 「달」이라는 작품을 긍정적으로 평가한 후 이 작품을 2등으로 당선시키고 있다. 「소설개요」에서도 현철은 사건의 발전이 자연 상태에 있어야 하며 주인공 또한 자연스럽게 묘사되어야 한다는 점을 강조하고 있다. 「소설개요」에서 강조되었던 내용은 '선후평'에 나타난 현철의 문제의식과 연결되고 있는 것이다.

4 현철, 「소설개요」, 『개벽』 1, 1920.

5 현철, 「소설연구법」, 『개벽』 3, 1920.

6 현철, 「희곡의 개요」, 『개벽』 5, 1920.

② 『개벽』 창간호에 실린 「소설개요」에서 현철은 여러 신문이나 잡지에 소설 혹은 희곡이 실리고 있지만, 그 대다수는 소설과 각본이 어떤 것인지를 이해하지 못하고 있다고 지적한다. 「소설개요」는 문예를 좋아하는 사람들을 대상으로 소설과 각본의 특성을 개괄적으로 소개하는 데 목적을 두고 있는 글이다.

현철은 「소설개요」가 '동경예술좌연극학교'에서 수업을 들은 내용을 바탕으로 만들어진 글이라고 말한다. 현철이 수업을 들었다고 밝힌 '동경예술좌연극학교(이하 '예술좌')'[7]는 시마무라 호게쓰를 중심으로 1913년 설립된 단체이며 이 단체는 이후 일본에서 대표적인 신극단체가 되었다.[8] 「소설개요」는 '동경예술좌연극학교'의 수업 내용에 영향을 받은

7　효도 히로미에 따르면, 메이지 38년(1905) 9월, 쓰보우치 소요 문하에 있던 시마무라 호게쓰는 영국과 독일에서 3년간의 유학을 마치고 귀국했으며 메이지 39년(1905) 2월에는 소요의 뜻을 받들어 문예협회를 발족시켰다. 문예협회는 문학, 미술, 연극에 걸쳐 광범위한 문화운동을 시도하고자 설립되었지만, 『인형의 집』 공연의 무대감독을 맡은 호게쓰와 여주인공 역을 맡은 마쓰이 스마코의 연애문제 등으로 협회 내에 내분이 심해져 1913년 해산되었다. 문예협회가 해산되기 직전, 협회를 탈퇴한 호게쓰는 이후 동경예술좌연극학교 창립을 주도했다. 이상 '문예협회' 및 '동경예술좌연극학교'와 관련된 논의는 효도 히로미, 『연기된 근대 : '국민'의 신체와 퍼포먼스』, 연극과인간, 2007, 227~271쪽 참조.

8　현철 스스로가 「문화사업의 급선무로 민중극을 제창하노라」(『개벽』, 1921.4)에서 시마무라 호게쓰에 대한 일화를 소개하고 있기에 기존 연구들 역시 현철과 시마무라 호게쓰의 영향 관계에 주목해왔다.(김학동, 『한국문학의 비교문학적 연구』, 일조각, 1972; 김영민, 앞의 글; 유민영, 「현철에 대한 연극사적 고찰 : 한국 근대연극사 연구 그 Ⅵ」, 『동양학』 15, 단국대 동양학연구소, 1985.10; 박태규, 「쓰보우치소요와 현철」, 『일본문학학보』 32, 한국일본문학회, 2007)
　　그러한 영향 관계에 대한 고찰은 주로 현철이 수학한 '예술좌'의 설립자가 시마무라 호게쓰였다는 점에 방점을 두고, 두 사람이 전개한 연극 운동 사이의 유사성만을 부각시켰다. 그러나 시마무라 호게쓰는 한국 근대 초기 작문 이론에 영향을 미친 『신미사학』(1902)의 저자였으며 『신미사학』은 쓰보우치 소요의 「미사론고」로부터 시작된 와세다 미사학을 대표하는 저작이었다. 현철은 『개벽』 6호에 실린 「비평을 알고 비평을 하라」에서도 율격의 중요성을 강조하며 율격이라는 말의 의미를 모르겠거든 '미사학(美詞學)'을 읽어보라고 말한 바 있다. 이를 통해 현철의 비평 활동이 와세다 미사학의 자장 아래 있었음을 유추할 수 있다. 와세다 미사학 및 시마무라 호게쓰와 관련된 논의는 배수찬, 「근대 초기 서양 수사학의 도입 과정 연구 : 『신미사학』(1902)의 분석을 중심으로」, 『정신문화연구』 109, 한국학중앙연구원, 2007; 김재영, 「이광수 초기 문학론의 구조와 와세다 미사학」, 『한국문학연구』 53, 동국대

글인 동시에, 현철 스스로가 진행할 강의의 교과서이기도 했다. 현철은 이 글이 '演藝講習所'의 속성교과서로 만들어졌지만, 그 강습소 활동이 중단되었음을 간략하게 밝히고 있다.[9] 이를 통해 「소설개요」가 '강의'와 같은 교육적 실천과 밀접하게 연관되어 있음을 확인할 수 있다.

현철은 「소설개요」를 『개벽』 1호와 2호에 연재한 후 「소설연구법」을 『개벽』 3호에 발표했다. 「소설 연구법」에서 현철은 소설, 희곡 이외에도 시, 평론, 사상 등 문학과 관련된 여러 문제들에 대해 선인(先人)의 말한 바를 개요 형태로 소개하겠다고 말하고 있다. 이 부분에서 소설, 희곡, 시, 평론 등과 같은 장르의 분화가 현철에게는 자명한 사실로 받아들여졌다는 점, 분화된 개별 장르의 특성을 간략하게 설명하는 데 현철 비평의 초점이 맞추어져 있다는 점을 확인할 수 있다. 개별 장르의 성격을 규정하는 지식이 소개되고 그 지식이 문예 독자에게 영향을 미칠수록 장르의 경계는 보다 공고하게 확립될 수 있다. 그렇기에 현철의 비평 활동을 분석하는 작업은 1920년대 초 문학 장르 간의 분화가 진행되는 양상을 살펴보는 작업과도 연결될 수 있다.

「소설연구법」 및 「소설개요」의 전개 방식은 1910년대의 대표적 문학론이었던 이광수의 「문학이란 하오」와는 변별된다. '문학'이라는 말의 의미를 새롭게 정립하는 데에서 논의를 시작했던 이광수의 「문학이란 하오」와 달리, 「소설개요」에는 '문학' 혹은 '소설'이라는 개념 자체의 의미를 정립하려는 내용은 포함되어 있지 않다. 「문학이란 하오」에서는 '신구 어의의 상이', '문학의 정의', '문학의 재료', '문학과 도덕', '문학의 실효', '문학과 민족성'을 논한 후 비로소 '문학의 종류'가 이야

한국문학연구소, 2008, 410쪽을 참조했음.

9   현철은 이후에도 연극과 음악을 가르치고 예술에 대한 지식을 보급하기 위해 '예술학원'을 설립했다. 『동아일보』의 기사에 따르면 현철은 1922년 무렵 김영환, 김동한 등과 함께 '예술학원'을 설립했고 학원생들을 모집했다. 「藝術學院設立」, 『동아일보』, 1922.7.23.

기되고 있는 반면, 「소설개요」는 글의 서두부터 문학 영역 안에 속해 있는 개별 장르의 특성을 서술하고 있다.

현철은 문학의 종류를 인류의 마음속에 있는 '동기'에 따라 세 가지로 구분하고 있다. 그중 첫째가 자신의 느낀 점을 표현하려고 하는 동기이고, 이 동기로부터 표현된 것이 서정시이다. 두 번째는 외부의 사물을 견문한 바를 표현하려는 동기이고, 이 동기로부터 서사시가 나온다. 마지막이 인물의 행동과 마음을 함께 묘사하려고 하는 동기이며 마지막 동기로부터 표현된 것이 희곡과 소설이다. 문학의 종류를 구분하는 현철의 방식 중 독특한 지점은 소설을 서사시가 아니라, 희곡과 연결시키고 있다는 점이다. 현철은 '인물'을 '묘사'했다는 점에 초점을 맞추어 희곡과 소설을, 동일한 동기를 지니고 있는 문학 장르로 보았다.[10]

소설과 희곡의 창작 동기를 동일한 것으로 본 현철은 '소설'과 '희곡'을 구분하는 방식을 탐색할 필요가 있다고 강조한다. 그렇기에 현철은 '소설의 五大成分'을 서술하기 전, '小說과 戲曲의 相異한 點'을 서술하고 있다. 양자를 구분할 때 현철이 방점을 두고 있는 것은 '희곡'이다. 현철은 희곡이 '종합미술'인 반면, 소설은 그렇지 않다(=不然)고 말하며 소설은 희곡과 같이 배우 · 음향 · 무대와 같은 '副美術'을 필요로 하지 않는다고 주장한다. 이러한 구분은 희곡의 특성을 우선적으로 정의한 후, 이를 바탕으로 소설이 지니고 있지 않는 희곡적 특성을 부각시키는 서술 방식에 의존하고 있다. 그렇기에 현철은 "小說은 일종의 簡易한 戲曲", 즉 간단하게 바꾼 희곡이라고 결론내리고 있다. 현철 비평 활동의 근본적 초점은 시 · 소설과 같은 여타의 문학 장르와 구분되는 희

---

10 이 부분에서 현철이 강조하고 있는 '묘사'는 쓰보우치 소요의 『소설신수』에서부터 강조되었으며, 이광수 역시 「현상소설고선여언」에서 "인생에 대한 여실한 묘사"를 강조하고 있다. 쓰보우치 소요와 이광수에게 나타난 '묘사' 개념에 대해서는 김재영, 앞의 글, 398~404쪽 참조.

곡만의 독자적 영역을 확립하는 데 맞추어져 있던 것이다.

'小說과 戲曲의 相異한 點'을 서술한 후 현철은 '小說의 五大成分'에 대해 논의하고 있다. 현철이 밝히고 있는 5대 성분은 '사건', '인간', '배경', '문장', '작자의 표현 목적'이다. '인물'을 '인간'이라고 지칭한 것만 제외한다면 이상의 요소들은 오늘날 우리가 알고 있는 소설의 주요 구성요소와 크게 다르지 않다. 그러나 현철은 소설의 5대 성분을 개괄적으로 서술하는 데에서 그치지 않고, 어떤 소설이 가치 있는 소설인지를 제시하려고 시도하고 있다.

① 이제 第 一의 成分되는 事件을 陳述코자 하노니 小說 중에 나타나는 事件은 千差萬別이라. 統括하여 말할 수 업스나 그러나 小說 중에 들만한 事件은 社會에 些少하고 변변치 못한 事件이 안이오 **반듯이** 人生의 참 意義와 聯絡이 잇는―**人生의 眞相**을 表現함에 價値가 잇는―事件이 안이면 될 수 업스나 文學은 人生의 眞相을 說明하는 것이라고 하는 文學의 根本義로부터 이러한 말을 할 수 잇는 것이라.[11]

② 作者가 이와 가티 人生의 關係가 깁흔 事實을 記錄함에는 될 수 잇는대는 그 事實이 참스럽게 나타나도록 힘쓰지 안이치 못할 것이니 이러함으로 小說의 事件은 可及的 **作者의 經驗**한 範圍안에서 가져오는 것이 必要함은 **勿論이라.**[12]

인용된 두 부분에는 모두 '반드시', '물론이라'와 같이 당위적 의미를 담고 있는 표현이 사용되고 있다. 그러한 표현들은 현철의 비평이 가치 있는 소설의 전범을 제시하려 했다는 것을 보여준다. 현철은, 소설

---

11 현철, 「소설개요」, 앞의 책, 133쪽.
12 위의 글, 134쪽.

속에 담아낼만한 사건은 '인생의 진상(眞相)'을 표현해내는 사건이라고 말한다. '인생의 참 의의'라는 척도를 제시한 후, 소설로 표현해야 할 사건의 범위를 그 척도에 맞추어 한정짓고 있는 것이다. '작가의 경험' 또한 현철이 부각시키고 있는 척도 중의 하나이다. 소설 속 사건은 가급적 작가가 경험한 범위 안에 자리 잡고 있어야 한다는 점을 현철은 강조하고 있다. 「소설개요」는 소설에 대한 원론적 지식을 설명하는 데서 한 걸음 나아가, 가치 있는 소설과 가치 없는 소설을 구분하는 방법까지 제시했다.[13]

③ 그러나 이러한 현철의 논의는 소설을 창작할 때 지켜야 할 기준을 추상적 형태로 나열하고 있다는 점에서 한계를 지닌다. 이 한계는 현철이 소개한 지식들이 현철 자신의 실제 창작 경험, 소설 감상과 연관되어 있지 않은 데에서 기인한다. 현철 비평의 문제점은 개별 장르의 역사적 형성 과정을 분석해내지 못했다는 점에서도 발견된다.

장르의 분화는 개별 장르 간의 차이를 드러내는 작업과도 연결되지만, 하나의 장르와 그 장르의 전사(前史)를 이루는 양식들의 경계를 설정하는 작업과도 맞물려 있다. 전자의 작업이 소설과 희곡의 차이를 서술하는 현철의 활동과 연관된다면 후자의 작업은 현철이 촉발시킨

---

13 현철의 「소설개요」가 전대의 문학 관련 담론들과 차이를 빚고 있는 또 다른 요소는 소설 창작의 방법과 연관하여 소설의 특성을 설명하려고 시도했다는 점에 있다. 이러한 특성은 현철이 '문장, 즉 문체'라고 말한 소설의 제 4성분에 대해 서술하는 부분에서 나타나고 있다. 현철은 '사건 진행과 인물 담화를 기현(記現)하는 것'이 '문장'이라고 말하며 문장을 쓸 때 두 가지 점을 염두에 두어야 한다고 말한다. 첫 번째, 현철은 "진행하는 사건을 그대로 묘현(描現)하는 것이 문장의 임무"라고 말한다. 여기서 사용된 '묘현'이라는 말은 '지금 나타나고 있는 상황을 묘사하다'는 의미로 해석될 수 있으며 오늘날 우리가 사용하는 재현(representation)과 유사한 개념으로 이해될 수 있다. 두 번째, 인물 간의 대화를 문장 안에 담아내는 방식을 설명할 때 현철은 대화가 인물 및 사건과 관계가 있어야 한다고 말한다. 또한 현철은 인물의 평소 성격으로부터 '자연적으로 나오는 담화'를 사용해야 한다고 말한다.

두 개의 논쟁과 연결된다. 희곡과 신파극 사이의 단절 지점을 부각시킨 현철의 비평은 이기세와의 '신파극·신극 논쟁'을 발생시켰으며 현철과 황석우 간에 벌어진 '신시(新詩) 논쟁'[14] 역시 근대시와, 근대시의 전사(前史)를 이루는 신체시(혹은 전통적 시형) 사이의 관계를 정립하려는 문제의식을 담고 있었다.

신시 논쟁은 현철이 쓴 「시라고 하는 것은 무엇인가」라는 단문(短文)[15]을 微蛻와 황석우가 동시에 비판하면서 시작되었다.[16] 그 단문은 "시(詩)라고 하는 것은 운문(韻文)을 가르쳐 말한 것"이라고 규정하며 다음 세 가지 중 하나를 갖춘 것을 시로 결론 내린다. ① 노래로 부를 만한 음조를 가진 것 ② 형식이 긴장한 것 ③ 보통의 문장과 비교하여 전도되어 있는 것. 이상 세 가지 항목을 제시한 후 「시라고 하는 것은 무엇인가」는 가사와 시조가 조선의 옛 시이며 신체시는 서양시를 모방한 시, 한시는 지나의 시라는 점을 덧붙인다.

『개벽』6호에 실린 「비평을 알고 비평을 하라」[17]에서 현철은 「시라고 하는 것은 무엇인가」를 쓴 사람이 자신이라고 밝히고 있다. 현철은

---

14 현철과 황석우는 다음 글들을 통해 논쟁을 벌였다. 현철, 「비평을 알고 비평을 하라」, 『개벽』 6, 1920; 황석우, 「희생화와 신시를 읽고」, 『개벽』 6, 1920; 황석우, 「주문치 아니한 시의 정의를 일러주겠다는 현철군에게」, 『개벽』 7, 1921; 현철, 「소위 신시형과 몽롱체」, 『개벽』 8, 1921.

15 「시라고 하는 것은 무엇인가」는 『개벽』5호에 실린 황석우의 글 「최근의 시단」 뒷부분에 실려 있었다.

16 현철의 「비평을 알고 비평을 하라」는 微蛻와 황석우의 비판을 모두 대상으로 삼고 있지만, 글의 대부분은 微蛻의 비판에 대한 반론 형식을 취하고 있다. 신지연(2008)은 이 점을 지적하며 微蛻에 대한 현철의 반론이 지니는 이율배반적 성격을 정밀하게 분석하고 있다. 이 글에서 신지연은 微蛻가 어떤 문인의 필명인지를 밝히지 않았는데, 이 점은 양승국의 선행 연구에서 언급된 바 있었다. 양승국은 『조선일보』에 연재된 「현당극담」의 내용(51회, 1921. 3. 19)을 근거로, 微蛻가 이기세의 필명임을 밝히고 있다. 1920년 신시를 정의하는 문제로 논쟁을 벌였던 현철과 이기세는, 1921년에는 '신파극·신극 논쟁'을 전개했던 것이다. 이상의 논의는 신지연, 「신시논쟁의 알레고리」, 『한국 근대문학 연구』 18, 한국근대문학회, 2008; 양승국, 「1920년대 '신파극·신극 논쟁' 연구」, 『한국 극예술 연구』 2, 한국극예술학회, 1992 참조.

17 현철, 「비평을 알고 비평을 하라」, 『개벽』 6, 1920.

잡지의 일부분이 여백으로 남았기에 이쿠타 조코[生田長江]·모리타 소헤이[森田草平]·가토 아사토리[加藤朝鳥]가 함께 편집한 「신문학사전」의 일부분을 번역하여 실었다고 밝히고 있다. 비록 현철은 "큰 注意를 가지고 쓴 것"은 아니라고 말하고 있지만, 이 단문은 시라는 장르를 개괄적으로 정의하려고 시도한 글이라는 점에서 희곡·소설 등과 관련된 지식을 소개했던 현철의 비평 활동과 맥락을 같이 하고 있다. 이 짧은 글이 현철과 황석우 간의 논쟁을 촉발시킨 것이다.

황석우는 『개벽』 6호에 실린 「희생화와 신시를 읽고」[18]에서 「시라고 하는 것은 무엇인가」에 담긴 내용들이 '시'라는 장르의 본질을 설명하기에 불충분하다고 비판했다. 황석우가 더욱 비판적으로 생각한 것은 "近者 新體詩는 西洋詩를 模倣한 것"이라고 정리한 부분이다. 황석우는 시형과 시를 분리하며, 최근의 일본시단에서 발표된 시 혹은 우리가 쓰고 있는 시는 비록 서양의 시형(詩形)을 모방했을지라도 서양의 시와는 다르다고 덧붙인다. 이에 현철은 시형(詩形)과 시가 다르다는 것이 무슨 의미인지를 모르겠다고 말하며 "시형과 시상(詩想)이 다르다"고 말한 것이 아니냐고 반문한다. 간단한 지적과 답변으로 시작되었던 현철과 황석우 간의 논쟁은 이후 「주문치 아니한 시의 정의를 일러주겠다는 현철군에게」[19]와 「소위 신시형과 몽롱체」[20]에서 본격화된다. 현철과 황석우 간의 논쟁은 크게 두 가지 쟁점을 드러내고 있었다.

첫 번째, 신체시와 신시를 구분하는 문제이다. 양자를 구분하는 작업은 이미 황석우의 평론 「조선 시단의 출발점과 자유시」[21]에서 제시된 바 있다. 이 글에서는 '신체시'라는 말을 일본 메이지 시대 초기에

---

18 황석우, 「희생화와 신시를 읽고」, 『개벽』 6, 1920.
19 황석우, 「주문치 아니한 시의 정의를 일러주겠다는 현철군에게」, 『개벽』 7, 1921.
20 현철, 「소위 신시형과 몽롱체」, 『개벽』 8, 1921.
21 황석우, 「조선 시단의 출발점과 자유시」, 『매일신보』, 1919.11.10.

생겨난 시체(詩體)로 한정한 후 '신체시'는 음수(音數)의 제약을 받는 과도기적 시형(詩形)임을 강조한다. 조선 시단(詩壇)은 '자유시'로부터 출발해야 한다고 주장하며 황석우는 '자유시'가 프랑스에서 생겨나 현재의 일본도 받아들이고 있는 신시형(新詩形)이자, '율격의 근저를 개성에 置한 시(詩)라고 말한다. 「주문치 아니한 시의 정의를 일러주겠다는 현철군에게」에서도 황석우는 현철이 말한 '신체시'가 사실은 자유시를 가리킨다는 점을 강조하고 있다. 황석우가 '신체시'를 특정한 시기 일본에서 발생했다가 소멸한 형식으로 이해한 반면, 현철은 '신체시'를, 전통 시가 형식과 변별되는 '근대시 일반'을 지칭하는 용어로 이해하고 있다. 황석우와 현철은 모두 '신체시'라는 말을 사용하고 있지만 두 사람이 사용하고 있는 '신체시'라는 말의 의미는 서로 달랐던 것이다. 현철과 황석우의 논쟁은 '신체시' 및 '신시'에 대한 공통의 이해가 확립되지 않았던 1920년대 초 문단의 상황을 드러낸다.

두 번째 쟁점은 시형의 모방 문제와 국민시가의 성격에 관한 문제다. 황석우는 "시형은 漢詩形이나 西詩形을 빌더래도 우리의 독립한 감정(정서) 사상으로써 綴한 者"이면 곧 "우리의 독립한 詩"라고 말한다. 서양에서 생긴 시형은 인류 공통의 시형이라고 할 수 있기에 서양 시형을 차용하여 창작하는 행위를 모방으로 규정할 수 없다고 황석우는 주장한다. 반면 현철은 자유시를 강조한 황석우의 견해를 상징주의의 산물로 치부하며 전통의 조선시형을 탐색할 것을 강조하고 있다. "우리 시에 유래하는 국민의 민족성"을 살피고 "우리의 말에는 어떤 구조로 시상시형을 표현하얏는지"를 먼저 연구한 후에야 국민시가를 창조할 수 있다고, 현철은 강조한다. 이처럼 신시를 둘러싼 논쟁들은 전통의 시형식과 근대시 사이의 연관관계에 대한 논쟁을 불러일으켰으며 그 논쟁은 국민시가의 성격을 규정하는 관점 차이와 연결되어 있었다.[22]

이 중 첫 번째 쟁점은 현철과 이기세가 벌이게 될 '신극·신파극 논쟁'의 논점과도 연결된다. 황석우는 '신시'의 형성 과정을, 프랑스에서 시작된 자유시 운동이 전 세계적으로 수용되는 과정과 연결시켰으며, 자유시 운동의 수용 과정은 개별 지역마다 다르게 나타난다는 점 또한 언급했다. 또한 황석우는 '신체시'가 일본에서 시작된, 과도기적 형태의 시라는 점을 명확하게 드러낸다. 반면, 현철은 '신시'와 '신체시'의 차이점을 분명하게 인지하지 못하고 있다. 현철은 전통적 시형(詩形)이 근대적 시형으로 변화하는 과정에서 작동되는 다층적 동인들을 포착해내지 못한 채 개별 장르의 본질적 성격만을 언급하고 있는 것이다.

유사한 문제점은 현철이 신파극을 사유하는 부분에서도 드러난다. 『개벽』 5호와에 실린 「玄堂獨吠, 第四說 戲曲의 槪要」에서 현철은 조선 사회에 '극문예(劇文藝)'에 대한 이해가 없다는 것을 개탄한다.[23] 이 글의

---

22 현철과 황석우의 논쟁은 전통 시형을 강조하는 세계관과 세계 시형을 강조하는 세계관 사이의 대립으로 이해될 수 있으며 기존 연구에서도 그러한 측면을 부각시킨 바 있다. 김춘식은 황석우의 주장에 대해서는 세계적 보편성을 제일 과제로 삼는 근대 지상주의로 규정한 반면, 현철의 주장에 대해서는 조선의 현실을 자각하고 '민족시'의 정체성을 고민한 논의로 고평하고 있다. 정우택 역시 현철과 황석우의 논쟁을 '민족성'과 '세계성' 사이의 대립으로 해석하고 있다. 그러나 정우택은 현철의 주장이 '자유시'를 '민족' '문화' 담론으로 포획하는 관점을 담고 있다고 비판한 반면, 황석우의 논의는 자유시의 독자적 가치를 주장하는 아나키즘적 사유 체계에 기반을 두고 있다고 지적한다.

황석우는 근본적으로는 국민시가라는 말 자체에 의혹을 표하며 각 민족의 국어가 하나의 언어로 통일될 것이라고 보았지만, 동시에 '어느 시기까지'는 국민적 색채를 가진 시(詩)를 인정할 수밖에 없다고 생각했다. 단, 황석우는 국민시가의 요건을 민족어에서 찾는 견해에는 직접적으로 반대하고 있다. 시형이나 시어가 민족 전통의 것이 아니라도 '민족성에 촉(觸)한 정조나 사상'을 표현한 시라면 일본인 혹은 조선인의 국민시가로 볼 수 있다고, 황석우는 주장하고 있다. 이러한 황석우의 관점에 따르면 한문으로 쓰인 시 또한 국민시가에 속할 수 있게 된다. 황석우는 국민시가의 요건을 조선어나 조선의 시형에서 찾으려고 했던 현철의 견해에 비한다면 보다 유연한 언어관을 담고 있었다. 이상의 논의는 김춘식, 「신시 혹은 근대시와 조선시의 정체성 : 황석우·현철 사이의 논쟁을 중심으로」, 『한국문학연구』 28, 동국대 한국문학연구소, 2005; 정우택, 「한국 근대 초기시에서 '외래성'과 '민족성'의 문제 : 신시 논쟁을 중심으로」, 『한국시학연구』 19, 한국시학회, 2007; 신지연, 앞의 글, 2008 참조.

23 현철, 「玄堂獨吠, 第四說 戲曲의 槪要」, 『개벽』 5, 1920.11.

목적 역시 연극을 관람할 때 가지고 있어야 할 '기본지식을 보급'하는 데 있었다. 현철은 '극문예'라는 말을 사용하며 연극이 문예의 영역 안에 포함된 것임을 부각시키려고 했다. 이를 위해 현철은 두 가지 서술 방식을 선택한다. 「소설개요」에서 시도했던 것처럼 소설과 희곡을 비교하며 극문학만의 특수성을 논하는 것이 첫 번째 방식이라면, 두 번째는 희곡과 전통적 극 양식 및 신파극 사이의 단절점을 부각시키는 방식이다.

1910년대의 이광수가 「문학이란 하오」에서 재래의 문학과 literature를 번역한 새로운 문학 사이의 단절을 강조한 것과 유사하게 현철은 자신이 말하려는 희곡이 신파(新派)로 불리는 연극과 구파(舊派)로 불리는 춘향전·심청전 등과 변별된다는 점을 부각시킨다. 특히 '신파'에 대해서는 공통의 배경을 사용하여 장소의 관념이 없다는 점, 대화에 조리가 없어 통일과 연결이 없다는 점, 인물의 성격이 표현되지 않고 있다는 점 등을 들어 연극이 아니라 유희에 불과하다고 비판한다. 유사한 비판은 『조선일보』에 연재된 「현당극담」(1921.1.24~1921.4.21)에서도 반복된다. 현철은 각본을 갖추어야 한다는 점을 연극의 제1조건으로 규정하며 신파극은 각본도 없이 즉흥적으로 진행되기에 연극으로 볼 수 없다고 주장한다.[24]

이러한 현철의 주장을 비판하며 이기세는, 연극이라는 예술에서 가장 중요한 요소는 관객이라는 점을 강조한다.[25] 즉 이기세는 선행각본의 유무가 연극이라는 장르를 규정짓는 절대적 기준은 되지 않는다고 주장하며 관객을 대상으로 하는 공연 활동을 연극의 본질로 규정짓고 있는 것이다.[26] 또한 이기세는 현철의 주장이 지난 십년간 진행되었던

---

24 현철, 「현당극담(23)」, 『조선일보』, 1921.2.19.
25 케에쓰生, 「소위 현당극담」, 『매일신보』, 1921.3.1.
26 양승국은 연극에 대한 현철의 관점이 서구 자연주의 연극에 제한되어 있음을 지적하며 선행 각본의 유무가 연극이냐, 아니냐의 문제를 판명하는 기준이 될 수는 없다고 주장한다. 양

신파극의 역사를 전면 부정하고 있다고 판단하며 모든 문화의 발전에는 유래와 일정한 계통이 있음을 강조하고 있다.[27]

시 장르와 관련해서는 조선 전통의 시형을 탐구할 것을 강조했던 현철이 희곡과 관련해서는 전통의 연극 양식 및 신파극을 전면적으로 부정했다는 점은 현철 비평의 한계를 뚜렷하게 보여준다. 현철은 추상적 차원에서 개별 장르의 본질을 논하고 있기에, 개별 장르의 형성 과정을 역사적 맥락 속에서 분석해내지 못하고 있다. 그 결과 현철은 '신체시' 및 '신파극'과 같은 과도기적 형식을, 근대시 혹은 근대연극의 형성 과정과 연결시켜 내지 못했다.

이러한 한계는 현철의 비평을 관통하는 '문화주의'적 입장과도 연관된다고 볼 수 있다. 현철은 「문화사업의 급선무로 민중극을 제창하노라」[28]에서 독일의 '쿠르투르(Kultur)' 개념을 수용하여 '문화'를 ① 개인의 인격 ② 예술ㆍ과학ㆍ도덕ㆍ종교 등의 정신적 산물로 정의하고 있다. 현철은 '문화'를 통해 개인생활과 사회생활을 향상시킬 것을 목표로 하고 있으며, 이러한 목표 하에 연극 운동을 수행하고 있었던 것이다.[29] 그러나 이러한 관점은 선진문화를 도달해야 할 기준으로 상정한 후, 그 기준에 최대한 빨리 다다를 수 있는 방법을 모색하는 근시안적 시각에 기반을 두고 있었다.

현철은 조선의 현재 문화를 후진적 상태로 규정한 후 선진문화를 뒤쫓기 위해서는 "남의 나라보다는 십 배" 혹은 백 배의 속도로 신문화를

승국, 앞의 글, 92쪽.

27 케에쓰生, 앞의 글.

28 현철, 「문화사업의 급선무로 민중극을 제창하노라」, 『개벽』 10, 1921.

29 기존의 연구에서도 현철이 '극뿐 아니라 '시' 등 예술을 '문화'의 범주 속에 포획하였다는 점, 이를 민족성 발현을 위한 제도ㆍ형식으로 활용하려고 했다는 점을 지적한 바 있다. 정우택, 『황석우 연구』, 박이정, 2008, 98쪽.

추구해야 한다고 강조한다. 현철이 민중극 운동을 강조한 것 역시 가장 짧은 시간 동안, 가장 많은 사람들에게 문화를 보급시킬 수 있다는 이유 때문이었다. 조선의 문화를 보다 빨리 발전시키려는 조급함은 현철로 하여금, 당대의 조선에서 진행되고 있었던 문화·예술 활동의 의의를 발견할 수 없게 만들었다. 다양한 문학 장르에 관한 개론적 지식을 소개하며 문예적 글쓰기를 발전시킬 방안을 모색했던 현철의 비평 역시 유사한 문제점을 드러내고 있었다.

현철은 예술이 인간 특유의 미(美)를 엿볼 수 있게 해주는 수단이라고 정의 내렸다. 그렇기에 현철은 "미를 토대로 한 교육"을 중요하게 생각했다. 현철에게 미적 교육은 예술을 통해 "인생에 대한 사명을 이해시키는 작업"과 연결된 것이었다.[30] 이러한 현철의 문제의식은 조선의 문화사업과 문예적 글쓰기를 발전시킬 방안을 모색했던 현철 비평의 근간을 이루고 있다. 그러나 '예술'의 영역과 '교육'적 활동을 연결시키는 작업은 현철의 비평에서 체계적으로 탐색되고 있지는 못했다. 유사한 문제의식은 이후 이광수의 비평 활동에서 구체화된 형태로 나타나게 된다.

2) 강화류(講話類) 비평의 역할과 문사(文士)의 훈육법

개별 장르의 성격을 규정하는 개론적 지식들이 소개되기 시작한 상황은 문예적 글쓰기가 전문화되고 있던 과정과 맞물린다. 이러한 상황의 출발점은 창작의 주체인 예술가의 위상을 새롭게 정립하려는 시도에서 찾을 수 있다.

---

30 현철, 「모름이 美로부터」, 『개벽』 17, 1921.

1920년대 초반 동인지에 발표된 작품들은 예술을 동경하는 청년들을 반복적으로 등장시키며 예술가의 가치를 인정하지 않던 당대의 편견에 맞섰다. 『창조』1호에 실린 김환의 소설 「신비의 막」[31]에는 1920년대 초 동인지 문학의 주체들이 지향한 바가 구체적으로 드러나 있다. 「신비의 막」의 주인공 세민은 '예술'을 위해 목숨을 바치겠다는 각오로 동경의 '미술전문학교동양화과'에 입학한다. 세민은 '환쟁이'나 되려고 한다고 비판하던 아버지에게 다음과 같이 대답하고 있다. "우리 죠선에셔 쟁이라는, 賤한 名詞를 붓치는 그 사람들에게 다른 나라에셔는 藝術家, 發明家라고 名譽잇는 稱號를 줍니다." '쟁이'라는 말을 '예술가'라는 호칭으로 바꿔 부르는 행동은 예술을 전문화된 영역으로 간주하는 세계관에 바탕을 두고 있다. 기존의 연구에서 지적했던 것처럼 동인지를 중심으로 활동한 문인들은 1919~20년대 초반이라는 짧은 시기 동안, '문학 예술 분야'의 전문가라는 정체성을 획득하기 위한 사회적 인정투쟁을 전개했던 것이다.[32]

이광수는 예술가를 전문가로 사유하고 있다는 점에서는 동인지 문학에 나타난 작가 인식과 맥락을 같이 하지만, 예술가의 탄생 과정에서 학습 및 훈련이 차지하는 역할을 강조했다는 점에서는 동인지 문학의 관점과 변별된다. 『창조』8호에 발표된 「문사와 수양」(1920.11)에서 이광수는 1910년대에 발표한 자신의 작품들이 청년들에게 해독을 끼쳤다고 반성하며 문단의 데카당스 풍조를 비판하고 있다. 『창조』9호에 실린 「創造 八號를 닑음」에서 정영태는 이광수가 문사에게 "자아를 표현하라"고 말하지 않고, "도덕률에 맞는 것을 써라"고 강요하고 있다고 비판했다. 그렇기에 「문사와 수양」은, 1910대에 정에 기반을 둔 문

---

31 김환, 「신비의 막」, 『창조』1, 1919.
32 차혜영, 「1920년대 초반 동인지 문단 형성 과정」, 『1920년대 문학의 재인식』, 깊은샘, 2001.

학 활동을 강조했던 이광수가 도덕적 수양을 강조하는 민족주의자로 변모하고 있음을 드러낸 글로 평가되었다.[33]

그러나 이광수가 강조하고 있는 '수양'은 데카당스 풍조를 비판하고 있다는 점에서는 도덕적 성격을 지니고 있었지만, 반복되는 훈련의 중요성을 강조하고 있다는 점에서는 교육적 성격을 지니고 있기도 했다. 이광수는 '수양'의 중요성을 1910년대 후반 『청춘』 12호(1918.3)에 발표된 「부활의 서광」에서도 강조한 바 있다. 이 글의 말미에서 이광수는 문학은 배우지 않아도 되는 줄로만 아는 이가 많다고 비판하며 '수양'의 필요성을 강조한다. 이때 '수양'은 학습(學習)과 유사한 의미로 사용되고 있다. "그림을 공부하여 그리는 것과 같이 소설에도 공부가" 있어야 한다고 강조한 부분에서도 이광수가 '수양'을 '학습'과 유사한 의미로 사용했다는 점을 확인할 수 있다. 1910년대 후반부터 1920년대 초반까지, 이광수는 문학에 있어서 지식의 습득과 반복된 훈련이 차지하는 역할을 지속적으로 강조했던 것이다. 근대적 전문 직업을 대표한다고 할 수 있는 의사에 비유하여 문사가 배워야할 덕목들을 강조하고 있는 데서도 이를 확인할 수 있다.

첫재, 文을 作ᄒᄂᆫ 것은 畵를 作ᄒᄂᆫ 것과 갓히 **一種의 技術**인즉, 畵家가 되기에 畵를 作ᄒᄂᆫ 技術을 비홈이 必要ᄒᆯ것갓치 文士가 되기에도 **文을 作ᄒᄂᆫ 技術을 비호는 것**이 必要ᄒᆸ니다. 그러면 文을 作ᄒᄂᆫ 技術은 엇더케 비홀가. 첫재는 그가 使用ᄒᆯ라는 **國語의 語彙말 用法**을 비호아야 ᄒᆯ지오. 둘재 言語나 文章을 힘 잇게ᄒᄂᆫ **修辭學의 知識**이 잇서야ᄒᆯ것이오셋재 人類의 思考의 法則인 倫理學의 知識 넷재 人類의 情神作用의 法則인 心理學 先人의 代表的 作品의 硏究等의 知

---

33 위의 글, 113쪽.

識은 잇서야홀지니 이는 **醫師가 되기에 解剖學, 病理學, 內科學, 外科學이 必要**흠과 갓치 文士가 文을 作흐려홀째에는 必要不可缺홀 知的 準備일 것이외다.[34]

인용문에서 확인할 수 있듯이 이광수는 글(文)을 쓰는(作) 것을 일종의 기술로 인식하고 있으며 이때 기술은 배움을 통해 습득될 수 있는 것으로 규정되고 있다. 글쓰기의 기술을 지식의 층위에서 사유하며 이광수는 문사가 배워야 할 지식들을 목록화해서 제시하고 있다. 그 중에 국어에 대한 배움이 가장 먼저 강조되고 있다는 점에서 이광수의 문사 담론이 민족(어)문학 담론으로 발전할 것이라는 사실을 유추할 수 있다. 그다음으로 수사학적 지식을 강조하고 있다는 것을 볼 때 이광수가 심미적 지식을 중요시하고 있었음을 확인할 수 있다. 이어서 이광수는 윤리학, 심리학 등의 분과학문적 지식을 강조하며 그러한 지식을 의사가 되기 위해 반드시 공부해야 할 해부학, 병리학, 내과학 등에 비유하고 있다. 이광수는 문사(文士)를 선천적으로 타고난 천재로 간주하지 않고, 의사·화가와 마찬가지로 지적(知的) 준비가 반드시 필요한 전문가로 여기고 있다. 「문사와 수양」에서 이광수가 사용한 '문사라는 직업'이라는 표현은 이광수가 작가의 활동을 일상적 지평에서 사유하려고 했음을 보여준다.

이러한 특징은 「문학에 뜻을 두는 이에게」(『개벽』 21호, 1922.3)에 이르면 보다 확연하게 나타난다. 제목에서부터 문사가 되려는 이들을 잠재적 독자로 설정했다는 점이 드러나 있는 「문학에 뜻을 두는 이에게」는 두 가지 점에서 주목할 필요가 있다.

첫 번째, 이 글에서 이광수는 문학을 분과학문 체계를 구성하는 학

---

34 이광수, 「문사와 수양」, 『창조』 8, 1921.

문의 한 종류로 인식하기 시작했다.[35] 「문학이란 하오」(1916)에서 이광수는 문학 활동을 수행하는 사람을 작자, 비평가, 독자로 나눈 후 작자와 비평가를 '문학자'로 지칭하였다. 그러나 「문학에 뜻을 두는 이에게」(1922)에 이르면 이광수는 문학 활동을 수행하는 사람을 '문학자'와 '문사'로 구분하고 있다. 「문학이란 하오」에서 '문학자'로 분류된 '작가'와 '비평가'는 「문학에 뜻을 두는 이에게」에서는 모두 '문사'로 분류되고 있다. 반면, 이광수는 분과학문 체계로 구획된 대학 제도 안에서 문학을 전문적으로 연구하는 자만을 '문학자'로 일컫고 있다.

두 번째, 이광수는 「문학에 뜻을 두는 이에게」에서 '문사' 혹은 '문학자'가 되는 과정 자체를 세분화하여 서술하고 있다. 이광수는 '문사'와 '문학자'를 모두 직업으로 간주하며, 이러한 직업을 선택하기 위해서는 우선 먼저 자신에게 소질이 있는지를 조사해 보아야 한다고 말한다. 이광수는 "文學뿐 아니라 무슨 職業"이든지 "自己의 素質에 適合"한 것을 택하는 일이 중요하다고 말하며 문학에 뜻을 두는 과정을 여타의 직업을 선택하는 과정과 동일한 맥락에서 이해한다.[36]

---

[35] 「문학에 뜻을 두는 이에게」와 「문학강화」에 문학을 학문의 분과로 설정하는 인식이 등장하고 있음은 이미 구인모가 지적한 바 있다. 구인모, 『한국 근대시의 이상과 허상』, 소명출판, 2008, 34쪽 참조.

[36] 이광수는 자신에게 적합한 직업을 선택하기 위해서는 ① 부모나 교사의 관찰 ② 본인의 내적 깨달음(=내성(內省)) ③ 사회의 요구가 필요하다고 말하며 그 중 '내성'과 관련하여 다섯 가지 문항을 실례로 제시하고 있다. 이러한 문항들을 통해 이광수는 무슨 일을 해야 할지 혼란스러워하는 조선의 청년들을 직업이라는 틀 아래 배치하려고 시도한다.
이광수가 제시한 다섯 가지 문항은 다음과 같다. ㉠ 나는 무엇을 가장 좋아하나? ㉡ 나는 무엇을 가장 잘하나? ㉢ 나는 무엇이 되기를 가장 원하나? ㉣ 내 생리적, 경제적 기타의 사정이 어떠한가? ㉤ 사회는 내게 무엇을 구하나?
문항에서 확인할 수 있듯 이광수는 생리적 요건, 경제적 요건 또한 문학에 뜻을 두기 위해 고려해야 할 사항이라고 말한다. 생리적 요건은 연령, 건강, 재능 등을 말하며 경제적 요건은 원고료만으로 생활할 수 없는 조선사회에서 문사생활을 할 만한 자력(資力)을 말한다. 이상을 볼 때 이광수는 문학에 대한 낭만적인 정열과는 일정한 거리를 둔 채 현실원칙을 부각시키고 있었음을 알 수 있다.

문사가 되는 법을 세분화하여 서술한 이광수의 문제인식은 문학의 하위 장르를 분할하여 제시한 방식을 통해 구체화되고 있다. '문사'를 '소설가', '비평가', '시인', '극작가', '논문작가'로 나눈 후, 이광수는 어떤 적성을 지니고 있을 때 소설가, 시인, 혹은 비평가가 될 수 있는지를 상세하게 서술하고 있다. 소설, 시, 비평 등으로 문학 장르를 세분화했던 이광수의 담론 체계는 예비 문사들에게 전문적 문인이 되는 법을 가르쳐주는 교육적 담론으로 변형되고 있는 것이다.

이후 이광수는 '文學者, 文士의 修學'이라는 항목에서 문학자 혹은 문사가 공부해야 할 사항들을 서술한다. 『문사와 수양』에서 '수양'이라는 말로 강조되었던 덕목들은 이 부분에서 '수학'이라는 어휘로 지칭되고 있다. 이광수는 문사가 수학해야 할 지식을 학교 교육의 틀에서 사유하고 있다. '학교에서 받는 계통적(系統的) 교육'을 강조한 부분, 문학자나 문사가 될 사람은 연희전문학교의 문과나 일본 각 대학의 문학 관련 학과에 다니는 게 필요하다고 말한 부분에서 이를 확인할 수 있다. 이때 이광수가 강조하고 있는 문학 관련 학과는 서양에서 수립된 근대적 학문조직 방식인 분과학문제도의 영향 하에 있었다. 분과학문은 종교에 의해 총체적으로 인식되고 통합되던 삶의 영역들이 분화되는 과정에서 형성되었으며 분과학문체계에 의해 구획된 지식은 자율성을 지닌 고유 영역을 구축하게 된다.[37] 이광수가 강조하고 있는 '공부(工夫)' 역시 '대학의 문학과'에서 학습하는 것을 의미하고 있었다.

이광수가 강조하는 '공부'는 문학과 관련된 '기본지식'을 습득하는 일로 한정되어 있지 않았다. 이광수는 대학의 공부가 '기본지식', '훈

---

[37] 이상의 내용은 강내희, 「분과학문 체계의 해체와 지식생산의 '절합적 통합'」, 『지식생산, 학문전략, 대학개혁』, 문화과학사, 1998, 20~25쪽; 이매뉴얼 월러스틴, 이수훈 역, 『사회과학의 개방』, 당대, 1996.

련',[38] '지도'로 이루어진다고 말한다. 즉 이광수는 문학 공부에 있어서 반복된 훈련이 차지하는 중요성을 강조하고 있으며 그 훈련의 과정에서 지도자의 역할이 반드시 필요하다는 점을 부각시키고 있는 것이다. 훈련과 지도를 강조하는 이광수의 담론은 예비 문사들을 규율하는 교육적 지침의 역할까지 담당하고 있다.

1920년대 이광수는 문사가 되기까지의 준비 과정을 세분화 한 후, 문사들이 배워야 할 지식을 소개하는 데 주력했으며, 이를 통해 훈육된 전문가로서의 문사(文士)를 양성할 수 있는 방법을 모색했다. 1924년 '李光洙 主宰'를 내세우며 창간된 『조선문단』은 그러한 모색을 구체화시켜낸 매체였다. 『조선문단』 창간호 목차에서 가장 두드러진 활자로 표기된 이광수의 「문학강화」는 『조선문단』의 지향점을 보여주고 있는 글이기도 하다.

제목에서 부각되고 있는 '강화'라는 말은 '강의하듯이 쉽게 하는 이야기'를 일컫는 말이다.[39] 1920년대 '강화'라는 말은 강좌 혹은 강연회와 밀접하게 연관되어 사용되었다. 『동아일보』에는 용암포 기독교 청년회 문예부 주최로 열린 강연회에서 여러 명의 연사들이 '강화'를 했다는 기사,[40] 정주 오산학교의 이필수라는 사람이 천도교당에서 조선 문법을 주제로 '강화'를 했으며 육백여 명의 남녀 청중들이 이를 청강했다는 기사[41]가 실려 있다. 「문학강화」에서 이광수 역시 이 글의 목적

---

38 푸코가 지적했듯이 '분과학문'을 의미하는 영어 'discipline'은 훈련, 규율, 훈육 등의 의미 또한 내포하고 있다. 미셸 푸코, 오생근 역, 『감시와 처벌』, 나남, 2004, 297쪽 참조.

39 구자황, 「1920년대 독본의 양상과 근대적 글쓰기의 다층성」, 『인문학연구』 74, 충남대 인문과학연구소, 2008. 구자황은 1920년대 독본(讀本)을 분석하며 '독본'이 '강화(講話)' 및 '작법'과 밀접하게 연결되어 있음을 지적했다. 구자황은 그러한 현상을 "근대적 글쓰기 장의 엔트로피가 증가되고" 있는 현상으로 해석한다. 이 글에서는 이러한 논의에 덧붙여, 근대적 글쓰기 장을 분화시킨 지식이 소개되는 과정을, '전문적 문사를 훈육·양성하는 과정'으로 해석하려고 한다.

40 「기독교청년강연회」, 『동아일보』, 1922.7.5.

이 대학에서 강의하는 문학개론과 유사한 성격을 지닌다고 말하고 있다. 이광수는 「문학강화」를 통해 청년들에게 '상상의 강의'를 진행하려고 시도했던 것이다.

이광수는 '국문학사'와 '문학개론'이 '국민교육'에 있어서 중요한 역할을 차지한다고 보고 있다. 그 이유는 문학이 국민정신을 고취할 수 있기 때문이다. 이광수에게 국민정신은 개별 국민이 지니고 있는 특수한 이상과 감정을 가리키는 말이며, 이광수는 문학 및 예술이 국민정신을 가장 순수하게 표현한다고 보고 있다.[42] 그러나 조선에는 문학과 관련된 지식을 교육하고 있지 않았고 그 결과 이광수는 당대의 조선청년들이 데카당스 문학에 빠져들게 되었다고 규정짓는다.

不完全한 今日의 朝鮮의 家庭과 學校敎育, 社會의 空氣, 이 속에서 **健全한 性格의 薰育**을 밧지 못하고 게다가 舊套를 갓버서버린 裸體의 靑年男女가 닥치는 대로 아모러한 思想이나를 집어 닙으랴 할 째에.[43]

이광수는 조선의 청년들이 올바른 교육을 받지 못했기에 어떠한 사상이든 무비판적으로 받아들이게 되었다고 보았다. 「문학강화」는 그러한 조선의 교육을 대신하여 청년들에게 건전한 성격을 훈육하려고 한다. '문학의 개론'을 알게 하는 작업 또한 그 훈육과정의 일환으로 사유되고 있다.

그 훈육작업의 대상은 두 개의 층위로 구분될 수 있다. 「문학강화」는

---

41 「조선문법강화」, 『동아일보』, 1923.12.6.
42 김현주 역시 이광수가 '국문학'을 본격적으로 학교교육이라는 지평에서 논의한 것은 「문학강화」에 와서부터라고 지적한다. 김현주는 이러한 이광수의 논의가 국민정신 교육에 치중하여 국문학 교육의 역할을 논하고 있다고 비판한다. 김현주, 앞의 책, 2005, 276~282쪽 참조.
43 이광수, 「문학강화」, 『조선문단』 1, 1924.10.

글의 서두에서부터 문학개론의 지식이 ① 문학적 창작을 하려는 사람과 ② 문학작품을 감상하려는 사람에게 모두 필요하다고 말하고 있다. 창작자와 감상자의 층위를 구분하는 것은 「문학강화」의 다섯 번째 연재분인 '문학은 무엇인가(三) : 작품-감상-비평-가치' 부분에도 나타나고 있다.[44] 이 부분에서 이광수는 상상력과 관찰력, 그리고 글짓기 능력을 소유하고 있는 사람을 문사(文士)라고 부르고, 문사가 창작한 작품을 감상(鑑賞)하는 사람을 '일반독자'라고 부른다. 「문학강화」는 문사와 일반독자, 창작자와 감상자에게 모두 도움이 될 수 있는 지식을 소개하려는 목적을 지니고 있었다. 이러한 문제의식은 「문학강화」뿐 아니라 이후 『조선문단』에 연재될 작법(作法) 관련 글들 또한 공유하고 있었다.

세분화된 지식을 제시하며 예비 문사들을 분과학문적(=국민문학적) 문학의 주체로 양성해내려고 시도한 것도 「문사와 수양」, 「문학에 뜻을 두는 이에게」부터 지속된 이광수 비평의 주요한 목표였다.[45] '예술품'을 창작한 자를 '작자'로 총칭하며 창작자의 심리를 살펴보려고 한 것 역시 그러한 지식 중의 하나였으며 이는 『문학강화』의 '문학은 무엇인가(二) : 동기와 작자의 인격' 부분에서 서술되고 있다.

창작자의 동기에 따라 문학의 장르를 설명하는 방식은 현철의 「소설개요」에서도 이루어진 바 있다. 이광수의 「문학강화」가 현철의 글과 변별되는 점은 소설·시 등의 문학 장르에 국한되지 않고 예술 전반에 걸쳐 창작자의 창작 동기를 논하고 있다는 점이다. 「문학강화」는

---

44 「문학강화」는 다음과 같이 다섯 분야로 구성되어 있다. ① 문학개론과 문학사 ② 문학은 왜 있나 ③ 문학은 무엇인가 ④ 문학은 무엇인가(二) : 동기와 작자의 인격 ⑤ 문학은 무엇인가 (三) : 작품-감상-비평-가치.

45 이광수는 '(2) 문학은 왜 있나 : (ㄱ) 문학의 어의' 부분에서 「문학이란 하오」에서와 마찬가지로 '예술' 개념을 부각시키며 '문학' 개념이 번역된 것임을 강조하고 있다. 또한 「문학에 뜻을 두는 이에게」에서와 마찬가지로 근대적 분과학문 체계의 틀 아래에서 '문학'의 성격을 논하고 있다.

예루살렘의 폐허를 보고 노래한 「예레미아 애가」(『구약성서』) 중의 한 절을 인용한 후 이를 사례로 삼아 창작자의 심리를 논하고 있다. 이광수는 창작 활동의 근본을 이루는 심리를 '표현의 충동'으로 설정한 후 "자기의 상상으로 여러 인물과 사건을 창조"하여 예루살렘의 폐허를 그려낸다면 이것은 '소설', '극', '산문시'가 될 것이고, "예루살렘의 폐허를 대할 때에 일어나는 느낌"을 "리듬 있는 말로 직접으로 표현"한다면 '서정시', "순수한 음향만을 이용하여 표현"한다면 '음악', "색채와 선을 이용하여 표현"한다면 '화(畵)'가 될 것이라고 말한다.[46]

이광수는 어떤 작자가 특정한 표현 형식을 선택하는 이유를 그 작자가 지니는 소질 때문으로 보고 있다. 동시에 이광수는 소질만으로는 결코 좋은 예술을 만들 수 없다고 말하며 끊임없는 기술의 연마가 필요하다고 말한다. 이는 '문학'에 있어서 훈련의 중요성을 강조한 「문학에 뜻을 두는 이에게」의 문제의식과 맥락을 같이 하고 있다.

「문학강화」의 연재가 끝난 이후에도 『조선문단』은 작가들의 창작 활동을 대상화한 담론을 연재하며 창작 방법과 관련된 지식을 전달하려고 시도했다. 『조선문단』 6호에 실렸던 특집 '처녀작 발표 당시의 감상'은 그 대표적 예이다. '처녀작 발표 당시의 감상'에는 최남선, 염상섭, 김동인, 김억, 박영희, 박종화, 김기진, 방정환, 이익상, 노자영, 현진건, 나도향, 이광수, 전영택, 최서해 등 1920년대를 대표하는 문인들이 참여하고 있다. 그들은 이 기획을 통해 처음으로 작품을 발표하게 된 과정을 회고하며 작품을 발표하고 난 후 자신이 느꼈던 감상을 서술하고 있다.

---

46 다양한 예술 형식과 연결하여 '표현'의 문제를 논했기에 이광수는 문학적 표현의 매개체가 '문자(文字)'라는 점을 부각시킬 수 있었다. 문자와 언어에 대한 관심은 『조선문단』에 연재된 주요한의 「노래를 지으시려는 이에게」나 김억의 「작시법」에서도 반복적으로 나타나고 있다.

'처녀작 발표 당시의 감상'을 기획한 방인근은 기획의 맨 마지막에
실린 글 「씃흐로멧마디」에서 이 기획에 실린 감상들이 처음 글을 쓰는
사람들에게 참고가 될 것이라고 말한다.[47] 이를 통해 '처녀작 발표 당
시의 감상'이 예상한 독자가 문학 작품을 전문적으로 창작하려고 하는
예비문사들이었음을 확인할 수 있다. 그들은 『조선문단』이 창간호부
터 진행한 '현상문예'에 참여하리라고 예상된 자들이기도 하다. 문사
들 스스로가 재현한 자신의 창작 활동은 예비 문사들이 뒤쫓아가야할
전범으로 설정되었던 것이다. 그런 점에서 '처녀작 발표 당시의 감상'
은 예비 문사에게 교육적 지침을 제시하려고 한 이광수의 문제의식과
연결된다고 볼 수 있다.

특집에 실린 글들 중 박영희의 감상 「재현의 희열과 반성의 비애」[48]
는 다른 문사들이 막연하게 표출했던 첫 작품 발표 당시의 흥분을, 논
리적 언어를 통해 서술하고 있다는 점에서 주목할 만하다. 박영희는
『장미촌』에 「적(笛)의 비곡(悲曲)」이라는 자신의 시가 실린 후 느낀 감
상을 '자기재현의 즐거움'이라고 표현한다. "자기자신이 엇더한 구체
화한 문학이라는(저급하나마) 형식을 통해서 재현" 되었다는 것이 희열
감을 가져다 준 것이다. 그러나 박영희는 그러한 재현의 희열이 반성
의 비애를 동반한다는 것 역시 포착하고 있었다. 매체에 실린 첫 작품
을 읽으며 희열을 느꼈던 박영희는 자기의 시를 여러 사람 앞에서 낭
송하게 되자 비애를 느꼈다고 말한다.

그렇기에 박영희는 '자신의 시가 여러 사람이 흥미를 지닐만한 공통
적 정서를 담고 있는가', 또한 '자신의 시에 나타난 문학적 가치가 여러
사람의 마음을 움직일만한 힘을 지녔는가'와 같은 질문을, 스스로에게

---

47 방인근, 「씃흐로멧마디」, 『조선문단』 6, 1925.3.
48 박영희, 「재현의 희열과 감상의 비애」, 위의 책.

던지게 된다. 작가는 이러한 과정을 통해 작품을 읽는 독자를 구체적으로 인지하기 시작하며 자신의 창작 활동에 반성적 거리를 유지할 수 있게 된다. 박영희는 현 문단에 발표된 첫 작품의 대다수가 가치가 없어 보인다고 말하며 그 이유를 "자기 자신의 재현"만을 목적으로 하고 있고, "반성의 비애"가 담겨 있지 않은 데에서 찾고 있다. 박영희의 글은 첫 작품을 발표할 때의 감상을 말하는 데 그치지 않고 작품을 발표하려고 하는 예비 문사들에게 성찰할 지점을 제공해주고 있는 것이다.

특집을 기획했던 방인근 역시 글의 말미에서 첫 작품을 발표할 때 주의해야할 점을 이야기하고 있다. 방인근은 처음 글을 쓸 때는 창작적 충동으로 쓰지만, 발표를 염두에 두고 창작을 할 때에는 세상의 평판을 의식하게 되어 글에 야심이 생기고 기교와 가식이 생기게 된다고 지적한다. 이 점을 경계할 것을 지적하며 방인근은 예비 문사들이 지녀야 할 태도를 조언하고 있다.

『조선문단』 8호(1925.5)에 실린 '제작가의 쓸때의 기분과 태도' 역시 '처녀작 발표 당시의 감상'과 유사한 기획 의도를 지니고 있었다. 이 기획에는 염상섭의 「내 일」, 김억의 「약속대로」, 빙허의 「설째의유쾌와 나흘째의고통」, 나도향의 「쓴다는 것이 죄악갓다」가 실려 있었다. 특집에 실린 김억의 글 「약속대로」에 따르면 방인근은 작가들에게 창작 과정에서 느끼는 기분을, 경험에 기반을 두고 적어달라고 요구했으며 이러한 기획이 글을 쓰는 사람들에게 참고가 된다는 점을 강조했다고 한다.

'제작가의 쓸 때의 기분과 태도', '처녀작 발표 당시의 감상'과 같은 기획을 연재하며 『조선문단』은 작가들이 스스로의 창작 활동 자체를 대상화하도록 유도했다. 특집에 실린 글들은 창작 활동에 대한 깊이 있는 논의를 담고 있지는 않지만, 예비 문사들에게 글을 쓸 때 주의해야 할 점을 제시하는 역할을 수행했다. 그렇기에 이 특집에 실린 글들은 「문학에 뜻을 두는 이에게」, 「문학강화」와 마찬가지로 예비 문사들을 교육하려는 성격을 내포하고 있었다고 결론내릴 수 있다. 문예적 글쓰기에 대한 보다 체계적인 논의는 『조선문단』에 연재되었던 작법에서 이루어지고 있다.

3) 세분화된 작법과 일반적 표현형식의 탐색

『조선문단』에는 창간호부터 3호까지 주요한의 「노래를 지으시려는 이에게」가 연재되었으며, 7호부터는 김동인의 「소설작법」, 김억의 「작시법」 등이 연재되었다. 이 글들은 '시', '소설', '노래'와 같은 문학의 특정 장르를 표제로 삼은 후, 개별 장르의 형식에 대해 논하고 있다는 공통점을 지닌다. 또한 이 글들은 시나 소설을 처음 배우기 시작한 사람들을 대상으로 기획된 글이기도 하다. 김억은 「작시법」의 '서언'에서 '시란 무엇이냐?' 혹은 '시란 어떻게 짓느냐'고 질문을 보낸 '초학자(初學者)'에게 도움이 되길 바라는 마음으로 이 글을 공개하게 되었다고 말한다.

김동인 역시 「소설작법」의 '서문'에서 이 글이 소설 창작을 시작하려고 하는 어린 문사들에게 도움을 줄 수 있는 '비료'와 같은 성격을 지닌다고 말한다.[49] 그렇기에 김동인은 「소설작법」에서 자신의 창작 경험, 자신의 작품 감상까지 구체적으로 서술하고 있다. 김동인은 이러한 「소설작법」의 글쓰기 방식을 '강화(講話)'로 인식하고 있었다. '소설의 기원 및 그 역사' 부분에서 김동인은 '소설에 대한 강화를 쓰기 전에'[50] 소

---

49 그렇기에 김동인은 「소설작법」에서 소설과 관련된 일반적 지식을 전달하는 동시에 그 지식과 연관된 자신의 창작 경험, 자신의 작품 감상까지 구체적으로 서술하고 있다.

50 김동인, 「소설작법 2」, 『조선문단』 8, 1925. 5, 96쪽.

설의 기원과 역사를 살펴볼 필요가 있다고 말하고 있으며 이후에도 "소설강화에는 소설전개에 대한 개념은 잇서야겟기에"[51] 이 부분을 집필했다고 말한다. 김동인 역시 이광수와 마찬가지로 이 글을 『조선문단』 독자들에게 들려주는 일종의 '개론적 강의'로 인식하고 있었던 것이다.

『조선문단』에 연재된 작법류(作法類) 글들은 이광수의 「문학강화」와 마찬가지로 교육적 성격을 지니고 있는 글들이었다. 이 절에서는 『조선문단』 작법류(作法類) 글들의 문제의식을 검토한 후 그 글들이 개별 장르의 표현 형식을 어떻게 규정짓고 있는지 살펴보려고 한다.

　①『조선문단』에 연재된 작법류 글 중 이광수의 문학론과 공통된 논의 지반을 형성하고 있는 것은 주요한의 「노래를 지으시려는 이에게」이다. 이광수가 「문학강화」에서 시인을 '노래짓는 이'로 고쳐 부른 것[52]과 마찬가지로 주요한 역시 '시' 대신에 '노래'라는 말을 사용하고 있다. 주요한은 우리 사회에 존재했던 '노래' 형식으로 된 문학을, 한시 · 시조 · 민요와 동요로 구분한 후, 근대적 자유시 또한 '노래'라는 범주에 포함시키고 있다. 주요한은 신시의 기원을 「찬미가」의 번역에서 찾고 있으며 그 이유로, 「찬미가」가 "우리 글로 우리 말로 쓴 노래의 시작"이라는 점을 제시하고 있다. '신시논쟁'에서 황석우가 자유시형이 세계의 공통된 시형임을 부각시킨 것과 달리, 주요한은 '자유시의 형식'이 '조선말'의 특성과 밀접하게 연결되어 있음을 강조하고 있다. 이는 주요한이 설정한 신시운동의 목표와도 연관된다.

주요한은 신시운동의 목표를 크게 두 가지로 정리한다. 첫째는 민족적 정조와 사상을 올바르게 해석하고 표현하는 것이고, 둘째는 조선말

51　위의 글, 99쪽.
52　이광수, 「문학강화」, 『조선문단』 4, 1925.1, 115쪽.

의 미(美)와 힘을 새롭게 찾아내는 것이다. 주요한이 강조한 신시운동의 목표 중 「노래를 지으시려는 이에게」에서 보다 부각되고 있는 부분은 두 번째 것이다. 주요한은 '신시와 우리말' 부분에서 노래의 미는 언어의 미에서 나온다고 말하며 "과연 조선말의 미를 표현한 조선 노래가 잇섯나"고 반문한다.

> ① 오늘날 신시가 비록 시작은 외국시의 모방, 번역에서 하엿스나, 장차는 조선말의 진정한 미를 차저 드러갈 것은 의심업스며 쏘 그리 하여야 할 것입니다. 웨. 그러케 하기전에는 신시가 한가지 예술의 형식으로 조선에 생명을 계속할 가치와 권리가 없는 것인고로. 53

인용된 부분에서 확인할 수 있듯이 주요한은 신시(新詩)가 조선사회에 정착되기 위해서는 조선말의 미를 발견하는 과정이 필연적으로 요구된다고 말한다. 물론 여기에서 주요한이 말하고 있는 조선어가 과거 조선에서 사용되던 고어를 의미하는 것은 아니다. 주요한은 외국어의 직역, 고어의 부활을 반대하며 현재 우리 감각에 반향을 일으킬만한 생명 있는 말에서 조선어의 미를 발전시킬 가능성을 찾고 있다.

이러한 작업은 국민문학의 성격을 지니는 '조선문학'을 만들어내려는 의도를 내포하고 있다. 주요한에게 국민문학은 국민적 언어의 미를 지니는 문학이자 국민적 사상을 담고 있는 문학으로 이해되고 있다. 「노래를 지으시려는 이에게」는 문학 및 예술이 국민정신을 표현해야 한다고 본 점에서 이광수의 「문학강화」와 동일한 문제의식을 지니고 있었던 것이다. 조선어의 미를 표현하는 작업을 신시(新詩) 운동의 목

---

53 주요한, 「노래를 지으시려는 이에게(三)」, 『조선문단』 3, 1924.12, 43쪽.

표로 규정한 주요한의 견해는 악마주의, 유미주의, 데카당주의 등을 비판하고 민요 등에서 조선시의 형식적 가능성을 탐색하는 논의로 이어지고 있다.

조선말의 미에서 신시의 발전 가능성을 찾는 주요한의 견해는 현철과 신시논쟁을 벌였던 황석우의 관점과는 변별되는 것이라고 할 수 있다. 황석우는 「조선 시단의 출발점과 자유시」[54]에서 우리 시단의 출발점을 자유시로 설정하며 한문시나 조선민요체의 형식을 탐색하려고 한 시도를 비판하고 있다. 황석우가 보기에 자유시의 출발점은 개성에 근거한 율격에 있으며 황석우는 이를 '영률(靈律)'이라고 부른다.

황석우는 「시화」[55]에서 언어를 '인어(人語)'와 '영어(靈語)'로 구분했다. 황석우에게 '인어(人語)'는 현실어를 의미하는 반면, 시의 언어인 '영어(靈語)'는 '인간과 신'이 교섭할 때에만 쓰이는 '언어'로 이해되고 있다. 황석우는 '영어(靈語)'가 학교나 사전을 통해 배울 수 있는 언어가 아니라고 주장하며 '현실어'에 의해 만들어진 작품은 '시'의 형식을 갖추고 있더라도 '시'가 아니며 '속요'나 '가(歌)'에 불과하다고 말한다.[56] 이러한 황석우의 견해에 따르면 주요한의 「노래를 지으시는 이에게」는 시의 본질인 '영어(靈語)'의 영역을 간과한 채 '현실어'인 조선어의 의의만을 부각시킨 담론인 것이다.

「노래를 지으시는 이에게」뿐 아니라 이후 『조선문단』에 연재된 김억의 「작시법」에서도 황석우와 같은 논의, 즉 배움으로는 다다를 수

---

54 황석우, 「조선 시단의 출발점과 자유시」, 『매일신보』, 1919.11.10.
55 황석우, 「시화」, 『매일신보』, 1919.10.13.
56 이러한 황석우의 관점이 한편으로는 상징주의 시론에, 또 한편으로는 아나키즘적 사유에 기반을 두고 있음은 다음의 연구들에서 지적되었다.
    조두섭, 「황석우의 상징주의 시론과 아나키즘론의 연속성」, 『우리말글』 14, 우리말글학회, 1996; 정우택, 앞의 글, 2007.

없는 '영어(靈語)'의 측면은 논의에서 배제되고 있다. 주요한의 「노래를 지으시는 이에게」가 시의 표현 형식 중에서 조선어의 중요성을 부각시켰다면, 김억은 민족 공통의 율격을 부각시켰다.

김억은 「작시법」에서 '시의 초학자'에게 '시란 무엇'이며 '시를 어떻게 짓는지'를 가르쳐주기 위해 이 글을 썼다고 말한다. 그러나 작법에 대한 구체적 논의가 진행되지 않은 채 「작시법」은 마무리된다. 그 대신 이 글에서는 '시란 무엇인가'라는 주제와 관련된 개론적 층위의 논의가 부각되어 나타나고 있다.[57]

김억은 주요한과 마찬가지로 시 장르의 기원을 '노래'에서 찾고 있다. 김억은 '노래'를 인류가 존재하는 곳이면 어디든 울려 퍼지는 감정의 표현으로 간주한다. 김억에 따르면, 사람의 감정이 극에 달했을 때, "그 감정을 경험하는 사람이 아니고는 그러한 소리를 낼 수 없는 음성"이 나온다. 김억은 시의 기원을 그 음성에서 찾고 있다. 처음에는 언어의 높낮이와 장단으로 표현되던 감정은 "지금(只今) 와서는 문자의 형식을 빌려" 표현되기 시작했다. 문자 언어가 개입하는 과정을, 김억은 시가(詩歌)가 단순성을 잃고 복잡해지는 과정으로 인식하고 있다. 시 장르를 사유하는 김억의 견해는 문자가 개입되기 이전의 음성을 상정한 후, 그 음성을 통해 시가의 기원을 설명하는 방식을 취하고 있다.[58]

---

57 「작시법」은 다음과 같은 차례로 구성되어 있다. ① 시란 무엇이냐 ② 운문과 산문 ③ 서시(西詩)와 한시(漢詩)의 음률 ④ 조선시 ⑤ 새로운 시가와 그 역사 ⑥ 시가의 종류.

58 김억 시론에 나타난 음성중심주의적 사고에 대해서는 구인모가 지적한 바 있다. 그러나 구인모는 1929년 발표된 「프로메나도 센티멘탈라」에서 김억이 "'유수(流水)'를 '흐르는 물'로 고쳐 쓰게 되면 음조뿐만 아니라 의미까지 전혀 달라진다는 주장"을 한 것과 관련하여 김억이 지닌 음성중심주의적 인식을 논하고 있다. 구인모, 앞의 책, 150~151쪽.

이 책에서는 이러한 음성중심주의적 인식이 「작시법」에서부터 발견되고 있다는 점을 덧붙이려고 한다. 시 장르의 기원을 노래에서 찾고 있는 부분, 시의 운율에 대해 서술하는 부분은 모두 김억의 음성중심주의적 사고를 드러내는 예로 볼 수 있다.

김억이 「작시법」을 쓴 것과 비슷한 시기에 김기진은 시가에 음악적 측면뿐 아니라, 회화의 측

이러한 방식은 시가의 본질을 정의하는 과정에서도 반복된다. 김억은 시가의 본질을 '음향'으로 규정한 후, 이에 근거하여 '시가는 운문이다'라는 정의와 '시가는 감정의 고조된 소리이다'라는 정의를 결합하려고 시도한다. 김억은 '음향이 오직 '동적(動的)'일 때에만 존재한다고 말하고 있다. 즉 '음향'은 그 안에 운율, 즉 '리듬(rhythm)'의 요소를 내포하고 있는 것이다. 김억은 '음향'의 움직임을 '감정'의 변화와 대응시키고 있으며 '음향과 마찬가지로, '시가' 역시 '감정'이 고조되거나 동요(動搖)할 때 생겨난다고 보고 있다.

② **감정이 고조되고 격동된** 새에는 자연히 **말소리**로 보더라도 평시보다는 긴장되고 강조되야 격렬한 것과 마찬가지로 **그 감정의 표현되는 시가**에도 이러한 것이 아니될 수 업습니다. 산문의 「리듬」은 평생시의 까라안즌 平穩한 感情의 그것과 갓치 느리고 緊張性이 업는 强調되지 아니한 것이겟습니다.[59]

'시가'는 감정이 고조될 때 창작되고, '산문'은 감정이 평온할 때 창작된다는 점을 암묵적 전제로 삼아 김억은 논의를 전개하고 있다. 인용문에서 확인할 수 있는 것처럼 '시가'의 리듬에 대해 서술할 때에 김억의 논의는 감정 → 음성(= 말소리) → (문자화된) 리듬의 순서로 진행된다. 김억에 따르면, 창작 주체의 감정이 고조될 때 말소리가 긴장되며, 시가의 리듬 또한 말소리와 마찬가지로 긴장된 리듬을 지니게 된다. 반면 산문

면 또한 존재한다는 점을 지적했다. 김기진 역시 현대의 시가는 서정시를 가리킨다고 말하며, 시가는 언어의 음영과 연관되며 언어의 발성을 필요로 하는 예술이라고 말한다. 그렇기에 김기진은 시가가 음악적 측면을 지닌다고 보고 있다. 그러나 김기진은 시가에는 기호와 구두점, 부호가 사용되며 자수·행수 등의 배열로 인해 시각에 호소하는 방면이 생긴다는 점을 덧붙인다. 김기진은 음악이 회화적 특성 또한 지니고 있으며, "시각의 예술도 되고 청각의 예술도 된다"고 결론내리고 있다. 김기진, 「시가의 음악적 방면」, 『조선문단』 11, 1925.8.

59 김억, 「작시법」, 『조선문단』 9, 1925.6.

의 경우 표현 주체의 감정이 평온하기에 '리듬' 또한 이완되는 것이다.[60]

그러한 음향의 움직임은 김억에게 '우주의 근원적 조화'의 일면으로 이해되고 있다. '리듬'의 근원을 우주의 동적이면서도 조화로운 곡조로 상정했다는 것은 '리듬'에 대한 김억의 논의가 '리듬'의 공통성에 대한 논의로 발전될 것이라는 점을 암시한다. 김억은 말하는 음조와 글 읽는 방식이 사람마다 다르듯이 각 시인의 리듬 또한 다르다고 말한다. 그러나 김억은 각기 다른 시인들에게 공통적으로 흐르고 있는 리듬이 존재한다고 덧붙인다.

'시가'의 리듬이 지니는 특성을 서술한 후 김억은 조선시의 공통된 형식을 탐색하려고 한다. 앞에서 분석했듯 김억은 시형(詩形)을 규정하는 '리듬'을, '음향'의 움직임으로 이해하고 있으며, '음향'의 움직임은 표현 주체의 감정과 연관된 것으로 사유하고 있다. 그렇기에 '조선시형'에 대한 김억의 탐구 역시 '조선적 감정(=조선심)'에 대한 논의로 발전될 것이라는 점을 유추할 수 있다.[61]

'조선시형'에 대한 논의는 김억의 초기 비평인 「시형의 음률과 호흡」에서도 나타난 바 있다. 이 글에서 김억은 모든 예술이 작자 자신의 '육체의 조화'를 표시하는 것이라고 말한다. 개개인의 서로 다른 '육체의 조화'는 호흡과 고동(鼓動)을 통해 표현되며 그 과정에서 음률의 차이

---

60 이 부분에서 김억에게 문자언어의 역할에 대한 언급이 생략되어 있다는 점을 눈여겨볼 필요가 있다. 고조된 감정이 시가의 리듬으로 변용되기 위해서는 문자언어의 개입이 필연적으로 수반되어야 한다. 그러나 김억은 문자언어에 대한 논의를 생략하고 있다. 이는 김억이, 고조된 감정 혹은 고조된 음성은 투명하게 시가의 리듬으로 변용될 수 있을 것이라고 생각했음을 드러낸다. 김억에게 문자는 음성(=감정)을 투명하게 드러낼 수 있는 도구로 상정되고 있었던 것이다. 다음 논문에서도 이와 유사한 문제의식 하에 김억 시론에 나타난 '음성'과 '문자'의 관계에 대해 논하고 있다. 윤지영, 「감각의 교체와 근대시의 주체 형성」, 『여성문학연구』 17, 한국여성문학학회, 2007.
61 김억, 「시형의 음률과 호흡」, 『안서 김억 전집』 5, 한국문화사, 1987.

가 생겨난다. 이때 김억은 작자 개인이 표현하는 음률을 존중해야 한다는 점을 강조하면서도 민족의 공통된 호흡과 음률이 존재한다는 점을 덧붙이고 있다. 「작시법」에서는 「시형의 음률과 호흡」에서 언급만 했던 조선적 음률의 문제가 본격적으로 탐색된다.

「작시법」에서 김억은 서양시와 한시의 음률을 우선 연구한 후 이와는 변별되는 조선의 시형(詩形)을 탐색하고 있다. 이때 김억은 '조선사람의 손'으로 '조선사람의 사상과 감정'을 '조선식'으로 발표한 것을 '조선시가'로 규정하며 '조선시가'의 전형을 '시조'에서 찾으려고 하고 있다.

김억은 고정된 형식미의 시형이 근대에 와서 깨졌음을 인식하고 있었으며 시인의 자유분방한 감정의 내재 리듬을 그대로 표현한 형식은 자유시라는 점 또한 강조하고 있다. 근대시는 고전적 시형과 표현 형식에 반항하여 생겨난, 새로운 형식이라는 점을 김억은 인식하고 있었다. 그럼에도 김억은 "조선어의 성질과 조선사람의 사상과 감정을 가장 근대적"으로 표현할 수 있는 통일된 시형이 아직 확립되지 않았음을 아쉬워하며 이러한 형식을 탐색하는 것이 추후의 과제임을 밝히고 있다.

이상에서 확인할 수 있는 것처럼 김억의 「작시법」은 창작자 개인만의 독특한 형식을 어떻게 창조할 수 있을 것인가를 논의하는 데 초점을 맞추고 있지 않다. '개인'의 층위를 부각시키지 않는 대신 「작시법」은 '조선의 시형'이라는 문제를 탐색하는 방향으로 나아갔다.

② 조선말과 조선의 시형을 탐색할 것을 강조했던 주요한이나 김억과는 달리 「소설작법」을 썼던 김동인은 조선 전통의 소설 형식을 연구하고 있지 않다. 김동인 역시 「소설작법」을 시작하면서 소설장르의 기원을 탐색하며 문자가 생겨나기 이전 존재했던 '이야기'에 주목한다. 그러나 김동인의 '이야기'에 대한 관심은 철저하게 서양의 '이야기'에

맞추어져 있다. 서양의 성문소설로 남아있는 것 중 가장 오래된 이야기들인 이집트의 「웨스트카알 파파이러스」, 「농부의 이야기」, 「셰트나 황자의 이야기」, 「바타의 이야기」 등을 사례로 제시한 것에서 이를 확인할 수 있다. 김동인은 이야기가 '戀愛物語', '騎士物語'로 발전하였고, 『돈키호테』가 등장하며 '소설'이 생겨나게 되었다고 말한다. 이는 김동인이 소설의 기원을 '일국적'인 것이 아니라 '국제적'인 것으로 인식했음을 보여준다.[62]

김동인의 「소설작법」은 '序文 비슷한 것', '소설의 기원 및 그 역사', '구상'과 '문체' 부분으로 나뉘어 있다. 이 중 김동인이 소설에 대해 본격적으로 논하고 있는 부분은 '구상'과 '문체'이다. '구상' 부분에서 김동인은 소설의 근본 요소로 '사건', '성격', '분위기'를 들고 있는데 이는 현철이 '소설의 오대성분'으로 든 것 중에 첫 번째인 '사건의 마련', 두 번째인 '인간됨', 세 번째 '배경'과 대부분 일치한다. 현철의 「소설개요」와 변별되는 지점은 김동인이 소설 구성의 원리로 단순화, 통일을 강조하고 있다는 점이다. 다음 부분을 비교해보자.

> ① 플로트에 가장 귀한―업지 못할 것은, **單純化와 統一과 連絡**이다. 세가지의 말(單純化, 統一, 連絡)이 다 제각기 뜻이 다른 듯하지만, 追究하면 가튼 것에 지나지 못한다. 複雜한 世相에서 統一된 連絡잇는 엇던 事件을 집어내여, 小說化하는 것, 이것이 單純化이겠다. 小說은 人生의 寫眞이 아니고 人生의 繪畵인 以上에는 世上에 存在되고 생겨나는 모든 事件(명처 업고 련락업시 紛糾한)이 그대로가 小說이 되는 것이 아니라, 그 가운데서 뽑아내인 엇던 련락잇고 통일

---

62 황종연은 김동인이 소설의 국제성을 강조했다고 분석하며 김동인의 소설관이 국제적 성격의 노블(novel)에 근거하고 있음을 지적했다. 황종연, 「낭만적 주체성의 소설」, 『김동인 문학의 재조명』, 새미, 2001, 103~104쪽.

된 한토막의 事件뿐이, 小說의 材料로 될 수가 있는 것이다. 單純化라는 것은 이 것을 뜻함이다. 「小說은 人生을 單純化한 것」이라는 것도 여기서 나온 말이다.

그런지라, 플롯트에 여러 가지 쓸데업는 군틔며, 에비소-트 等을 加하여, 小 說을 다만 길게 하려는 것은 不必要한 일일뿐더러 나아가서는, 그 作品을 죽이 는 行動에 지나지 못한다. **目的地를 向하여 겻눈질 안하고, 쏙바로 나아가는 것 —** 이것이 小說家로서의 가장 령리한 행동이라 할 수잇다.[63]

② 然則 마련이 確實한 小說이 조흔지 마련이 確實치 못한 小說이 조흔지 이 는 一般이 생각하면 물론 마련이 確實하고 組織이 整頓된 것이 조흘 것이나 그 러타고 全數히 마련 整頓에만 依托하다가는 往往이 부자연에 흐르고 實際 人生 의 事件에는 背戾되는 일이 업지도 안이하니 何故오하면 우리의 世間萬事는 반 듯이 互相間 관계로만 現出되는 것이 안이고 간간이 意外의 事件이 突發하는 것도 잇는 바라. 이럼으로 만일 마련이 確實치 못하더래도 作中 人物의 躍動이 確然하면 그것이 果然 優秀한 小說이라고 할 수 잇는 것이요 **마련이 確然한 것 이라도 作中 人物이 확연히 躍動치 못하면 또한 優秀한 小說이라 謂키 難**하니 그 要는 마련의 如何를 主體할 것이 안이라.[64]

첫 번째 인용문에서 확인할 수 있듯이 김동인은 플롯상의 통일성과 연결을 중요시하고 있다. 김동인이 이인직의 『귀의 성』을 고평한 것 역시 이 작품에서 서두와 결말의 통일성이 부각되었기 때문이다. 통일 성과 연결을 중요시하기에 김동인은 부차적인 에피소드를 생략하고 목적지를 향해 나아가는 소설을 옹호한다. 염상섭의 「해바라기」나 나 도향의 「별을 안거든 우지나 말걸」을 '미완성의 구안(構案)'이라고 평가

63 김동인, 「소설작법」, 『조선문단』 9, 1925.6, 81~82쪽.
64 현철, 「소설개요」, 앞의 책, 135쪽.

한 것도 그러한 기준에 근거를 두고 있다.[65] 반면 두 번째 인용문에서 확인할 수 있듯이 현철은 '마련'이 확실치 못한 소설, 즉 구성상의 통일성이 부족한 소설이라도 인물이 약동하는 경우에는 우수한 소설이라고 말하고 있다. 현철과 비교할 때 김동인이 구성상의 통일을 보다 강조했다는 것을 확인할 수 있다.

통일성과 단순성을 중요시한 김동인의 견해는 톨스토이의 집필법을 강조하는 논의를 통해 구체화되고 있다. 김동인은 '한 구석 한 구석 복안하여 마지막의 한 구까지 암송한 뒤에야 처음으로 붓을 잡는다'는 톨스토이의 말년 집필법을 강조하고 있다. 사건·인물·배경 세 가지가 "화합하여 한 완전한 소설 초안으로 되기 전" 붓을 들어 완성된 작품은 "불명료하거나 불철저하거나 불완전한 것"이 될 수밖에 없다고 본 김동인의 견해 역시 톨스토이의 집필법과 연결된다. 이러한 견해는 소설 창작에 있어서 불명료한 영역을 통제하려는 작가적 욕망에 기반을 두고 있다.

실제로 김동인은 자신의 작품에서 여주인공의 자살로 결말을 맺으려고 구상한 후 집필을 시작했지만 끝내 그 주인공을 죽이지 못했던 경험을 토로한다. 「조선근대소설고」에서 다시 한 번 이야기되고 있는 이 소설은 김동인의 첫 작품인 「약한 자의 슬픔」이다. 반대로 김동인은 「마음이 옅은 자여」에서는 주인공의 아내와 아들을 죽일 생각은 없었지만 그랬다면 소설을 끝낼 수 없었을 것이라고 말하고 있다. 이상의 부분들에서 김동인은 모두 작가의 구상과는 상이하게 실제 창작이 진행될 수 있다는 것을 토로하고 있다. 김동인은 톨스토이의 집필법을

---

65 최성윤은 이러한 「소설작법」의 내용을, 김동인의 실제 창작 과정에서 나타난 방법론적 특성과 연관시켜 논의했다. 최성윤, 「한국 근대초기 소설 작법의 형성과정 연구」, 고려대 박사논문, 2009.

강조하며 표현 주체인 작가가 통제하기 힘든 영역마저 최대한 통제할 수 있는 구상 방식을 찾으려 하고 있다.[66]

김동인은 「소설작법」에서 창작(創作) 과정이 작가의 의지가 아니라 작가가 선택한 방법(方法)에 규정된다는 점을 부각시킨다. 이러한 특성은 기존의 연구들이 '서술방법', '시점', '지각론'[67] 등과 연관하여 논의했던 '문체' 부분에서 명시적으로 드러난다.

> 일원묘사라는 것은, 경치던 정서던 심리던 작중주요인물의 눈에 비최인 것에 한하여 작자가 쓸 권리가 잇지 ― 주요인물의 **눈에 버서난 일은 아모런 것이라도 쓸 권리가 업는** ― 그런 형식의 묘사이다.[68]

김동인은 문체를 '일원묘사체', '다원묘사체', '순객관묘사체'로 나눈다. 김동인이 문체를 분류하는 기준은 ① 작가와 작중인물과의 관계에

---

66 김동인은 「소설작법」에서 작품 속에서 등장하는 인물들이 작가의 의도대로 움직이지 않을 수 있다는 점을 강조하고 있다. 톨스토이의 집필 방법을 빌어 작가와 인물 간의 관계를 논하고 있다는 점에서 이 부분은 김동인의 대표적 소설론으로 이야기되는 '인형조종술'(김동인, 「자긔의 창조한 세계」, 『창조』, 1920)을 연상하게 만든다. 「자기의 창조한 세계」에서 김동인은 창조한 인물들을 인형 대하듯이 자유롭게 조종한 톨스토이를 옹호했고, 자기가 창조한 인물들을 지배하지 못하는 도스토예프스키를 비판적으로 평가했다.
그러나 「소설작법」에서 토로된 김동인의 창작 경험을 살펴보면, 김동인이 인식한 자기 자신의 모습은 톨스토이보다 오히려 도스토예프스키 쪽에 가까웠던 것으로 보인다. 자기가 창조한 인물을 인형처럼 다루는 톨스토이는 김동인에게 이상적 모습으로 설정되었던 상인 반면, 작가도 마음대로 처분할 수 없는 인물들의 의지에 곤혹스러워 하고 있는 도스토예프스키의 모습은 「소설작법」에서 김동인의 실제적 모습이었던 것으로 이야기되고 있다. 「소설작법」에서 강조되고 있는 것은 톨스토이의 완벽한 구상 방법이지만, 그 이면에서 김동인은 창작 과정에 작가가 통제할 수 없는 영역이 존재한다는 점 또한 드러내고 있다.
67 이와 관련된 논의는 다음과 같다. 최병우, 『한국 현대소설의 미적 구조』, 민지사, 1997; 박종홍, 「『창조』 소재 김동인 소설의 '일원묘사' 고찰」, 『현대소설연구』 25, 현대소설학회, 2005; 정연희, 『근대 서술의 형성』, 월인, 2005; 강헌국, 「반재현론의 행방 : 김동인의 소설론」, 『민족문화연구』 48, 고려대 민족문화연구원, 2008.
68 김동인, 「소설작법」, 『조선문단』 10, 1925.7, 72쪽.

방점을 두고 있으며 ② 작품 속 인물 / 사건을 어떻게 지각할 것인가의 문제와 연관되어 있다.[69] '일원묘사'는 작중 인물에게 지각된 것만을 작가가 쓰는 형식을 말하며, '다원묘사'는 작품 중에 나오는 모든 인물의 심리를 작가가 '통관(通觀)'하여 그려내는 방식을 말한다. 반면 '순객관적묘사'는 작가가 중립지에 서서 '작중인물의 행동'만을 묘사하는 방식을 의미한다. 김동인은 이러한 방식들을 '묘사'의 일반적 형식이자 '문체'의 유형으로 이해했다. 이는 「소설개요」에서 현철이 '문체'를 '문장'과 동일한 의미로 사용하였고 "사건 진행과 인물 담화를 기현(記現)하는 것"을 '문장'으로 본 것과 대비된다. '문체'에 대한 현철의 이해와 비교하면, 김동인이 '문체'와 '묘사'를 연결시키며 소설 작품 속 지각의 문제를 부각시켰다는 점은 더 명확하게 드러난다.

또한 김동인은 자신이 제시한 '묘사 형식'들이 작가의 임의대로 거스를 수 없는 '완강한 질서'를 구축하고 있다고 인식했다. 인용문에서 김동인은 '작자가 쓸 권리가 없다'는 표현을 사용하며 작품 속에 확립된 '묘사 형식'은 작가의 의도로부터 독립된 영역임을 부각시켰다. 그렇다면 이러한 형식을 작가가 따르지 않았을 때는 어떠한 문제가 발생하는가? 김동인은 '일원묘사', '다원묘사', '순객관묘사'에 대해 설명한 후 '우열(優劣)' 부분에서 이러한 문제를 거론한다.

김동인은 '일원묘사'가 주요인물 이외의 인물을 그릴 때 한계를 지닌다고 말하며 현진건의 「지새는 안개」를 그 예로 들고 있다. 이 작품은 주인공 '창섭'에게 지각된 것만을 서술하는 '일원묘사' 방법을 사용하고 있다. 「지새는 안개」에서는 여성 인물 '화라'가 '창섭'의 정조를 빼앗기 위해 '창섭'에게 술을 권하는 장면이 나온다. 김동인은, '창섭'이 술

---

69 정연희와 강헌국은 이 점을 부각시켜 김동인의 '문체'론과 주네트의 초점화 이론 사이의 유사성을 지적했다. 정연희, 앞의 책, 100쪽; 강헌국, 앞의 글, 196쪽.

에 취해 잠이 든 상황에서 작가가 '화라'의 심리를 쓰게 된다면, 일원묘사는 파탄날 수밖에 없다고 말한다. 그러나 현진건은 독백의 형태로 '화라'의 심리를 드러냈다. 김동인은 이러한 현진건의 창작 방식에 대해 다음과 같이 말한다.

> 화라의 이 행동은 무론 讀者의게 **'부자연'하다는 감**을 니르키게 한다. 그러나 일원묘사형식을 써오는 작자로서는 (주요인물인) 창섭 이외의 인물의 심리는 寸度할 권리가 업스니짠, 이런 不自然한 筆法으로서라도 그때의 화라의 心理를 나타내이지 안을수가 업다.[70]

이 부분에서 김동인은 소설 속에서 지각의 주체로 설정되어 있지 않은 인물의 심리를 나타내고 싶어 했던 작가의 동기를 옹호하고 있다. 그러나 김동인은 그러한 창작 방식이 '부자연스러운 느낌'을 불러일으킬 수 있다는 점을 덧붙인다. 작품 속에 확립되었던 '묘사 형식'과 어긋나는 지점이 발생하는 순간, 독자들은 '부자연스러운 느낌'을 받게 된다는 것을, 김동인은 예리하게 포착하고 있었다. 한 편의 소설이 일관되게 지켜왔던 묘사 방식(=지각 방식)을 깨뜨렸을 때, 독자는 작가가 소설 속으로 개입해 들어온다고 인식하게 된다. 이러한 개입을 '부자연스럽다'고 규정하고 있다는 것은, 김동인이 화자가 존재하지만 존재하지 않는 것처럼 느껴지게 할 수 있는 소설(=화자가 중성화되어 있는 소설)을 자명한 것(=자연스러운 것)으로 여기고 있었음을 드러낸다.[71]

---

70 김동인, 앞의 글, 『조선문단』 10, 1925.7, 75쪽.
71 가라타니 고진은 독자에게 익숙한 근대소설의 형식, 즉 화자가 중성화되어 있는 형식이 '-ㅆ다'체의 확립을 통해 만들어졌다고 말한다. '-ㅆ다'체의 확립에 대해서는 김동인 역시 「조선근대소설고」에서 강조한 바 있다. 김동인은 현재형 종결어미를 사용할 때 주체와 객체가 명료하게 구별되지 못한다고 지적하며 자신이 「약한 자의 슬픔」에서 과거형 종결어미를

김동인은 「소설작법」의 '구상', '문체'와 같은 부분에서 소설 장르의 표현 형식을 논하고 있다. 그 중 '문체' 부분에서 김동인은 작품 속 인물 / 사건을 지각하는 방식을 세 가지로 일반화한 후 이와 연결시켜 소설의 표현 형식을 논하고 있다. 현진건의 「지새는 안개」를 예로 드는 부분에서도 확인할 수 있듯 김동인은 이러한 표현 형식을 작가가 거스르고 있는 상황에 대해서도 이야기하고 있지만, 그 상황 역시 '일원묘사'라는 일반적 표현 형식과의 관계 속에서 서술되고 있다.[72]

이상에서 살펴본 바와 같이 『조선문단』에 연재된 '작법류' 글들은 창작 방법에 대한 구체적 논의를 서술하기보다는, 시·소설 등의 문예적 글쓰기와 관련된 일반적 지식을 제시하는 데 주력했다. 그 지식들은 시·소설과 같은 장르의 표현형식과 관련된 비평언어를 정립해냈다. 율격, 조선어, 구상, 묘사 등은 그러한 비평언어의 대표적 예이다.

주요한의 「노래를 지으시려는 이에게」와 김억의 「작시법」이 조선어와 조선적 율격에 방점을 찍었다면, 김동인의 「소설작법」은 작중 인물의 지각 방식과 연관된 '묘사 방법'을 논의하는 데 초점을 맞추었다. 이때 주요한과 김억 그리고 김동인은 개별 작가만의 고유한 형식을 창조

도입하기 위해 고민했음을 토로하고 있다. 권보드래 역시 '-ㅆ다'체가 작중 인물과 서술자, 작중 인물과 독자 사이의 거리를 확보하는 데 효과적이며, 서술되는 사건과 서술 시점 사이의 거리를 명료하게 해준다고 지적했다. 김동인이 이야기하고 있는 '부자연스러운' 느낌은 '-ㅆ다'체의 확립으로 대표되는 근대소설의 형식이 1920년대 중반, 안정적으로 정착되었음을 가리키는 지표이기도 하다. 이상의 논의는 가라타니 고진, 박유하 역, 『일본 근대문학의 기원』, b, 2002, 97쪽; 권보드래, 앞의 책, 2000, 253쪽; 김동인, 「조선근대소설고」, 『김동인 전집』 16, 조선일보사, 1988, 31쪽 참조.

72 그 형식들을 논하는 과정에서 김동인은 자신의 창작 활동 경험을 적절하게 활용한다. '문체' 부분에서도 김동인은 자신의 작품 「마음이 여튼 者여」, 염상섭의 「해바라기」, 현진건의 「지새는 안개」를 사례로 삼아 논의를 전개하고 있다. 그렇기에 김동인의 「소설작법」은 원론적 지식만을 나열했던 현철의 「소설개요」에 비해 더 구체적인 논의를 전개할 수 있었다.

할 수 있는 방법을 제안하기 보다는, 표현 형식을 일반화시켜 설명하는 데 주력했다.[73] 주요한과 김억은 시의 표현 형식을 조선심(朝鮮心)의 문제, 그리고 조선심을 투명하게 전달할 수 있는 조선어·조선적 율격의 문제와 연관시켰다. 「소설작법」에서 김동인은 묘사(혹은 지각)의 문제에 초점을 맞춰 소설의 표현 양식을 유형화하려 시도했다.

『조선문단』에 연재된 '작법'의 특성은 그 글들이 기반을 두고 있었던 '강화(講話)' 형식과 밀접하게 연결된다. 『조선문단』의 '작법'은 예비문사 혹은 시나 소설을 처음 배우는 초학자들을 대상으로 하고 있었다. 그렇기에 그 글들은 필자 자신만의 독특한 창작방법론을 전개하기 보다는, 소설 및 시와 관련된 일반적 지식을 알기 쉽게 소개하는 데 초점을 맞췄다. 유사한 특성은 『조선문단』에 연재되었던 이광수의 「문학강화」에서도 발견된다. 『조선문단』이 기획한 강화류(講話類) 글들은 예비문사와 대중 독자에게 문예적 글쓰기와 관련된 규범을 교육하려는 목적을 지니고 있었다.

2. 월평류(月評類) 비평의 제도화와 당대(當代) 작품의 가치 판단

1910년을 전후로 발표된 문학에 관한 논의들은 인간이 지니고 있는 감정에 초점을 맞추어 '문학'이라는 말의 의미를 새롭게 정의하려고 시도했다.[74] 이러한 시도는 문학을 일개 오락으로 사유하는 태도와 문학

---

73 '일반적 표현 형식'이라는 용어를 사용한 것은, 창작자 개인만의 단독적인 글쓰기에 대한 문제의식이 1920년대 중반의 강화류 비평에서 발견되지 않고 있다는 판단 때문이다.

을 교훈 전달의 수단으로만 이해하는 태도를 동시에 비판하며 문학의 고유성과 전문성을 사유할 수 있는 토대를 만들었다. 그러나 1910년대의 문학론은 보편적 차원의 문학에 대해서만 언급했을 뿐, 조선문학의 현재적 상황에 대해서는 면밀하게 분석하지 않았다. 당대의 조선문학을 비평 대상으로 창출해내는 과정은 1920년대 월평(月評)의 도입을 통해서 가능해졌다.

월평은 문예비평이 개별적 장르로 인지되기 시작하던 시기 처음 시도되었다. '평론'이라는 분류 체계가 『창조』 8호에 나타나기 직전, 『창조』에는 김동인의 월평 「글 동산의 거둠」이 두 차례(『창조』 5호, 『창조』 7호) 연재됐으며 『백조』 2호에서도 '평론'으로 분류된 글은 박종화의 월평 「嗚呼 我文壇」뿐이었다. 이후 월평은 『개벽』, 『조선문단』, 『조선지광』 등의 잡지에 지속적으로 연재되며 분화된 문예비평을 대표하는 글쓰기로 자리매김 되었다. 그렇기에 월평의 형성 과정을 살펴보는 일은 문예비평의 변화 양상을 분석하는 데 유효한 참조점이 될 수 있다.

이 글에서는 1920년대 월평의 형성 과정을 크게 세 시기로 구분하여 서술하려고 한다. 첫 번째 시기인 1920년대 초에는 『창조』, 『폐허』 등의 동인지와 종합지 『개벽』이 월평 쓰기를 처음으로 시도했다. 3·1운동을 전후로 진행된 매체 환경의 변화는 문예지면의 확장으로 이어졌고, 여러 문인들은 이러한 현상에 비판적으로 대응했다. 1920년대 초 도입된 월평은 그러한 비판적 반응과 밀접하게 연결되어 있으며 이후의 월평 쓰기 방식을 규정하는 틀을 조형해냈다.

두 번째 시기인 1925년은 『개벽』에 월평이 정기적으로 연재된 동시에 『조선문단』 합평회가 진행되었기에 월평이 제도적으로 정착된 시

---

74 앞의 장에서 분석했던 이광수의 논의(「문학의 가치」, 『대한흥학보』 11, 1910)와 최두선의 논의(「문학의 의의에 관하야」, 『학지광』 3, 1914)는 그 대표적 예라 할 수 있다.

기로 볼 수 있다. 이 글에서는 이 시기의 월평이 다루고 있는 대상과 평자들이 공통적으로 사용하고 있는 비평 술어를 분석하며 각기 다른 매체들의 월평 간에 형성되고 있는 공통성에 주목하려고 한다. 그러한 공통성에 대응하는 방식의 차이는 김기진과 박영희 간의 내용·형식 논쟁을 만들어냈다. 기존의 연구들이 프로문학운동의 전개 양상에 초점을 맞춰 내용·형식 논쟁을 다루었다면 본 연구에서는 월평을 통해 평자들이 확립해낸 공통의 언어적 지반이 그 논쟁의 기원을 이루고 있음을 해명하려고 한다.

세 번째 시기인 1927년에는, 『개벽』의 월평 평자였던 김기진과 박영희가 『조선지광』을 중심으로 문예시평을 연재한 상황에 주목하려고 한다. 이 시기 『조선지광』의 월평에 대한 분석은 김기진과 박영희의 월평 방식이 변화해간 과정에 대한 분석, 내용·형식 논쟁 이후 KAPF의 월평 쓰기 방식이 변화해간 양상에 대한 분석으로 발전될 것이다.

1) 문예지면의 확장과 월평의 도입

한 편의 작품을 읽고 그 가치를 평가하는 글들은 1920년대 이전에도 다양한 형태로 존재했다. 조선 후기에는 책의 사상·내용과 예술적 묘사에 대해 '평어(評語)'를 쓰고, 문장이 잘된 곳에는 권점(圈點)을 가한 '평점(評點)' 혹은 '평비(評批)'가 유행했으며, 서문 혹은 발문형식의 비평을 지칭하는 서발비평은 근대 계몽기까지 지속되었다.[75] 월평은 1개월이라는 제한적 시간 내에 발표된 복수의 작품을 비평 대상으로 설정하

---

75 이상의 내용은 정대림, 앞의 책; 김경미, 앞의 책; 김복순, 「근대문학비평의 여명기」, 앞의 책, 참조.

고 있다는 점에서 이전 시대의 비평적 글쓰기와는 변별된다. 월평 쓰기가 시도되었다는 것은 비평적 평가를 받을 수 있을 만큼 다수의 작품이 발표되었다는 점을, 또한 그 작품들을 실을 수 있는 매체가 간행되었다는 점을 가리킨다.

월평 쓰기는 이 책의 1부 2장 3절「공론장의 재편과 비평적 글쓰기의 성격 변화」에서 언급했듯이 3·1운동을 전후로 식민지 조선의 매체 환경이 변화했기에 시도될 수 있었다. 매체 환경의 변화는 우선적으로는 잡지 발간의 증대로 이어졌다. 잡지 발간이 증대되고 있는 상황은 창간 일주년 기념호인『개벽』13호(1921.7)에 실린「우리 출판계의 1주년」이라는 기사에서 확인된다. 그 기사에 따르면『曙光』,『서울』,『女子時論』,『麗光』,『學生界』,『廢墟』,『共濟』,『工友』,『새동무』,『新青年』,『儒道』,『青年』,『我聲』,『啓明』,『新民公論』등 많은 잡지가『개벽』창간을 전후로 생겨났다. 그 잡지들 중 다수에는 문학 작품을 수록하고 있는 문예 지면이 포함되어 있었다.[76]

『창조』·『폐허』와 같은 문학동인지는 문예 지면이 확장되고 있는 현상에 민감하게 반응했으며 그 반응은 월평의 도입으로 표출되었다.『창조』5호(1920.3)에 실린 월평「글동산의 거둠」에서 김동인은 "지금 한다하는 잡지문예란에도 현상소설에도 낙선될만한 작품"이 수없이 발표되고 있으며 "뽑아서 평하자면 한 달에 한둘밖에는 평할만한 작품이 없다"고 말한다. 김동인이 월평을 기획하게 된 목적은 당대 잡지 문예란에 발표되고 있는 작품들의 미적 가치를 비판하는 데 있었던 것이다. 김동인이 월평의 말미에 당대 문단의 수준을 개탄하며 '문사다운

---

76 『개벽』13호 기사에서 소개된 잡지들 중 초기 월평이 논의의 대상으로 삼은 잡지로는『曙光』,『서울』,『女子時論』,『麗光』,『學生界』,『廢墟』,『共濟』,『新青年』,『啓明』등이 있다.『개벽』13호의 기사에서 소개되지 않은 잡지 중에서도『창조』,『신여자』,『開拓』,『여자계』,『현대』등이 초기 월평에서 거론되고 있다.

문사가 나오기를 요청하고 있는 데서도 이를 확인할 수 있다. 미적 가치가 있는 작품을 선별하여 소개하는 활동의 이면에는 계몽적 의도가 깔려 있다.

　문예지면의 확장을 비판적으로 바라본 것은 『창조』뿐만이 아니었다. 염상섭 역시 『폐허』의 「月評」(『폐허』 2호, 1921.1)에서 저널리즘이 문단에 미치는 영향에 우려를 표하며 문단에 발표되고 있는 수많은 작품들을 열독하고 비판하는 작업의 중요성을 역설한다. 『폐허』의 동인들 역시 월평 쓰기를 권하고 있다고 염상섭이 말한 것에서 확인할 수 있듯 동인지 문학에 참여했던 당대의 여러 문인들 또한 월평의 중요성을 인식하고 있었다. 그러한 인식의 이면에는 문예 지면의 확장을 비판적으로 바라보는 시각이 깔려 있다.

　월평의 대상이 될 작품을 선정하는 과정은 문단의 경계를 가시화하는 작업과 연결된다. 월평의 대상으로 선정된 작품은 문단의 경계 안에 포함되어 평자의 가치판단을 받을 자격을 획득하게 되지만, 월평의 대상에서 배제된 작품들은 문단의 영역 바깥으로 밀려나게 된다. 1920년대 초에 월평을 썼던 평자들은 월평의 대상을 선정하기 위해 자신이 검토한 잡지의 이름을 밝히고 있으며 월평의 대상이 될 작품을 선정하게 된 과정을 서술하고 있다. 이를 통해 평자들은 자신이 생각하는 문단의 경계를 드러내고 있다.

　『創造』 5호(1920.3)에 발표된 「글동산의 거둠」에서 김동인이 다루고 있는 잡지는 『創造』, 『現代』, 『曙光』밖에 없었지만, 『創造』 7호(1920.7)에 발표된 월평에서 김동인은 『創造』 4·5호, 『曙光』 2·3호, 『新靑年』 12월호, 『서울』 3호, 『三光』 2·3호, 『開拓』 창간호, 『新女子』 2호, 『女子時論』 1호, 『女子界』 4호, 『現代』 2·3호 등을 보며 평할만한 가치가 있는 작품을 골랐다고 말한다. 평자가 검토하고 있는 매체의 범위가 확대되었음을 확인할 수 있다.

염상섭의 월평은 김동인의 월평에 비한다면 검토하고 있는 잡지의 양은 적지만, 매체에 대한 직접적인 관심을 드러내고 있다. 염상섭은 『創造』,『學之光』,『麗光』,『女子界』와 같은 잡지명을 전면에 부각시키고 있으며 특히 동인지 『麗光』[77]에 대해서는 젊고 사기(邪氣) 없는 청년의 손으로 만든 잡지라는 점, 특수한 지방색을 담고 있다는 점을 높이 평가했다. 『개벽』 5호(1920.11)에 「최근의 시단」이라는 제목으로 시 월평을 발표한 황석우도 『曙光』,『開闢』,『서울』,『創造』,『共濟』,『學生界』,『廢墟』와 같은 잡지를 언급하며, 이들 잡지에 월평을 쓸 수 있을 만큼의 시 작품이 발표되고 있다고 말한다.[78]

1920년대 초반 평자들이 검토한 매체의 범위를 월평에 밝힌 이유는 매체 간행이 확대된 당대의 상황이 평자 자신에게도 특별한 현상으로 인식되었기 때문이다. 평자들은 월평에서 거론된 잡지를 통해 자신이 생각하는 문단의 경계를 가시화하고 있다. 그러나 염상섭, 황석우, 김동인이 밝히고 있는 잡지는 다소 차이가 있다. 초기 월평이 공통적으로 거론하고 있는 잡지는 『創造』,『曙光』,『서울』 정도로 국한되어 있으며 이는 당대의 평자들이 생각하고 있는 문단의 경계가 일치하지 않았음을 드러낸다. 또한 염상섭은, 동인의 작품에 대해 상호 비평하지 않는다는 묵계가 있다는 이유로 『폐허』에 실린 작품은 월평 대상에 포함시키지 않았다. 월평이 도입된 1920년대 초반에만 해도 월평 대상을 선정하는 행위에 대한 공통된 관습은 확립되어 있지 않았다.

월평 쓰기의 잠재적 기반이었던 당대의 매체 환경은 유동하고 있었

---

77 『麗光』에 대한 논의로는 이경돈의 논의를 참조할 수 있다. 이경돈, 「동인지 『麗光』의 문학과 정체성의 공간」, 『한중인문학연구』 26, 한중인문학회, 2009.

78 황석우, 「최근의 시단」, 『개벽』 5, 1920.11.

다. 1920년대 초 폭발적으로 발간되었던 매체들은 안정적으로 재생산되지 못했고 월평을 연재하던 『창조』와 『폐허』마저 폐간되었다. 1920년대 초 월평 평자들은 문예 작품이 늘어나고 있는 현상을 비판적으로 바라보았지만, 가치 있는 작품을 판별하는 비평 행위는 확장된 문예지면 때문에 이루어질 수 있었던 것이다. 『백조』 2호(1922.5)의 월평 「嗚呼 我文壇」에서 박종화는 문예작품을 싣고 있는 매체는 『개벽』과 『백조』뿐이라고 말하며 잡지가 융성했던 시기인 1920년대 초를 동경하고 있다.[79] 1920년에 발표되었던 김동인, 황석우, 염상섭의 월평과 비교했을 때 2년 후의 월평에도 언급되고 있는 잡지는 『개벽』이 유일했던 것이다.

유동하는 매체 환경과 맞물려 간헐적으로만 발표되던 월평은 1925년 『개벽』 문예란과 『조선문단』에 정기적으로 연재되기 시작한다. 1925년은 ① 복수의 매체에서 월평을 정기적으로 연재했다는 점, ② 『개벽』 60호(1925.6)에 실린 「조선문단 「합평회」에 대한 소감」[80]에서 확인할 수 있듯이 다른 매체의 월평을 참조하고 비판하는 활동이 진행되었다는 점, ③ 서로 다른 매체의 월평이 유사한 작품을 대상으로 삼았다는 점 때문에 월평이 제도적으로 정착된 시기로 볼 수 있다.

그렇다면 『개벽』과 『조선문단』에 월평이 정기적으로 연재되기 시작한 원인은 어디에 있을까? 발간 초기 현철의 「소설개요」와 「현당독폐」 등을 연재하며 개론적인 문학 지식을 전달하는 데 주력했던 『개벽』은 1925년 2월부터 7월까지 월평을 연재했으며 이 시기 월평을 쓴

---

79 박종화, 「嗚呼 我文壇」, 『백조』 2, 1922.5.
80 『개벽』은 60호에 실린 「조선문단 「합평회」에 대한 소감」에서 『조선문단』의 합평회를 공개적으로 비판한다. 이익상은 합평회가 지나치게 극화되어 있다는 점을 비판했고, 김기진은 평자들이 기교의 문제에 대해서만 집중하고 있다는 점, 백기만은 평자가 아니라 작가들이 모여서 합평회를 하고 있다는 점을 문제로 지적한다. 박영희는 잡담식 합평은 자칫 잘못하면 토론을 난잡하게 만들 수 있다고 지적하며 당파적 안목이 부족하다는 점 또한 '조선문단 합평회'의 한계라고 지적한다. 박영희 외, 「조선문단 「합평회」에 대한 소감」, 『개벽』 60, 1925.6.

평자는 박종화, 김기진, 박영희, 이상화였다. 황석우의 시 월평이 『개벽』 5호(1920.11)에 실린 이후 한동안 월평이 실리지 않았던[81] 것을 고려할 때 반년 가까이 월평이 지속되었다는 것은 특이한 현상으로 볼 수 있다. 『개벽』이 월평을 연재한 기간은 박영희가 문예 부장으로 임명된 때(1925.1)[82]와 맞물려 있다. 박영희의 문예 부장 취임 이후 『개벽』 문예란은 '계급문학시비론' 같은 특집을 기획하며 기존의 문단 질서를 계급문학적 관점에서 변화시키려 시도했다. 계급문학에 우호적이었던 문인들을 월평자로 배치한 것을 보면 『개벽』의 월평 연재 역시 당대 문단의 실제 창작에 개입하기 위한 의도가 깔려 있었던 것으로 보인다.

기존의 문단 질서에 개입하려고 시도한 것은 『개벽』만이 아니었다. 1924년 10월 창간된 『조선문단』은 주재 이광수를 내세우며 예비 문사들의 투고를 대대적으로 이끌어냈다. '남녀 투고 모집', '조선문사투표' 등을 기획하며 『조선문단』은 문예에 대한 관심과 흥미를 유발하여 독자대중을 견인하려 하였다.[83] 조선에서 최초로 열리는 합평회임을 부각시키고 유명 문사들을 내세워 합평을 진행하려 한 '조선문단 합평회' 역시 문학 대중화 전략의 일환으로 볼 수 있다. 김기진, 김억, 이광수, 박종화, 염상섭, 양건식, 현진건, 방인근, 최서해 등이 참여한 1회 합평회에는 "二月 小說創作 總評"이라는 부제가 붙어 있다. 한 달 동안 발표된 작품을 대상으로 합평이 전개됐기에 '조선문단 합평회'는 월평의 성격을 지니고 있었다. 소설만을 대상으로 진행된 합평회의 바로 뒤에 김

---

81 황석우의 월평이 발표된 이후에는 『개벽』 31호(1923.1)에만 한 해의 문단을 정리하는 박종화의 평이 실렸고 『개벽』 45호(1924.3)에 염상섭과 박종화가 쓴 「신춘창작평」 46호(1924.4)에 김억의 월평 「시단산책」이 실렸을 뿐이다.

82 「여언」, 『개벽』 55, 1925.1.

83 이봉범, 「1920년대 부르주아 문학의 제도적 정착과 『조선문단』」, 『민족문학사 연구』 29, 민족문학사연구소, 2005.

억이 쓴 시 월평이 실린 것에서도 이를 확인할 수 있다.

『개벽』과『조선문단』은 서로의 월평을 참조하고 있었고, 이는 상대 잡지의 비평에 대한 언급으로 이어졌다. 「조선문단 합평회 2회」(『조선문단』 7호, 1925.4)를 시작하면서 염상섭은 작가들이 직접 마주보며 서로의 작품을 합평하고 있는 것에 대해 우려를 표명한다. 염상섭은 "일전 개벽 월평을 보드라도 다른 것은 엇던지, 내 作만 보드라도 우리와는 정반대가 되니, 우리 평은 현장에 잇스니 그러케나 되지 안엇나 합니다"라고 말한다. 「조선문단 합평회 2회」에서 염상섭이『개벽』의 월평을 의식하는 발언을 했던 것은 「조선문단 합평회 1회」(『조선문단』 6호, 1925.3)에서 호평을 받았던 자신의 작품 「전화」를, 『개벽』의 월평이 강도 높게 비판했기 때문이다.[84] 그 비판을 보며 염상섭은 합평회에 참여한 평자들이 자신의 작품을 호평한 것은 작가인 자신이 합평회 현장에 있었기 때문이 아닌지 의심한다. 이처럼 다른 잡지의 월평을 참조하는 과정은 평자 자신의 비평 기준, 그리고『조선문단』의 합평 방식을 성찰하는 과정으로 이어졌으며, 이러한 상호 비교의 과정은 월평의 제도적 정착에 중요한 역할을 담당했다.[85]

---

84 「조선문단 합평회 1회」가 다루고 있는 작품인 「전화」, 「B사감과 러브레터」, 「시인」, 「십삼원」은 모두 '조선문단 합평회'에 참여한 평자가 창작한 소설이라는 공통점을 지니고 있었으며 박영희의 「2월 창작 총평」(『개벽』 57호, 1925.3)도 「조선문단 합평회 1회」에 담긴 작품들 대부분을 비평대상으로 삼고 있었다. 이들 작품 중 「전화」와 「B사감과 러브레터」에 대해서 '조선문단 합평회'는 고평을 하고 있지만, 그 고평의 근거로는 '대화 묘사가 뛰어나다', '활동사진을 보는 것 같다'와 같은 단편적인 점만 제시되고 있다. 반면 이들 작품에 대해 박영희는 직접적으로 비판하고 있다. 염상섭의 「전화」에 대해서는 인물들의 심리 상태가 제대로 묘사되지 않았다는 점을 지적하고 있다. 특히 본처와 기생 사이를 오가는 주인공의 내적 고민이 드러나 있지 않다는 것이 문제라고 박영희는 비판한다. 「B사감과 러브레터」에 대해서는 묘사가 지나치게 관능적임을 지적하고 있다.

85 기존 연구에서는 '조선문단 합평회'가 독자들의 문학에 대한 흥미를 증폭시켰다는 점에 주목했으며 즉흥적인 인상비평인 동시에, 문단이라는 장의 권위를 재현하려고 했다는 점을 지적했다. 이경돈, 「『조선문단』에 대한 재인식」, 『상허학보』 7, 상허학회, 2001; 차혜영, 「『조선문단』 연구 : '조선문학'의 창안과 문학 장 생산의 기제에 대하여」, 『한국문학이론과 비평』

서로 다른 문학적 견해를 지닌 평자들이 자신의 가치판단과 타인의 가치판단을 손쉽게 비교할 수 있었던 것은 『개벽』의 월평과 '조선문단 합평회'가 비평 대상으로 설정했던 작품이 거의 일치했기 때문이다. 1920년대 초 진행되었던 월평에서 개별 평자들이 다루고 있던 잡지가 서로 차이가 났던 것과 비교했을 때, 이 시기 월평 평자들이 검토하고 있는 잡지와 작품이 거의 일치했다는 점은 주목할 만한 현상이다.[86] 이는 『개벽』의 월평과 '조선문단 합평회'에 참여한 평자들이 인식하고 있었던 문단의 경계가 상당 부분 일치했음을 드러낸다.

『개벽』에 실린 김기진의 월평을 보면 그 시기 『동아일보』와 『조선일보』에도 주기적으로 문예 작품들이 실리고 있었음을 확인할 수 있다.

그리고 이 外에도 東亞日報 新年號에 실린 白洲氏의 『구두쟁이』朝鮮日報 新

32, 한국문학이론과 비평학회, 2006.
이러한 분석은 '조선문단 합평회'의 형식적 특징과 문제점을 지적했다는 점에서 의의가 있으나 합평회가 충분히 정비되지 않았던 1회 합평회를 주되게 분석하고 있다는 점에서는 한계를 지닌다. 2회 합평회부터 『조선문단』은 합평 대상이 될 작품을 미리 한정했으며, 평자들도 대부분 작품을 읽고 합평회에 참여했다. 또한 동시대에 진행되었던 『개벽』의 월평을 의식하며 보다 전문적인 합평회를 전개하려 했다.
'조선문단 합평회'가 근대적 비평의 정착에 중요한 계기로 작용했다고 서술하고 있다는 점에서 이봉범과 서승희의 연구는 본 연구와 맥락을 같이 하고 있다. 그러나 이봉범과 서승희의 논의는 동시대에 발표되었던 『개벽』의 월평에 대한 참조 없이 진행되었다는 한계점을 지니고 있다. 「조선문단 합평회」의 의의를 도출하기 위해서는 『개벽』의 월평과의 비교 작업이 요구된다. 이봉범, 앞의 글; 서승희, 「『조선문단』에 나타난 문학제도의 의미 연구」, 이화여대 석사논문, 2005.

86 『조선문단』 2회 합평회부터 4회 합평회까지 평자들의 비평 대상이 된 잡지는 『개벽』, 『생장』, 『조선문단』이었다. 5회 합평회에 이르면 『생장』이 발간되지 않으면서 『개벽』과 『조선문단』만을 대상으로 논의가 전개된다. 6회 합평회에서는 『여명』과 『시대혁신』에 실린 작품이 논의에 포함되었으며, 『시대일보』에 실린 「오몽녀」에 대한 논의도 이루어졌다. 일간지에 실린 작품으로는 「오몽녀」만이 비평 대상에 포함되었는데, 이는 이 작품이 『조선문단』 현상문예에 당선되었다가 검열로 인해 게재되지 못했기 때문이다. 신문에 실린 다른 작품의 경우에는 월평의 대상에 포함되지 못했다. 『개벽』의 월평에서도 비평의 대상은 잡지로 한정되었고, 그 잡지의 범위는 대체로 『조선문단』, 『개벽』, 『생장』이었다.

年號의 『쫓겨가는 이들』(失名氏)와 『물』(失名氏) 『小女의 悲哀』(失名氏)와 每日申報紙上의 金淑貞氏의 『飢餓』와 『어마님 뵈오리』等을 보앗스나 여긔에서 張遑하게 評할 수는 업다. 다만 以上에서 『어마님 뵈오리』와 『小女의 悲哀』를 除한 남어지 4篇이 모도 다 프로레타리아를 題村로 한 作品인 것을 發見하고 나는 거긔에서 새로히 널어나기 始作하는 文藝가 한거름 더 生活로 갓가워진다는 것을 늣긴 것만을 말하여 두고자 한다.[87]

김기진은 일간지의 신년호에 실린 문예 작품 중 4편이 프롤레타리아를 제재로 했다는 점을 주목하고 있다. 그러나 김기진은 이 작품들에 대해서는 "여기에서 장황하게 평할 수 없다"고 말하며 이들 작품들을 월평 대상에 포함시키지 않고 있다. 『개벽』과 『조선문단』은 지속적으로 월평을 연재하며 문단의 경계를 확립해 나갔으며, 확립된 문단의 중심에는 두 매체의 작품들이 위치하고 있었다.

2) 개별 작품의 가치 판단과 공통의 비평 술어

1920년대 초 월평은 개별 작품의 가치를 판단하는 언술을 부각시켰다. 이광수의 「문학이란 하오」로 대표되는 1910대의 비평이 문학이라는 개념을 새롭게 정립하려고 시도하며 보편적 문학에 관해 서술했다면, 1920년대 초 월평은 특정한 작품이 지니는 가치에 대해 관심을 기울인다. 문학에 대한 보편적인 규칙을 상정한 후 특수한 작품을 그 아래로 포섭하는 논의는 칸트의 이론에 따른다면 규정적 판단력에 입각하고 있다. 반면 특수한 작품에 기반을 두고 보편적 원리를 찾으려 할

---

87 김기진, 「一月 創作界 總評」, 『개벽』 56, 1925. 2.

때 그 판단력은 반성적인 성격을 지닌다.[88] 월평을 통해 비평의 대상은 개별 작품으로 집중될 수 있었으며 이는 규정적 판단력에서 벗어나 반성적 판단력에 따르는 비평 행위가 이루어질 수 있는 기반을 만들었다.

『창조』에 실린 월평 「글동산의 거둠」을 예로 든다면 김동인은 전영택의 「운명」, 백악의 「자연의 자각」 등의 작품에 대해서 논하며, 그 작품들의 가치를 판단하는 문장을 각 단락의 맨 앞에 배치하고 있다.

> ① 長春군의 「運命」(創造十二月)은 朝鮮文壇 成立 以後의 佳作의 하나이다.
> ② 白岳군의 「自然의 自覺」(現代一月) 君自己도 언제 말한바와 가치 だめ다.
> ③ 유종석 군의 「妹豪」(曙光十二 月) 아직 小說이랄 수는 없지만 內容 統一되고 調和는 되엇다.
>
> (琴童人, 「글동산의 거둠」, 『창조』 5호, 1920.3)

'조선문단 성립 이후의 가작', '별로(だめ)', '아직 소설이랄 수는 없다'와 같은 표현을 통해 평자는 미적 가치가 있다고 판단된 작품과 그렇지 않은 작품을 선명하게 구분하고 있다. 이후 김동인은 개별 작품에 대해 왜 그러한 가치 판단을 내렸는지 서술하고 있다. 전영택의 「운명」을 예로 든다면, 김동인은 주인공 동준의 영어교사 일이 잘 묘사되었다는 점을 높이 평가한 반면, 출옥 후 동준의 번민은 제대로 묘사되지 않았다

---

88 칸트에 따르면 모든 마음의 능력들 혹은 기능들은 세 가지 능력, 즉 인식능력, 쾌·불쾌의 감정, 욕구능력으로 환원될 수 있다. 이 중 인식능력이 지성, 욕구능력이 이성과 관련된다면, 쾌·불쾌의 감정은 판단력과 관련된다. 판단력 일반은 특수한 것을 보편적인 것 아래에 함유되어 있는 것으로 사고하는 능력을 말한다. 보편적인 규칙, 원리, 법칙이 주어져 있고, 특수한 것을 보편적인 것 아래로 포섭할 때 판단력은 규정적 성격을 지니게 된다. 이 경우 규정적 판단력은 지성이 세운 보편적인 초월적 법칙들 아래에 있게 된다. 반면 특수한 것만이 주어져 있고, 판단력이 특수한 것으로부터 보편적인 것을 발견해야 한다면, 그 판단력은 반성적 성격을 지닌다. 임마누엘 칸트, 백종현 역, 『판단력 비판』, 아카넷, 2009, 155~165쪽 참조.

고 비판한다. 「자연의 자각」에 대해서도 묘사가 없고, 통일성이 부족하다는 점을 근거로 작품을 비판하고 있다. 한 작품을 읽는 과정에서 평자가 느꼈던 감상이 작품의 가치에 대한 판단과 함께 제시되고 있다.

개별 작품들의 가치를 판단하는 서술이 부각되기에 월평은 한 편의 작품을 평가하는 비평가의 판단 기준은 타당한 것인가에 대한 논의를 이끌어냈다. 『개벽』 31호(1923.1)에 발표된 박종화의 연간평(年間評)에 창작자 김억이 반론을 제기한 것은 그 대표적 예라 할 수 있다.[89] 그러한 논의는 '비평이란 무엇인가'라는 질문에 대한 평자 나름의 대답을 제기하는 과정으로 연결되었다. 그 과정에서 각기 다른 평자들이 공통적으로 사용하는 비평 술어 또한 나타났다. '실감'은 그러한 용어중의 하나이다.

「조선문단 합평회 2회」(『조선문단』 7호, 1925.4)에서 평가가 가장 엇갈린 작품은 이익상의 「어촌」과 최서해의 「탈출기」이며 그 두 작품을 평가할 때 평자들은 '실감'이라는 용어를 사용하고 있다. 이익상의 작품은 조선에서 처음으로 어촌이라는 공간을 제재로 삼고 있다는 점에 평자들의 주목을 받았다. 그러나 이 소설에 대해 양건식은 인물들의 행동이 부자연스럽다는 점을 지적한다. 현진건은 한 걸음 더 나아가 「어촌」에 "실감이라구는 아주 없"다고 말하며 "작자가 아조 보지도 못하고 생각도 깁히 하지 안은 것처럼 관념적"(『조선문단』 7호, 1925.4, 76쪽)이라고 비판하고 있다.

이때 사용된 '부자연스럽다 / 자연스럽다'와 '실감이 있다 / 없다'와 같은 서술은 「조선문단 합평회」에 반복적으로 나타나고 있다. '자연스럽다 / 부자연스럽다'라는 서술이 주로 작품 속 사건 전개의 그럴듯함

---

89 박종화와 김억의 논쟁에 대해서는 이 책 1부 2장 2절 「'평론'과 '감상'의 경계」에서 분석했다.

plausibility와 관련을 맺고 있다[90]면 '실감'은 작품 바깥의 세계와 작품 속 내용이 얼마나 닮아있는가의 문제를 제기하는 용어였다. 최서해의 「탈출기」를 평가할 때도 현진건은 "다른 사람이 푸로계급을 쓴데는 실감이 업든데 여긔(탈출기)는 실감이 잇서요"(『조선문단』 7호, 1925.4, 82쪽)라고 말한다. 이때에도 '실감'은 작품 바깥의 프롤레타리아 계급과 작품 속 인물 사이의 유사성을 부각시키는 용어로 사용되고 있다. "두붓물 슳는데 노란 기름 쓰는 것 가튼 것은 체험이 업시 어려울걸요"라고

---

90 '조선문단 합평회'에 나타난 '자연스러움'에 주목한 최근의 연구는 다음과 같다. 김도경, 「1920년대 전반 비평에 나타난 소설 개념의 재정립: 『개벽』과 『조선문단』을 중심으로」, 『한국문예비평연구』 33, 한국현대문예비평학회, 2010.12.
김도경의 연구는 1920년대 비평에서 소설 개념이 재정립되는 과정을 구체적 사례를 통해 분석했다는 점에서 의의를 지닌다. 이 논문에서는 '자연스럽다' 혹은 '부자연스럽다'라는 말이 '조선문단 합평회'에 많이 사용되고 있음을 부각시키며 '자연스러움'이라는 감각이 공통감각으로 공유되고 보편화되었다고 주장한다. 그러나 김도경의 연구는 '조선문단 합평회'에 '자연스럽다 / 부자연스럽다'라는 판단이 자주 나타났다는 것만을 근거로, 이를 당대의 공통감각으로 확대 해석했다는 점에서 아쉬움을 남긴다. 김도경은 『개벽』 월평에도 '자연스럽다 / 부자연스럽다'라는 서술이 발견되고 있다고 언급은 했지만, 구체적 사례는 제시하지 않고 있지 않으며 유사한 시기 『조선지광』에 발표된 김기진과 박영희의 월평은 분석의 대상에 포함시키지 있지 않다. 당대의 공통감각에 대해 논하려면 이질적인 성격을 지닌 매체, 이질적인 비평관을 지닌 평자들이 공통적으로 사용하고 있는 비평 술어에 주목할 필요가 있다.
'자연스럽다 / 부자연스럽다'라는 서술이 『조선문단』에 사용된 대표적 용례를 살펴보면 다음과 같다. ① "작자가 독자의 흥미를 끌어고했는지 기교를 보이랴함인지 조히뭉테기에 칼쌌다는 것이 과장갓고 부자연스러워요." 방인근의 「살인」을 합평한 부분, 「조선문단 합평회 2회」, 『조선문단』 7, 1925.4, 79쪽. ② "개가 주인의 말소리만 들어도 안다는데 그것을 몰랏다하니 부자연스럽습니다." 박영희의 「사냥개」를 합평한 부분. 「조선문단 합평회 3회」, 『조선문단』 8, 1925.5, 120쪽. ③ "퍽 좋은 작인데 쓰테가서 불붓는데가 흐미하고 부자연스러워요." 나도향의 「벙어리 삼룡이」를 합평한 부분. 「조선문단 합평회 6회」, 『조선문단』 11, 1925.8, 115쪽. 이 중 ①과 ②는 모두 작품 속 사건의 전개, 인물의 행동과 관련하여 '부자연스럽다'라는 표현을 사용하고 있으며 ③에서는 소설 속 '구성'의 문제와 연관하여 '부자연스럽다'라는 표현을 사용하고 있다. 이를 통해 '자연스럽다 / 부자연스럽다'라는 말은 이야기의 그럴듯함 plausibility 혹은 개연성 probability과 연관되고 있는 표현임을 확인할 수 있다. 반면 '실감'은 작품 바깥의 현실과 작품 속 사건 사이의 유사성을 지시하는 용어로 사용되었다. '실감'은 『조선문단』 합평회, 『개벽』의 월평, 『조선지광』의 월평에서 공통적으로 논의된 비평 술어였으며 김기진과 박영희의 내용 · 형식 논쟁의 주요 쟁점이기도 했다. 이 책에서는 '실감'을 중심으로 1920년대 비평에 드러난 공통감각을 살펴보려고 한다.

말한 박종화의 말에서 확인할 수 있듯이 평자들은 「탈출기」를 읽으면서 그들이 형상화할 수 없었던 하층민의 세부적 삶이 담겨져 있는 것에 감탄하고 있다. 합평회에 참여했던 기성 작가들은 하층민의 삶을 실감나게 그려내는 일이 어려우면서도 중요한 작업이라고 판단하고 있었던 것이다.[91]

실감에 대한 논의는 기존의 조선문학에서 그려내지 못했던, 해양(海洋)과 같은 소재를 어떻게 형상화할 것인지에 대한 논의로도 발전되었다. 현진건은 대상과 직접 대면한 자리에서 그 대상을 그린다면 형상화의 어려움에서 벗어날 수 있을 것이라고 말하며 현장성을 강조한다. 반면 염상섭은 행위와 관조가 병행해야 한다고 말하며 현진건의 의견을 반박하고 있으며 양백화 또한 "금강산도 가보는 때보다 보고 와서 그린 것"(『조선문단』 7호, 1925.4, 78쪽)이 더 뛰어나다고 말하며 이에 동조했다.

부분적으로는 논쟁하고 있지만 이들 평자들은 자신이 직접 체험한 것을 실감나게 작품 속에 표현하기 위해서는 그 체험과 얼마만큼의 거리를 유지해야 하는가를 고민하고 있었다. 권보드래에 따르면 1900년대의 신소설 작가들은 자신의 소설이 당대의 실제 사실에 기반을 두고 있음을 부각시키며 소설은 허황된 이야기가 아님을 역설했다. 그러나 사실과 허구 사이의 제도적 분화가 본격화된 1910년대에는 '소설은 허구'라는 명제가 소설 창작의 전제로 받아들여졌다.[92] '사실' 그 자체가

---

91 박영희는 훗날 『초창기 문단 측면사』에서 프롤레타리아 작가들 또한 노동자나 농민의 생활과 거리가 있었음을 토로했다. 박영희, 「초창기 문단 측면사」, 임규찬 편, 『현대 조선문학사(외)』, 범우, 294~295쪽. 이 고백에는 이른바 프롤레타리아 작가들이 중산계급 이상의 생활을 했던 것에 대한 반성 이상의 의미가 내포되어 있다. "공장 안이 어떻게 되었는지도 몰랐고 기계 이름이 무엇인지도 몰랐다"라는 말에서 확인할 수 있듯이, 작가들에게 하층민은 재현하기 어려운 영역에 속해 있던 존재들이었다. 무산계급 문학을 주창하는 자들이 작가에게 민중의 '생활' 속으로 들어갈 것을 강조한 이유 또한 여기에 있다. 민중의 생활 속으로 들어가라는 말의 이면에는 무산계급 문학을 주창하는 이들 역시 민중의 생활을 실감나게 그려낼 수 없었다는 전제가 깔려 있었다.

아니라 '실감'을 내세우고 있다는 점에서 「조선문단 합평회」의 평자들역시 사실과 허구의 경계를 인정하는 문제 설정 아래 있다. 하지만 합평회 평자들은 사실과 같은 느낌을 만들어낸 작품이 좋은 소설이라는가치판단을 암묵적으로 공유하고 있었으며 실감을 만들어내기 위해서는 체험이 필요하다는 점에도 동의하고 있었다. 이때 체험은 허구물인 소설이 지향해야 할 원본의 역할을 담당하게 된다. 사실과 허구의경계는 받아들여졌지만 여전히 허구는 '사실', 즉 체험의 영향력하에있는 것으로 인식되고 있었다.

　김기진 역시 『조선지광』의 월평에서 '실감'이라는 말을 사용하며 개별 작품의 소설적 성취를 판단했다. 『조선지광』 62호(1926.12)에 발표된「문예 월평 : 산문적 월평」에서 김기진은 최서해의 「이역원혼」을 고평한다. 김기진에 따르면 「이역원혼」은 결말의 파국적인 사건(과부인 주인공이 중국인 지주에게 도끼를 휘두르는 사건)이 주인공의 심리묘사, 주인공을에워싸고 있는 환경에 대한 설명과 결합된 작품이다. 그렇기에 김기진은 「이역원혼」이 독자에게 '실감과 깊은 인상'을 줄 수 있었으며 '작품이 요구하는 요건'을 구비했다고 말한다.[93] 한 편의 작품이 소설로서의요건을 갖추었는지를 판별하는 기준으로 김기진은 '실감'을 제시하고있다. 그러나 김기진은 한 편의 작품이 소설로서의 요건을 갖추었는지를 판단하는 잣대가 왜 '실감'인지에 대해서는 이야기하고 있지 않다.김기진 역시 '조선문단 합평회'의 평자들과 마찬가지로 '실감'이 소설을평가하는 암묵적 전제임을 비판 없이 받아들이고 있었던 것이다.

　각기 다른 평자들이 소설을 평가하는 전제로 받아들이고 있는 '실감'은 당대의 평자들이 지니고 있던 '공통감각(sensus communis)'을 드러내

92　권보드래, 『한국 근대소설의 기원』, 소명출판, 2002, 226쪽.
93　김기진, 「문예 월평 : 산문적 월평」, 홍정선 편, 『김팔봉 문학전집』 I, 문학과지성사, 1988, 265쪽.

고 있다. 공통감각은 인간의 오감과 관련되어 있으며 오감들을 통합하는 종합적이고 전체적인 감득력을 일컫는다. 18세기 영국에서 공통감각은 사회적 개인들이 공통으로 갖고 있는 판단력이라는 의미로 일반화되었지만 그 연원에는 오감을 관통하면서 통합하는 공통감각이라는 의미가 내포되어 있다. 공통감각은 일상의 모든 경험적 대상을 파악할 수 있게 하는 지평을 만들어내며 공통감각이 오감을 통합하는 방식이 타성화될 때 공통감각은 사회적 통념으로 전환된다.[94] 김기진과 '조선문단 합평회'의 평자들은 인물의 심리와 인물이 처한 환경을 묘사하여 '사실과 같은 느낌(=실감)'을 가져다주는 소설이 가치 있는 소설이라는 것을 '상식(common sense)'처럼 받아들이고 있었던 것이다.

박영희의 소설 「철야」와 「지옥순례」에 대해서 비판하는 과정에서도

---

[94] 이상의 논의는 나카무라 유지로, 고동호·양일모 역, 『공통감각론』, 민음사, 2003, 17~67쪽 참조. 앞에서 언급한 김도경의 선행 연구는 칸트의 공통감각론만을 연구방법으로 설정하여 1920년대 소설비평에 나타난 공통감각을 논했다. 그러나 김도경 스스로가 언급했듯이 칸트의 공통감각은 개별자들의 감성적 판단에 선험적으로 부여된 형식적 전제를 일컫는 말이다. 칸트는 논리적 공통감각과 미학적 공통감각을 구분했으며 이 중 감성적 판단과 연관되는 개념은 미학적 공통감각이다. 미학적 공통감각은 내가 느낀 감성적 판단을 다른 사람에게 요청하는 행동이 가능하게끔 만드는 형식적 원리를 의미한다. 구체적 내용을 포함하고 있지 않으며 이상적 규범으로 기능하기에 칸트의 공통감각은 개별 문학 작품을 실제적으로 감상하는 과정에서 형성된 규준으로 해석될 수 없다. 따라서 칸트의 공통감각론만을 언급한 후, '자연스러움'이라는 실제적 규준이 1920년대 미적 판단의 공통감각으로 공유되기 시작했다고 결론 내린 김도경의 논의에는 무리가 따른다.
가다머에 따르면, 칸트의 공통감각론은, 아리스토텔레스에 의해 정식화되고 인문주의적 전통에서 논의된 공통감각과는 미묘한 차이가 있다. 아리스토텔레스로부터 인문주의자에 이르기까지 공통감각은 대다수 사람들이 참으로 인정하는 판단 혹은 특정한 공동체에 의해 공동적으로 참이라 인정되는 판단을 의미했으며, 이러한 판단은 그 시대 개인의 실제적 행동과 가치판단을 규제한다고 여겨졌다. 나카무라 유지로 또한 공통감각이 한 사회 속에서 사람들이 공통으로 지니는 정상적인 판단력, 즉 상식과 대응하고 있음을 강조했다. 이 글에서는 나카무라 유지로의 논의에 따라 '사회 통념으로서의 상식'과의 연관성 하에서 '공통감각'을 이야기하려고 한다. 이상의 논의는 최소인, 「공통감각 : 규범적 보편성인가 보편화 가능성인가? : 가다머와 칸트의 공통 감각에 대한 논의를 중심으로」, 『해석학연구』 12, 한국해석학회, 2003 ; 사카베 메구미 외편, 『칸트사전』, b, 2009 ; 한스 게오르크 가다머, 이길우 역, 『진리와 방법』, 문학동네, 2000 참조.

김기진은 박영희 소설이 계급의식·계급투쟁 개념을 추상적으로 설명하는 데 그쳐 실감을 주지 못했다는 점을 비판한다.[95] 김기진이 보기에 묘사를 통해 실감을 만들어내는 것은 소설이 반드시 갖추어야 할 요건이다. 소설을 건축에 비유한 김기진의 수사법을 빌리자면 붉은 지붕을 입힐 수 있는 기둥과 서까래를 만드는 작업은 묘사를 통해 가능해지는 것이다. 박영희의 소설에서는 바로 그 묘사를 발견할 수 없다고 김기진은 지적하고 있다.

박영희는 김기진의 월평을 비판하며 "푸로문예는 묘사로서 가치를 나타내는 것"이 아니며 '실감'은 부르주아 문예비평가들이 작품을 해석하는 잣대라고 주장[96]했다. 그 주장은, '실감'이라는 말을 소설 평가의 자명한 잣대로 여기는 견해가 당대의 통념임을 드러내는 효과를 낳았다. 박영희가 볼 때 '실감'은 모든 비평가에게 보편적으로 통용될 수 있는 말이 아니라, 비평가의 특정한 미적 가치관을 담고 있는 술어였던 것이다.

그러나 박영희는 '실감'이라는 가치 판단의 기준이 왜 통념에 불과한지를 설득력 있게 서술하려 하지 않고, 프로문예와 부르주아 문학을 대립시키는 데에만 주력했다. "프로문예는 묘사로서 가치를 나타내는 것이 아니라 그 작품에 나타난 XXX 열정으로서 그 작품은 힘을 얻는 것"이라고 말한 부분에서 이를 확인할 수 있다. 여기에서 복자로 처리된 XXX는 '혁명적'의 의미를 내포하고 있는 것으로 추측된다.[97] 박영희는 '힘'과 '묘사', '혁명적 열정'과 '실감'을 이분법적으로 구분하며 '힘'를 프로문예 비평가의 용어로 전용하려 하였고, '실감'은 부르주아 문예비

---

95 김기진, 앞의 책, 270~271쪽.

96 박영희, 이동희·노상래 편, 「鬪爭期에 잇는 文藝批評家의 態度」, 『박영희 전집』 III, 영남대출판부, 1997.

97 임규찬·한기형 편, 『카프비평자료총서 III : 제1차 방향전환론과 대중화론』, 태학사, 1989, 40쪽 참조.

평가의 것으로 단정하려 했다.[98]

　김기진과 박영희 사이에 벌어진 논쟁은 기존의 월평에서 여러 평자들이 공통적으로 사용했던 비평 술어인 '실감'의 위상을 재정립하려는 시도로 볼 수 있다. "힘은 묘사로 설명되는 것이 아니라 '힘'으로 설명된다"라는 박영희의 주장은 '힘'과 '묘사'를 이분법적으로 구획하려는 의도를 내포하고 있었지만, 양자의 차이를 설득력 있게 해명해내지 못했다. 그렇기에 김기진은 「무산 문예 작품과 무산 문예 비평」에서 박영희에게 "힘은 어떠한 수법으로 표현되는가"라는 질문을 던진다.[99] 박영희와 달리 김기진은 묘사와 '힘', 실감과 '힘'을 연관된 것으로 간주한다. 박영희의 「지옥순례」를 재론하며 김기진은 "독자도 곧 자기 배가 고픈 듯이 그 만두장사를 때려 넘어뜨리고 만두를 뺏어 먹고 싶은 생각이 일어날 만큼" 실감이 고조된 작품을 만들었을 때 이를 '힘'이라 말할 수 있다고 주장한다. 김기진은, 실감이 고조된 작품은 독자의 정서를 고양시킬 수 있다고 보았고, 독자의 정서를 고양시킬 수 있는 역량을 한 편의 소설이 지니는 '힘'으로 간주하고 있었던 것이다.

　'실감'을 부르주아 문예비평가의 용어로 치부한 박영희와 달리, 김

98　'힘'이라는 용어는 『개벽』 31호(1923.1)의 연간평 「문단의 일년을 추억하여 현상과 작품을 개평하노라」에서 박종화가 "앞으로 우리가 가져야 할 예술은 『力의 예술』이다"라고 역설할 때 언급된 바 있다. 이때 '力의 예술'은 '헐가(歇價)의 연애문학', '미온적인 사실문학'과 변별되는, "강하고 뜨거운 분위기의 예술"이라는 추상적 의미만을 내포하고 있었다. 『조선문단』 합평회에서도 '힘'은 조명희의 「땅속으로」, 이익상의 「어촌」을 평가하는 용어로 서술되기도 했으며 이때에 '힘'은 한 편의 소설을 읽을 때 느껴지는 무게감 정도의 의미를 내포하고 있었다. 조명희의 「땅속으로」에 대해서는 염상섭이 "내용에 힘이 잇서요"(「조선문단 합평회 2회」, 『조선문단』 7호, 73쪽)라고 평하고 있으며 이익상의 「어촌」에 대해서도 염상섭이 "그런 모든 것이 평범해저서 힘이 업습니다"(『조선문단』 7호, 76쪽)라고 평하고 있다.
　김기진 역시 현진건과 방인근의 소설을 월평하며 두 소설에 "독자에게 육박하는 힘"이 발견되지 않는다는 점을 지적했다. 김기진, 「1월 창작계 총평」, 『개벽』 56, 1925.2; 김기진, 「4월의 창작란」, 『조선문단』 16, 1926.5.
99　김기진, 「무산 문예 작품과 무산 문예 비평 : 동무 회월에게」, 앞의 책, 108쪽.

기진이 '실감'의 문제를 중요하게 생각한 원인은 부르주아 문학에 대한 김기진의 견해에서도 찾을 수 있다. 「무산문예 작품과 무산문예비평」에서 확인할 수 있듯이 김기진은 프롤레타리아 문학이 부르주아 문학의 체내에서 탄생한다고 보았다. 그렇기에 김기진은 과거 시대의 우수한 문학적 표현·기교·형식을 분석하고 배울 필요가 있다고 주장한다. 각기 다른 매체들의 월평에서 공통적으로 강조됐던 '실감'은 김기진에게 계승될 필요가 있던 문학적 표현이었던 것이다.[100]

3)『조선지광』의 문예시평과 월평 방식의 변화

다양한 매체들에 발표되었던 월평은 당대 작품의 가치를 판단한 후 그 판단을 언어화하여 문단에 공개했다. 월평에 드러나 있는 가치판단은 때로는 창작가와 비평가 사이, 때로는 서로 다른 비평가들 사이의 논쟁을 불러 일으켰다. 앞의 장에서 분석했듯이 내용·형식 논쟁의 시

---

100 '실감'에 의미를 부여하는 김기진의 태도는 그가 제기한 '감각의 변혁'론과도 연관되어 있다. 김기진은 「감각의 변혁」(『개벽』 44호, 1924.2)에서 문예가 생활을 기초로 하고 있으며 생활을 구성하는 것은 "감각한다"는 활동이라고 말한 바 있다. 그러나 이후 「변증적 사실주의」(『동아일보』, 1929.2.25~3.7)에 이르면 김기진은 "현실 사물을 있는 그대로 객관적으로" 보는 태도, 사물을 정지 상태에서 보지 않고 운동 상태에서 보는 태도를 강조한다. '감각의 문제보다는 '인식', 혹은 '변증법적 세계관'의 문제가 부각되고 있는 것이다. 내용·형식 논쟁에서 '실감'에 의미를 부여했던 김기진의 태도는 '감각의 변혁'을 주창했던 김기진이 '변증적 사실주의'로 이행해간 경로와 연관하여 분석될 필요가 있다.
본문에서 분석했던 것처럼 김기진이 제기했던 '실감' 역시 '사실과 같은 느낌'을 의미하는 동시에 '독자의 정서를 고양시킬 수 있는 능력'과도 연관된 개념이었다. 반면 「변증적 사실주의」에서 강조된 '변증법적 세계관'의 측면은 김기진이 사용한 '실감'이라는 용어에는 부각되어 있지 않았다. 이와 관련한 보다 자세한 고찰은 이 책의 2부에 실린 「1900~1920년대 '감각' 관련 개념의 사용양상」에서 진행했다.
김기진 비평에 나타난 '감각'과 관련된 논의는 다음을 참조할 수 있다. 손유경, 「프로문학과 '감각'의 문제」, 『민족문학사연구』 32, 민족문학사연구소, 2006; 오세인, 「1920년대 김기진 비평에서 '감각'의 의미」, 『비평문학』 39, 한국비평문학회, 2011.3.

발점이 된 글 역시 김기진이『조선지광』62호에 발표한「문예월평 : 산문적 월평」이었다. 김기진의 글이 수록되었던『조선지광』에는「문예시평」이라는 이름 아래 지속적으로 월평이 실렸으며 1927년 말 경에는「문예잡감」혹은「문예시감」이라는 제목의 글들이「문예시평」을 대신했다. 1927년『조선지광』에 월평류 비평이 연재된 양상을 살펴보면 다음과 같다.

64호(1927.2)	「文藝時評」(김기진)
65호(1927.3)	「文藝時評」(김기진)
67호(1927.5)	「文藝時評」(김기진)
68호(1927.6)	「文藝時評 : 시조배격론」(김동환)
70호(1927.8)	「文藝時評과 文藝雜感」(박영희)
	「時感두편」(김기진)
71호(1927.9)	「文藝評論 :「文藝時評과 文藝雜感」」(其二)(박영희)
72호(1927.10)	「最近文藝雜感」(윤기정)
73호(1927.11)	「最近文藝雜感」(其二)(윤기정)
	「文藝時感斷片」(김기진)
74호 (1927.12)	「最近文藝雜感」(其三)(윤기정)

정리된 내용을 보면『조선지광』월평의 주된 필자는 김기진, 박영희, 윤기정이었음을 알 수 있다. 이 중 김기진과 박영희는『백조』와『개벽』에서 '상화' 혹은 '감상'으로 분류된 산문을 주로 쓰다가 1925년을 전후로『개벽』의 월평에 참여했으며『개벽』의 폐간 이후에는『조선지광』에서 월평을 발표했다는 공통점을 지니고 있다.[101] 그렇기에『조선지광』의 월평 방식을 살펴보는 작업은 김기진과 박영희의 월평 방

식 변화에 대한 분석, 더 나아가 1920년대 월평의 변화 양상에 대한 분석으로 발전될 수 있다. 『조선지광』의 월평 방식 변화를 통시적으로 분석하기 위해 우선 김기진과 박영희의 비평 방식 변화를 살펴보자.

김기진과 박영희는 1924년 『개벽』 40호에 「금일의 문학, 명일의 문학」, 「최근 조선문학의 경향」을 발표한다. 두 글 모두 '생활'과 같은 개념어를 사용하며 문학과 예술의 기원을 밝히려고 시도했다. 고전주의에서 낭만주의, 그리고 낭만주의에서 자연주의로 문예사가 변화해간 과정을 부각시키고 있는 점 또한 두 글이 지닌 공통점이다. 평자들은 문예사의 변화 과정이 현대인의 사회생활 상태, 즉 계급 관계에서 비롯된 것이라고 보고 있다. 그러나 문예사조의 변천을 분석한 두 사람의 논의에는 동시대의 조선문학을 면밀하게 검토하는 과정이 생략되어 있다.

1925년 『개벽』에 월평을 연재하면서부터 김기진과 박영희의 비평에는 동시대 작품들에 대한 언급이 늘어나게 된다. 김기진과 박영희는 월평을 쓰며 동시대의 문단에 대해 구체적으로 인식할 수 있게 된 것이다. 김기진의 「1월 창작계 총평」(『개벽』 56호, 1925.2)이 그 대표적 예이다. 이 글에서 김기진은 원론적 문예 사상에 대해서는 언급하지 않는 대신, 『개벽』・『생장』・『영대』 등에 실린 작품들의 내용을 요약한 후 그 작품의 가치를 평가하는 데 주력하고 있다. 이는 개별 작품의 가치를 판단하는 작업에 초점을 맞추는 월평 쓰기 방식이 당대에 정형화되어 있었으며 김기진의 월평 역시 정형화된 월평 쓰기 방식에 영향을 받고 있었음을 의미한다.

김기진과 박영희의 월평 방식에 변화가 나타난 과정은 크게 두 가지

---

101 문예와 사상을 종합하며 식민지 조선사회의 공론을 이끌어가던 『개벽』이 폐간되자 식민지 잡지는 분화되기 시작한다. 한기형에 따르면 『개벽』의 후속지로 규정되었던 『별건곤』이 일상성에 중심을 두었다면, 『조선지광』, 『신계단』, 『비판』은 운동성 강화에 초점을 맞추었다. 한기형, 앞의 글, 99쪽 참조.

로 정리될 수 있다. 첫 번째 변화는 김기진의 월평 「문단 최근의 일 경향」(『개벽』 61호, 1925.7)과 박영희의 연간평(年間評) 「신경향파의 문학과 그 문단적 지위」(『개벽』 64호, 1925.12)에서 확인할 수 있다. 이 글들은 개별 작품의 가치를 판단하는 기존의 월평 방식에 입각해 있지만 당대 문단에 나타난 특정한 경향을 부각시키려 한다는 점에서는 기존의 월평 방식과 차이를 드러내고 있다.

김기진의 「문단 최근의 일 경향」은 "문단은 움직이었다"는 구절로 시작한다. 문단의 변화를 의미하는 짧은 단문을 글의 첫 머리에 배치함으로써 이 글은 선언적인 효과를 만들어낸다. 김기진이 「조선문단 최근의 일 경향」에서 비평하고 있는 다섯 편의 소설은 「조선문단 합평회 5회」(『조선문단』 10호, 1925.7)가 다루고 있는 작품과 거의 일치한다.[102] '조선문단 합평회'가 5편의 작품을 비슷한 비중으로 다루며 각각의 작품이 성취한 예술적 성과와 한계를 평가하고 있는 것과 달리, 김기진은 최서해의 「기아와 살육」과 주요섭의 「살인」만을 부각시키며 문단의 변화를 논하고 있다. 문단의 변화를 문예사조의 변화와 같은 일반론적 차원에서 제시하지 않고, 작품들 간에 형성된 공통성을 통해 설명하고 있다는 점에서 이 글은 기존의 비평과 변별된다.

① 그러면 그 胚胎된다는 새로운 文學이라는 것은 엇더한 것을 가라처 말하는 것이냐? 이제 이 問題에 對한 解說을 쓰려면 新興文藝一般論을 쓰게 될 터이므로 敢히 붓을 달니지 아니한다. 다만 나는 新興文藝의 一端으로서 **最近의 文壇에 나타난 한 개의 傾向**만을 指摘할 뿐이다.

---

102 김기진이 다루고 있는 작품은 주요섭의 「살인」, 김동인의 「시골 황서방」, 방인근의 「자동차 운전수」, 최서해의 「기아와 살육」, 호형아의 「꼬맹이 선생」이다. 『조선문단』 합평회는 이 다섯 편의 작품에 한병도의 「동경」을 포함하여 총 6편의 작품을 비평하고 있다.

② 내가 이와가티 殺人이나 自殺을 하는 것을 그리여내는 것을 한데 合쳐서 한 개의 傾向이라고 불름에는 單只 主人公이 죽는다든가, 그러치 아니하면 다른 사람을 죽인다든가 하는 單純한 事實이 一致된다는 것만을 가지고 말하는 것이 아니라, 그와가티 죽인다든가, 죽는다든가 하게 맨드는 理由 그것이 서로 共通되는 性質의 것임을 가리켜 말하는 것이다. 主人公이 한 사람을 죽인다 하면 그 죽이게 되는 背面에는 반드시 죽이지 아니하면 아니 될 만한 程度의 敵忌心과 憤怒와 生命的 叛逆이 잇는 것이다. 그리고 쏘 한 사람이 自殺을 한다 하면 그 사람이 自殺하지 아니하고서는 못 견딜 만한 程度의 鬱憤과 悲觀과 厭世가 있어야만 한다.[103]

①에서 확인할 수 있듯이 김기진은 일반론적인 차원에서 문학과 사회와의 관계를 논하는 것을 의식적으로 피하며 논의의 초점을 최근 문단에 나타난 특정 경향으로 이동시킨다. 인용문 ②에서 김기진은 우선 주인공이 죽거나 혹은 주인공이 사람을 죽이는 소설이 많이 발표되고 있다는 점을 지적하며 그러한 소재의 배면에 자리 잡은 정서적 공통성에 주목하고 있다. 주인공이 한 사람을 죽이게 되는 배면에는, 그 사람을 죽이지 않으면 안 될 만큼의 적개심·분노·생명적 반역이 있으며, 주인공이 자살을 하게 되는 이면에는 울분·비관·염세가 자리 잡고 있다고 김기진은 보고 있는 것이다. 적개심·분노·생명적 반역과 울분·비관·염세 등을 하나로 묶은 김기진은 이러한 정서를 담은 소설들이 나타났다는 것은 창작하는 사람들이 사회적 현상에 눈을 뜨게 되었다는 것을 증명한다고 주장한다.

그러나 김기진이 언급한 정서들은 공통된 경향으로 묶일 만큼의 유

---

[103] 김기진, 「문단 최근의 일 경향」, 『개벽』 61, 1925.7.

사성을 지니고 있다고 보기는 어렵다. 김기진의 월평은 그 정서들이 어떻게 하나의 경향으로 수렴될 수 있는지, 또 그 정서들이 1920년대 초반 소설에 나타난 분위기와 어떻게 변별되는지를 명확하게 제시하고 있지 않다는 점에서 한계를 지닌다. 그럼에도 이 글은 월평 쓰기의 초점을, 개별 작품의 가치를 판단하는 데에서 특정한 시기 문단에 나타난 공통의 경향을 파악하는 방향으로 이동시켰다는 의의를 지닌다. 월평을 통해 도출된 문단의 신경향은 김기진이 이상으로 상정한 '조선문학의 미래'와 월평을 통해 확인된 '조선문학의 현재' 사이의 간극을 매개하는 역할을 담당했다.

김기진의 월평에 나타난 문제의식은 1925년의 문단을 정리하며 신경향파의 탄생을 선언한 박영희의 「신경향파의 문학과 그 문단적 지위」로 이어졌다. 이 글은 1925년 한 해 동안 『개벽』을 통해 진행되었던 월평을 총괄적으로 정리하는 성격을 지니고 있었다. 1년 동안 월평을 통해 검토되었던 작품들 중 특정 경향의 작품을 선별하여 제시함으로써 박영희는 문단의 신경향이 나타났다는 점을 가시화시킬 수 있었다.[104]

김기진과 박영희의 월평 방식은 두 사람 사이에 진행된 내용·형식

---

104 박영희는 창작 경향의 변화를 보여주는 작품들로 김기진의 「붉은쥐」, 조명희의 「땅속으로」, 이익상의 「광란」, 이기영의 「가난한 사람들」, 주요섭의 「살인」, 최서해의 「기아와 살육」, 이상화의 시 「가상」, 박영희의 「전투」, 박길수의 「쌍옥먹는사람들」, 송영의 「느러가는무리」, 최승일의 「두젊은사람」을 제시하고 있다. 그러나 박영희에게는 울분, 분노와 같은 정서를 통해 문단의 신경향을 도출하려고 한 김기진의 문제의식은 발견되지 않는다. 그 대신 박영희는 문단에 나타난 신경향을 하나의 집단, 즉 '신경향파'가 출현한 것으로 해석하며 이를 '무산계급문학'과 연결시키고 있다.
「신경향파의 문학과 그 문단적 지위」의 마지막 부분에서 박영희는 신경향파라는 말이 개개 작품에 나타난 색채를 종합적으로 대표한 말이며 소극적 당파는 아니라고 주장하고 있다. 그러나 한편으로 박영희는 "신경향파의 반면에는 역시 부르주아 문학이 서 있다"고 주장하며 신경향파 문학을 부르주아 문학과 대립되는 집단으로 설정하고 있다. 여러 작품들에 공통적으로 나타난 신경향을 도출하려 했던 김기진의 문제의식과 비교했을 때, 박영희는 기존의 문학을 부르주아 문학으로 규정한 후 이와 대립되는 당파를 만들어내는 데 주력했다고 볼 수 있다. 박영희, 「신경향파의 문학과 그 문단적 지위」, 『개벽』 64, 1925.12.

논쟁을 전후로 또 한 번 변화했으며 이러한 변화는 『조선지광』의 '문예 시평'에 반영되고 있다. 『개벽』의 월평을 연재하던 시기 드러난 김기 진 비평의 특성은 내용·형식 논쟁을 촉발한 「문예월평 : 산문적 월평」 (『조선지광』 62호, 1926.12)에도 담겨 있다. 김기진은 '실감'이라는 기준을 통해 개별 작품의 소설적 성취를 평가하는 동시에, 작품에 나타난 시 대적 고민에도 관심을 기울인다. 그러나 내용·형식 논쟁을 거친 후 발표된 「문예시평」(『조선지광』 64호, 1927.2)은 앞서 발표된 월평 방식과 는 차이를 보이고 있다.

　『조선지광』 64호에 발표된 김기진의 「문예시평」은 세 부분으로 나 뉜다. 첫 번째 부분인 '문단상 조선주의'에서 김기진은 염상섭, 양주동, 김억 등이 국민문학의 건설을 주장한 것에 반론을 펼치고 있다. 김기 진은 교통기관의 발달과 국가 형태의 변천으로 인해 향토성, 민족성은 문학에서 영향력을 발휘할 수 없게 되었다고 주장하며 민족적 예술 형 식을 창조할 것을 강조한 김억 등의 담론을 '국수주의의 변형'으로 단 정한다. 두 번째 부분인 '문예가 협회에 대하여'에서 김기진은 문단인 의 원고료 문제 때문에 생겨난 '문예가협회'의 활동에 우려를 표하고 있다. 원고료가 제정되면 잡지 혹은 출판사는 문단적 평판에 의해 작 가를 선택할 경향이 높아질 수밖에 없다. 그렇기에 김기진은 문단에 속한 이들이 서로를 칭찬하는 비평 행위를 하게 될 가능성이 높다고 판단한다. '문단상 조선주의'와 '문예가협회에 대하여'를 살펴보면 『문 예시평』의 비평 대상이 작품에 국한된 것이 아니라, 문단 제도와 문단 과 관련된 담론으로 확장되고 있음을 알 수 있다.

　세번째 부분인 '창작편'에는 기존의 월평과 마찬가지로 개별 작품에 대한 평가가 담겨 있다. 그러나 작품을 비평하는 과정에서 김기진은 '실감', '울분'과 같은 용어, 즉 감각이나 정서와 관련된 표현은 사용하고 있지 않다. 그 대신 "무산계급적 관찰과 비판"이 작품의 가치를 판단하는 잣대로 설정되어 있다. 그렇기 때문에 김기진은 최서해의 「홍염」을 호평하면서도 이 작가에게 필요한 것은 "무산계급의 과학적 지식"이라고 말한다. 이를 통해 내용·형식 논쟁 이후 김기진의 월평 방식이 일정 부분 변화했음을 확인할 수 있다. 감각이나 정서와 관련된 표현 대신 '무산계급적 관찰', '무산계급의 과학적 지식'과 같이 계급의식을 강조하는 표현들이 부각되어 나타나고 있는 것이다.

이러한 변화는 박영희의 「文藝評論 : 「文藝時評과 文藝雜感 其二」」(『조선지광』 71호, 1927.9)의 2부 '비평표준의 전환'에서 더욱 확연히 드러난다. 이 글을 쓰기 전 박영희는 『조선지광』 65호(1927.3)에 실린 「문예운동의 방향전환」에서 자연생장적 프롤레타리아 문학에서 방향을 전환하여 목적의식적 프로문학운동을 전개해나가자고 주장했다. 1927년 초반에 시작된 카프의 제1차 방향전환론은 조선 전체 무산계급운동의 방향전환과 맥락을 같이 하는 논의였다. 김영민에 따르면 박영희가 제시한 방향전환론은 경제적 조합주의적 투쟁에서 정치적·대중적 투쟁으로의 전환, 자연생장적 경향파 문예에서 목적의식적 무산계급 문예로의 성장, 단순한 프롤레타리아 문학에서 프롤레타리아 문학운동으로의 전이, 전선적 방향 전환을 이루기 위한 이론 투쟁 등을 강조했다.[105]

박영희는 '비평표준의 전환'에서 방향전환 이후 작품비평의 표준 또한 달라져야 한다고 말한다. 박영희는 비평가의 층위를 부르주아 비평가, 방향전환 이전의 계급문학 비평가, 방향전환 이후의 계급문학 비평가로 구분한 후, 각각의 비평가는 서로 다른 작품 비평의 표준을 지니고 있다고 주장한다. 박영희에 따르면 부르주아 비평가들은 '어떻게

---

105 이상의 논의는 김영민, 「'카프'의 조직개편과 방향전환 논쟁」, 『한국 근대문학비평사』, 소명출판, 1999 참조.

묘사하였는가', '얼마나 아름답게 보였던가'에 주목해 작품을 평가했으며, 방향전환 이전의 계급문학 비평가는 주인공의 의식과 작품 전체의 이상이 새롭게 성장하는 사회의식을 나타냈는지에 주목했다. 박영희는, 방향 전환 이후 비평가는 지도적 이론을 확립하고 그 이론 밑에서 예술작품을 문예운동으로 진출하게끔 하는 역할을 담당해야 한다고 주장한다.

박영희의 「文藝評論 : 「文藝時評과 文藝雜感 其二」」는 '이론투쟁', '비평표준의 전환', '감격!', '시형(詩形)에 대하야'로 구성되어 있다. 세부 항목을 살펴보면 박영희의 「文藝評論 : 「文藝時評과 文藝雜感」」 역시 김기진의 「문예시평」과 마찬가지로 월평의 대상을, 동시대의 문학 담론 전반으로 확장시키고 있음을 확인할 수 있다. 그중에서도 '비평표준의 전환'은 비평 방법 자체를 월평의 대상으로 설정했다는 의의를 지닌다. 문예 작품을 비평하는 관점 자체를 비평했다는 점에서 박영희 「文藝評論 : 「文藝時評과 文藝雜感」」은 메타비평적 성격을 드러낸 월평으로 볼 수 있다. 박영희의 문예시평에서 발견되는 메타비평적 성격은 1920년대 후반 한국 근대 문예비평 전반에 부각된 경향이기도 하다.

이러한 의의에도 불구하고 박영희 「文藝評論 : 「文藝時評과 文藝雜感」」은 작가들의 창작 방향 및 작품을 비평하는 방법을 방향전환 담론의 틀 아래 가두어 놓았다는 점에서 한계를 드러냈다. '문예운동의 방향전환'이 주창된 이후에는 문예작품을 평론하는 잣대조차 달라져야 한다고 말한 부분에서 그 한계를 확인할 수 있다. 실제로 이후 『조선지광』 월평에서 작품들의 가치를 비평하는 방식은 방향전환 담론에 종속되기 시작했다. 윤기정이 세 달에 걸쳐 연재한 「最近文藝雜感」(『조선지광』 72~74호, 1927.10~12)에서 이를 확인할 수 있다.

윤기정은 '작품행동'이라는 용어를 부각시키며 모든 예술 활동은 유물변증법적 방법론하에 조직된 행동이 되어야 한다고 말한다. 이때 '작품행동'은 문예운동의 영역에서 확립된 조직적 지도이론에 입각하여 작품을 쓰는 활동을 의미한다. 여기서 조직적 지도 이론은 물론 목적의식성을 드러내는 작품을 창작할 것을 강조한 방향전환 담론을 의미한다. 윤기정은 최근의 '작품행동'에 방향전환의 흔적이 드러나지 않음을 지적하며 최서해, 이기영과 같은 작가에게 "제2기적 작품행동"을 감행할 것을 촉구하고 있다. '작품행동'을 통해 강조되고 있는 실천은 궁극적으로는 "목적의식적 프로예술품을 창작"[106]하는 것에 제한되어 있다.

1920년대 초 도입된 월평은 당대의 구체적 문학작품을 비평 대상으로 설정하여 반성적 판단력에 입각한 비평을 만들어냈다. 이로 인해 개별 작품을 비평하는 평자의 관점 차이가 부각될 수 있었으며 비평 술어를 재정립하는 생산적 논쟁을 이끌어낼 수 있었다. 그러나 『조선지광』의 문예시평은, 김기진과 박영희의 내용·형식 논쟁을 통해 도출된 다층적 문제의식을 이어받지 못한 채 방향전환이라는 담론만을 부각시켰다. 『조선지광』의 월평 방식 변화는 개별 작품이 만들어내는 감각이나 정서의 층위를 깊이 있게 고민하지 못한 프로문학 비평의 한계와 맞물려 있다.

이 장에서는 ①『창조』·『백조』·『폐허』를 중심으로 월평이 도입되던 1920년대 초, ②『개벽』에 월평이 정기적으로 연재되고 『조선문단』 합평회가 진행되던 1925년, ③『개벽』이 폐간된 이후 『조선지광』에 문예시평이 연재되던 1927년에 주목하여 월평의 형성 과정을 살펴보았다.

1920년대 초반 월평의 도입은 매체 환경이 변화해간 상황과 긴밀하

---

106 윤기정, 「최근 문예 잡감(其二)」, 『조선지광』, 1927.11.

게 맞물려 있다. 월평 쓰기가 시도되었다는 것은 비평적 평가를 받을 수 있는 복수의 작품들이 발표되었음을, 또한 그 작품들을 실을 만큼의 매체가 간행되었음을 알려준다. 월평의 도입은 3·1운동을 전후로 식민지 조선의 매체 환경이 변화했기에 시도될 수 있었던 것이다. 초창기 월평은 문예 지면이 확대된 상황에 비판적으로 반응하며 동시대 작품들 중 미적 가치가 있는 작품을 선별하여 소개하려고 시도했다. 그렇기에 1920년대 초 월평에는 개별 작품의 가치를 판단하는 언술이 부각되어 나타난다.

1925년은 『개벽』에 월평이 정기적으로 연재된 동시에 『조선문단』 합평회가 진행되었기에 월평이 제도적으로 정착된 시기로 볼 수 있다. 월평이 제도화된 1920년대 중반, 평자들은 자신의 미적 판단을 타인과 독자들에게 충실히 전달하려 시도했으며 그 과정에서 평자들이 공통적으로 사용하는 용어가 나타나기 시작했다. 이 책에서는 각기 다른 문학관을 지닌 평자들이 공통적으로 사용한 '실감'이라는 용어에 초점을 맞추어 당대의 평자들이 지니고 있던 공통감각을 살펴보려고 시도했다. 공통의 비평 술어 '실감'은 당대의 평자들이 '사실과 같은 느낌'을 만들어내는 소설을 가치 있는 소설로 판단하고 있었음을 드러내준다.

월평을 통해 평자들이 확립해낸 공통의 언어적 지반은 김기진과 박영희 사이에 벌어진 내용·형식 논쟁의 기원을 이룬다. 김기진과 박영희의 논쟁은 여러 평자들이 공통적으로 사용했던 비평 술어 '실감'의 위상을 재정립하려는 시도였다. 묘사를 통해 실감을 만들어내는 것을 소설이 반드시 갖추어야 할 요건으로 본 김기진을 비판하며 박영희는 '실감'을 소설 평가의 암묵적 잣대로 여기는 견해가 당대의 통념임을 부각시킨다. 그러나 '실감'을 부르주아 문예비평가의 용어로 치부한 박영희와 달리, 김기진은 '실감'을 계승해야 할 필요가 있는 문학적 표현으로 인식했다.

내용·형식 논쟁이 진행되던 1927년,『조선지광』에는「문예시평」이라는 이름 아래 지속적으로 월평이 실렸다.『조선지광』월평의 대상은 동시대의 문단 제도·문학담론·연극과 영화와 같은 공연예술로까지 확대되었다. 그러나『조선지광』의 문예시평은, 김기진과 박영희의 내용·형식 논쟁에서 도출되었던 다층적 문제의식을 이어받지 못했고 개별 작품 속에 방향 전환 담론의 흔적이 담겨 있는지의 여부에만 초점을 맞췄다는 점에서 한계를 드러냈다.

『조선지광』의 월평 방식을 변화시킨 것은 박영희의 방향전환 담론이다. 방향전환 담론이 당대의 문예비평에 영향을 미치게 된 과정을 살펴보기 위해서는 우선적으로 1920년대의 지식체계가 변동되는 상황을 검토할 필요가 있다. 다음 절에서는 이 작업을 진행하도록 하겠다.

3. 메타비평의 확대와 문예비평의 위상 변화

『개벽』57호(1925.3)에는「最近 朝鮮에 流行하는 新術語」[107]라는 기사가 실렸다. 이 기사에서는 조선에서 만세운동이 터지고 난 후 새로운 말들이 생겨나게 되었다고 말하며 기미년 이후 조선에서 새롭게 유행되고 있는 술어(術語)들을 소개하고 있다.[108] 『개벽』이 소개하고 있는

---

107 「最近朝鮮에 流行하는 新術語」,『개벽』57, 1925.3.
108 '불령선인', '신일본주의', '일선융화', '문화운동', '실력양성', '사회운동', '노농운동(勞農運動)', '민중', '무산자', '뺄쪼아', '푸로레타리아', '매장(埋葬)', '성토(聲討)', '박발(撲潑)', '대회(大會)', '해방', '계급투쟁', '과도기', '연애자유(戀愛自由)', '물산장려', '번민고통', '어린이' 등이 이 글

당대의 신술어(新述語) 중 '사회운동', '노농운동', '민중', '무산자', '뿔쪼아', '푸로레타리아', '계급투쟁'과 같은 신어(新語)는 사회주의의 유입과 연관되어 있다.[109] 이 기사는 '사회운동', '노농운동', '민중', '뿔쪼아', '푸로레타리아'가 '무산자' 사이에서 많이 사용되는 말이라고 설명하고 있으며, '무산자'는 "主義者 間에 만히 使用"되는 '말'이라고 소개한다. 또한 '뿔쪼아', '푸로레타리아'는 불국어(佛國語)가 '수입(輸入)'된 것이라고 정리하고 있다. '뿔쪼아', '푸로레타리아' 같은 외래어가 사용되었다는 것은 사회주의가 당대에 널리 수용되고 있으며, 그러한 수용과정이 당대의 일상 언어까지 바꾸어 놓고 있었음을 보여준다.

1919년을 전후로 식민지조선에 사회주의 · 아나키즘 · 개조론 등의 사상이 유입되었다는 점, 유입된 사상들이 1920년대의 문학 관련 논의에 영향을 미쳤다는 점은 선행 연구에서 지적된 바 있다.[110] 그 사상들은 당대의 대중운동과도 밀접하게 관련되었지만, 조선사회의 당면 정세를 판단하는 인식체계를 변화시킨 근대 지식이기도 했다.[111] 본 연

에서 소개하고 있는 말들이다.

109 나머지 신술어들은 다음 세 가지 층위에서 해석될 수 있다. 첫 번째, '불령선인', '신일본주의', '일선융화'는 모두 일본인과 조선인 사이에 형성된 관계를 부각시키고 있는 말이다. 「최근 조선에 유행하는 신술어」에서는 "일본인 당국자들이 반일본 조선인"을 '불령선인'이라고 칭하기 시작했다고 말한다. 반면 '신일본주의'와 '일선융화'는 모두 친일본주의자들이 사용하는 말로 소개되고 있다. 두 번째, '문화운동' · '실력양성' · '물산장려'와 같은 말은 당대의 민족운동 혹은 점진파의 활동과 밀접하게 연관되어 있다. 이 기사는 '문화운동'을 "民族運動者 中에도 所謂 有志者 有識者 間에서" 많이 사용되는 말이라고 정리한다. 세 번째, '연애자유'와 '번민고통'과 같은 말은 조선의 청년남녀의 내면 풍경을 드러내고 있다. 「최근 조선에 유행하는 신술어」에서는 '연애자유'와 '번민고통'을 조선 청년들이 많이 쓰고 있는 용어라고 말한다.

110 김영민은 1920년대 비평의 사상적 배경을 민족주의의 분화 · 아나키즘의 유입 · 사회주의의 수용 · 유교 및 불교의 영향으로 정리한 바 있으며 유문선은 1920년대 초반 유행한 '개조론'에 주목하여 '신경향파 비평'의 형성 과정을 재조명했다. 최근의 연구에서는 아나키즘의 수용이 염상섭 및 동인지 『폐허』의 사상 체계에 영향을 미친 과정에 주목하기도 했다. 김영민, 앞의 책, 1989; 유문선, 『신경향파 문학비평 연구』, 서울대 박사논문, 1995; 이종호, 「일제시대 아나키즘 문학 형성 연구」, 성균관대 석사논문, 2006.

111 박헌호, 「'계급' 개념의 근대 지식적 역학」, 『상허학보』 22, 상허학회, 2008, 16쪽.

구에서는 1920년대의 지식체계[112]가 변화하는 양상을 분석하는 동시에, 그러한 변화가 당대의 비평술어에 미친 영향에 주목하려고 한다.

이와 관련하여 이 글에서 주목하고 있는 것은 1924년 7월 『개벽』에 실린 「중요술어사전」이다. 박영희가 편술한 「중요술어사전」은 사회주의 관련 용어와 문학 관련 술어들의 의미를 정리하고 있으며 비평 술어에 대한 문제의식을 본격적으로 드러낸 자료라는 점에서 의의를 지닌다. 비평적 글쓰기의 기반을 이루고 있는 '비평술어'의 의미를 정립하는 과정은 '비평'에 대한 '비평', 즉 메타비평이 전개될 수 있는 지반을 형성하는 작업이기도 했다.

「중요술어사전」에 대한 이 책의 분석은 1920년대 중·후반 일어났던 비평 관련 논쟁을 재조명하려는 문제의식과 연결되어 있다. 기존의 연구에서는 비평 논쟁을 표면적 주제에 입각해 분류했으며 민족문학과 계급문학이 대립하고 있는 양상에 주목하였다. 본 연구에서는 방향을 달리하여 ① 지식체계의 변동이 비평 술어에 대한 문제의식을 불러일으켰다는 점, ② 그 문제의식이 1920년대 중반 벌어진 다층적 비평 논쟁과 연결되고 있다는 점에 주목하려고 한다.

1) 지식체계의 변동과 「중요술어사전」의 의미

① 1920년대의 지식체계가 변동하고 있는 양상은 당대의 대표적 종합

---

112 김필동은 '지식' 개념을 "인간의 앎의 조직화된 형태로서 인류에게 도움이 되는 것"이라는 의미로 규정한다. 이러한 규정은 지식이 인식(앎)의 측면과 실천(도움)의 측면을 동시에 지니고 있다는 것을 부각시키고 있으며, '인류'라는 주체를 부각시켜 지식의 보편성을 강조하고 있다. 이 글에서 사용하고 있는 '지식' 개념은 김필동의 문제의식에 입각해 있다. 김필동, 「지식변동의 사회사 : 과제와 방법」, 『지식변동의 사회사』, 문학과지성사, 2003, 17쪽.

지였던 『개벽』을 통해 확인할 수 있다. 『개벽』은 창간호부터 다양한 사상가들의 이론을 개괄적으로 소개했다. 『개벽』 1호 「력만능주의의 급선봉」과 「신-인생표의 수립자」에서는 니체가, 3호 「막쓰와 유물사관의 일별」에서는 맑스의 사상이, 5호 「근대주의의 제일인 루소선생」에서는 루쏘가 소개되고 있다. 이후에도 『개벽』은 제임스[113] · 엘렌 케이[114] · 러셀[115] · 카펜터[116]의 사상을 연이어 소개하였다. 기존의 연구에 따르면 이 글들 중 니체 · 루소 · 제임스를 소개한 기사는 1915년 12월 일본에서 출간된 『近代思想 十六講』의 내용을 인용하고 있으며, 엘렌 케이 · 러셀 · 카펜터의 소개 글은 1920년 11월에 일본에서 출간된 『社會改造の八代思想家』의 내용을 인용하고 있다.[117] 발간된 지 얼마 되지 않은 책을 조선의 잡지에 번역해서 싣고 있다는 것은 『개벽』의 편집진들이 동시대 일본에서 유행하던 개조 사상에 많은 영향을 받고 있었음을 보여준다.

세계평화, 사회 · 경제구조의 개선 등을 모색한 '개조' 논의는 1910년대 후반부터 전 세계적으로 광범위하게 일어났다.[118] 『개벽』의 편집인이었던 이돈화는 『개벽』 1호에 실린 「최근 조선에서 起하는 각종의 신현상」에서 "개조의 소리가 널리 세계에 선포"되었고, 조선사회에도 이와 연관된 활동이 생겨나기 시작했다고 말한다. 같은 호에 실린 「세계를 알라」에서도 '개조'는 과거의 여러 가지 모순들을 고쳐나가기 위한

---

113 「근세 철학계의 혁명아 쩨임쓰 선생」, 『개벽』 6, 1920.
114 노자영, 「여성운동의 제일인자 엘렌케이」, 『개벽』 8, 1921.
115 묘향산인, 「사상계의 거성 쩌츄랜드 러셀씨를 소개함」, 『개벽』 11, 1921.
116 박사직초, 「개조계의 일인 에드와드, 카펜타아를 소개함」, 『개벽』 12, 1921.
117 허수에 따르면 『근대사상16강』의 공동편자는 나카자와 린센과 이쿠타 초코이며, 『사회개조의 8대사상가』의 공동편자는 이쿠타 초코와 혼마 히사오였다. 이상의 내용은 허수, 「1920년대 초 『개벽』 주도층의 근대사상 소개양상」, 『역사와 현실』 67, 한국역사연구회, 2008 참조.
118 '개조' 논의는 제1차 세계대전의 종결과 러시아 10월 혁명이라는 20세기 초반의 두 사건에 영향을 받아 일어났다. 이상 '개조'와 관련된 논의는 류시현, 「식민지시기 러셀의 『사회개조의 원리』의 번역과 수용」, 『한국사학보』 22, 고려사학회, 2006, 203쪽 참조.

일련의 노력을 의미하는 용어라고 말한다. 『개벽』 3호에 실린 「신시대와 신인물」이라는 사설에서는 '개조'라는 말의 의미를, "인류의 영력(靈力)이 자연의 上에 작용하야가는 변화"로 규정했다. 「신시대와 신인물」에서는 인류의 역사를, 자연의 압박을 개척해나간 역사이자 "영웅적 압박시대"에서 "평민적 평화시대"로 이행해간 과정으로 분석하고 있다. 여기에서 '평민'은 소수의 영웅이 아니라 다수의 보통 사람을 표상하는 말로 제시되고 있다.

일본 문화주의에 영향을 받은 개조론[119]은 사회진화론이 지배하고 있던 전대(前代)의 지식체계를 새롭게 재편했다. 사회진화론은 다윈의 진화론을 인간 사회에까지 적용시켜 적자생존·우승열패를 인류 사회의 지배적 원리로 규정 내린다. 사회진화론은 19세기 후반부터 20세기 초 일본의 학자들과 중국의 양계초를 경유하여 조선사회에 전파되었고 당대의 지식인들에게 커다란 영향을 미쳤다.[120] 사회진화론적 사상

---

[119] 박찬승은 『개벽』의 초기 사설에 나타난 개조주의가 일본에서 유행하던 '문화주의' 사조의 영향을 받았다고 지적한다. 이 점을 보여주는 대표적인 텍스트는 '백두산인'이라는 필명으로 이돈화가 발표했던 「문화주의와 인격상 평등」이다. 이 글에서 이돈화는 근래 참신한 흥미로 세계 인류를 자극하는 신숙어가 '문화'라고 이야기하며 문화는 "어떤 일정의 법칙에 의하야 필연적으로 발달하야 가는 것"이라고 말한다. 그러한 발달의 과정에 사람의 능력이 결합되어 있음을, 이돈화는 부각시키고 있다. 허수에 따르면 이돈화의 글은 쿠와키 겐요쿠의 『문화주의와 사회문제』 중 1장 1절 「세계개조의 철학적 기초」 중 '7. 인격적 평등' 부분과 1장의 2절 「문화주의」의 일부분을 차용하고 있다.
이와 관련하여 최수일은 『개벽』이 일본의 '문화주의'의 영향을 받은 것은 사실이지만 '문화주의'는 경제적 실력양성론, 사회주의와 함께 '개조주의'의 일부를 구성했다고 주장한다. 최수일은 『개벽』의 중심사상은 '개조주의'였으며 '개조주의'의 기저에는 '개벽사상'이 깔려 있다고 주장한다. 허수 또한 『개벽』의 문화운동에 중심 이념이 된 요소를 일본의 '문화주의'로 한정지을 수 없다고 말하며, 천도교 인내천주의와 문화주의 철학·개조론을 융합시킨 이돈화의 '사람성주의'가 『개벽』의 핵심 논리였다고 주장한다. 최수일과 허수의 견해는 일본 사상 체계의 직접적 영향보다는, 그 사상 체계를 수용한 『개벽』의 능동적 자세에 초점을 맞추고 있다. 이상의 내용은 박찬승, 앞의 책; 허수, 『이돈화연구』, 역사비평사, 2011, 99~101쪽; 최수일, 『『개벽』 연구』, 소명출판, 2008 참조.
[120] 사회진화론과 관련된 내용은 전복희, 앞의 책, 1996 참조.

이 경쟁에서 패배한 자들을 낙오자·약자로 인식하며 강자의 힘을 강조한 반면, '개조'를 강조하는 담론들은 영웅과 다수의 보통 사람을 구분한 후 보통 사람의 역할을 부각시키고 있다. 「문화운동의 급선무로 민중극을 제창함」[121]에서 현철이 20세기를 '민중시대'라고 지칭하며 민중극을 통한 문화운동의 중요성을 주장한 점은 그 대표적 예라고 할 수 있다. 천재나 영웅과 같은 1인의 비범한 주체가 아니라 집합적 주체의 중요성에 대한 논의가 본격화 되었다는 점은 1920년대의 지식체계가 재편되었음을 드러내는 요소로 볼 수 있다.

『개벽』은 평민·민중·다중·대중 등의 용어를 사용하며 집합적 주체의 힘을 인정하기 시작했다. 김기전의 「맹종으로부터 타협에 타협으로부터 자주에」[122](『개벽』 13호)는 이러한 인식이 잘 드러나 있는 글이다. 김기전에 따르면, 다양한 방면의 우수자(優愁者)들은 자기의 우수함을 "그러치 못한 多衆에게 과장하고" 자기들 중 한 명에게 통치자라는 이름을 부여하여 '만중(萬衆)' 앞에 군림했다. 김기전이 '다중' 혹은 '만중'으로 표상하고 있는 보통 사람들은 글의 마지막 부분에서는 '일반민중'이라는 말로 지칭되고 있다.

김기전은 '일반 민중'이 종래의 생활 방식을 변혁해야겠다는 생각을 가지기 시작했다고 말하며 그 원인을 다음 세 가지로 제시한다. 첫 번째, 일반 사람의 수가 늘어나고 있다는 것, 두 번째 우수계급에서 민중을 좀 더 영리하게 만들기 위해 보통교육을 행했다는 점, 마지막으로 일부 선각자의 선전(煽傳)운동을 들고 있다. 인구의 증가와 보통교육의 확대로 민중의 힘이 성장했다는 점을 인지하면서도 김기전은 그러한 변화에 미친 선각자의 영향 또한 부각시키려 한 것이다.

---

121 현철, 「문화운동의 급선무로 민중극을제창함」, 『개벽』 10, 1921.

122 김기전, 「맹종으로부터 타협에 타협으로부터 자주에」, 『개벽』 13, 1921.

1920년대『개벽』은 보통 사람들의 힘을 중요하게 생각하면서도 그들을 가르치고 대표할 수 있는 지도자의 역할도 강조했다.「조선의 발전과 조선인의 발전」[123]에서 조선민족이라는 말을 "1,700여 만의 大衆"이라고 바꾸어 부르며 조선인을 수량화시키고 있는 부분,「조선인과 정치적 생활」[124]에서 이돈화가 '민중정치'를 강조한 부분은 모두『개벽』이 대중의 힘을 인지하고 있었다는 점을 보여준다. 그러나「곳 해야할 민족적 중심세력의 작성」[125]에서는 "중심세력이 업는 민중은 민족도 아니"라고 주장하며 "대단체를 이루어 민족적 중심세력이 되는 자가 조선민족을 대표할 자"라고 말한다. 대중의 힘에 대한『개벽』의 인식은 곧 대중을 대표할 수 있는 중심세력에 대한 갈망과 연결되어 있는 것이다.

대중의 힘에 대한『개벽』의 이중적 인식은 이질적 성격을 지닌 지식을『개벽』에 소개하고 있는 것과도 연결된다. 이광수가「민족개조론」을 발표하기 전 번역한 르봉의「민족심리학」은 그중 대중의 수동성을 극단적으로 부각시키고 있는 논의에 해당한다. 이광수는『민족심리학』중「국민생활에 대한 사상의 세력」(『개벽』22호, 1922.4) 부분을 번역한다. 번역된 부분의 첫 머리에는 민족의 심리적 성격은 고정성을 지니며 오랜 세월에 걸쳐 유전적 축적의 과정을 거친 후에야 민족심리가 변화할 수 있다는 설명이 나온다. 이 부분은 이광수가「민족개조론」에서 르봉의 사상을 받아들인 핵심적인 부분이다. 이광수는 민족성의 고정적 성격과 가변적 성격을 구분한 후 조선의 민족성을 어떻게 개조할수 있을 지를 논하고 있다.

또한 번역된 부분에서 르봉은 새로운 사상이 사람들의 동의를 얻게

---

123 「조선의 발전과 조선인의 발전」,『개벽』30, 1922.
124 滄海居士,「조선인과 정치적 생활」,『개벽』29, 1922.
125 「곳 해야할 민족적 중심세력의 작성」,『개벽』34, 1923.

되는 과정에 대해서 이야기하고 있다. 르봉은 대다수의 민중이 감정에 입각해 사상을 받아들인다고 보았다. 그렇기에 민중의 심리 안에 침전된 사상은 혁명과 같은 거대한 변화를 일으키는 요인이 될 수 있음을 강조하고 있다. 르봉에 따르면 비평의 능력은 우월한 자만이 가지고 있으며 다수의 범인은 오직 모방의 능력을 가졌을 뿐이다. 그렇기에 각 시대 각 종족의 개인들은 일정한 공통개념을 가지고 있으며 국민의 혼은 그 개념을 통해 생겨나게 된다. 엘리트와 민중의 능력을 이분법적으로 구분하고 민중의 수동성을 강조하는 르봉의 견해는 「민족개조론」에서 지도자의 역할을 부각시킨 이광수의 논의와 맞물려 있다.[126]

이광수의 「민족개조론」은 여러 논자들의 비판을 불러 일으켰다. 그 중 『신생활』에 실린 글들은 사회주의적 관점에서 「민족개조론」을 비판하고 있으며 그 비판이 '개조'라는 말의 의미 분화를 드러내고 있다는 점에서 주목할 만하다.[127] 「춘원의 「민족 개조론」을 평함」[128]에서 신일룡은 개조라는 말은 제도나 조직에 한하여 사용되어야 한다고 말하며 모든 정신생활은 물질적 생활의 반영에 불과하다는 유물론적 역

---

126 김현주는 이광수를 비롯한 『개벽』의 주요 필진들이 대중의 부상을 위기로 느끼며 민족적 주체를 형성하여 대중을 통제하려 했다고 분석한다. 김현주, 「민족과 국가 그리고 '문화'」, 『1920년대 동인지 문학과 근대성 연구』, 상허학회, 2000. 이와 관련하여 「민족개조론」의 글쓰기를 보다 정치하게 분석한 논의로는 김현주, 「논쟁의 정치와 「민족개조론」의 글쓰기」, 『역사와 현실』 57, 한국역사연구회, 2005 참조. 그러나 이러한 연구들은 『개벽』이 대중의 힘이 지니는 긍정적 측면 또한 인식하고 있었음을 강조하지 않고 있다. 대중을 인식하는 『개벽』의 방식은 양면성을 지니고 있었다.

127 김현주 역시 『신생활』의 '민족개조론 비판'이 초기 사회주의자들의 담론적 실천을 대표한다는 점을 지적했다. 김현주는 『신생활』이 「민족개조론」에 나타난 이광수의 주장들과 논거들을 비판하는 한편, 그 주장들과 논거들을 지배하는 패러다임에 대한 비판으로까지 나아갔다고 평가한다. 김현주, 「1920년대 전반기 사회주의 문화담론의 수사학」, 『대동문화연구』 64, 성균관대 대동문화연구원, 2008.

128 신일용, 「춘원의 「민족개조론」을 평함」, 『신생활』 7, 1922.7.

사관을 주창한다. 김제관 역시 「사회문제와 중심사상」[129]에서 외면적 개조와 내면적 개조, 즉 제도의 개조와 인심의 개조를 구분하며 사회제도의 개조·사회 환경의 개조와 분리하여 인생의 개조를 주장하는 견해는 망상에 불과하다고 말한다. 이 글에서 김제관은 현재의 사회조직과 일체의 사회적 환경을 철폐하는 것을 개조의 원리로 삼고 있으며, 사회개조의 중심세력은 무산계급에 속하는 민중이라고 말한다. '개조'라는 말의 의미가 이광수의 「민족개조론」 발표를 계기로 명확하게 분화되었으며 그 분화는 사회주의 사상의 수용과정과 밀접하게 관련되어 있음을 확인할 수 있다.

1920년대 여러 매체를 통해 소개된 사회주의는 계급투쟁을 강조하며 무산대중의 능동성을 부각시킨다는 점에서 민족심리학과는 가장 대립적 성격을 지니고 있는 지식체계였다. 1920년대 초 『개벽』에 사회주의 사상을 주되게 소개했던 사람은 又影生 정태신이었다. 정태신은 『개벽』 1호에 「근대 노동문제의 진의」[130]를 쓰며 인류의 역사를 승자인 정복자 계급과 패자인 피정복자 계급과의 투쟁으로 해석한다. 자유민과 노예, 귀족과 평민, 중세의 영주와 노동, 근대의 자본가와 노동자가 정태신이 말하고 있는 계급이다. 이러한 논의는 인류의 역사를 계급투쟁의 역사로 해석한 맑시즘적 사유를 근간으로 하고 있다.

1910년대부터 본격적으로 소개되기 시작한 사회주의 사상에는 맑스주의뿐 아니라 아나키즘이나 길드 사회주의, 기독교사회주의 등과 같은 다양한 조류들이 혼재되어 있었다.[131] 정태신의 글과 같은 잡지(『개벽』 3호)에 실린 「사회주의의 약의(略義)」[132]라는 글에서도 '공산주

---

129 김제관, 「사회문제와 중심사상」, 『신생활』 7, 1922.7.
130 우영생, 「근대 노동문제의 진의」, 『개벽』 1, 1920.
131 박종린, 「1920년대 초 공산주의 그룹의 맑스주의 수용과 '유물사관요령기'」, 『역사와현실』 67, 한국역사연구회, 2008.

의', 사회민주주의를 연상하게 하는 '공유주의', 무정부주의로 이해된 '혁명적 사회주의', '강단사회주의' 등이 사회주의에 속한다고 소개되고 있다. 그러나 맑시즘은 점차 사회주의 담론의 주류로 등장하기 시작했다.『개벽』3호에 실린 「막쓰와 유물사관(唯物史觀)의 일별(一瞥)(읽은 중에서)」[133]에서 정태신은 보다 본격적으로 사회주의 사상을 소개하고 있다. 이 글에서는 헤겔의 철학에서 취한 '진화적 사유방법'과 유물론적 견해를 맑스주의의 특징으로 들고 있으며 이러한 사유 방식을 인류사회의 역사연구에 응용한 것이 '유물사관'이라고 말한다.[134]

1923~1924년에 이르면『개벽』은 사회주의와 관련된 내용을 적극적으로 소개하기 시작했다.[135] 허수에 따르면『개벽』의 논조 변화는『개벽』31호가 발간된 1923년부터 명시적으로 나타났다. 이러한 변화의 총론 격에 해당하는 31호의 논설 「범인간적 민족주의」에서『개벽』은 민족주의와 사회주의의 입장을 각각 비판하며 양자를 조화·절충하려고 한 문제의식을 드러냈던 것이다.[136]『개벽』논조가 변화한 원인은

---

132 「사회주의의 약의(略義)」,『개벽』3, 1920.

133 우영생, 「막쓰와 유물사관(唯物史觀)의 일별(一瞥)(읽은 중에서)」,『개벽』3, 1920.

134 정태신 글의 제목에 적힌 '읽은 중에서'라는 구절을 보면 이 글이 어떤 책을 읽고 나서 썼음을 추측할 수 있다. 박종린은 이 글이 사카이 도시히코가『사회주의연구』창간호에 게재한 「유물사관개요」를 참조했다고 지적한다. 박종린에 따르면, 미국의 맑스주의자 Louis Boudin의 책 The Theoretical System Of Karl Marx in the Light Of Recent Criticism에 의거한 이 책은 맑스주의 전반과 유물사관을 해설한 부분, '유물사관요령기'를 번역한 부분, 그리고 이를 해설한 부분으로 나뉘는데 정태신의 글은 사카이의 글 가운데서 맑스주의 전반과 유물사관을 해설한 부분에 의거하고 있다. 박종린, 「1920년대 초 정태신의 마르크스주의 수용과 '개조'」,『역사문제연구』21, 역사문제연구소, 2009 참조.

135 이광수의 「민족개조론」을 강도 높게 비판한『신생활』역시 소비에트 러시아의 문화, 맑스의 계급투쟁론을 적극적으로 소개한 잡지였다. 박종린의 연구에 따르면 「춘원의 「민족개조론」을 평함」을 쓴 신일용은『신생활』에 「사회주의 사상의 이론」, 「맑쓰사상의 연구 : 계급투쟁설」 등을 연재했고 일본의 대표적 맑스주의자 야마카와 히토시[山川均]의 글을 번역하기도 했다. 박종린, 「일제하 사회주의사상의 수용에 관한 연구」, 연세대 박사논문, 2006, 56~68쪽 참조.

136 허수, 앞의 글, 322쪽.

우선 『개벽』의 논자들이 『신생활』의 논자들을 비롯한 사회주의자들의
견해를 부분적으로 수용했다는 데서 찾을 수 있다.

　『개벽』32호에 실린 논설 「煽動的 解放으로브터 實行的 解放에」[137]에
서는 '해방'을 논하는 견해를 '內(心)의 解放'을 강조하는 견해와 '外의 解
放'을 강조하는 견해로 나눈다. '內의 해방'과 '外의 해방'을 나눈 방식은
『신생활』에서 '외면적 개조'와 '내면적 개조'를 구분한 틀과 동일한 성
격을 지닌다. 이 논설은 '外의 해방'을 강조한 견해의 예로 맑스의 유물
론을 들고 있으며, '外의 해방'을 강조하는 논의에 대해서는, 우리가
"가지고 잇는 心理를 改造"하려고 하면 "그 心理를 構造한 重大 原因이
되는 外界의 社會制度를 改造"해야 한다고 주장한 견해로 소개하고 있
다. 『개벽』32호의 논설에서는 '內(心)의 解放'을 강조하는 견해와 '外의
解放'을 강조하는 견해의 의의를 모두 인정한 후 양자를 병행해 나가는
것이 진정한 해방의 방법이라고 강조한다. 김기전이 쓴 「제 일의 해방
과 제2의 해방, 인류력사상의 이대해방선언」[138]에서도 프랑스 혁명과
러시아 혁명이 해방의 기본 정신을 가장 잘 표현했다고 말하며 전자를
정치적 인권해방의 선언으로, 후자를 경제적 인권해방의 선언으로 각
각 해석하고 있다.

　사회주의 사상에 영향을 받은 김기진의 글이 1923년 중반부터 지속
적으로 『개벽』에 실리기 시작한 점, 일본의 대표적 맑스주의자였던 사
카이 도시히코[堺利彦]의 「사회주의학설대요」의 번역이 연재된 점 등은
이러한 『개벽』의 내적 변화와 맞물려 있다.[139]

137　「煽動的 解放으로브터 實行的 解放에」, 『개벽』 32, 1923.
138　김기전, 「제 일의 해방과 제2의 해방, 인류력사상의 이대해방선언」, 『개벽』 32, 1923.
139　『신생활』은 야마카와 히토시[山川均]의 글을 번역했으며 『개벽』은 사카이 도시히코[堺利
　　彦]의 글을 번역했다. 사카이 도시히코[堺利彦]와 야마카와 히토시[山川均] 는 일본의 대표적
　　사회주의 이론가였으며, 김기진은 일본 유학 시절 이들에게 영향을 받았음을 밝히고 있다.

② 지식체계의 변동은 근대 문예비평에도 영향을 미쳤다. 대표적인 예로 '프롤레타리아'라는 낯선 외래어가 문예비평에 나타나기 시작했다는 점을 지적할 수 있다. 『개벽』31호에 실린 「문단의 일년을 추억하여」[140]에서 박종화는 외래어 '뿔조아'와 '푸로레타리아'를 '예술'이라는 말과 결합시키고 있다. 이 글은 계급투쟁운동이 여러 나라의 문단에서 예술의 가치론(價値論)과 현상론(現象論)에까지 영향을 미치고 있다고 지적하며 조선의 문단에도 '뿔조아예술'과 '푸로레타리아예술' 사이의 대치가 생겨날 것이라고 예상한다. 이러한 예상은 2년 후인 1925년 2월, 『개벽』56호에 「階級文學是非論」이라는 기획이 실림으로써 현실화되었다.

「階級文學是非論」은 김기진, 김석송, 박종화, 박영희, 염상섭, 나도향, 이광수와 같은 당대의 대표적 문인들에게 '계급문학'에 대한 입장을 표명하도록 요청했다. '계급문학'에 대한 입장을 표명하는 과정에서 문인들은 일반적 문학 개념에 대한 자신의 입장 또한 드러냈다. '계급문학'에 대한 반대 입장을 표명한 김동인과 염상섭은 각각 '예술가 자신의 막지 못할 예술욕'과 '예술의 완전한 독립성'을 강조했으며, 이광수는 '계급을 초월한 예술'에 대한 신념을 드러냈다. 반면 김기진과 박영희는 당대를 자본주의 사회로 규정한 후 자본주의 사회에서는 생활 상태가 계급적으로 분열되기에 생활의식, 그리고 생활의식에 의해 결정되는 미의식 또한 분열될 수밖에 없다고 말한다. 김기진과 박영희는 그러한 미의식의 분열 때문에 계급문학이 필연적으로 출현하게 된

김기진은 유학시절 사카이 도시히코[堺利彦], 야마카와 히토시[山川均], 오스키 사카에[大杉榮], 사노 마나부[佐野學]의 글을 즐겨 읽었으며 특히 아소 히사시[麻生久]에게 큰 영향을 받았다고 말하고 있다. 김기진, 「나의 문학청년시대」, 『신동아』, 1934.9 이외에도 김기진이 일본의 잡지『種蒔〈人』의 영향을 받아 바르뷔스와 투르게네프의 사상을 수용했다는 점은 김윤식이 강조한 바 있다. 김윤식, 『한국 근대 문예비평사 연구』, 일지사, 1976, 17~18쪽.
140 박종화, 「문단의 일 년을 추억하야」, 『개벽』31, 1923.1.

다고 말한다.

'계급문학'을 전면에 내세웠던 김기진과 박영희는 이후 김복진·김영팔·이익상·송영 등과 함께 '조선프롤레타리아예술동맹(=이하'KAPF')'을 결성하며 '문예운동'을 전개하기 시작했고, 「문단 최근의 일 경향」·「신경향파의 문학과 그 문단적 지위」 등의 월평을 통해 '신경향파의 탄생'을 선언했다. 이러한 김기진과 박영희의 비평은 이후 다양한 논쟁을 촉발했다. 1926년 1월에서 2월에는 '계급문학'의 성립 근거를 둘러싸고 염상섭과 박영희가 논쟁을 벌였으며, 1926년 말부터 1927년 초에는 김기진과 박영희가 '프로문예비평'의 역할과 관련된 논쟁을 벌였다. 1927년에는 이외에도 카프의 조직개편 문제와 연관된 '방향전환' 논쟁, 아나키즘을 둘러싼 논쟁들이 일어났다.[141]

이러한 논쟁들은 1920년대 중·후반 문단에서 문예비평의 위상이 변화하고 있는 상황, 그리고 '비평'에 대한 '비평', 즉 '메타비평'이 활성화되고 있는 상황과 맞물려 있다. 김기진은 1927년의 문단을 정리하는 글 「정묘 문단 개관」[142]에서 "정묘 1년간의 문예에 있어서 가장 주목할 것은 논단"이었다고 말하고 있다. 비슷한 시기 김기진은 1927년의 평론을 개괄하는 「일년간의 평론」[143]이라는 글을 발표한다. 이 글의 첫머리에서 김기진은 『조선일보』 측이 지난 일 년 동안 "문예평론계"에 있었던 중대한 사건을 적어달라는 주문을 해왔다고 밝히고 있다. 1920년대 중반 『개벽』에 실렸던 연간평(年間評)은 한 해 동안 발표된 시 작품·소설 작품만을 대상으로 설정하여 논의를 전개했다. 연간평의 대상이 '평론'으로까지 확장되었다는 것은 개개의 평론 글들이 '비평의

---

141 이상의 논쟁과 관련된 구체적 내용은 김영민, 앞의 책, 1999 참조.
142 김기진, 「정묘문단개관」, 『매일신보』, 1928.1.1.
143 김기진, 「일년간의 평론」, 『조선일보』, 1928.1.3.

대상'으로 설정되었음을 의미하며 이는 문단에서 '문예비평'의 위상이
높아지고 있었음을 보여준다. 김기진은 「일년간의 평론」에서 '문예 평
론'을 "문예 전체의 동향의 이론적 표상"으로 규정하며, '문예 평론'을
통해 문예의 장래 발전과정을 엿볼 수 있다고 말한다. '문예 평론'은 문
단의 현재와 미래를 가늠할 수 있는 시금석으로 자리매김된 것이다.

비평의 위상 변화는 비단 김기진만이 강조하고 있었던 것은 아니었
다. 1927년 1월에 발표되었던 「병인문단개관」에서 조선의 현문단을
'평론없는 문단'으로 인식했던 양주동은 『신민』 25호(1927.5)에 발표된
「문단여시아관」[144]에서는 '평론의 유행시대'라는 표현을 사용하며 근
래 문단에 비평이 성행하고 있음을 밝히고 있다. 이후 양주동은 「정묘
평론단총관 : 국민문학과 무산문학의 제문제를 검토비판함」(『동아일보』,
1928.1.2)[145]에서 1927년 발표된 평론을 개관하며 "평론의 평론"을 시도
해보겠다고 말한다. 양주동은 일 년 동안 발표된 평론들을 비판적으로
검토하며 이에 대한 평자 자신의 입장을 밝히는 비평, 즉 '메타비평'을
시도하려 하고 있는 것이다. 이러한 시도가 김기진의 「일년간의 평론」
이 발표된 것과 유사한 시기인 1928년 1월에 나타났다는 점 또한 주목
해야 한다. 서로 다른 비평관을 지니고 있었던 양주동과 김기진은
1927년 발생했던 다양한 비평 논쟁들을 정리하고 검토하는 작업의 필
요성을 공통적으로 인식하고 있었던 것이다.

양주동은 1927년의 비평을 정리하며 대부분의 비평 논의가 '국민문
학과 프로문학의 대립'을 제재로 삼고 있다는 점을 지적한다. 또한 '국
민문학' 진영이 이론 방면과 관련된 논의를 소홀히 하고 있다고 지적하
며, 일 년간 평단에서 논의된 대부분의 내용은 '프로문학'과 관련되어

---

144 양주동, 「문단여시아관」, 『양주동 전집』 11, 동국대 출판부, 1998.
145 양주동, 「정묘평론단총관 : 국민문학과 무산문학의 제문제를 검토비판함」, 위의 책.

있다고 말한다. 비평의 위상이 강화되고 '메타비평'이 출현하게 된 과정은 당대의 지식체계가 변화한 과정, 그리고 사회주의 지식의 수용이 비평 논쟁으로 이어지게 된 과정과 맞물려 있었다.

③ 사회주의 지식의 수용이 비평 논쟁으로 발전되기까지는 두 가지 작업이 뒤따라야 했다. 첫 번째는 맑스의 유물론과 사회주의 관련 지식을 논리적으로 수용하는 작업이고, 두 번째는 이와 연관하여 문학 및 예술에 대한 일반적 관념 자체를 성찰하는 작업이다. 『개벽』 5주년호(1924.7)의 부록에 실린 박영희의 「중요술어사전」 편집은 그러한 작업의 일환으로 해석될 수 있다.[146]

『개벽』 49호부터 51호에 걸쳐 연재된 「중요술어사전」은 '문학부'(1회)와 사상부(2회, 3회)로 각각 나뉘어 연재되었다. 1회 '문학부'에서 박영희는 '철학과 사상의 술어'를 제외한 문학 용어 92개의 의미를 정리하고 있다.[147] 박영희는 "가장 평이하게 가장 간단해서 단시간에 알도록" 힘썼다고 말하며 이러한 편집 작업이 전문적 비평가보다는 대중독

---

146 유문선은 박영희가 「자연주의에서 신이상주의에 기우러지려는 조선문단의 최근 경향」에서 부터 『백조』에서 '신경향파'로 기울어지는 모습을 보였다고 주장한다. 그러나 그러한 변화는 불안정하게 나타났으며, 『개벽』 54호(1924.12)에 발표된 「조선을 지내가는 에너스: 눈에 보이는 대로 생각나는 대로」에서 박영희의 변모가 보다 명확하게 가시화된다고 분석한다. 본 연구에서는 박영희가 편술(編述)한 「중요술어사전」을 분석하며 박영희의 글쓰기 방식이 변화하게 된 과정을 재조명하려고 한다. 유문선은 1925년 이후의 박영희가 문학비평 혹은 문학원론적 문제에 관심을 가졌다고 말하며 그 근거로 박영희가 「중요술어사전」을 편술한 점을 간략하게 언급하고 있다. 「중요술어사전」은 박영희가 본격적으로 사회주의와 연관된 비평 활동을 하기 이전인 1924년 7월부터 9월(『개벽』 49~51호)에 연재되었으며 「중요술어사전」이 편술된 1924년은 유문선이, 박영희의 문제의식이 변모하기 시작했다고 본 시기와 일치한다. 「중요술어사전」의 편술 작업은 박영희 비평의 변화 과정을 살펴볼 수 있는 자료로 재해석될 필요가 있다. 유문선, 「신경향파 문학비평연구」, 서울대 박사논문, 1995, 54~58쪽 참조.
147 박영희는 80개를 정리했다고 밝히고 있지만, 실제 제시된 '술어'의 개수를 계산해보면 모두 92개의 용어를 정리했음을 확인할 수 있다.

자를 위한 것이었음을 암시하고 있다. 또한 박영희는 일본어로 된 '문예사전'에 실제 사용할 수 없는 어휘가 너무 많다는 불만을 토로하며 '일어서적, 서양서적, 기타 사전'에서 '유행어의 진수'를 모았다고 말한다. 이를 통해 박영희의 「중요술어사전」 편집이 일본 및 서양의 서적을 번역하는 작업과 맞물려 있었음을 확인할 수 있다. 실제로 박영희는 모든 술어를 한자로 표기한 후 표기된 글자 뒤에 그 술어와 연결되는 영어, 불어를 병기하고 있다.[148]

「중요술어사전」에서 정리되고 있는 용어들 중 가장 많은 비중을 차지하고 있는 것은 문예사조 혹은 문학적 유파(流派)와 관련된 용어들[149]이다. 박영희는 이 용어들의 의미를 서술하는 과정에서 자신의 비평적 견해를 개입시키고 있다. 그러한 견해가 가장 잘 드러나 있는 용어가 '신이상주의(Neo-idealism)'와 '향락주의(Hedonism)', '유미주의(Aestheticism)'이다.

① 新理想主義(Neo-idealism) (文). 享樂主義의 藝術과 한가지, 새로운 主觀主義의 藝術이고 主觀的 情意的이라는 點은 가트나 그 方行은 다른 것이다. 그 다른 것은 人生主義나 人道主義라는 말로 表示하는 新理想主義의 文學인 까닭이다. 享樂主義의 藝術이 「藝術을 위한 藝術」이라면, 新理想主義의 藝術은 전혀 「人生을 위한 藝術」에 갓가운 것이다. 이 의미에서는 自然主義와 相通하는 點도 잇다. 그러나 自然主義는 그 背景에 機械的 人生觀으로 하여금 生기는 消極

---

148 대표적 예를 들면 다음과 같다. '擬古主義(Classicism)', '惡의 華(Les Flours du Mal)'
149 이에 해당하는 용어들로는 '의고주의', '자연주의', '데카단', '낭만주의', '낭만주의자', '낭만적', '신낭만주의', '신낭만주의자', '탐미파', '이기주의', '신이상주의', '인도주의', '개인주의', '신영웅주의', '이교주의', '인생파', '신비주의', '향락주의', '유미주의', '악마주의', '상징주의', '사실주의', '허무주의', '애상주의', '라쎄엘前派', '인상주의', '미래주의', '표현주의', '입체주의', '다다이즘', '입센이슴', '에루테루이즘(Werterism)', '상상주의', '희랍주의(Hellenism)' '희백래주의(Hebrewism)', '옵부로모쎄즘(Obolomovism)' 등 을 들 수 있다. 「중요술어사전」에 정리된 '문학' 관련 용어의 절반 정도는 문예사조 혹은 문학적 유파(流派)와 관련되어 있음을 확인할 수 있다.

的 悲觀主義가 잇는 대신에, **新理想主義**는 어듸까지든지 **積極的으로 人生을 肯
定하고, 生命을 사랑**하며, 努力함으로 더 조흔 길을 차지려는 意志로부터 생긴 것
이다. **自然主義**는 **傍觀的**인 데에 대해서 **新理想主義**는 **肯定的** 努力인 것이다.

(『개벽』 49호, 1924.7, 9쪽)

② 享樂主義(Hedonism) (文). 享樂主義나 ㅆㅗㄴ한 神秘主義 及乃 象徵主義는
다한가지 **데카단的 傾向**에 기우러진 藝術이다. 同時에 데카단의 佛蘭西 詩人들
은 다 가티 享樂派에 屬하엿다. 厭世思想과 神經過敏 等 不健全한 가운데서 일
어나는 **反動的 活動**이다.

(『개벽』 49호, 1924.7, 13쪽)

③ 唯美主義(Aestheticism) (文). **享樂主義**와 그 本質을 同一하게 가진 것이
니 英國의 와일드(Wilde, O, 1856~)의 特別히 主張하고 試行하든 主義니 主義
와 學說 뿐만이 안이라 直接 肉體에까지 日常 衣服化粧에까지 여러가지로 아름
답게 하엿다. 그가 主張하는 말의 一節을 이러하엿다. 모든 哲學이나 思想이나
科學은 다 그 主義도 變하고 또 人生生活의 永久치 못한 것이다. 그러나 「美는
人生生活에 傷함이 업는 唯一한 것이다」 (…중략…) 그런 고로 이것은 물론 '**藝
術을 위한 藝術**'인 동시에 또한 **데카단派** 詩人들의 享樂하는 主義다.

(『개벽』 49호, 1924.7, 14쪽)

'신이상주의'는 박영희가 지향하는 문학적 가치를 드러내는 술어였
다. 박영희는 이 말을 한편으로는 '향락주의'와, 다른 한편으로는 '자연
주의'와 대비시키고 있다. 박영희에 따르면 '향락주의'와 '신이상주의'
는 주관적 요소를 지닌다는 공통점을 지니고 있지만, '향락주의 예술'
과 '신이상주의 예술'이 추구하는 방향은 서로 다르다. 박영희는 '향락

주의'를 '예술을 위한 예술'과 연결시킨 반면 '신이상주의 예술'을 '인생을 위한 예술'과 연결시킨 후 양자를 대립시키고 있다.

또한 박영희는 '신이상주의'와 '자연주의'도 대비시켜 서술한다. 이 때 '자연주의'는 '소극적', '비관주의', '방관적'과 같은 표현과 연결되고 있는 반면, '신이상주의'는 '적극적', '인생', '긍정', '생명', '사랑'과 같은 표현과 연결되어 서술되고 있다.

'신이상주의'를 서술하는 박영희의 방식은 박영희 비평에 나타난 문제의식과 직접적 관련을 맺고 있다. 『개벽』 44호(1924.2)에 김기진의 「금일의 문학, 명일의 문학」과 함께 실렸던 「자연주의에서 신이상주의에 기울어지려는 조선문단의 최근 경향」에서 이를 확인할 수 있다. 「금일의 문학, 명일의 문학」에서 문학을 바라보는 자신의 관점이 유물사관에 입각해 있다는 것을 밝힌 김기진과 달리, 박영희는 「자연주의에서 신이상주의에 기울어지려는 조선문단의 최근 경향」에서 '신이상주의'라는 술어에 입각해 조선의 문단이 나아갈 바를 정리하고 있다. 이 글에서 '신이상주의'는 '자연주의'가 보여준 환멸을 넘어서 "적극적으로 인생을 긍정하고 생명을 사랑하"는 경향을 일컫는 말로 사용되고 있다. 박영희가 「자연주의에서 신이상주의에 기울어지려는 조선문단의 최근 경향」에서 "신이상주의"에 대해 서술하고 있는 내용은 앞에서 인용한 「중요술어사전」의 정리(인용문 ①의 강조 부분)와 일치한다. 이는 박영희가 자신의 비평을 통해 정립한 문제의식을 「중요술어사전」 편술 작업에 반영시키고 있음을 보여준다.

「중요술어사전」에서 '향락주의', '유미주의'는 '신이상주의'의 대립항적 의미만을 부여받고 있다. '향락주의'와 '유미주의'는 서로 상통한 것으로 이해되고 있고, 양자는 '예술을 위한 예술'을 주장하고 있으며 '데카당적 경향'과 연결된다고 서술되고 있다. '유미주의'가 미 그 자체를 목적으로 장려했으며 '예술을 위한 예술'이라는 슬로건과 연결되어 있다는 점은 오늘날의 '비평 용어 사전'에도 나타나고 있다.[150] 박영희의 서술이 오늘날의 서술과 다른 점은 '유미주의'를 '향락주의', '데카당'과 직접적으로 연결시키고 있다는 점, 그리고 '향락주의'와 '데카당'을 불건전하고 반동적인 활동으로 서술하고 있다는 점이다. 건전 / 불건전의 관점에서 당대의 예술적 경향을 비판하고 있는 박영희의 태도는 자신이 직접적으로 비판한 바 있는 이광수 비평의 사유 방식과도 닮아 있다.

「중요술어사전」은 박영희가 사회주의 지식을 수용하고 이를 대중적 언어로 번역하는 과정과도 연결되어 있다. 2회 '사상부'(『개벽』 50호, 1924.8)에서 박영희는 철학과 사상 관련 술어들을 정리해보려고 했으나 사회주의 이야기만 하다가 작업이 끝났음을 토로한다. 이를 통해 「중요술어사전」 중 '사상부'의 편술 의도가 사회주의 관련 술어들의 의미를 정리하는 데 우선적으로 맞추어져 있었다는 점을 추측할 수 있다. 박영희는 사회주의의 역사라든지 학설에 대해서는 자세히 서술하지 못했다고 말하며 사회주의 관련 술어를 정리하는 작업이 쉽지 않았음을 토로한다. 실제로 1회에서 문학용어 92개의 의미를 정리했던 박영희는 2회 '사상부'에서는 10개의 사회주의 관련 술어를 정리하는 데 그치고 있다.

그럼에도 「중요술어사전」은 박영희가 사회주의를 받아들이게 된 양상을 보여준다는 의의를 지닌다. 박영희가 2회 '사상부'에서 정리한 10개의 술어 중 처음 7개(①-⑦)는 다양한 사회주의 조류를 소개하는 데 맞추어져 있다.[151] 그 이후 정리된 '유물사관'과 '과학적 사회주의',

---

150 조셉 칠더즈 · 게리 헨치 편, 황종연 역, 『현대문학 · 문화비평 용어사전』, 문학동네, 2008.
151 그 10개의 술어는 다음과 같다. ① 사회주의 ② 공산주의 ③ 국가사회주의 ④ 쎌드사회주의 ⑤ 강단사회주의 ⑥ 과격파(Bolshevism) ⑦ 무정부주의 ⑧ 유물사관(唯物史觀) ⑨ 과학적 사회주의 ⑩ 잉여가치설. 또한 「사상부 3회」(『개벽』 51호, 1924.9)에서는 다음 술어를 정리하고 있다. ① 자본주의 ② 자본집중설 ③ 수정파 사회주의 ④ 쌘듸카리슴 ⑤ 세계주의 ⑥ 민주

'잉여가치설'은 박영희가 어떠한 관점에서 사회주의를 수용하게 되었는지를 보여주고 있는 용어들이다. 박영희는 '과학적 사회주의'라는 용어를 정리하며 맑스로 인해 "독립된 과학을 겸유한 사회주의"가 성립되었음을 강조하고 있다. 박영희 역시 '맑스주의'에 초점을 맞추어 사회주의를 수용하고 있었다는 점을 확인할 수 있다.

박영희는 '잉여가치설'에 대해 설명하는 과정에서 맑스주의의 2대 근본원리는 '유물사관'과 '잉여가치설'라고 말한다. 박영희는 '잉여가치설'을 노동력의 상품화 현상과 연결하여 설명하고 있으며 자본가는 노동자가 생산하는 잉여가치를 약탈하는 과정을 통해 이윤을 획득한다고 서술한다. 또한 '유물사관'에 대해 박영희는 인류역사의 근저를 계급투쟁에 있다고 보는 견해라고 정리하며 계급이 생기게 된 원인을 모든 사회의 근저에 있는 "물질적 생활의 생산관계"에서 찾고 있다. 맑스주의 사상에 근거했을 때 '생활'이 '생산관계'라는 개념과 연관된다는 점이 명시화되고 있다.[152] 동시에 박영희는 유물사관이 "물질적 생활의 생산관계가 모든 정신계, 사상계의 상태를 필연적으로 지배한다"고 보는 견해이자 "유기적 자연계에 잇는 진화의 법칙을 곳 인류발달의 역사에 적용한 것"이라고 보았다. 진화의 법칙과 연결하여 유물사관을 이해하는 태도[153]는 곧 "인간의 자유의지로서는 좌우할 수 업다고 하는 결정론"을 부각시키는 서술로 연결되고 있다.

주의 ⑦ 제국주의 ⑧ 임은철칙(賃銀鐵則) ⑨ 스미쯔학파 ⑩ 자유방임주의.

152 최근의 연구에서는 박영희 비평의 변화 과정을 '생명'이라는 낭만주의적 메타포가 경제적 층위에서의 '생활'로 대체되는 과정으로 이해했다. 사회주의 지식을 대중적 언어로 번역해낸 「중요술어사전」의 편찬 작업 역시 그러한 대체 과정의 한 축을 담당했을 것으로 추측된다. 이철호, 「신경향파 비평의 낭만주의적 기원」, 『민족문학사연구』 38, 민족문학사연구소, 2008.

153 박영희가 맑스의 유물사관을 다윈의 진화론과의 관련 속에서 설명하고 있다는 점은 송민호도 지적한 바 있다. 송민호, 「1920년대 맑스주의 문예학에서 '과학적 태도' 형성의 배경」, 『한국현대문학연구』 29, 한국현대문학회, 2009, 96쪽.

『개벽』56호(1925.2)의 특집 「계급문학시비론」에 실린 글 「文學上 公利的 價值如何」에서 박영희는 현대의 사회를 '산업적 사회'로 정의하며 산업사회의 예술을 논하기 위해서는 '자본주의의 정체'를 음미해볼 필요가 있다고 말한다. 박영희는 자본주의를 '금전이 사람을 지배'하는 시대로 정리하며 '利慾的 衝動'에 지배를 받는 자본가는 노동자의 개성을 무시하고 노동자를 "물건의 단편"으로 사용한다고 말한다. 이 부분에서 박영희는 노동력이 상품화되고 있는 현상과 자기 소외를 겪는 노동자의 모습을 제시하며 자본주의의 모순을 설명하고 있다.

이후 박영희는 자본가 계급과 무산계급이 서로 다른 생활 의식을 지니게 되었다고 말하며, 미의식은 생활의식의 지배를 받기에 프롤레타리아의 문학은 부르주아의 문학과 다를 수밖에 없다는 점을 강조한다. '신이상주의'를 전면에 내세웠던 「자연주의에서 신이상주의에 기울어지려는 조선문단의 최근 경향」과 비교해보면 박영희가 「文學上 公利的 價值如何」에서 유물론적 사상을 정돈된 언어로 서술하기 시작했다는 것을 확인할 수 있다. 미의식이 생활의식의 지배를 받기에 계급문학 또한 필연적으로 성립된다고 본 「계급문학시비론」에서의 박영희의 문제의식 또한 역사적 유물론을 진화 법칙의 일종으로 정리한 박영희의 견해와 맞닿아 있다.

「중요술어사전」은 당대의 지식체계가 사회주의를 중심으로 변동하기 시작했으며 지식체계의 변동이 사상 및 철학과 관련된 새로운 술어들을 유통시켰음을 보여준다. 「중요술어사전」은 그러한 술어들의 의미를 정리하여 사회주의 지식을 보다 대중적인 언어로 번역하려 시도했다. 이는 박영희 비평에서 사회주의가 수용되는 방식을 상징적으로 드러내준다. 박영희는 사회주의 관련 지식을 대중적 언어로 번역해내는 작업을 거친 이후 유물론적 미학을 자신의 비평 속에서 체계적으로 표현해낼 수 있게 된 것으로 보인다. 「중요술어사전」의 편술 이후, 박영희가 「계급문학시비론」에서 '노동력의 상품화' 현상과 '유물사관'에 대해 본격적으로 서술하기 시작한 것을 통해 이를 유추할 수 있다.

박영희는 「중요술어사전」에서 '사회주의' 관련 술어뿐 아니라, 문학 관련 담론들에서 사용되던 용어의 의미 또한 정리하려 시도했고, 그러한 정리의 과정은 문학 용어들의 의미를 박영희의 비평적 관점에서 정립하려는 문제의식을 내포하고 있었다. '신이상주의', '향락주의', '인생을 위한 예술' 등은 그러한 문제의식의 결과로 부각된 용어들이었다. 「중요술어사전」을 통해 정립된 용어들은 이후 박영희가 염상섭, 김기진 등과 비평 논쟁을 벌일 때도 반복적으로 나타나고 있다.

2) 비평방법의 분화와 사회어의 구축

1926년부터 1928년은 비평 논쟁이 빈번하게 일어난 시기였다. 1920년대 초반 김동인과 염상섭, 현철과 황석우, 김억과 박종화 사이에 벌어진 비평 관련 논쟁들은 개인과 개인 사이에 벌어진 논쟁의 성격을 지니고 있었다. 그러나 1926년부터 1928년까지 벌어진 논쟁에 참여한 비평가들은 자신의 비평관을 개인적 견해가 아니라, 특정한 집단을 대변하는 관점으로 인식했다. 김기진의 월평을 비판하며 박영희가 김기진 개인의 비평관뿐만이 아니라, "프로문예비평가의 태도"까지를 문제삼고 있는 것에서 이를 확인할 수 있다. 1926년부터 벌어진 비평 논쟁에서 문예비평은 특정한 사회 집단과 밀접하게 연결되어 있는 활동으로 이해되기 시작한 것이다.

기존의 연구에서는 1926년부터 1928년까지 벌어진 논쟁들을 논쟁의 표면적 주제에 입각하여 '내용 · 형식 논쟁', '아나키즘 논쟁', '계급문학 · 국민문학 · 절충파 논쟁' 등으로 분류했다. 그러나 이 논쟁들은 거의 동일한 시기에 진행되었으며, 유사한 문제들을 반복적으로 논하고 있었다. 그 문제들은 다음과 같이 정리될 수 있다.

첫 번째, 문예 작품을 어떻게 비평할 것인가. 이 문제는 '내용 · 형식 논쟁'에서 집중적으로 논의되었으며 아나키즘 논쟁과 절충파 논쟁에서도 이와 관련한 문제를 거론하고 있었다. 문예 작품의 비평 방법에 대한 논의는 ① 문예 작품의 표현 형식과 사회적 의의 중 어느 부분에 초점을 맞춰 비평할 것인가, ② 일정한 목적의식에 입각하여 제작된 문예 작품을 어떻게 평가할 것인가의 문제와 연관되어 있었다.

두 번째 문예 활동의 주체를 어떻게 설정할 것인가. 문예 활동의 주체를 창작자 개인으로 인식했던 1920년대 초반 문학 관련 논의와는 달리, 1920년대 중반에는 문예 활동의 중심을 '무산계급', 혹은 '문예운동조직(=KAPF)'으로 설정하려는 시도들이 생겨났으며 이에 대한 반작용으로 '조선민족'을 부각시키는 논의 또한 생겨났다.

이 장에서는 1920년대 중 · 후반 벌어진 논쟁들을 표면적 주제에 따라 분류하던 기존의 연구와 방향을 달리하여, '사회언어적 상황'이라는 문제 설정하에 이들 논쟁을 재조명해보려고 한다. 언어를 사용하는 주체들은 특수한 입장과 관심들이 각축을 벌이고 있는 역사적 언어 체계 속에서 서로 의사소통하고 있다. 말과 글이 생성되는 모태는 추상적이고 비역사적인 언어 체계라기보다는 사회적 갈등이 지배하는 사회언어적 상황인 것이다. 특정한 역사적 언어 체계 내에서 일어나는 변화는 기술 · 학문의 분업화, 이데올로기적 갈등, 문학 · 예술 분야의 혁신과 밀접하게 연결되어 있다. 그렇기에 개별적으로 수행되고 있는 언어 행

위의 이면에는 다양한 집단의 입장과 관심·이해관계가 자리 잡고 있다.[154]

1920년대 중반의 비평 논쟁은 전문적 비평 언어와 특정한 사상에 영향을 받은 언어들이 교섭하며 상호 작용을 일으키는 자리에 위치하고 있었다. 1920년대 문예비평은 문예적 글쓰기의 규범을 확립하고 당대의 작품을 가치판단하며 전문적 언어 체계를 구축하기 시작했다. 앞의 장에서 분석된 「중요술어사전」의 문학용어목록은 당대에 수용되고 있던 비평용어의 범위를 가늠할 수 있게 해준다. 또한 「중요술어사전」에 사회주의 관련 술어에 대한 해설이 담겨 있었던 것에서 알 수 있듯, 1920년대는 다양한 사상 관련 어휘들이 유입되기 시작한 시기이기도 했다. ①에서 다룰 염상섭과 박영희 사이의 논쟁은 전문적 비평 언어와 사회주의 사상에 영향을 받은 비평 언어가 충돌하는 지점을 보여주고 있다.

① '계급문학'을 본격적으로 비판하며 논쟁의 서두를 연 것은 염상섭이었다. 염상섭은 「계급문학을 논(論)하야 소위 신경향파에 여(與)함」[155]이라는 글에서 박영희의 「신경향파 문학과 그 문단적 지위」를 강도 높게 비판한다. 그 비판의 내용은 크게 세 가지로 요약된다.

첫 번째로 염상섭은 문단의 신경향이 나타났다는 박영희의 분석 자체에 동의하지 않고 있다. 염상섭은 박영희가 문단의 새로운 경향이라고 말한 특징들이 실제로는 기존의 문학에서도 발견된 특징이거나 혹은 제재 상의 신기함에 그치고 있음을 지적한다. 염상섭은 주인공이 살인이나 강도를 하는 것, 혹은 선전문을 작성하는 것을 신경향으로 볼 수 없다고 주장한다. 이와 연관하여 염상섭은 박영희가 말하는 "부

---

154 페터 V. 지마, 허창운·김태환 역, 『이데올로기와 이론』, 문학과지성사, 1996, 404~409쪽.
155 염상섭, 「계급문학을 논(論)하야 소위 신경향파에 여(與)함」, 『염상섭전집』 12, 민음사, 1987.

르주아 문학의 전통과 전형"이 무엇인지를 명확하게 밝히라고 주장한다. 낭만적인 정서에서 벗어났다는 것, 작자가 유탕적(遊蕩的) 기분에 빠지지 않았다는 것은 프로 문학과 비프로문학을 구분하는 잣대가 될 수 없다는 점을, 염상섭은 지적하고 있는 것이다.

두 번째, 염상섭은 인간이 지니고 있는 보편적 정서를 부각시키며, 그 정서를 무시한다면 프로문학이라는 것도 존립할 수 없다고 주장한다. 그중에서 특히 염상섭이 옹호하고 있는 것은 낭만적 열정이다. 염상섭은 프롤레타리아에게도 열정이 있다고 말하며 "아름답고 청신한 정서"라든지 "지순한 심정을 욕구"하는 감정이 드러나는 순간 문학은 계급적 구분을 초월할 수 있다고 강조한다. 프로문학이 강조하는 해방에 대한 의욕, 전투의지도 그러한 낭만적 심정을 통해 점화될 수 있을 것이라고, 염상섭은 보고 있는 것이다.

세 번째, 염상섭은 문예 작품의 성분을 예술적 가치 · 표현미 · 내용으로 분류한 후 그중 예술적 가치와 연결되는 것은 표현미임을 강조한다. 염상섭은 문예 작품의 '내용'을 사상 · 감정 · 제재로 나누고, '표현미'를 형식 · 수법 · 관찰로 나눈다. '내용'과 '형식'을 구분하여 예술에 대해 논하는 방식은 3장 1절에서 분석했던 것처럼 현철과 이광수 또한 시도하고 있었다. 그러나 이들이 '표현'을, '표현하려고 하는 동기(=내용)'와 '표현형식'의 층위에서 함께 논하고 있는 것과 달리, 염상섭은 '표현미'를 '형식'과 '수법'의 문제에 한정시킨다. 염상섭은 "사상과 감정을 담는 그릇인 표현수단"이 작품을 예술품으로 만들어주는 요소라고 인식하고 있었으며 이때 '내용'은 부수적 역할만을 담당하게 된다고 보았다.

이상 정리한 세 가지 논리는 염상섭의 글에서 긴밀하게 연결되어 있다. 염상섭은 결국 신경향파 문학의 탄생을 선언한 박영희의 담론이 표현형식의 층위를 무시했으며, '내용' 중에서도 '감정'의 문제를 등한

시한 채, '사상'과 '소재'만을 부각시켰다고 비판한 것이다. 염상섭은 프롤레타리아와 부르주아의 대립된 생활 방식이 존재한다는 점을 인정했지만, 예술에 있어서 본질적인 것은 개인이 가지고 있는 정서, 그리고 표현 형식이라고 인식하고 있었다.

이 중 내용과 형식을 구분하며 형식의 중요성을 강조한 부분, 개인이 느끼는 정서가 문학 활동의 핵심을 차지한다는 지적은 1926년 말부터 1927년 초에 진행된 김기진과 박영희의 '내용 · 형식 논쟁'에서도 논의되고 있는 요소이다. 염상섭 비평은 '내용 · 형식 논쟁'에서 제기될 핵심 쟁점들을 선취하며 박영희의 담론이 지니는 문제점을 체계적으로 지적했다는 점에서 의의를 지닌다. 그러나 염상섭은 현대 사회에 분열된 생활 방식이 존재한다는 점을 인정했으면서도, 그 생활방식이 예술적 가치, 즉 표현미의 문제와 어떻게 연결될 수 있는지를 설명하고 있지 않다. 염상섭은 표현미를 규정하는 잣대가 역사적 변화에 따라 변동할 수 있다는 점을 염두에 두지 않았다. 생활 방식의 변화와 표현 형식의 변화를 매개할 수 있는 지점을 논의에 포함시키고 있지 않았다는 점에서 염상섭 비평은 한계를 지닌다.

염상섭의 글에 대한 반론인 「신흥예술의 이론적 근거를 논하여 염상섭군의 무지를 박함」에서, 박영희는 생활의 분열이 필연적으로 미의식의 분열을 낳는다고 주장한다. 그렇기에 박영희는 기존의 예술을 부르주아 예술로 규정한 후, 이를 프롤레타리아 예술과 대립시키는 데 논의의 초점을 맞추고 있다. 우선 박영희는 20세기까지 발전해 온 예술을, '예술을 위한 예술'과 '인생을 위한 예술'로 분류하며 양자를 대립시킨다. 박영희는 이 대립적 틀 아래에서 염상섭이 제기한 개성의 문제와 표현형식의 문제를, 논박하고 있다.

①即 前者는 **藝術에 대한 美의 發展만을 創造**함에 있으며 後者는 人生에게 必然的으로 잇서야 할 엇더한 積極的 生存過程에서 **새로운 理想**을 藝術이라는 美의 手段을 거쳐서 創造하는 것이니 하나는 **美의 享樂**이오, 하나는 **人生生活의 理想**이다. 이럼으로써 **藝術을 爲한 藝術을 創造하는 者**들은 生活의 理想을 오직 **美를 享樂**하는 데서 探求하려 하며, **生活을 爲한 藝術創造를 하려는 者**는 生活의 **理想**을 그 生活이 向上하며 進化하여야만 할 眞理를 探求하는데 있으니 **前者는 遊戲的 享樂的 個人的**이요, **後者는 建設的 創造的 集團的**이랄 것이다.[156]

② 그러나 個性問題가 없는 것은 아니다. 다만 個性問題를 取扱하는 方法이 다르니 個人이 個性의 享樂만 爲하여 創造하는 藝術의 個性的 價值와 個性이 社會的 洞察力을 가지고서 그 個性의 創作的 努力의 影響이 社會的으로 波及되는 社會的 價值가 다르다는 말이니 前者는 **沈滯的**이오 **消極的**이며 後者는 **進化的**이며 **積極的**이다.[157]

③ 그러나 '푸로레타리아'文學은 **個人 本位의 文學도 아니며** 觀念的 文學論 혹 觀念的 藝術論에 沒頭하지 안는 것은 勿論이요, 그들의 文學이 人生生存의 積極的 過程에서 人生이 맛당히 가지지 안흐면 아니 될 生活의 延長的 表象이니, 그 表象 뿐만 아니라 그 效果가 **'쁘르즈아'文學**에 있어서는 **內在的**으로 靜的으로 **個人 官能 享樂** 或은 **個人의 利嗜**를 爲한 것에 있으면 **'푸로레타리아'의 文學**은 **表出的**으로 **動的**으로 **集團的** 生活 行動의 **眞理**의 表象에 있는 것이다.[158]

첫 번째 인용문에서 확인할 수 있듯이 박영희는 '예술을 위한 예술'

156 박영희, 「신흥예술의 이론적 근거를 논하여 염상섭군의 무지를 박함」, 이동희 · 노상래 편, 『박영희 전집』 3, 영남대 출판부, 1997, 149~150쪽.

157 박영희, 앞의 책, 151~152쪽.

158 위의 책, 158쪽.

과 '생활을 위한 예술'을 대립시키고 있다. 박영희의 비평에는 "'예술을 위한 예술'은 A이며 '생활을 위한 예술'은 B이다"와 같이 두 개의 예술 관을 대비하는 통사 구조가 반복적으로 나타나고 있다. 박영희는 양자의 예술관을 설명하는 A와 B 부분에 서로 대립되는 자질을 가진 어휘들을 배치하고 있다. '예술을 위한 예술'을 설명할 때에 박영희는 '향락적'과 '유희적'과 같이 개인의 쾌락을 연상하게 하는 표현들을 배치하고 있는 반면, '생활을 위한 예술'을 설명할 때에는 '향상', '건설', '창조적'과 같이 활동적 움직임을 부각시키는 단어들을 배치하고 있다.

'예술을 위한 예술'을 '향락' 및 '유희'와 연결시키는 서술 방식은 앞의 절에서 분석했듯이 박영희의 「중요술어사전」에서 나타난 바 있다. 아름다움만을 추구하는 예술이라고 해서 그 예술이 향락적이고 유희적인 속성을 지닌다고 단정하기는 어렵다. 그러나 박영희에게 중요한 것은 "미의 발전"만을 추구하는 예술이 왜 향락적이며, "생활을 위한 예술"이 왜 건설적인지를 해명하는 작업이 아니다. 대립되는 속성을 가진 단어를 배치하여 '생활을 위한 예술'과 '예술을 위한 예술' 사이의 단절을 부각시키는 것, 더 나아가 '예술을 위한 예술'을 불건전한 논의로 단정하는 데 박영희 담론의 목적이 놓여 있다.

두 번째 인용문에서에서 확인할 수 있듯 예술과 개성의 문제를 해명할 때에도 박영희는 '개인에 초점을 맞추는 예술'이 개성을 취급하는 방식과 '집단에 초점을 맞추는 예술'이 개성을 취급하는 방식이 다르다는 점을 부각시킨다. 박영희는 '침체적', '소극적'과 같이 정적(靜的)인 분위기를 만들어내는 단어를 전자의 예술과 연결시키고 있고, '진화적', '적극적'과 같이 동적(動的)인 분위기를 만들어내는 단어를 후자와 연결시키고 있다.

이러한 어휘 체계는 '프롤레타리아 문학'의 속성을 서술하는 세 번째 인용문에도 반복되고 있다. '프롤레타리아 문학'의 속성을 규정할 때 박영희는 "프롤레타리아 문학은 A가 아니라 B이다"와 같은 유형의 통사 구조를 사용한다. 이때 A에는 앞에서 '예술을 위한 예술'을 설명할 때 제시되었던 어휘들, 즉 '내재적'·'정적(靜的)'·'개인관능'·'향락'·'개인의 이기' 등이 배치되어 있고, B에는 '인생을 위한 예술'을 설명할 때 제시되었던 '표출적'·'동적'·'집단적'과 같은 어휘 등이 사용되고 있다. 이를 통해 이 시기 박영희가 강조한 '프롤레타리아문학'은 '예술을 위한 예술'을 비판하고 '인생을 위한 예술'을 부각시킨 '신이상주의'의 범주에서 크게 벗어나지 못했다고 결론내릴 수 있다.

염상섭은 박영희가 피상적으로 정의한 '부르주아 문학'이라는 개념을 비판하며 '내용', '표현', '예술적 가치'와 같은 용어를 통해 모든 문학이 지녀야 할 보편성에 대해 역설했다. 그러나 박영희는 이러한 용어들을 '예술을 위한 예술'이라는 명제 하에 전면 부정하고, '예술을 위한 예술'과 '생활을 위한 예술'을 대립시키는 데 초점을 맞춘다. 그 과정에서 '생활', '진리', '집단적', '동적', '적극적'과 같은 어휘들은 '프롤레타리아 문학'과 밀접하게 연결된 단어로 설정되고 있다.

이러한 언어 체계는 박영희뿐 아니라, 계급문학에 동조하는 비평가들도 공유하고 있었다. 한설야가 「계급문학에 관하여」(『동아일보』, 1926.10. 25)에서 금일의 문학을 "부르주아의 유희를 묘사"한 것으로 서술한 부분이나 임화가 「무산계급 문화의 장래와 문예작가의 행정」(『조선일보』, 1926.12.27~28)에서 "유산계급의 문학"을 '개인주의 사상', "신비, 비관, 퇴폐 등의 특색"과 연결시킨 후, '무산계급의 신흥문학'을 '집합주의적 정신', '심오한 생활의 의식'과 연결시킨 부분에서 이를 확인할 수 있다. 즉 염상섭의 논의를 반박하는 과정에서 제시되었던 박영희 비평의 언어체계는 무산계급문학운동에 동조하는 비평 집단의 언어체계로 형성되고 있었던 것이다.

지마에 따르면 모든 사회집단은 다른 집단과 구별되는 특별한 어휘를 사용하며, 동시에 이 같은 자기 집단 고유의 어휘 목록을 특정한 분류 체계에 입각해서 분할한다. 이를테면 '수정주의적', '반동적', '국제주의적'과 같은 형용사들은 자유주의나 보수주의의 언어체계와 구별되는 맑스-레닌주의 사회(집단)어의 표지가 된다. 이때 개별 어휘들은 맑스-레닌주의가 제기한 특수한 분류 체계 속에서 제2의 의미를 얻게 되는 것이다. 특정한 어휘 목록과 의미론적 토대를 공유하는 담론들 전체를 가리켜 페터 지마는 '사회어(Soziolekt)'[159]라고 부르고 있다.[160] 염상섭과의 논쟁에서 제시되었던 박영희의 분류 방식과 어휘 목록이 한

---

159 페터 지마의 'Soziolekt'를 허창운 · 김태환의 경우에는 '사회어'로 번역하고 있고, 김태환의 경우에는 '사회집단어'로 번역하고 있다. 'Soziolekt'의 영어 번역어인 'sociolect'를, '사회언어학'에서는 '사회방언'이라는 말로 번역하고 있다. 사회언어학은 실제로 발화된 자연어에 관심을 두고 있으며, 자연어가 변종된 양상에 주목하여 사회적 방언에 대해서 연구한다. 반면 지마의 경우 자연어의 어휘 · 의미 · 통사구조를 기반으로 2차적 언어를 만들어내는 텍스트(글)를 논의 대상으로 설정하고 있다. 이 책은 당대에 통용되던 자연어가 아니라, 텍스트 안에 드러나 있는 '2차적 언어'를 논의하고 있기에 지마의 문제의식을 많은 부분 수용하고 있다. 따라서 이 책에서는 허창운과 김태환의 의도를 절충하여 'Soziolekt'를 '사회어' 혹은 '사회(집단)어'로 표기하려고 한다. Peter V. Zima, *Moderm/Postmoderne : Gesellschaft, Philosophie, Literatur*, A. Francke Verlag Tübingen und Basel, 2001, 38쪽; 페터 V. 지마, 김태환 역, 『모던 / 포스트모던』, 문학과지성사, 2010, 43쪽; 페터 V. 지마, 허창운 · 김태환 역, 『텍스트사회학이란 무엇인가』, 아르케, 2001, 105~116쪽; 페터 V. 지마, 허창운 · 김태환 역, 『이데올로기와 이론』, 문학과지성사, 1996, 359~363쪽.

160 지마는 어휘 체계의 차이가 '사회(집단)어'의 구별을 가능하게 하는 '징후'가 될 수 있다고 보았지만, '사회(집단)어'들 사이의 경계를 보다 정밀하게 확정하기 위해서는 개별 어휘의 배경을 이루는 의미론적 차원을 분석해야 한다고 주장한다. 지마는, 개별 텍스트에서 제시되고 있는 '분류방법'이 개별 텍스트 안에 제시된 어휘에 새로운 의미를 부여한다고 보았다. 지마에 따르면 모든 집단의 관심은 특정한 분류 기준을 수용하고, 그 외의 분류 기준을 배척하는 방식을 통해 표출된다. 예를 들어 계급 대립을 분류의 토대로 삼으면서 사회경제적 현상들을 "부르주아적" 또는 "프롤레타리아적인 것"으로 분류하는 맑스주의자는 뒤르켐의 사상을 옹호하는 사람들이 주장하는 "기계적 연대"와 "조직적" 연대의 대립을 인정하지 않을 것이다. 이 두 가지 대립적 유형의 연대는 계급을 초월하여 나타나는 현상으로 정의되고 있기 때문이다. 이상의 내용은 페터 V. 지마, 허창운 · 김태환 역, 『이데올로기와 이론』, 문학과지성사, 1996, 386~387쪽 참조.

설야, 임화에게도 반복되고 있다는 것은 '무산계급운동'에 동조하는 비평가의 언어 체계가 '사회(집단)어'의 성격을 지니기 시작했다는 것을 의미한다. KAPF 비평의 언어 체계는 김기진과 박영희 사이에 벌어진 내용·형식 논쟁 이후 보다 공고하게 구조화되기 시작했다.

　②김기진과 박영희 간의 내용·형식 논쟁은 박영희의 작품을 혹평한 김기진의 「문예월평 : 산문적 월평」(『조선지광』 62호, 1926.12)에 박영희가 반론을 펴며 시작되었다. 논쟁을 촉발시킨 최초의 계기는 '실감'이라는 판단 기준에 대한 두 비평가 간의 입장 차이였다. 이 논쟁은 점차 문예비평가의 태도 및 비평방법에 대한 서로의 입장을 밝히는 논쟁으로 이어졌다. 박영희의 「투쟁기에 있는 문예비평가의 태도」(『조선지광』 63호, 1927.1)[161]는 「신흥예술의 이론적 근거를 논하여 염상섭군의 무지를 박함」과 유사하게 이분법적 분류 체계를 제시하며 논의를 시작한다.

　「신흥예술의 이론적 근거를 논하여 염상섭군의 무지를 박함」에서 박영희가 부르주아 계급의 문예와 무산계급의 문예를 분류하며 논의를 시작했다면, 「투쟁기에 있는 문예비평가의 태도」에서 박영희는 부르주아 문예비평가와 프로문예 비평가를 구분하며 비평가 역시 계급을 초월할 수 없다고 말한다. 프로문예비평가의 역할을 서술할 때에도 박영희는 '부르주아 문예'와 '프롤레타리아 문예'를 구분할 때 사용했던 어휘들을 반복적으로 사용하고 있다. 프로문예 비평가의 역할은 프로문예 작가를 적극적으로 지도하는 데 있다고 말하며 박영희는, 그 지도의 표준은 '부르주아적, 혹 개인주의적, 예술지상적, 향락적' 성격을 지니는 것이 아니라 '조직체적', '집단적'인 성격을 지니고 있다고 말

161　박영희, 앞의 책, 187~196쪽.

한다. '개인주의', '예술지상적', '향락적'과 같은 어휘를 '부르주아문예비평가'와 연결시키고 이와 대비되는 '조직체적', '집단적'과 같은 어휘를 '프로문예 비평가'와 연결시키는 특성은 이 글에서도 반복되고 있다.

반면 김기진은 박영희의 비판에 대한 재반론 글인 「무산문예작품과 무산문예비평」(『조선문단』 19호, 1927.2)[162]에서 '프롤레타리아 문예'가 '부르주아 문예' 그 자체 내에서 생성된다는 점을 강조한다. 이는 김기진이 맑스주의를 받아들이는 방식과도 연결된다. 김기진은 맑스의 철학, 경제학 역시 부르주아 이데올로기 내에서 생겨나고 발전한 것임을 강조한다. 김기진과 박영희 비평의 차이점은 비평방법의 분화에 대해 논하는 부분에서도 선명하게 나타나고 있다.

①-1. 日本의 푸로文藝批評家인 靑野季吉 氏는 말하엿다. 『오늘 우리 압헤 잇는 文藝 批評에는 두 가지의 當然한 길이 잇다. 한아는 **內在的 批評**이라고 말한 것이고, 한아는 이것에 對應해서 **外在的 批評**이라고 해도 조흘 것이다. 內在的 批評이라는 것은 역시 批評家가 나타난 作品의 內部로 뚤코 드러가서 그 構成 要素를 分解하며 그 結合을 調査하며 當然히 그곳에 잇서야 할 調和가 업는 것을 指摘하며 內容과 技巧의 關係 그 破綻을 보기도 하는 批評이니 그것을 說明的 批評 또는 文學的 批評이라고 해도 무관할 것이다.

또 한가지 外在的 批評이라는 것은 이러하다. 나타난 藝術作品을 一介의 社會現象으로써 나타난 藝術家를 一個의 社會的 存在로서 그 現象 그 存在의 社會的 意義를 決定하는 批評이니 이것을 전 것과 대립해서 文化史的 批評이라고 해서 무관할 것이다.』

그러나 尙今까지는 君의 批評과 같이 文藝批評이라면 늘 文學史的으로 解釋

---

162 김기진, 「무산 문예 작품과 무산 문예 비평」, 『조선문단』 19, 1927.2.

을 重視하여서 왔다. 그러나 우리의 作品이 '藝術至上的 作品'이 아니니 內在的으로 評하는데 이 作品의 發展이 있는 것이 아니라 作品이 一個의 社會的 現象으로써 評價하여야만 한다는 것은 프로文藝批評家의 마땅히 취할 방법이다.[163]

②-1. 나는 결론을 먼저 말하자 가로되 **문예 비평**은 재래로 발달되어온 문학 전문적 비평의 결과를 **취입한** 마르크스주의 비평이어야만 한다고. 예술적 작품의 구성 요소를 분해하며, 그 결합을 조사하며, 조황의— 유무를 지적하며, 내용과 기교의 관계를 분석·주석하는 비평은 문학사적 비평이고, 예술적 작품을 일개의 사회 현상으로서, 나타난 예술가를 일개의 사회적 존재로서, 그 현상 그 존재의 사회적 의의를 결정하는 비평은 문화사적 비평이라고 한 靑野씨의 분류는 타당하다. 소위 내재적 비평이라 함은 문학 전문가적 비평이요, 소위 외재적 비평이라 함은 문화사적 비평이다. 그리하여 나는 나의 결론을 말하자면 **우리 문예 비평가는** 소위 내재적 비평을 **취입한** 외재적 비평이어야만 한다는 것이다.[164]

②-2. **그러나 우리는 내용과 표현을 분립·대립하여가지고 생각할 수 없다.** 여기에 한 편의 소설이 있다. **이 소설의 작가는** 이 소설을 짓기 위하여 잡다한 현상을 포착하였다. 즉 이 종합된 현상은 이 소설의 제재다. 제재는 내용의 일부다. 그런데 이 작가는 제재를 가지고서 어떻게 표현할까 하는 것을 생각하였다. 그의 주관을 이룬 그 사상과 그의 인식, 그의 사고, 그의 감각, 그의 취미……온갖 정신적 활동이 이 소설 일편에 향하여 활동하였다. 이 정신적 활동도 내용이다. 그리하여서 이 소설이 이루어졌다. 그러면 **이 소설의 문체와 묘사와 설명은** 이 소설에 있어서는 표현의 방법이나 그러나 **동시에** 그것은 내용을 말하는 것이다.[165]

---

163 박영희, 「투쟁기에 있는 문예비평가의 태도」(『조선지광』 63호, 1927.1), 앞의 책, 194~195쪽.
164 김기진, 「무산 문예 작품과 무산 문예 비평」(『조선문단』 19호, 1927.2), 『김팔봉문학전집 1 : 이론과 비평』, 문학과지성사, 1988, 106쪽.
165 김기진, 「내용과 표현 : 조선 무산계급 문학의 제문제 중의 일부」(『조선문단』 20호, 1927.4),

첫 번째 예문에서 박영희는 내재적 비평과 외재적 비평을 구분한 아오노 수에키치[靑野季吉]의 말을 인용한 후 이를 바탕으로 프로문예 비평가가 취해야 할 비평적 방법에 대해 설명하고 있다. 아오노 수에키치는 작품의 구성요소를 분해하고 내용과 기교 사이의 관계를 파악하는 비평을 내재적 비평, 혹은 문학사적 비평으로 보았고, 예술 작품을 일개의 사회 현상으로 보며 그 현상의 사회적 의의를 결정하는 비평을 외재적 비평, 혹은 문화사적 비평으로 보았다. 박영희는 이러한 아오노 수에키치의 논의를 받아들여 비평 방법에 대해 논하고 있다.

그러나 아오노 수에키치는 박영희가 인용한 부분의 다음 구절에서 "내재적인 설명이 없고서는 외재적 결정은 전연 이루어질 수 없기 때문에 이 두 가지 비평은 서로 대립하는 것이 아니고, 전후로 서로 관련되지 않으면 안 된다"[166]고 말하고 있다. 박영희의 담론은 자신이 참조한 아오노 수에키치의 담론보다 비평 방법 사이의 대립을 부각시키고 있으며, 대립된 비평 방법 중 외재비평만을 프로문예비평가의 비평을 대표하는 방법론으로 설정하고 있다. '마땅히'와 같은 표현을 배치하며 박영희는 외재비평을 프로문예비평가들이 따라야 할 비평방법의 표준으로 제시하고 있는 것이다.[167]

박영희의 비평은 '우리의 작품', 즉 프로문예 작품이 '예술지상적 작품'이 아니라는 점을 부각시킨다. 앞에서 분석했듯이 '예술지상적'은 박영희 비평에서 '개인주의', '향락'과 연결되어 사용되는 어휘이며 '부

앞의 책, 113쪽.

166 아오노 수에키치, 조진기 역, 「외재비평론」, 『일본프롤레타리아 문학론』, 태학사, 1994.

167 반면 아오노 수에키치는 내재적 비평과 외재적 비평을 구분하고 있지만, 외재적 비평이 출현하게 된 이유와 필요성에 대해 설명하는 데 주력하고 있다. 향후의 전망을 이야기 할 때에도 아오노 수에키치는 당위적 표현을 사용하지 않은 채 다음과 같이 유보적인 표현을 사용하고 있다. "이러한 외재적 비평은 아직 별로 이루어지지 않고 있다. 당연한 이유로 작가 측에서는 싫어하기조차 한다. 그럼에도 불구하고 그것은 점차 사람들이 요구하게 될 것이다."

르주아 문예'를 서술하는 기능을 담당하고 있었다. 박영희는 인용문에서 '예술지상적'이라는 어휘를 '내재적으로 평하는'이라는 구절과 연결시키고 있다. 내재적 비평이 '예술지상적' 문예와 연결된다는 점을 부각시키고 있는 것이다. 박영희의 비평은 염상섭과의 논쟁 때부터 사용되었던 어휘들을 배치하여 '내재적 비평'과 '외재적 비평' 사이의 관계를, '부르주아 문예'와 '프로문예'의 대립으로 환원시키고 있다.

반면 ②-1, ②-2에서 확인할 수 있듯 김기진 비평은 다음과 같은 문장 구조를 취하고 있다. "문예비평은 A를 취입한 B여야만 한다." "이 소설의 문체와 묘사와 설명은 A이나 동시에 B를 말하는 것이다." 김기진은 비평방법의 분화, 내용과 형식의 분리를 표면적으로는 받아들이면서도 양자를 하나로 통합하려고 한다. '취입', '동시에'와 같은 어휘가 김기진 비평에서 부각되고 있는 점도 이를 입증한다. 또한 김기진 비평 문장에서 주어의 자리를 차지하고 있는 것 역시 박영희 비평과는 차이가 있다. 박영희 비평의 경우에는 문장의 주어를 차지하고 있는 것은 대체로 '프로계급 문예'이거나 그 대립물인 '부르주아 문예'이지만, 김기진의 경우에는 '이 소설의 작가는' 혹은 '이 소설의 문체와 묘사와 설명은'과 같은 구절에서 확인할 수 있듯이 기존의 문예비평에서 보편적으로 통용되던 어휘(작가 · 문체 · 묘사 등)도 비평 문장의 주어 자리에 배치되어 있다.

박영희 비평의 통사 구조는 김기진 비평과는 달리 이분법적 분류 체계에 기반을 두고 있으며, 그 분류 체계는 박영희 비평 안에서 선명한 이야기를 만들어냈다.[168] 그 이야기의 주인공은 '프로계급문예'였으며,

---

[168] 지마는 그레마스 기호학의 논의를 차용하여 비허구적 텍스트도 행역자적 구조를 지닌 이야기 텍스트라는 입장을 취한다. 이때 행역자는 담론 속에 형성된 이야기 구조에서 '등장인물'의 기능을 담당하는 자리를 일컫는 말이다. 지마는 텍스트의 의미론적 토대를 형성하는 분류법이 행역자의 기능을 결정짓는다고 보고 있다. 페터 V. 지마, 허창운 · 김태환 역, 『이

반주인공은 '부르주아 문예'였다. 인용문 ①-1에 나온 '상금까지는'이
라는 단어에서 확인할 수 있듯이 박영희는 내재적 비평에 기반을 둔
'부르주아 문예'와 외재적 비평에 기반을 둔 '프로문예'의 대립을 '현재
와 미래의 대립'으로 확장시킨다. 지금까지는 '부르주아 문예'가 문단
의 질서를 지배했지만, 미래에는 '프로문예'가 그 자리를 대체할 것이
라는 목적론적 서사가 드러나고 있는 것이다.

현재와 미래를 대립시키며 미래에 나타날 문예의 방향성을 설정하
는 담론 체계는 「신경향파의 문학과 무산파의 문학」(『조선지광』 64호,
1927.2), 「문예운동의 방향전환」(『조선지광』 66호, 1927.4)에도 반복적으로
나타나며 이후 KAPF 비평의 주류를 차지하게 된다. 미래의 방향을 지
시하는 어휘인 '목적의식'은 KAPF 비평에서 점차 부각되어 나타나게
된다.[169] 그 과정에서 '부르주아 문학'과 연관하여 사용되었던 '개인적',

데올로기와 이론』, 문학과지성사, 1996, 391~400쪽 참조.

[169] 김화산의 「계급예술론의 신전개」(『조선문단』 20호, 1927.3)는 박영희의 비평에서 주어 자
리를 차지하고 있는 '프롤레타리아 문예'라는 개념을, '아나키즘 문예'와 '볼세비즘 문예'로
분할하려고 시도한다. "맑스주의와 병존하는 모든 해방운동사상의 존재"를 드러내며 동시
에, "이 해방운동사상을 출발점으로 삼는 문예운동", 즉 아나키즘 문예운동을 부각시키는
데 이 글의 목적이 자리하고 있는 것이다. 이 글은 이후 윤기정(윤기정, 「계급예술의 신전개
를 읽고」, 『조선일보』, 1927.3.25.~3.30)과 한설야(한설야, 「무산문예가의 입장에서 김화산
군의 허구문예론, 관념적 당위론을 박(駁)함」, 『동아일보』, 1927.4.15.~4.27)의 비판을 받았
고, 임화(임화, 「분화와 전개 : 목적의식 문예론의 서론적 도입」, 『조선일보』, 1927.5.16.~5.21)
역시 김화산을 비판하며 아나키즘 문학과 분화하여 목적의식 문예론을 도입할 것을 주창했
다. 이 논쟁은 이후 김화산의 반론(김화산, 「뇌동성(雷同性) 문예론의 극복」, 『현대평론』 5,
1927.6) 윤기정(윤기정, 「상호비판과 이론확립」, 『조선일보』, 1927.6.15.~6.20)과 조중곤의
재비판(조중곤, 「비맑스주의 문예론의 배격」, 『중외일보』, 1927.6.18.~6.23) 등으로 이어졌
으며 아나키즘에 동조한 세력을 KAPF에서 제명하는 작업으로 이어졌기에 '아나키즘 논쟁'으
로 명명되었다.

윤기정과 한설야가 비판했듯이 김화산의 글은 적극적으로 '아나키즘 문예'의 원리를 제시
하려고 하지 않았다. 오히려 김화산이 강조하고 있는 것은 선전과 선동을 부각시키는 무산
계급 예술의 담론에 맞서, 예술의 자율성을 강조하는 데 있었다. 유사한 문제 의식은 한설
야, 윤기정, 임화 등의 비판을 받은 후 김화산이 발표한 「뇌동성(雷同性) 문예론의 극복」에
서도 나타났다. 이 글 역시 투쟁의 기관인 당(黨)에 예술을 예속시키는 것을 비판하고, '예술'

'절망적', '허무적'과 같은 어휘들은 '신경향파 문학'의 특성을 서술하는 기능 또한 담당하게 된다. 다음과 같은 구절에서 이를 확인할 수 있다.

初期 新傾向派의 人生觀 乃至 社會觀은 xxx에 잇섯든 것만치 虛無的이며 絶望的이며 個人的이엿다.[170]

방향전환 담론은 이러한 '신경향파 문학'의 특성을 '자연생장적'이라고 규정한 후, '자연생장적 문학에서 목적의식적 문학으로', '경제투쟁에서 목적의식적' 정치투쟁으로 나아갈 것을 강조하고 있다.

③ 조선어 연구의 중요성을 강조하며 '조선문학의 완성'을 주창하던 양주동은 「문예비평가의 태도 기타」(『동아일보』, 1927.3.1)[171]에서 김기진과 박영희 사이에 벌어졌던 논쟁에 관심을 표했다. 양주동은 프로문

이라는 기본 관념을 망각해서는 안 된다는 점을 강조하고 있다.

김화산에 대한 윤기정과 한설야의 반론은 '예술을 위한 예술'과 '무산계급예술'을 대립시키는 관점, '자연생장담론'과 '목적의식 담론'을 대립시키는 관점에 입각해 있다. 윤기정의 경우 "투쟁기에 있는 프로 문예의 본질이란 선적적 선동의 임무를 다하면 그만"이라는 극단적 견해를 펴며 김화산이 "순예술가다운 이론"으로 프로문예에 대해 논하고 있다고 비판한다. 한설야는 윤기정보다는 논리적으로 무산계급예술운동이 취해야 할 관점에 대해서 설명하고 있다. 한설야는 유물사관에 근거하여 무산계급예술은 무산계급운동과 불가분의 관계를 맺고 있기에 예술만을 독립시켜 사유할 수 없다고 주장한다. 또한 "'선전'만 하면 그만"이라고 말한 윤기정의 담론에 대해서도 비판하며 선전과 선동을 어떻게 하면 더 잘할 수 있을 것인지도 고민해야 한다고 말하고 있다.

그러나 김화산의 예술관을 비판하는 한설야의 비평 방식은 궁극적으로는 박영희 비평과 유사한 구조를 취하고 있다. 한설야는 '구예술'을 "퇴폐적(頹敗的), 괴멸적, 자탄적"과 같은 표현을 "구예술"과 연결시킨 후 무산문예를 "발랄적, 신생적" 성격을 지니는 요소로 서술하고 있다. 이상의 내용은 임규찬 · 한기형 편, 『제1차 방향전환론과 대중화론』, 태학사, 1989 참조.

170 박영희, 「「신경향파」 문학과 「무산파」의 문학」(『조선지광』, 1927.2.), 『박영희 전집』 III, 영남대 출판부, 1997.

171 양주동, 「문예비평가의 태도 기타」, 『양주동전집』 11, 동국대 출판부, 1998.

학의 근본적 사상과 정신에는 동감하지만, 문학은 '개인적 요소'와 '유심적 요소'를 지닐 때에 문학으로서의 특수성을 갖추게 된다고 말한다. 이러한 양주동의 견해는 문예비평가의 태도를 논하는 부분에서도 나타나고 있다.

양주동은 문예비평가가 "내재적 비평과 외재적 비평 두 가지 태도"를 겸유해야 한다고 말한다. 이는 곧 비평방법에 대한 김기진과 박영희의 입장 중에서 김기진의 입장을 옹호하는 견해를 표명한 것이다. 양주동은 박영희가 문학적 조건을 갖추지 못한 작품을 옹호하고 있다고 비판하며 박영희의 논의에서 강조된 '힘'이나 '정열' 또한 "내재적 가치 ─쉽게 말하면 묘사나 표현수법을 필요로 하는 것"이라고 말한다. 박영희를 비판하는 양주동의 견해는 내용 · 형식 논쟁에서 제기되었던 김기진의 논의와 거의 유사한 내용을 담고 있다. 이어서 양주동은 김기진과 자신의 차이를 드러내며 김기진이 "외재비평을 주로 하고 내재비평을 종으로 하는 경향임에 반하여" 자신은 내재비평을 보다 중시한다고 말한다. 이러한 견해는 곧 '내재비평'의 의의를 부각시키는 서술로 이어지고 있다.

① 어떤 종류의 문학임을 막론하고 문학은 무엇보다도 먼저 문학이래야 할 것임으로써이다. 만일 그 내재적 가치가 결여한 동시엔 그는 이미 문학이 아님으로써 따라서 문예비평의 대상으로 인식되지 못할 것이 아닌가?

소위 '**내재비평**'이란 것은 확실히 일면의 진리를 포함한 **현대비평의 새로운 발견**이다. 사람들은 도도한 신사조에 침염(沈染)되어 편견과 독단으로 혹은 맹목적 추종과 극단의 파괴로 흐르기 쉽다. '외재비평'만을 새로이 배우고 내재비평을 만연히 몰각함은 정히 그 일례다.[172]

양주동은 '외재비평'을 부각시키는 KAPF 비평의 견해에 맞서 '내재비평'이 현대비평의 새로운 발견이었음을 강조한다. 양주동에게 '내재적 비평'은 개별 작품의 내재적 가치, 즉 작품 속에 나타난 표현수법의 예술적 가치를 평가함으로써 문예비평의 대상이 될 작품을 선정하는 작업으로 인식되고 있다. 양주동은 '내재비평'이 성립된 이후에야 비로소 '사회적 의의와 문화사적 비판'을 의미하는 '외재비평'이 성립될 수 있다고 강조한다. 그러나 '내재비평'을 강조하는 양주동의 논의 역시 '내재비평'과 '외재비평'으로 비평방법을 구분하는 틀 자체를 수용한 가운데에서 진행되고 있다.

이후 양주동은 「文壇如是我觀」(『신민』 25호, 1927.5)에서 비평방법의 차이에 입각해 문단의 사상적 분파를 세 개로 구분하려고 시도한다. 그중 첫째는 '정통파'인데, 이는 작품비평의 표준을 미적 가치의 검토에만 두고, 문예작품의 사회적 의의를 중요하게 생각하지 않는 '순수문학파'를 일컫는다. 두 번째로, 양주동은 '정통파'에 대한 대응으로 일어난 '반동파'가 있다고 말하며 이들은 '소위 계급문학의 극좌익'을 일컫는다고 말한다. 양주동이 보기에 '반동파'는 문학의 독립적 가치를 부인하고 있으며 작품을 비평할 때도 사회적 의의를 찾기에만 몰두한다. 양주동은 자연발생적 창작 심리를 무시하고 목적의식에 초점을 맞추고 있는 '반동파'의 문학관을 강도 높게 비판한다.

마지막으로 양주동은 '문학의 문학적 가치와 사회적 의의'를 절충하여 양자를 '이원적으로 승인하는 일파'가 있다고 말하며 이를 '중간파'라고 명명한다. '중간파'를 설명할 때 양주동이 주로 사용하고 있는 어휘는 '절충'과 '조화'이다. 양주동에 따르면 '중간파'는 "문학의 미적 결

---

172 양주동, 「문예비평가의 태도 기타」, 앞의 책, 186쪽.

구와 형식적 기교"를 무시하지 않는 동시에, 그 작품의 사회적 의의 또한 인식 범위 내에 포용하려고 하는 비평 태도를 취한다. 또한 '중간파'는 문예작품을 비평할 때 '문학적 가치'와 '사회적 의의' 중 어느 편을 중요시하냐에 따라 '정통파에 접근된 중간파'와 '반동파에 접근된 중간파'와로 나뉘게 된다. 이러한 분류법은 「문예비평가의 태도 기타」에서 양주동이 자신과 김기진의 입장을 구분했던 방식과 일치한다. 즉 양주동은 김기진과 자신을 '중간파'라는 범주로 분류하며 박영희와의 변별성을 강조한 동시에, 자신과 김기진의 차이점 또한 드러내려 하고 있다.

양주동이 창안해낸 '중간파'라는 어휘는 양주동 비평이 이원적 대립 구도를 형성하고 있던 당대의 사회언어학적 상황에 영향을 받고 있었음을 보여준다. 양주동은 자신이 취하려고 하는 비평방법을 '정통파'와 '반동파'의 틀 안에서 설명하려고 한다. 양주동은 비평 방법의 측면에서 볼 때 '정통파'는 내재적 비평, '반동파'는 외재적 비평과 연관되어 있다고 말한다. 이러한 양주동의 설명 방식은 '내재적 비평'과 '외재적 비평'으로 분화된 비평 방법이 특정 유파(집단) 간의 대립을 표상하는 틀로 설정되기 시작했음을 보여주고 있다.

양주동은 자신의 비평관이 '정통파'와 '반동파' 사이의 갈등을 극복할 수 있는, 보편적 성격을 지니고 있다고 주장하지 않았다. 그 대신 양주동은 자신과 유사한 비평적 입장을 지닌 비평가를 찾아, 이들과 자기 자신을 '중간파'라는 범주에 귀속시키려고 한다. 양주동은 자신의 비평방법이 '정통파'와 '반동파' 사이의 갈등에 영향을 받고 있음을 인지했으면서도, 그 갈등으로부터 자유로울 수 있는 '가상의 집단'을 창안해내길 원했던 것이다. '중간파'는 그 가상의 집단에 붙여진 '이름'이었던 것이다. 이는 양주동 역시, 특정한 집단을 상정한 후 그 집단에서 공통적으로 통용될 수 있는 언어체계를 구축하려고 했던 당대 비평의 문제 설정에 갇혀 있었음을 보여준다.

'중간파'라는 가상의 집단을 창안할 수 있는 근거를, 양주동은 문학의 '문학적 가치'와 '사회적 의의'를 '이원적으로 승인'하려 하는 비평적 태도에서 찾고 있었다. 그러나 '중간파'가 실질적인 영향력을 발휘할 수 있으려면 양주동은 '문학적 가치'와 '사회적 의의'를 매개할 수 있는 지점을 보다 정교하게 언어화할 수 있어야 했다. 양주동은 이러한 비평언어를 제시하지 못한 채 '중간파'를 '반동파에 접근된 중간파'와 '정통파에 접근된 중간파'로 다시금 구분하고 있다. 이는 양주동이 '정통파' 및 '반동파'와 근본적으로 구분되는 '중간파'만의 의미를 구축해내지 못했음을 드러내준다.

이러한 한계에도 불구하고 양주동의 비평은 프로문예 비평과의 대화를 시도하며 프로문예 비평가들이 설정한 문제들을 면밀하게 검토했다는 점에서 의의를 지닌다. 이러한 문제의식은 「다시 文藝批評의 態度에 就하여」(『동아일보』, 1927.7.12~1927.7.22)[173]에서도 발견된다. 이 글에서 양주동은 문예를 창작하는 사람 혹은 비평하는 사람이 일반적으로 취하게 되는 세 가지 태도를 제시한다.

우선 양주동은 예술의 존재가치를 바라보는 태도에는 두 가지 견해, 즉 '예술을 위한 예술'을 주장하는 견해와 '인생을 위한 예술'을 주장하는 견해가 존재한다고 말한다. 박영희는 「중요술어사전」 편술 작업부터 이 두 가지 견해를 이분법적으로 대립시켰으며 그 대립 구도는 이후 '부르주아 문학'과 '프롤레타리아 문학'의 대립을 부각시키는 논의로 변용되었다. 그러나 양주동은 '예술지상주의'와 '인생파'의 병립 가능성을 이야기하며 예술파의 작품이라도 인생과 예술의 교섭을 무시

---

173 양주동, 앞의 책, 230~245쪽.

하지는 않았으며, 인생파의 예술 또한 '예술적 이상'을 지니고 있었음을 강조한다.

그다음으로 "예술가의 사상적 태도"를 검토하며 양주동은 프로문학을 새로운 문예사조로 볼 수 있는지에 대해 논한다. 양주동은 '협의'의 사상적 태도와 '광의'의 사상적 태도를 구분한 후 '협의적'으로 보았을 때 '문예사조'는 '표현방식'의 변화와 연관되는 개념이라고 말한다. 양주동에 따르면, 프로문학은 재래의 표현수단에 의존하고 있기에 '협의적'으로 보았을 때는 문예사조로 볼 수 없다. 그러나 넓은 의미에서 본다면, '프로문학'은 인생을 관조하는 태도를 근본적으로 혁신했기에 하나의 사조로 볼 수 있다.

이상 정리한 두 가지 층위에서 양주동은 프로문학의 의의를 부분적으로 인정하고 있다. 양주동이 비판하고 있는 부분은 예술가의 창작방식을 지도하려고 한 프로문학비평의 관점이다. 양주동은 표현적 기교를 무시하고 목적의식을 강조하는 프로문학비평에 반대하며 "목적의식하의 작품들은 예술미의 진실성을 해하고 감정이입적 효과를 박약하게" 한다고 말하며 이를 비문학으로 간주하고 있다. 그렇기에 양주동은 프로문학이 재래의 미학에 대해 이해할 필요가 있으며, 더 나아가 새로운 표현방식을 발견해야 한다고 강조했다.[174]

---

[174] 유사한 문제의식은 「정묘평론단총관」(『동아일보』, 1928.1.1~1928.1.18)에서도 반복되고 있다. 이 글에서 양주동은 '무산문학의 본질론', '무산문학의 목적론', '무산문학의 사상적 분열', '무산문학의 제작 내용', '무산문학의 비평론', '무산문학의 변천과정' 등 여섯 개의 범주로 나누어 '무산문학'에 대해 논하고 있다. 양주동은 무산문학의 성립을 인정하고 무산문학이 사회주의 사상의 선전 수단 또한 될 수 있음을 인정하고 있다. 그러나 양주동은 '무산문학의 제작 내용', '무산문학의 비평'과 관련해서는 '무산문학'을 강도 높게 비판한다. 무산문학이 자연생상적인 창작 심리를 무시한 채 협의의 목적의식 담론에 갇혀 있으며 문학적 표현방식을 간과하고 있다는 점을 비판하고 있는 것이다. 양주동은 '무산문학의 비평'에 대해서도 "문예적 일반가치와 인생적 사회적 평가를 겸"할 필요가 있다고 결론 내린다. 양주동, 「정묘평론단총관」, 앞의 책, 345~375쪽.

④ 「다시 文藝批評의 態度에 就하여」에 나타난 문제의식은 양주동이 1929년 김기진이 발표한 「변증적 사실주의」를 적극적으로 옹호한 것과도 연관되어 있다. 「변증적 사실주의」(『동아일보』, 1929.2.25~3.7)[175]에서 김기진은 프롤레타리아 문학이 '자기 자신의 형식'을 필요로 하게 되었다고 말하며 프롤레타리아 철학의 변증적 방법을 창작 상에서도 활용해야 한다고 말한다. 양주동은 「문예상의 내용과 형식 문제」(『문예공론』 2호, 1929.6)에서 형식에 대해 논의하려고 한 김기진의 문제의식을 적극적으로 옹호하며 작품의 내용과 표현형식은 불가분의 관계에 있다는 점을 강조한다. 덧붙여 양주동은 사상적 차이를 강조하는 조선의 문단을 비판하며 민족주의 문학과 무산계급문학이 단결할 것을 강조했다.

표현형식과 관련한 논의를 활성화시키려고 했던 양주동의 의도와는 달리, 김기진은 「시평적 수언」(『조선지광』, 1929.6)[176]에서 양주동의 견해 중 민족주의 문학과 무산계급 문학의 관계를 논한 부분을 주되게 문제삼는다. 김기진은, 양주동이 이야기하는 '조선심'과 '민족문학'이 무엇을 말하는 것인지 알 수 없다고 비판하고 있다. '조선심'은 『조선문단』에 발표된 김억의 「작시법」에서 '조선적 정조'라는 의미를 지닌 개념으로 사용되었고, 이후 최남선은 「조선 국민문학론으로의 시조」에서 시조를 통해 조선인 고유의 심성을 논하려고 시도했다.[177] 양주동 역시 「병인문단개관」(『동광』, 1927.1)에서 시조의 부활을 국민문학 건설의 한 방식으로 생각하며 지지를 보낸 바 있다.[178] 김기진은 '조선심'에 대한 질문을 통해 이러한 양주동의 과거 논의를 환기시키며 양주동 비평이 자리하고 있는 입지점이 '국민문학'과 무엇이 다른지를 묻고 있는 것이다.

---

175 김기진, 「변증적 사실주의」, 『김팔봉문학전집 1 : 이론과 비평』, 문학과지성사, 1988.
176 위의 책, 350~353쪽.
177 구인모, 앞의 책, 60쪽.
178 양주동, 앞의 책, 149쪽.

이후 진행된 양주동과 김기진의 논쟁은 합치점을 찾지 못한 채 서로의 입장 차이만을 드러내게 된다. 이는 우선적으로 양주동이 부각시키고 있는 '조선심', 즉 "민족의식"의 실체를 김기진이 인정하지 않고 있는 데 기인한다. 양주동은 '조선심'이 관념론적 현상이 아니라 "조선이란 땅과 환경과 기후, 생활, 풍습"을 통해 "필연적으로 생긴 전통과 정조 및 동족애"라고 주장한다. 그러나 김기진은 양주동이 말한 것처럼 조선심의 구성요소가 '전통', '정조', '동족애'라고 하더라도, 이 역시 관념적 산물에 불과하다고 보고 있다. 비평방법을 바라보는 입장의 유사함을 근거로 김기진과 자신을 '중간파'라는 범주에 묶으려고 했던 양주동과 달리, 김기진은 '조선심'에 대한 두 사람의 명확한 입장 차이를 부각시키고 있다. 양주동이 "현 계단의 무산계급 운동은 곧 광의로 보아 일종의 민족주의 운동"이라고 주장[179]한 것에 대해서도 김기진은 양주동이 "현 계단의 조선 운동"을 분석·비판하지 않은 채 '민족주의 운동'과 '무산계급운동', '민족문학'과 '무산문학'의 제휴 가능성을 논하고 있다고 비판한다.[180]

이상 정리된 김기진의 비판에서 확인할 수 있듯, 「변증적 사실주의」(『동아일보』, 1929.2.25~3.7)에서 제기된 김기진의 문제의식은 일반론적 차원의 문학형식론을 구축하는 데 맞추어져 있지 않았다. 김기진은 '프로문학 운동'의 현 단계 활동과 연관하여 프로문학의 형식 문제를 제기했던 것이다. 이는 「변증적 사실주의」의 끝 부분에 정리된 내용을

---

179 양주동, 「문제의 소재와 이동점 : 주로 무산파 제씨에게 답함」(『조선일보』, 1929.8.8~1929. 8.16), 위의 책, 482~492쪽.
180 김기진은 '형식'에 대한 자신의 관점 또한 양주동과 차이가 있음을 지적하고 있다. 김기진은 자신이 '형식과 내용의 불가분의 통일'을 강조한 반면, 양주동은 '형식'과 '내용'을 별개의 것으로 보고 양자 사이의 '조화'를 강조했다고 말한다. 통일된 현상을 분립한 별개의 물건으로 보고 양자 사이의 '조화'를 강조하는 양주동의 오류는 '현 계단의 조선 운동'을 바라보는 관점에서도 반복적으로 나타나고 있다고, 김기진은 지적한다.

통해 명확히 드러난다.

②**우리들의 문학**은 전대중을 부르조아적·봉건적, 또는 소부르조아적 이데
올로기로부터 격리케 하고, 그들의 불평불만을 집어내고 나아가서는 덩어리가
되어가지고 일을 하기에까지 그들을 끌어올리는 연장이 아니면 안 된다.[181]

③**프로 작가**는 온갖 사물을 그 정지 상태에서 보지 않고 그 운동 상태에서 보
아야 하며, 그 부분에서만 있지 않고 전체 중에서 보아야 하며, 그 고립 상태에
서 보지 않고, 전체와의 불가분의 관계에서 보아야 하며, 또 그와 같이 묘사하지
않으면 안 된다.[182]

인용문 ②에서 주어의 자리를 차지하고 있는 것은 '우리들의 문학'이
다. 여기에서 김기진이 말하고 있는 '우리들의 문학'은 '프로문학' 운동
진영에서 창작되고 있는 문학을 일컫는다. 인용문 ③은 김기진이 프로
작가가 취해야 할 창작 방향을 제시하고 있는 부분 중 한 구절이다. 이
부분에서 김기진은, '프로 작가는'이라는 주어로 시작되는 문장을 반복
적으로 배치하고 있다. 박영희와의 내용·형식 논쟁 때 김기진은 '이
작가는', '이 소설의 문체와 묘사와 설명은'과 같이 일반론적 차원의 어
휘를 빈번하게 문장의 주어 자리에 배치했다. 이는 「변증적 사실주의」
에서 '우리들의 문학(프로문학)', '프로작가'와 같이 특정한 진영을 대표
하는 어휘가 문장의 주어 자리를 차지하고 있는 것과 대비된다. 김기
진 역시 「변증적 사실주의」에 이르면 특정한 사회집단(=프로문학 운동
진영)에 통용되고 있는 언어 체계를 적극적으로 고려하며 비평적 글쓰

---

181 김기진, 「변증적 사실주의」, 앞의 책, 62쪽.
182 위의 책, 72쪽.

기를 수행하고 있었던 것이다.[183]

양주동과의 논쟁에서 김기진은 양주동의 비평이 사회적 갈등으로부터 자유로운 영역에 자리 잡고 있는 것이 아니라, 민족주의문학과 계급문학이 대립하고 있는 갈등적 상황의 한복판에 위치하고 있음을 강조했다. 양주동 역시 김기진과의 논쟁을 주고받으며 자신과 김기진의 차이점을 부각시키기 시작한다. 동시에 양주동은 "현 단계의 조선운동"을 분석하지 않았다고 비판한 김기진의 주장을 수용하며 '민족문학 건설의 현 계단적 의의'를 규명해야할 필요성에 대해 언급하고 있다. '비평방법'의 유사성에 착목하여 '중간파'라는 집단을 창안하려 했던 양주동의 문제의식은 김기진과의 논쟁 이후 '민족문학의 현 단계적 의의'를 해명하려는 방향으로 전환된 것이다.

이상을 통해 확인할 수 있듯 1920년대 후반의 문예비평은 다층적 비평 논쟁을 경유하며 자기 집단 고유의 어휘 목록을 특정한 분류 체계에 입각해 분할하는 언어 체계, 즉 사회(집단)어를 구축해내기 시작했다. 그 과정에서 비평 방법을 '내재적 비형'과 '외재적 비평'으로 구분하는 시각이 일반화되었고, 분화된 비평 방법은 특정 유파(집단) 간의 대

---

183 김기진이 고려하고 있었던 사회집단의 성격은 박영희가 쓴 「무산예술운동의 집단적 의의」(『조선지광』, 1927.3)에 잘 드러나 있다. 박영희는 이 글에서 '조선프롤레타리아 예술동맹'을 '무산계급의 예술을 창조하려는 투사들의 집단'으로 규정하며 이 조직의 활동이 '예술에 국한된 것'이 아니라고 말한다. 박영희는 '조선프롤레타리아 예술동맹'을 일종의 '사회적 집단'으로 규정한 후 '예술동맹'의 첫 번째 과제를 '예술가를 사회인으로써 훈련'시켜 '사회의 실천적 무대'에 올려놓는 데에서 찾고 있다. 박영희, 「무산예술운동의 집단적 의의」, 앞의 책, 212~217쪽. 이러한 박영희의 주장은 '예술동맹'이 예술가 개인의 자유로운 활동을 집단적 방향으로 조직하는 데 목적을 두고 있었음을 드러내준다.
김기진의 대중화론을 비판하며 임화가 "우리가 언제든지 한 개의 슬로건을 내걸 때는 조직 자신이 그때의 경제적 정치적 정세에 의하여 결정하는 것"(임화, 「김기진 군에게 답함」, 『임화 문학예술 전집』 4, 소명출판, 2009, 150쪽)이라고 말한 부분 역시 개인의 자율적 비평보다 조직적 결정을 우선시하는 KAPF의 성격을 드러내주고 있다. KAPF라는 집단의 의미를 정립하는 토대를 만들어냈던 김기진과 박영희 역시 KAPF 결성 이후에는 그 집단의 조직적 영향 하에서 비평 활동을 전개하고 있었던 것이다.

립을 표상하는 틀로 이해되기도 했다.

3) 조선 근대문예의 변천 과정 서술과 단계론적 문제설정

1920년대 후반의 문예비평이 구축한 사회(집단)어는 이후 조선 근대
문예의 정통성(혹은 정당성, legitimacy)을 창안하는 담론으로 변형되었
다.[184] 1929년 1월 1일부터 2월 2일까지『조선일보』에 연재된 김기진의
「10년간 조선문예 변천 과정」[185]은 조선 근대문예의 변천 과정을 역사
적 시각에서 서술하며 무산계급 문예운동에 정통성을 부여하려 했다.

이 글의 문제의식은 이후 1934년 발표된 김기진의 「조선문학의 현
재 수준」(『신동아』 27호, 1934.1)과 「프로 문학의 현재 수준」(『신동아』 28호,
1934.2)으로 이어졌으며, 임화의 「신문학사론 서설」은 1934년에 발표된
김기진의 글에 대한 비판적 대응이기도 하다.[186] 또한 「10년간 조선문
예 변천 과정」에 나타난 문제의식은 이후 김기진이 주창한 '대중화론'
의 모태가 되기도 했다. 그렇기에 「10년간 조선문예 변천 과정」을 분
석하는 작업은 1920년대의 문예비평이 1920년대 후반부터 1930년대
초반까지 진행될 '대중화 논쟁' 및 1930년대 중반부터 본격화될 '조선
문학사 서술 작업'과 연결되는 지점을 파악할 수 있게 해줄 것이다.

---

184 문학비평이 중국 근대문학의 정통성을 창안했던 양상에 대한 분석은 리디아 리우, 「합법화
 담론으로서의 문학비평」, 앞의 책, 2005를 참조할 수 있다.
185 김기진, 「10년간 조선문예 변천 과정」, 『김팔봉문학전집 II : 회고와 기록』, 문학과지성사, 1988.
186 임화는 『신동아』(47호, 1935.9)에 실린 신남철의 「최근 조선문예사조의 변천」, 이종수의 「신
 문학 발생 이후의 조선문학」에 박영희적 '이원사관'이 발견된다고 비판했다. 임화는, 이러한
 논리가 1934년 『신동아』에 발표된 김기진의 글(김기진, 「프로문학의 현계수준」, 『신동아』 28,
 1934.2; 「조선문학의 현계단」, 『신동아』 39, 1935.1)에서도 확인된다고 지적했다. 임화, 「조선
 신문학사론 서설」, 임규찬·한진일 편, 『임화신문학사』, 한길사, 1993.

조선의 근대 문예를 역사적 시각에서 서술하려고 한 문제의식은 양주동에게서도 발견된다. 앞의 절에서 분석했듯이 김기진과의 논쟁 이후 양주동은 '조선심'을 통해 '민족문학'의 당위성을 설파하는 작업에 회의를 표명했고 '민족문학 건설'이 현 단계의 정세에서 필요한 의의를 밝히려는 문제의식을 지니게 된다. 1931년 발표된 「민족문학의 현 계단적 의의」[187]를 통해 양주동은 자신의 문제의식을 구체화시키고 있다. 양주동 스스로가 언급하고 있듯이 이 글은 김기진의 「10년간 조선문예 변천 과정」을 의식하며 신문예운동의 변천 과정을 논하고 있다. 그렇기에 조선문예의 변천 과정을 서술하는 김기진과 양주동의 논의를 비교하는 작업은 비평 논쟁에서 확인되었던 두 사람의 문제의식이 어떻게 변화해갔는지를 확인하는 작업으로 이어질 수 있을 것이다.

①「10년간 조선문예 변천 과정」에서 김기진은 "현재 조선의 문예는 과연 누구의 소유인가"라는 질문을 던진다. 김기진은 그 질문에 대해 "조선의 문예는 그의 종주국의 문예가 아니오 그들 자신의 문예인 동시에 성장하고 발전할 역사적 필연의 운명을 가진 계급의 소유"가 되는 중이라고 답한다. 이 답변에서, 김기진이 '조선의 문예'를 종주국, 즉 일본 제국으로부터 독립된 질서를 갖춘 대상으로 인식했다는 점, '조선의 문예'를 대표하는 계급의 성격이 변하고 있음을 부각시키려 했다는 점을 유추할 수 있다.

김기진은 '근대 조선의 역사'가 "1910년 합병 이후로부터 시작된다"고 말한다. 이 글이 비평의 대상으로 설정하고 있는 것은 1910년 합병 이후부터 1929년까지 '약 20여 년간의 역사'이며 그 역사를 김기진은 '근대

---

187 양주동, 「「민족문학의 현 계단적 의의」 회고, 전망, 비판」, 앞의 책, 577~597쪽.

조선의 역사'로 인식하고 있었다. 분석 대상의 시간적 성격(근대)과 공간적 성격(조선)을 명시적으로 밝힌 후 김기진은 근대 조선의 역사 중에서도 1920년부터 1929년까지의 역사가 가지는 중요성을 역설한다.

김기진은 조선문예의 변천 과정을 세 단계로 분할하고 있다. 첫 번째는 '신문예운동의 생성 과정'으로 이 시기는 1910년 이후부터 1919년까지의 기간을 가리킨다. 이 시기 조선문예는 사상과 감정을 자유롭게 표현하는 새로운 형식을 만들어냈다. 두 번째는 "신문예운동의 혼란 과정"이며 이 시기는 1919년부터 1923년까지의 기간을 가리킨다. 김기진은 이 시기를 "일본의 문예 사조를 수입하기에 급급"하던 "수입전성기"로 서술하고 있다. 세 번째는 "무산계급 문예의 조직 과정"으로 이 시기는 1923년부터 1928년까지의 기간을 가리키며 김기진은 이 시기를 "프롤레타리아 이데올로기의 표현 도구로서 문예"와 "종래의 문예"가 투쟁하던 시기로 인식하고 있다. 이러한 시기 구분은 근본적으로는 무산계급 운동과 무산계급 문예의 필연적 발전과정을 부각시켰던 KAPF 비평의 문제의식에 근간을 두고 있다.

김기진은 조선문예의 변천 과정을 "일반적 정세"의 차원과 문예의 차원으로 구분하여 서술하고 있다. 김기진은 토대와 상부구조의 층위를 구분한 후 토대의 변화에 조응하여 상부구조가 변화하는 과정을 서술하는 방법, 즉 역사적 유물론의 방법에 입각해 신문예운동의 생성과정을 논하고 있었다. 김기진은 신문예운동의 생성 배경을, 조선에 있어서의 산업 자본주의의 발전·식민 교육의 확대에서 찾고 있다. 김기진은 "조선에 있어서의 자본주의"는 일반적 차원에서 발전되었을 뿐이며, 그 발전이 조선인에게 실질적 도움을 주지 못했음을 전제하고 있다. 그러나 김기진은 식민지 정책이 조선사회의 근대화를 야기했다는 점 또한 응시하고 있었다. 김기진에 따르면 식민교육을 받은 조선의 지식계급은 데모크라시와 산업자본주의를 동시에 받아들였으며, 그 결과 조선의 지식계급은 "애국주의자"가 될 수밖에 없었다.

김기진은 정세와 문예적 차원을 매개하는 개념으로 '정신', 혹은 '사상'을 설정했다. 신문예운동의 생성 과정을 서술할 때 김기진은 "신문예 정신의 발기"라는 표현을 사용하고 있으며 신문예 정신은 필연적으로 '애국주의, 인도주의, 문화주의, 이상주의'에서 출발하게 되었다고 말한다. '애국주의', '인도주의', '문화주의', '이상주의'와 같이 하나로 합일될 수 없는 개념을 아무런 규정 없이 '신문예 정신'으로 합일시켰다는 점은 김기진의 한계라고 할 수 있다. 그러나 신문예 사상이 '어문 일치의 현대문 형식' 및 '신시형(新詩形)'을 수립하는 작업과 연결되고 있다는 점을 지적한 점은 김기진 비평의 선구적 의의라고 할 수 있다. 김기진은 '경제적 · 사회적 · 정치적 생활 조건'을 고찰하며 근대 문예의 형성 과정을 논하는 동시에, '문체와 표현 형식의 변동' 양상 또한 탐구했다. 그 결과 김기진은 계급적 대립 구도를 부각시키는 데에만 초점을 맞췄던 KAPF 비평의 문제점을 일정 부분 극복할 수 있었다.

두 번째 시기인 1919년부터 1923년까지의 조선문예[188]를, 김기진은 '신문예 사상의 혼란과 수입 전성'이라는 표제 아래 서술하고 있다. 이 부분에서도 역시 김기진은 '사상'을 매개로 일반 사회의 정세와 문예적 층위를 연결시킨다. 김기진은 사상의 혼란, 운동의 혼란을 보이던 사

---

[188] 1919년에서 1923년까지 조선문예의 변천 과정을 서술할 때도 김기진은 조선사회의 일반적 정세를 먼저 서술한 후, 이를 조선문예의 변화 과정과 연결시키고 있다. 조선사회의 일반적 정세를 서술하며 김기진은 다음과 같이 질문을 던진다. "1910년 이후로 조선인은 성장하는가, 위축하는가?" 이 질문에 대해 김기진은 '조선인은 근대적 무산계급으로 성장'했다고 대답한다. 김기진은 동양척식주식회사의 사업 통계를 이용하며 이 시기 지주계급이 몰락하고 있음을 드러낸 후 반면 무산대중은 점차 성장하기 시작했다고 말한다. 이 글은 3 · 1운동 당시 검거된 사람들의 절반 정도가 무교육자였다는 사실을 제시하며 무산대중의 힘이 커지고 있었던 당대의 상황을 묘사하고 있다. 그러나 김기진은 그 운동이 '분명한 지도 이론 없이 비조직적으로 유도'됐다는 점 또한 덧붙인다.

회 현상이 반영되어 1919~1923년까지의 문예 사상 역시 혼란을 겪었다고 보고 있다. 그 혼란스러운 과정에서도 문단의 중심 조류를 이루었던 것은 "자연주의적 경향"임을, 김기진은 강조한다. 이 글에서는 자연주의적 경향의 대표적 작품으로 「표본실의 청개구리」를 꼽으며, 이 작품의 성과와 한계를 논하고 있다. 김기진은 "선악과 미추를 정밀히 냉정한 태도로 해부하고 진열하고자" 한 작가의 태도를 높이 평가하면서도 「표본실의 청개구리」가 '나'라는 인물의 "물질적 근거를 분석하지 못"했고 "'김창억'의 발광 원인을 단순한 개인적 동기에로 귀결"시켰다고 비판한다. 김기진은 이러한 한계의 원인을 궁극적으로는 물질적 근거, 즉 조선사회의 일반적 정세 변화에서 찾고 있으며, 그 한계는 '신경향파'의 대두를 통해 극복되기 시작했다고 결론 내린다. 「10년간 조선문예 변천 과정」에서 서술되고 있는 조선문예의 역사는 궁극적으로는 마지막 단계, 즉 "무산계급 문예운동의 조직 과정"의 의의를 부각시키는 방향으로 배치되어 있는 것이다.

세 번째 시기인 1923년부터 1928년까지의 조선문예를 서술하는 부분에서 김기진은 그 시기를 다시금 두 과정으로 구분하고 있다. '무산계급 문예운동의 자연 생장 과정'과 '무산계급 문예운동의 방향 전환 과정'이 바로 그 두 단계다. 이는 근대 조선문예의 변천 과정을 서술하는 김기진의 작업이 방향 전환 담론의 영향 하에 있었음을 보여준다. 김기진은 무산계급적 문예가 한 개의 주장으로서 사회에 드러난 것은 1923년부터였다고 말하며 『개벽』에 실린 임정제의 「조선문사에게의 일문」과 김기진 자신의 수필 문학을 그 예로 들고 있다. 그러나 김기진은 1923년부터 1924년 말까지는 '무산계급 문학'이라는 개념을 선전하고 기성 문단에 도전하는 작업만이 나타났으며 새로운 개념에 입각해 '작품을 제작'하는 작업은 이루어지지 않았다고 말한다.

「10년간 조선문예 변천 과정」에서는 '무산계급문학'이라 할 수 있는 작품이 발표된 시기를 1924년 『개벽』 11월호에 발표된 「붉은 쥐」 이후부터로 보고 있다. 김기진은 1925년부터 새로운 경향의 작품들이 출현하기 시작했다고 말한다. 새로운 경향의 작품이 출현하는 과정을 서술할 때 김기진은 박종화와 자신, 그리고 박영희가 시도했던 월평 작업에 의존하고 있다. 「붉은 쥐」의 성과와 한계에 대한 견해는 박종화의 「갑자 문단 종횡관」의 구절들을 인용하는 것으로 대체하고 있으며, 김기진 자신이 「문단 최근의 일 경향」에서 분석했던 주요섭의 「살인」과 최서해의 「기아와 살육」을 '신경향파'의 대표적 소설로 제시하고 있다. 김기진은 『개벽』의 월평에서 논의되었던 내용을, 근대 조선문예의 변천 과정을 서술하는 작업에 반영하고 있는 것이다.

'무산계급 문예운동의 방향 전환 과정'을 설명하는 부분에서 김기진은 자연생장적 무산계급 문예, 즉 '신경향파의 문예운동'이 '무산계급의 의식으로써 조직된 운동'이 아니었음을 지적한다. 이러한 지적은 박영희가 「신경향파의 문학과 무산파의 문학」(『조선지광』 64호, 1927.2), 「문예운동의 방향전환」(『조선지광』 66호, 1927.4)에서 '신경향파'의 문학을 비판했던 내용과 맥락을 같이 하고 있다. 김기진은 1927년부터 1928년까지 전개되었던 '방향전환 관련 논쟁', '아나키즘 논쟁', '국민문학과 관련된 논쟁'을 '이론 투쟁'으로 규정한 후, 1928년 여름 이후로는 '이론 투쟁'이 없어지고 "대중적 작품 행동"에 대한 논의가 생겨나기 시작했다고 말한다. 이상을 통해 확인할 수 있듯 「10년간 조선문예 변천 과정」은 '신경향파'의 탄생이 선언되는 상황, 무산계급문예운동의 방향전환 담론이 부각된 상황을 비평하고 있는 성격 또한 지니고 있었다.

조선문예의 변천 과정에 대한 논의는 무산문예운동의 당면 과제를 제시하는 논의로 귀결되고 있다. 김기진은 무산문예운동의 당면 과제를 "대중 속으로"라는 슬로건으로 집약하고 있다. 이를 위해 1928년 말에는 통속소설의 구성 요소를 분석하는 연구가 시작되었다고 말하며 김기진은 무산 문예의 형식 및 표현 기교를 조련하는 작업이 무산 문예운동의 당면 과제임을 강조한다. 이때 김기진이 말하고 있는 1928년 말의 연구는 「문예시대관 단편」(『조선일보』, 1928.11.9~11.20)에서 김기진 자신이 제기한 '통속소설론'을 지칭한다. 조선문예의 변천 과정을 단계론적으로 구분해 서술한 김기진의 비평 작업은 김기진 자신이 제기한 대중화론의 역사적 필연성을 부각시키려는 의도를 내포하고 있던 것이다.

조선문학을 단계론적으로 파악하려는 문제의식은 1929년에 김기진과 논쟁을 주고받았던 양주동에게도 나타났다. 이는 김기진의 「문예적 평론의 평론」에 대한 양주동의 반론인 「속 문제의 소재와 이동점」(『중외일보』, 1929.10.20~11.9)에서 본격화된다. 조선심(朝鮮心)이 관념적·유령적 사고에 근간을 두고 있다는 김기진의 주장에 맞서 양주동은 조선이라는 땅과 환경, 그리고 생활 관계로부터 비롯된 전통·정조·동족애가 '조선심'을 구성한다고 설명한다. 양주동은 '일본서 쫓겨 나오는 우리 노동자'를 예로 들며 이들의 문제는 '무산계급 문제인 동시에 민족문제'이며 이들을 작품화할 경우 '무산계급 의식'뿐 아니라 '민족의식'의 문제까지 건드리게 된다고 말한다. 이를 근거로 양주동은 '조선심'은 관념적 사고가 아니며 물질적 실체를 지니고 있다고 주장한다. 그다음으로 양주동은 민족문학의 현 단계, 혹은 민족주의 운동의 현 단계를 규명하지 않은 오류를 인정하며 현 단계에 있어서의 민족의식의 근거를 "민족 대 민족의 지배 형태", 즉 제국주의의 문제에서 찾으려 하고 있다.

이러한 양주동의 문제의식은 「민족문학의 현 계단적 의의」(『동아일보』, 1931.1.1~1.9)에서 심화된 형태로 드러나고 있다. 김기진의 「10년간 조선문예 변천 과정」보다 2년 후에 발표된 이 글에서 양주동은 김기진과 마찬가지로 '조선 근대문예운동사'를 몇 개의 단계로 구분하여 서술하려고 시도한다. 양주동은 조선의 근대 문예운동사를 크게 네 개의 시기로 나누고 있다.

첫 번째는 1910년대로 양주동은 이 시기를 '계몽운동 시대'로 규정하고 있다. 유사한 시기를 김기진은 '신문예운동의 생성 과정'으로 보았으며 당대의 문예 사상을 '애국주의, 인도주의, 문화주의, 이상주의'로 정리한 바 있다. 양주동 역시 이 시기를 "신문단의 여명기"로 규정하고 있으며, 개인주의 사상과 민족적 문화 건설의 이상이 제시된 때로 인식하고 있다. 양주동의 논의가 김기진의 논의와 변별되는 지점은 조선어에 대한 반성과 존중이 생겨났다는 점을 부각시키고 있는 부분에 있다. 양주동은 춘원과 육당이 조선어로 된 신시와 소설을 창작했다는 점을 높이 평가하고 있다.

두 번째 시기인 1920년대를, 양주동은 김기진과 마찬가지로 여러 유형의 사조들이 혼란스럽게 난립한 때로 보고 있다. 양주동은 이 시기의 작품 전체에 공통된 음울함이 발견되는 원인을, '사회질서의 반영'인 동시에, '근대적 조선 민족성의 반영'이라고 해석한다. 이러한 분석은, 동시대 자연주의적 경향의 한계를 조선사회의 정세 변화와 연관시켜 서술한 김기진의 논의에 대한 반론으로 보인다. 그러나 양주동은 '근대적 조선 민족성'이 이들 작품의 음울한 정조와 어떻게 연결되고 있는지를 구체화시키지 못하고 있다.

1923년 이후 조선문예의 변화 과정을 서술하는 부분에서 김기진과 양주동의 차이는 보다 명확하게 드러난다. 김기진은 이 시기를 '무산계급 문예운동의 자연 생장 과정'이 '방향 전환 과정'으로 이행해간 시대로 이해한 반면, 양주동은 이 시기를 '계급문학의 여명기'로만 규정하며 무산계급 문예운동의 방향 전환 과정에 의미를 부여하지 않고 있다. 이는 결국 현 단계의 조선문예의 상황을 파악하는 방식의 차이로 귀결된다. 양주동은 현 단계의 조선문예를, '민족주의 문학', '인도주의 문학', '사회주의 문학', '퇴폐 · 향락주의 문학'이 혼재되어 있는 상황으로 서술하고 있다. 이를 통해 양주동은, 조선문예의 변천 과정을 무산계급 문예운동의 필연적 발전 과정으로 해석한 김기진의 견해를 암묵적으로 비판하고 있는 것이다.

양주동은 현 단계 문예의 경향을 총괄적으로 분석한 후 다시금 '민족주의 문학의 변화 과정'에 대해 서술한다. 우선 양주동은 '신문예운동의 여명기'에 발생했던 춘원과 육당의 민족주의 사상을 "봉건적 민족주의"로 명명한 후 이 사상에는 현 단계의 사회정세를 고려하려는 문제의식이 결여되었음을 지적한다. 그다음으로, 양주동은 기미년 이후 사회 정세가 변동하며 재래의 민족의식이 질적 변화를 겪게 되었음을 지적한다. 양주동은 무산계급운동의 진전과 함께 대중의 의식 또한 계급적 색채를 가지게 되었다고 보고 있는 것이다. 그렇기에 양주동은 민족적 의식의 통일성에 기반을 둔 민족주의 문학 역시 존립의 의의를 잃어가고 있음을 지적한다.

양주동은 현 단계의 민족문학을 위기 상태로 규정하고 있다. 양주동에 따르면, 이 위기는 재래의 민족문학이 '민족의식의 원칙적 존재성'을 역설하였을 뿐, '현 계단적 객관적 사회정세'에 대응하고 있지 못했기에 생겨났다. 현 단계의 민족문학을 위기 상태로 규정하는 양주동의 문제의식은 '민족의식'을 '원칙적 존재'와 '현 계단적 존재'로 나누어 인식하는 관점에서 비롯되고 있다. 양주동은 '민족의식'의 원칙적 존재를 '조선이란 땅과 기후와 풍토', 그리고 조선인의 생활 방식과 정조 및 전통에서 찾고 있다. 그다음으로 양주동은 '조선민족이 현 계단에서 당면하고 있는 사회적 사실을 분석'해야 현 단계 조선인이 가져야 할 민족의식을 발견할 수 있다고 주장한다. 양주동은 그러한 민족의식의 예로 ① 민족적 단결의식과 ② 민족문화를 보수·확립하려고 하는 의식을 제시했다. 이러한 관점은 '민족의식'을 원천적으로 부인하는 KAPF의 문제 설정을 비판하는 동시에, '조선심'만을 강조한 국민문학파 또한 비판하는 것을 목표로 하고 있었다.

이상을 통해 확인할 수 있듯이 김기진과 양주동은 모두 조선 근대문예의 변천 과정을 단계적으로 구분하여 서술했다. 두 사람은 모두 특정한 집단을, 역사적 변화를 추동하는 주체로 설정했으며 그 집단이 성장 혹은 위기를 겪게 되는 과정을 몇 개의 단계로 나누어 서술했다. 김기진이 조선 근대문예의 변천 과정을 무산계급 문예운동의 성장 과정으로 인식했다면, 양주동은 조선문예의 변화 과정을 민족(주의)문학이 위기를 겪게 되는 과정으로 인식했다. 그런 점에서 두 사람의 작업은, 무산계급 혹은 조선민족과 같은 사회집단에 기반을 두고 비평적 글쓰기를 수행하려고 했던 1920년대 후반 비평의 문제의식을 발전시킨 것으로 볼 수 있다.

김기진의 「10년간 조선문예 변천 과정」은 '무산계급 문예 비평'에 대해 비평하고 있으며, 양주동의 「민족문학의 현 계단적 의의」 역시 '민족주의 문학 담론'의 변화 과정을 재조명하고 있다. 조선문예의 변천 과정을 서술한 두 사람의 작업은 '1920년대 문예비평'에 대한 메타비평적 성격을 지니고 있었으며 무산계급 문예운동 혹은 민족문학 담론에 일종의 정통성을 부여하는 역할을 수행했다.

② 조선문예의 변화 과정을 단계론적으로 서술하려는 문제의식은 현 단계 조선문예의 과제를 규명하려는 시도와 연결되어 있다. 그 과제를 김기진은 '무산계급 문예운동의 대중화'로, 양주동은 '민족문학의 질적 변화'로 파악하고 있었다. 조선의 문예를 단계론적으로 인식하는 과정에서 두 평자는 모두 대중이라는 집단에 관심을 가지게 된 것이다. 김기진은 현 단계 '무산계급 문예운동'의 당면 과제를 대중적 창작 방향을 모색하는 작업으로 인식하고 있었으며, 양주동은 현 단계의 민족문학에 위기가 초래된 원인을 대중의 의식지형 변화에서 찾고 있었다. 이때 '대중'은 '무산계급문학운동'과 '민족문학 담론'이 영향력을 발휘할 수 없었던 지점을 가리키는 말이기도 했다.

'대중'에 대한 문제의식은 『동아일보』에 연재되었던 김기진의 「감상을 그대로 : 약간의 문제와 연관하여」(『동아일보』, 1927.12.10~12.15)[189]에서 구체적으로 드러난다. 이 글에서 김기진은 독자의 층위와 연관하여 대중의 중요성을 논하고 있다. 김기진에 따르면, 예술가는 자신의 사상과 예술을 "독자라고 말할 수 있는 민중의 '움직임'" 속에서 얻는다. 그렇기에 김기진은 문학을 논할 때 '독자 문제'는 허술하게 여겨서는 안 될 문제라고 강조한다. "대중 속으로"라는 슬로건을 내세웠던 무산계급 문예운동이 대중들이 지니고 있는 계급의식에만 주목한 것과 달리, 김기진은 '문예'라는 영역 안에서 '대중'이 '독자'의 형태로 존재하게 된다고 생각했던 것이다.

대중의 특성을 '독자'의 문제와 연결시켜 고찰할 때에는, 대중이 지니고 있는 사상적 경향뿐 아니라 대중이 지니고 있는 감각과 상상력을 문제 삼을 수 있게 된다. 모든 작품은 "당시의 독자의 감각과 상상력에

---

189 김기진, 「감상을 그대로 : 약간의 문제에 대하여」, 홍정선 편, 『김팔봉문학전집 1 : 이론과 비평』, 문학과지성사, 1988, 302~308쪽.

영합하는 부분을 가지고 출생한다"고 김기진이 서술한 부분에서 이를 확인할 수 있다. 1920년대 중반 월평에서 '실감'을 통해 문예 작품의 감각적 층위를 검토하려 했던 김기진의 문제의식은 이 지점에서 문예 작품을 수용하는 대중 독자의 감각을 분석하려는 방향으로 전환된다. 김기진이 보기에 독자의 기호와 감정, 상상력과 감각을 규범화하고 있는 것은 문학적 전통이다. 김기진은 "민족적·감각적·문학적 전통"이라는 표현을 사용하며 문학적 전통이 민족적인 성격과 감각적인 성격을 동시에 지니고 있음을 드러내고 있다. 김기진의 대중화론은 문학적 전통이 만들어내고 있는 당대의 공통감각을 의식하고 있었으며 그 공통감각을 변화시킬 방안을 모색하고 있었던 것이다.[190]

---

[190] 김기진이 파악하고 있었던 문학적 전통은 세 가지로 요약된다. 첫 번째는 고유한 언어의 리듬이고, 두 번째는 센티멘털리즘, 마지막으로는 간결한 묘사의 수법이다. 김기진이 조선의 문학적 전통으로 인식한 세 가지 특성은 이광수의 장편 소설을 통해 유추된 것으로 보인다. 김기진은 이러한 문학적 전통이 지배 계급과 농민 사이에 위치한 중간층에 의해 유지되었다고 주장하며, 그 전통을 준수하고 있는 이광수의 장편 소설이 많이 판매되고 있는 상황이 이를 입증한다고 말한다. 이광수 소설의 판매 상황을 의식한 것에서 확인할 수 있듯이 김기진의 대중화론은 출판 시장이 확대되고 있는 당대의 상황에 영향을 받았으며, 이광수의 소설이 획득하고 있는 대중적 호응을 민감하게 의식하고 있었다. 이 점은 김기진의 대중화론에 구체성을 부여한 요인이 되기도 했지만, 한편으로 그의 대중화론이 이광수의 창작 방법을 많은 부분 추수하게 된 원인이기도 했다.
「문예시대관 단편 : 통속소설 소고」(『조선일보』, 1928.11.9~11.20)에서도 이러한 문제점을 확인할 수 있다. 이 글은 이광수, 염상섭, 최독견의 소설을 간략하게 분석하며 시작하고 있다. 김기진에 따르면, 이광수의 글은 쉬운 문장으로 쓰여 있고 "센티멘털리즘"을 주고 있어 대중 독자의 호응을 얻는 반면, 염상섭의 소설은 복잡한 사회와 인생 상호의 반목을 그리고 있어 '보통인의 평판'을 얻지 못하고 있다. 김기진은 최독견의 소설에 대해서는 '영화의 탐정소설적 요소'가 작품 안에 담겨 있다는 점, '춘원류의 영탄과 향락과 기도의 정서'가 발로되고 있다는 점을 지적한다.
이 중에서 김기진이 통속소설에 대한 담론을 전개할 때 의존하고 있는 것은 이광수의 소설뿐이다. 최독견의 소설을 평가하며 김기진이 지적했던 '영화의 탐정소설적 요소'는 이 시기 형성된 대중소설이 서구 대중 서사의 유입, 영화와 같은 인접 장르의 유행과 연관되어 있었음을 드러낸다. 그러나 김기진은 이 지점에 대한 탐구는 생략하고 있다. 그 대신 김기진은 "돈과 사랑과 이것으로 말미암아 일어나는 갈등을 그리는 소설이라야만 독자 대중을 획득할 수 있다"는 이광수의 견해를 빌려와 당대 대중 독자의 의식 지형을 규정짓고 있다.

대중화론을 본격적으로 제시한 「문예시대관 단편 : 통속소설 소고」
(『조선일보』, 1928.11.9~11.20)[191]에서 김기진은 새로운 대중적 독물(讀物)
을 제작하여 독서 대중을 재래의 의식과 취미로부터 격리하는 방안을
모색한다. 이를 위해 김기진은 대중의 기호가 어떻게 변하고 있는지를
파악하려 한다. 대중에 대한 정형화된 인식에서 벗어나 대중의 흥미를
비평의 대상으로 설정했다는 점에서 김기진의 대중화론은 의의가 있
다. 그러나 김기진은 대중의 기호를 지나치게 일면적이고 수동적인 것
으로 파악하였다. 통속소설의 소재는 "보통인의 견문과 지식의 범위"
에서 가져와야 한다고 말하며 그 범위를 돈과 사랑으로 인해 생기는
갈등, 신구 도덕 간의 충돌로 생기는 비극 등으로 한정한 데에서 이를
확인할 수 있다. 보다 큰 문제는 앎의 위계에 따라 대중을 구별하고 있
다는 점에 있다.

김기진이 파악하고 있는 대중은 문자를 읽을 수 있는 대중으로 한정
된다. 「감상을 그대로 : 약간의 문제에 대하여」에서 김기진이 "우리가
파악할 수 있는 한의 대중은 어떠한 대중일 것인가"라는 질문을 던진 후
"문자와 서적으로부터 연이 멀은 절대 다수의 농민"은 이에 속하지 않
는다고 대답한 부분에서 이를 확인할 수 있다. 김기진은 아직 무산계급
의식을 갖지 못한 농민 및 노동자 출신의 급진 분자, 청년 학생, 실직군
등을 '파악할 수 있는 대중'으로 설정한 후 이들의 수량을 5만이나 6만으
로 계산하고 있다. 김기진은 대중들을 구체적 수치로 환산한 후 이들을
붙잡을 수 있는 문예운동을 어떻게 전개할 것인지를 모색하고 있다.

이때, 김기진이 제기한 대중화론은 문자 해독 능력을 지니고 있지
않는 대중을 논의에서 배제한 채, 문자 해독 능력을 지니고 있는 독자

---

191 김기진, 「문예시대관 단편 : 통속소설 소고」, 앞의 책, 116~127쪽.

의 층위에서 대중성의 문제를 제기하고 있다. 이러한 문제점은 다음 인용문에서도 발견된다.

① 우리들의 작품을 대별하여서 통속소설, 아닌 소설의 두 가지로 분류하는 근저에는 독서 대중의 중에 **보통 독자와 교양 있는 독자**와의 두 종류가 있는 까닭이다. 즉 보통인의 견문과 지식과 사상·감정·취미의 수준을 작성하고 있는 군(群)과 **이 수준과 색별(色別)을 달리하여** 다소 학문이 있고, 문학적 수양도 있고, 사회 의식·시대 의식에 대한 각성도 있고, 특히 그중에는 자기의 몸을 ……의 와중에 던져넣고 나서는 용감한 청년도 포함하는 군이 있는 까닭이다. 전자는 부인·소학생, 봉건적 이데올로기를 가지고 있는 노년·청년·농민 대중이 그 구성 분자이요, 후자는 각성한 노동자, 진취적 학생, 실업 청년, 투쟁적 인텔리겐차 등이 그 구성 분자이다.

(「문예시대관 단편 : 통속소설 소고」, 『조선일보』, 1928.11.9~11.20)[192]

② 프롤레타리아 소설은 물론 전대중의 것이 되어야 한다. 그러나 대중 중에는 **일반적 교양의 차이**(문자 또는 기타 상식의 차이)와 **특수한 교양의 차이**(문예적 취미와 계급적 의식의 차이)로 말미암아 그 정도에 의하여 **상층과 하층을 스스로 구별할 수 있다.** 보통학교를 졸업하였든지 혹은 중등학교까지 다니다가 중도에 그만두었다든지 또는 학교 교육은 받은 일이 없으나 자학(自學)으로 **그만한 지식**을 가진 노동자 농민은 가자에 ㄱ 하면 '각'인 줄이나 아는 또는 **낫 놓고 ㄱ 자도 모르는 노동자**와 비교하여 훨씬 **상위에 있다.** 따라서 그들은 문예적 취미도 진보되었고 계급 의식이란 말도 이해하는 것이 보통이다. 그러므로, 모든 프롤레타리아 소설을 **교양 정도의 하층**에 있는 대중이 볼 수 있고 이해할 수 있고

---

192 김기진, 「문예시대관 단편 : 통속소설 소고」, 앞의 책, 126쪽.

흥미를 붙일 만하게 짓는다면 **교양 정도의 상층**에 있는 대중에게 적당치 않다. 그리고 이 상승에 속하는 대중에게 적당하도록 짓는 것이면 그보다 더 수많은 하층에 속하는 대중이 도저히 가까이 오지 못한다. 종래의 프롤레타리아 소설이 즉 이 가까이 오지 못하던 소설이다. 그러므로 프롤레타리아 소설은 대중의 교양 정도의 층하에 의하여 필연적으로 두 개의 방법을 취하게 된다.

(「대중소설론」, 『동아일보』, 1929.4.14~4.20)[193]

첫 번째 인용문에서 확인할 수 있듯이 김기진은 독서 대중을 교양의 유무에 따라 '보통 독자'와 '교양 있는 독자'로 구별하고 있다. '교양 있는 독자'의 경우 '사회 의식·시대 의식'을 지니고 있었으며 진취적이고 투쟁적이라는 점을 부각시킨 반면, '보통 독자'의 경우에는 '보통인의 견문과 지식' 등을 가지고 있으며 '봉건적 이데올로기'에 사로잡혀 있다는 점만 제시되어 있다. 독서 대중을 구분하고 있는 김기진의 담론에는 앎의 정도에 따라 대중을 위계화하려는 의도가 내재되어 있는 것이다.

이는 두 번째 인용문에서 보다 명확하게 드러난다. 김기진은 교양을 '일반적 교양'과 '특수한 교양'으로 구분한 후 이에 따라 대중을 상층과 하층으로 위계화하고 있다. '일반적 교양'에 속하는 것 중 대표적인 것은 문자 해독 능력으로 서술되고 있으며, '특수한 교양'은 '문예적 취미와 계급적 의식'과 연관된 것으로 설명되고 있다. 이러한 교양의 차이를 만들어내는 것을 김기진은 학교 교육으로 규정한다. 김기진은 보통학교나 중등학교와 같은 학교 교육을 받은 경험이 있거나, 경험이 없더라도 그에 상응하는 지식을 가진 사람은 "문예적 취미도 진보되었고 계급의식이라는 말도 이해"하고 있다고 말한다. 반면 문자 해독 능력

---

[193] 김기진, 「대중소설론」, 위의 책, 131~132쪽.

을 가지고 있지 않는 사람에 대해서는 "낫 놓고 ㄱ 자도 모르는 노동자"라고 표현하며 이들을 열등한 존재로 묘사하고 있다.

김기진이 대중화론을 제기한 1920년대 후반은 3·1운동이 만들어낸 문화적 변혁이 가시화되기 시작한 시기였다. 근대적 학교교육이 확고한 제도로 대중에게 인식되며 문맹률도 낮아지기 시작했고 출판 산업의 규모도 비약적으로 커졌다. 문해력(literacy)을 습득한 대중은 정치적 자기의식 또한 획득하기 시작했다.[194] 김기진은 사회적 변화와 맞물려 교양을 지닌 대중이 형성되고 있는 상황을 포착하고 있었다. 그러나 김기진에게 교양은 인용문 ②에서 볼 수 있듯이 학교 교육을 전제로 하고 있다. 김기진이 상위에 있다고 본 대중은 '보통학교' 혹은 '중등학교'를 졸업했거나 그에 상응하는 지식을 습득한 사람들이다. "그만한 지식"이라는 표현에서 확인할 수 있듯이 김기진에게 지식의 정도를 비교하는 척도는 학교 교육에 있었던 것이다.

당대의 학교교육은 교육의 대상이 된 아이를 연령에 맞는 학년으로 분할한 후, 그 아이들에게 학년마다 배당되어 있는 지식을 취득하게 하는 것을 목표로 하고 있었다. 이는 근대 이전의 교육에는 존재하지 않았던 지식 습득 체계이며 이를 통해 근대 교육은 균질화된 공간을 만들어낸다.[195] 지식과 교양에 대한 김기진의 견해는 균질화된 공간 안에 갇혀 있었다. 그렇기에 그는 대중들이 지니고 있는 교양의 차이를 역사적 산물로 인식하지 못했던 것이다. 김기진은 앎의 위계를 자연적인 것으로 받아들였으며, 대중을 상층과 하층으로 분할하여 양자 사이의 경계를 공고하게 만들고 있다. 그 위계를 근본적으로 문제 삼

---

194 이상의 내용은 천정환, 『대중지성의 시대』, 푸른역사, 2008, 232~233쪽 참조. 천정환은 이러한 변화 과정을 '대중지성의 형성과정'으로 서술하고 있다.

195 이상의 논의는 이효덕, 박성관 역, 『표상 공간의 근대』, 소명출판, 220~221쪽 참조.

고 있지 않다는 점은 김기진 대중화론의 한계로 볼 수 있다.

이러한 대중 인식은 김기진의 이원적 창작 방법론으로 이어졌다. 김기진은 대중의 교양 정도에 따라 '종래의 프롤레타리아 소설'과 '대중소설'을 구분한 뒤 전자의 경우는 상층의 대중을 상대로 하기에 "제재와 문장이 고등하고 논리적이어도 무관"하지만, 후자의 소설은 하층의 대중을 상대해야 하기에 "제재와 문장이 평범하고 통속적이어야" 한다고 주장한다. 김기진은 대중 독자를 교양의 정도에 따라 분할하고 있으며, 분할된 영역에 속해 있는 독자의 감성과 상상력을 고정된 것으로 상정하고 있다. 그렇기에 김기진은 예술운동의 대중화를 위해서는 창작자들 또한 이원적 창작 방법을 취해야 한다고 역설한 것이다. 이러한 창작방법론은 결과적으로는 대중들 사이에 형성된 앎의 위계를 보다 공고하게 만들 수 있는 한계를 지니고 있다.

③ 김기진처럼 본격적으로 대중적 창작방법론을 제시하지는 않았지만, 염상섭 역시 대중 독자를 의식하며 창작 활동을 수행하고 있었다.[196] 염상섭은 '고급이라고 할 만한' 작품을 쓸 때와 신문소설을 쓸 때 다른 창작 태도를 지니게 된다고 말하며, '신문소설―통속소설'을 쓸 때에는 독자의 계급적 성질과 평균적 교양 정도를 고려하게 된다고 말한다. 그렇기에 염상섭은 자기 자신이 '동호자(同好者)끼리를 위한 소설'과 중학교 삼·사학년을 표준으로 한 통속소설을 동시에 쓰고 있다고 결론 내린다. 교양의 여하에 따라 독자의 층위를 구분한 후 이에 입각한 창작 활동을 전개하고 있다고, 염상섭 스스로가 토로하고 있는 것이다.

이러한 상황은 염상섭에게 비관적으로 인식되고 있다. 염상섭은

---

196 염상섭, 「조선과 문예·문예와 민중」(『동아일보』, 1928.4.10~4.17), 『염상섭 전집』 12, 민음사, 131쪽.

「소설과 민중」(『동아일보』, 1928.5.27~6.3)에서 당대의 소설에 세 개의 경향이 있음을 지적한다. 첫 번째는 "통속소설 즉 대중문예"이며, 두 번째는 무산파 작가들의 "투쟁선전작품"이고 마지막으로는 비교적 "순예술미를 가진 고급 작품"이다. 이 중 '고급 작품'에 대해서는 동호자끼리의 감상에 그치고 있다고 비판하며 염상섭은 대중문예를 중심으로 소설과 민중의 관계에 대해 고찰하겠다고 말한다. 염상섭에게 소설이라는 장르는 시와는 다르게 그 발생적 동기 및 내용에 있어서 민중의 예술이다. 염상섭은 리처든슨의 『파멜라』와 『춘향전』을 예로 들며 민주주의적 경향이 농후하고 민중의식이 싹트기 시작하던 때 소설이 생겨났다는 점을 강조한다.

그렇다면 문자를 읽을 수만 있으면 향유할 수 있는 소설에 통속과 고급의 구별이 생긴 원인은 어디에 있을까? 염상섭은 이러한 질문을 제기한 후 민중의 예술 감상력 향상에서 그 대답을 찾고 있다. 염상섭에 따르면 정치적·경제적으로 해방된 민중은 예술 감상력 또한 향상시키게 되고, 그 결과 재래의 소설 형식에 불만을 느껴 변화를 추구하게 된다. 그 변화는 결국 통속소설과 고급소설의 분화로 귀결된다. 그러나 염상섭이 보기에 현재 조선의 민중은 소설에서 흥미만을 추구하고 있으며 고급소설에 대한 관심을 보이려 하지 않는다. 염상섭은 이러한 상황이 조선사회의 전반적 문제에 기인하고 있으며 그중에서도 작품을 발표할 수 있는 매체가 한정되고 있는 상황에 영향을 받고 있다고 지적한다. 염상섭에 따르면 조선사회에는 '고급작품을 목표로 한 순문예지'나 권위 있는 간행물이 없으며 각성한 출판업자 또한 존재하지 않기에 '저급의 신문소설'만이 문예의 전체를 이루게 된 것이다.

이상을 통해 확인할 수 있듯이 염상섭 또한 김기진과 마찬가지로 교양의 정도에 따라 독자를 위계화하고 있으며 그중 교양이 부족한 대중의 경우 문예 작품에서 흥미만을 추구하고 있다고 보고 있다. 상황은 동일하게 인식했지만, 그 상황을 낳은 원인을 분석하는 김기진과 염상섭의 시각은 각기 달랐다. 김기진은 그러한 상황을 만든 원인을 문학적·민족적 전통에서 찾고 있는 반면, 염상섭은 당대의 매체 환경에서 찾고 있다. 원인을 분석하는 방식의 차이는 상황에 대처하는 방식의 차이로 연결되었다. 김기진은 독자의 취향을 변화시키기 위해 독자에게 흥미를 주는 요소를 적극적으로 차용하려 하고 있는 반면, 염상섭은 민중의 독서열을 고취하고 민중의 취미를 선도·향상하는 것을 대안으로 제시하고 있다.

그러나 염상섭 역시 '강담'과 같이 대중에게 호응을 받고 있는 형식을 차용하여 신문소설을 쓰는 경향에 대해서는 옹호하고 있다. 당대의 민중이 문예를 올바르게 이해하고 있지 않기에 강담물을 통해 그들을 교양할 필요가 있다고, 염상섭은 주장한다. 유사한 주장은 '조선예술운동의 당면문제'를 묻는 『조선지광』 82호(1929.1)의 특집에 염상섭이 대답한 「강담의 완성과 문단적 의의」라는 글에도 나타나 있다. 이 글은 당시 『조선일보』와 『동아일보』에 연재되고 있는 『임거정전』과 『단종애사』를 보며 강담시대가 돌아올 것이라고 말한다. 이 두 소설은 강담에 의존하고 있지만, 한편으로 소설의 형식과 수법을 따르고 있다고 지적하며 염상섭은, 강담이라는 형식을 차용하는 것이 문예의 민중화에 도움을 줄 수 있다고 결론 내린다. 소설이 아니라 시에 관심을 보이긴 했지만, 김기진 역시 「프로 시가의 대중화」(『문예공론』 2호, 1929.6), 「예술의 대중화에 대하여」(『조선일보』, 1930.1.1~1.14)에서 무산대중들이 재래의 가요에 사로잡혀 있음을 지적하며 가곡의 형식을 적극적으로 차용할 필요가 있음을 강조하고 있다.

대중화 전략에 대해 서로 다른 관점을 취하고 있었던 염상섭과 김기진은 재래의 가요나 강담과 같은 전통적 형식에서 대중화의 가능성을 찾고 있다는 공통점 또한 드러내고 있다. 그 공통점 안에는 저급한 것으로 인식된 대중의 취향을 비평자의 감성으로 재편하기를 원하는 욕망이 깃들어 있었다.

　1920년대 후반 문예비평은 계급 혹은 민족과 같은 집합적 주체를 대표하고 있다고 상상하는 언어 체계를 구축하였고, 이러한 언어 체계에 따라 근대 조선문예의 변천 과정을 단계적으로 서술해냈다. 현 단계 조선문학의 과제를 '무산계급 문예의 대중화'로 포착한 김기진과, '민족문학의 질적 변환'으로 상정한 양주동은 모두 '대중'의 중요성에 대해 이야기하기 시작한다. 1920년대 후반 비평에서 강조되기 시작한 대중은 근대 문예가 영향력을 발휘할 수 없었던 영역을 가리키는 말이기도 했다.

　평자들은 대중화론을 통해 대중의 감성을 새롭게 재편할 수 있는 방안을 모색하려 했다. 그러나 대중화론은 교양의 정도, 즉 앎의 정도에 따라 대중을 위계화했으며 대중의 복합적 심리를 단일한 경향으로 환원하는 방식에 의존하고 있었다. 이러한 방식을 통해 1920년대 비평은 이해할 수 없었던 대중의 감성을 균질한 것으로 표상하게 되었다.

제4장

한국 근대 문예비평의 형성과 분화

 이 책은 근대 문예비평의 형성 과정을 탐색하며 '문예비평'이라는 글쓰기를 탄생하게 만든 역사적 조건들을 검토하려 시도했다. 근대 문예비평의 형성 과정을 서술하기 위해서는 '비평' 관련 개념들의 의미가 변화하는 과정을 우선적으로 살펴볼 필요가 있다. '비평' 관련 개념의 의미가 변화하는 과정은 criticism이라는 어휘가 번역되는 과정과 맞물려 있었으며 이러한 번역 양상은 19세기 후반 편찬된 이중어 사전을 통해 확인된다. 이 책에서는 1900년대를 전후로 한국에서 criticism이 번역되고 있는 양상을 살펴본 후, 이와 연관하여 '비평' 관련 개념의 의미가 변화해 간 양상을 분석했다.

 또한 이 책에서는 포괄적 의미의 '비평' 개념과 연관된 글쓰기를 지칭할 때는 '비평적 글쓰기'라는 용어를 사용했고, 문학과 연관된 보다 좁은 의미의 비평 활동을 지칭할 때는 '문예비평'이라는 용어를 사용했다. '비평적 글쓰기'와 '문예비평'을 구분하며 이 책은 '비평' 관련 개념의 다층적이고 역사적인 의미 변화를 부각시켰고, '비평적 글쓰기'가 분화되고 유형화되는 과정에서 '문예비평'이 형성되었다는 점에 주목했다.

　1900년대의 비평적 글쓰기는 근대적 공론장의 발생과도 밀접하게 관련되어 있었다. 이 책은 학회와 잡지가 양적으로 확산되었던 1905년에 초점을 맞추어 1900년대 후반 잡지에 나타난 '비평' 관련 어휘의 사용 양상과 비평적 글쓰기의 변화 양상을 살펴보았다. 또한 연구시기를 1920년대 후반까지로 확장하여 비평 형태가 유형화되는 과정을 중심으로 '문예비평'의 형성 과정을 고찰했다.

　제2장에서는 근대문예비평이 형성된 배경을 세 가지 층위로 나누어 서술했다. ① 첫째로, '문예비평'이라는 말의 범주가 지칭하는 바가 어떻게 형성되었는지를 분석했다. 1900년대 후반에서 1910년까지 '비평'이라는 말은 '판단'이나 '평가'의 의미를 내포하고 있었으며 여론의 형성과 밀접하게 연관된 활동으로 이해되었다. 이 시기에는 모든 인민은 비평할 수 있는 능력을 지니고 있다는 견해가 생겨났지만, 이와 관련하여 '비평' 활동이 성립할 수 있는 조건을 체계적으로 분석한 작업은 나타나지 않았다. 1910년대에 들어서면 '비평'이라는 말은 '비판'과 연관된 개념으로 사용되기 시작한다. 이는 crticism을 '비평' 및 '비판'으로 번역한 일본 학술계의 움직임과 관련을 맺고 있었다.

　현상윤은 '비판' 개념을 '비평'하고 '판단'하는 행위로 사유했으며 '비판'을 통해 사회와 문명이 발전할 수 있다는 점을 강조했다. 현상윤이 '비판'을 역사와 사회를 변화시키는 근본적 동력으로 이해했다면, 이광수는 '비판'의 주체인 '자기'의 역할을 부각시켰다. 이광수는 자기 자신의 자신의 이성을 통해 관찰하고 판단하는 과정을 거친 후에야 개인은 '선악'과 '진위'를 판단할 수 있게 된다고 보았다. 이광수에게 '비판'은 '선악'과 '진위'를 '비평판단'하는 작업으로 인식되고 있었다. 1910년대 후반에 이르면 '비평' 개념은 '비판적 주체의 자율적 판단'이라는 의미를 내포하게 되었고 이러한 의미 변화는 '문예비평'이라는 말의 의미 형성에도 영향을 미쳤다.

'문예비평'이라는 말을 구성하고 있는 '문예'는 '문학' 개념의 의미가 전환되는 과정에서 부각되었다. 1910년을 전후로 발표된 문학 관련 논의들은 인간이 지니고 있는 감정의 층위를 부각시키며 '문학'을 '예술'과 연관된 것으로 사유하기 시작했다. '문예'라는 개념은 문학을 예술로 인식하는 사유가 확대되면서 나타나기 시작했다. '문예' 개념을 부각시킨 동인(動因)은 크게 두 가지로 요약될 수 있다. 첫 번째는, 『청춘』과 『매일신보』에서 시도했던 현상문예제도로, 이 제도들은 문예라는 개념을 보다 대중화시키는 효과를 낳았다. 두 번째는, '문예'에 대해 전문적으로 논하기 시작한 매체인, 『태서문예신보』와 『창조』의 등장으로 이들 매체에서 '문예'는 예술적 성격을 지니는 '문학'을 지시하는 개념으로 정착되었다. 이와 맞물려 '문예비평'이라는 말 또한 빈번하게 사용되기 시작했다.

비평가의 역할 및 책임과 관련된 논쟁을 주고받았던 김동인과 염상섭은 모두 '문예비평'이라는 말을 사용하며 '비평가'에 자율적 위상을 부여하려 했다. 이들이 사용하고 있는 '문예비평'이라는 말에는 ① 비평의 영역이 분화되고 있던 상황, ② 비판적 주체의 판단 행위가 부각되고 있던 상황이 반영되어 있었다. 김동인은 '사회비평'·'문명비평'과 구별되는 '문예비평'만의 자율성을 강조했고 이는 1920년대를 전후로 비평의 영역이 분화되고 있었음을 보여준다. 반면 염상섭은 '비평' 행위의 본질을, 비평 활동을 수행하는 주체의 자율적 '판단'으로 인식하고 있었다. 가치 판단의 근거를 비평 주체의 내부에서 찾고 있다는 점에서 염상섭의 논의는 비판적 주체의 자율성을 부각시킨 1910년대의 논의들과 맞닿아 있다. 이후 염상섭과 이광수는 '개성', '가치감정' 등의 범주를 통해 '비평'과 '문예'를 체계적으로 결합하려고 시도했다.

②두 번째로, 이 책에서는 1900~1920년대의 매체가 산문을 분류하는 방식을 검토하며 '문예비평'이 특정한 유형을 갖춘 산문으로 인식된 과정을 살펴보았다. 근대 매체는 잡지의 목차나 현상문예 공모 등을 통해 산문을 분류해왔으며, 이러한 산문 분류 방식의 변화는 산문적 글쓰기가 분화하고 있는 양상을 드러내준다. 1900년대 후반 잡지의 체재는 논설적인 글을 싣고 있는 〈연단(演壇)〉, 학문적인 글을 싣고 있는 〈학해(學海)〉, 잡다한 기사를 싣고 있는 〈잡찬(雜纂)〉 등으로 나뉘어 있었다. 그러나 이러한 체재 구분이 명확하게 확립된 것은 아니었다. 『태극학보』와 『야뢰』와 같은 잡지에는 '평론' 혹은 '시사평론'과 같은 체재도 나타나고 있었다.

1910년대에 발간된 잡지들은, 1900년대 학회지와는 달리, 편집 체재를 통해 산문을 적극적으로 유형화하려고 시도하지 않았다. 1910년대 중반부터 1920년대에 나타났던 산문 분류 체계 중 가장 포괄적인 글들을 지시하고 있었던 용어는 '논문(論文)'이었다. '논문'으로 분류된 글에는 오늘날의 관점에서 볼 때 설명적 성격을 지니는 글, 수필적 성격을 지니는 글들도 포함되어 있었으며, '논문'은 에세이(essay)의 번역어로 인식되기도 했다.

1920년대 초반에 이르면, 새로운 산문 분류 기준이 나타나기 시작했다. 이는 '논문'으로 지칭되던 글들이 분화되기 시작했음을 의미한다. 그러한 분화의 과정은 1920년대 초반 동인지에 '평론'이라는 체계가 출현하게 된 것을 통해서도 확인할 수 있다. 1920년대 초반 동인지에서 '평론'으로 분류된 글들은 문예비평적 성격을 지니는 글이 주를 이루었으며 사회비평적 성격을 지니는 글도 간헐적으로 포함되어 있었다.

'평론' 체계가 확립된 시기는 비평의 중요성 및 비평가의 전문적 역할에 대한 인식이 증대된 때였으며, 다양한 매체에 시평류(時評類) 글들이 나타나기 시작한 시기와도 맞닿아 있다. 이는 '문예비평'의 형성과 '시사평론'의 등장이 '평론' 체계의 확립에 영향을 주었음을 의미한다.

'평론'이라는 분류 체계는 1920년대 중반을 대표하는 매체인 『개벽』과 『조선문단』에서 '창작', '수필(혹은 '감상')'과 같은 분류 체계와 대등한 위상을 부여받게 되었다. 문예비평적 성격을 지닌 산문이 여타의 산문들과 분화되어 고유한 영역을 확보하게 된 것이다. 또한 '평론'이라는 분류 체계가 확립되는 과정은 '수필(혹은 '감상')'이라는 분류 체계가 나타나는 과정과 연동되어 있었다. 당대의 평자들 중 김동인과 김억은 '평론'과 '감상'을 이분법적으로 위계화하고 있었으며 보다 보편적 동의를 획득하지 못하는 의견, 주관적 느낌만을 토로하는 행위를 감상으로 인식하고 있었다. 이러한 구분은 1920년대 '평론'과 '감상'의 경계가 생겨나고 있었다는 점을 보여준다. '평론'이라는 체계가 생겨나던 시기 발표된 『개벽』과 『조선문단』의 산문에서도, 감상적 글쓰기와 비평적 글쓰기를 구획하는 잠재적 경계가 생겨나고 있었다는 점을 확인할 수 있다.

③ 마지막으로 이 장에서는 1910년대 재편된 공론장이 비평적 글쓰기의 성격을 변화시켰다는 점을 분석했다. 1910년 강제병합 이후 한국의 공론장은 총독부 권력에 의해 전유(專有)되었지만, 1919년을 전후로 총독부의 매체 관리 정책이 변화하며 식민지 조선의 공론장 또한 재편된다. 그 결과 1920년대 식민지 조선에는 다층적 매체가 생겨나게 되었고, 시사 현상을 논평하는 작업이 제한적으로 이루어질 수 있게 되었다. 이는 곧 식민지 조선의 비평적 글쓰기가 동시대에 생겨난 사회 문제를 비평 대상으로 상정할 수 있었다는 점을 의미한다. '시사평론'의 부활과 맞물려 1개월 혹은 1년과 같은 제한된 시기에 나타난 문예 작품, 혹은

문화 현상을 비평 대상으로 설정하는 '월평류' 비평 또한 나타났다. 1920년대의 비평적 글쓰기는 시간성에 민감하게 반응하며 문화 및 문학 현상의 동시대적 의의를 제시하는 역할을 담당하게 된 것이다.

전문적 문인 집단인 문단의 형성 또한 당대의 공론장 및 비평적 글쓰기의 성격을 변화시킨 핵심 요인이다. 문단의 형성은 문예를 대중화하고 전문적 문인 집단인 문단을 재생산할 수 있는 토대를 만든 현상문예 제도에 기반을 두고 있었다. 1910년대의 대표적 매체였던 『청춘』은 현상문예의 '선후평(選後評)'을 통해 당대의 글쓰기 지형에 직접적으로 개입하려고 시도했다. '선후평'은 1920년대에도 『개벽』, 『조선문단』과 같은 매체에서 반복적으로 나타났으며, 현상문예의 선자(選者)들은 당대의 예비 문사들에게 문예적 글쓰기의 전범을 제시하려고 시도했다. 이러한 작업은 문단을 재생산할 수 있는 기틀을 마련하는 과정으로 볼 수 있다. '선후평'은 당대의 평자들이 문단 제도의 틀 안에서 비평적 글쓰기를 수행하기 시작했다는 점을 보여주는 비평형태인 것이다.

1910년대 중·후반 도입되어 1920년대까지 지속된 '월평(月評)'·'선후평(選後評)'을 통해서도 확인할 수 있듯이 근대 문예비평의 형성 과정은 비평 형태가 분화되는 과정이기도 했다. 비평형태의 분화는, 곧 문예비평의 대상이 세분화되고 있었으며, 그 세분화된 비평 대상을 서술하는 언어 체계가 정립되기 시작했음을 드러낸다. 형성된 비평 형태는 문예비평을 유형화하는 틀인 동시에, 서로 다른 견해를 지녔던 비평가들의 글쓰기를 제약하는 요소이기도 했다. 제3장에서는 문예비평의 형태가 분화된 양상을 세 가지 층위로 나누어 분석했다.

첫 번째, 1920년대 중반, 『조선문단』에 연재된 이광수의 「문학강화」, 주요한의 「노래를 지으시려는 이에게」, 김억의 「작시법」, 김동인의

「소설작법」과 같은 글은 개별 장르의 특성을 '강의하듯이 쉽게 풀어서 이야기(강화(講話))'하는 데 초점을 맞췄다. 이 책에서는 이러한 유형의 비평이 지니는 교육적 성격에 주목하여 그 글들을 '강화류(講話類) 비평'으로 지칭한 후 강화류 비평이 나타나게 된 배경을 분석했다.

강화류 비평은 예비 문사(文士)들의 글쓰기에 도움이 될 만한 지침을 제공하려는 목적, 일반 독자들의 문예 작품 감상을 도울 수 있는 지식을 소개하려는 목적을 지니고 있었다. 이와 같은 문제의식은 1920년대 초반,『개벽』의 학예부 주임이었던 현철에게도 발견된다. 현철은 다양한 문학 장르에 관한 개론적 지식을 소개하며 문예적 글쓰기를 발전시킬 방안을 모색했다. 현철의 비평 활동은 조선의 문화를 보다 빨리 발전시키려는 의욕에 기반을 두고 있었지만, 정작 현철은 당대 조선에서 수행되고 있었던 문화 · 예술 활동의 의의를 제대로 포착해내지 못했다.

'예술'의 영역과 '교육'의 영역을 결합시킬 수 있는 방안을 모색했던 현철의 문제의식은 이광수의 비평 활동에서 보다 구체화된 형태로 드러나게 된다. 「문사와 수양」, 「문학에뜻을 두는 이에게」와 같은 글에서 이광수는 예비 문사(文士)들에게 전문적 문인(文人)이 되는 법을 가르쳐주는 교사의 역할을 담당했다. 이광수는 전문적 문인이 되기까지의 과정을 세분화하여 소개하며, 훈육된 전문가로서의 문사(文士)를 양성할 수 있는 방안을 모색했다. '李光洙 主宰'를 내세우며 창간된『조선문단』은 그러한 모색을 구체화시켜낸 매체였으며『조선문단』창간호에 발표된 「문학강화」는 이광수 비평의 지향점을 뚜렷하게 보여주고 있다. 이광수는 「문학강화」를 통해 독자들에게 '상상의 강의'를 진행하며 문학개론적 지식을 교육하려고 시도했던 것이다.

『조선문단』에 실린 작법류 글들은 이광수의 「문학강화」와 마찬가지로 교육적 성격을 지니고 있었다. 『소설작법』과『시작법』은 시 · 소설 등의 문예적 글쓰기와 관련된 일반적 지식을 제시하려 시도했으며 그 지식들은 시·소설과 같은 장르의 표현형식과 관련된 부분에 집중되어 있었다. 이를 통해 작법류 비평은 율격·조선어·구상·묘사 등의 표현형식과 관련된 비평 언어를 정립해냈다. 『조선문단』이 기획한 교육적 성격을 지니는 글들은 예비문사와 일반 독자에게 문예적 글쓰기와 관련된 규범을 가르치려는 의도를 내포하고 있었다.

두 번째로 제3장에서는, 1920년대 월평류(月評類) 비평이 형성된 배경을 분석하고 월평이 만들어낸 변화에 대해 분석했다. 월평의 도입은 식민지 매체 관리 정책이 변경된 상황과 맞물려 있다. 총독부의 정책 변화는 잡지 발간의 증대로 이어졌고, 이와 맞물려 문예 지면도 확장되었다. 『창조』, 『폐허』와 같은 문학동인지는 문예 지면이 확장되고 있는 현상에 비판적으로 대응하며 미적 가치가 있는 작품을 선별하여 소개하려 시도했다. 그렇기에 1920년대 초 월평은 개별 작품의 가치를 판단하는 언술을 부각시키게 되었고, 월평을 통해 문예비평의 관심은 보편적 문학 원리가 아니라 개별 작품으로 집중될 수 있었다.

유동하는 매체 환경과 맞물려 간헐적으로만 발표되던 월평은 1925년에 이르면, 『개벽』 문예란과 『조선문단』에 지속적으로 연재되기 시작한다. 그렇기에 이 시기는 월평이 제도적으로 정착된 시기로 볼 수 있다. 이 시기 월평에는 각기 다른 관점을 지니고 있는 평자들이 공통적으로 사용하는 비평 술어들이 나타나기 시작했다. '실감'은 그러한 술어의 대표적 예이다.

'실감'이라는 용어는 당대의 평자들이 '사실과 같은 느낌'을 만들어내는 작품을 좋은 소설이라고 판단했음을 드러내준다. 김기진 역시 월평에서 개별 작품의 성취를 판단하는 기준으로 '실감'을 제시했으며, '실감'에 대한 입장 차이는 김기진과 박영희의 내용·형식 논쟁을 촉발시킨 계기가 되었다. 김기진과 박영희 사이에서 벌어진 논쟁은 기존의 월평에서 여러 평자들이 공통적으로 사용했던 비평 술어인 '실감'의 위상을 재정립하려는 시도로 해석될 수 있다.

내용·형식 논쟁이 전개됐던 매체 『조선지광』은 1927년 '문예시평'이라는 명칭 하에 지속적으로 월평을 실었다. 『조선지광』의 '문예시평'은 비평의 대상을 동시대의 문단 제도·문학 담론·연근 및 영화로까지 확장시켰다는 점에서 의의를 지니고 있다. 비평 영역의 확장은 동시대의 문화적 맥락에 대한 비평가들의 관심이 넓어지고 있었음을 드러내준다. 그러나 『조선지광』의 문예시평은 '방향전환 담론'에 지나치게 의존했기에 개별 작품의 가치를 판단하는 방식과 관련된 생산적 논쟁을 만들어내지 못했다.

박영희의 '방향전환 담론'이 당대의 문예비평에 미친 영향을 분석하기 위해서는 1920년대의 지식 체계가 변동되고 사회주의가 유입되는 과정을 포괄적으로 검토할 필요가 있다. 그 작업이 이 책의 마지막 부분을 구성하고 있다.

1920년대의 지식체계는 전 세계적으로 광범위하게 일어났던 '개조론'의 영향을 받아 변동하게 된다. '개조론'의 영향으로 인해, 1920년대에는 보통사람들의 역할을 중요하게 생각하는 담론들이 생겨났다. 1920년대의 지식체계는 천재나 영웅과 같은 1인의 비범한 주체가 아니라 집합적 주체의 중요성을 부각시켰다. 『개벽』은 보통 사람들, 즉 대중의 힘을 중요하게 생각하면서도, 그 대중을 대표할 수 있는 중심 세력을 구성하길 원했다. 이러한 양면성 때문에 『개벽』은 지도자의 역할을 극단적으로 부각시킨 이광수의 「민족개조론」과 같은 글을 싣기도 했지만, 한편으로 무산대중의 능동성을 강조하는 사회주의에 관심을 가졌다. 1923년 이후 『개벽』은 사회주의 사상을 적극적으로 소개하기 시작했다.

박영희가 편술한 「중요술어사전」 역시 그러한 소개 작업의 일환이었다. 박영희는 「중요술어사전」에서 사회주의 관련 술어를 정리하며 이를 대중적 언어로 번역해냈다. 그 과정은 박영희 비평에서 유물론적 사상이 정돈된 언어로 나타나게 된 것과 관련을 맺고 있다. 또한 박영희는 「중요술어사전」에서 문학 관련 용어의 의미를 자신의 비평적 관점에 입각해 정리하려 시도했다. 「중요술어사전」에서 박영희는 '예술을 위한 예술'과 '인생을 위한 예술'을 대립시키며 여러 문학적 유파들을 이분법적 틀 안에 배치하고 있다. 「중요술어사전」을 통해 정립된 용어들을, 박영희는 염상섭, 김기진 등과 논쟁을 벌일 때에도 빈번하게 사용했다.

1926년부터 1928년에는 다양한 비평 논쟁이 발생했으며, 이들 비평 논쟁은 특정한 사상 체계의 술어들과 전문화된 문예비평의 언어들이 충돌하는 상황 속에 자리하고 있었다. 논쟁이 전개되는 과정에서 박영희는 「중요술어사전」을 편술할 때처럼 '예술을 위한 예술'과 '생활을 위한 예술'을 대립시킨 후, 그 이항대립 구도를 '부르주아 예술'과 '프롤레타리아 예술'의 대립과 동일한 것으로 설정했다. 이러한 박영희의 논의 전개 방식은 한설야, 임화 등 무산계급 운동에 동조한 비평가들에게 유사한 형태로 나타나게 된다. 박영희와 비평적 견해 차이를 드러냈던 양주동과 김기진도 이러한 이항대립적 논쟁 구도의 영향을 받았다.

비평 논쟁이 활발하게 전개되면서 문예비평의 위상 또한 변화해 갔다. 1928년에 이르면 한 해의 평론을 정리하는 비평, 즉 메타비평이 활발하게 일어나게 된다. 문예비평은 문예의 장래 발전과정을 알아볼 수 있게 해주는 이론적 표상으로 이해되기까지 한다. 이러한 문제의식은 1920년대 말에서 1930년대 초, 김기진과 양주동에 의해 전개된, '조선 근대문예의 변천과정' 서술 작업으로 이어졌다. 김기진과 양주동은 모두 조선 근대문예의 형성 과정을 단계적으로 구분했으며, 그 구분은 현 단계 조선문예의 과제를 제시하려는 문제의식에 기반을 두고 있었다.

김기진은 그 과제를 '무산계급 문예운동의 대중화'로 생각하고 있었으며, 양주동은 '민족문학의 위기 극복'으로 인식하고 있었다. 두 사람의 '조선 근대문예 변천과정' 서술 작업은 무산계급 혹은 조선민족과 같은 사회집단에 기반을 두고 비평적 글쓰기를 수행하려고 했던, 1920년대 후반 문예비평의 문제의식에 기반을 두고 있었다. 또한 두 사람의 작업은 1920년대의 무산계급 문예비평 및 민족주의 문학 담론, 즉 1920년대의 대표적 비평 담론 자체를 비평한, 메타비평적 성격을 지니고 있었으며 무산계급 문예운동 혹은 민족문학 담론에 정통성을 부여하는 역할을 수행했다.

이상을 통해 확인할 수 있듯이 근대 문예비평의 형성 과정은 비평적 글쓰기가 유형화된 과정, 문예비평의 형태가 분화된 과정과 맞물려 있었다. '문예비평'이라는 글쓰기를 탄생하게 만든 역사적 조건에 대한 탐색은 오늘날의 비평적 글쓰기, 오늘날 문학비평의 형태들을 성찰하는 논의로 발전될 수 있을 것이다.

2부
개념의 틀로 본 한국 근대 문예비평

제1장

이중어사전 연구 동향과 근대 개념어의 번역

1. 이중어 사전 연구의 필요성

오늘날의 독자들은 한 권의 책을 읽는 과정에서 뜻을 알 수 없는 어휘를 대면했을 때 사전을 찾는다. 사전은 당대의 독자들에게 총체적인 어휘의 목록을 기재하고 있는 동시에 그 어휘의 의미를 정확하게 해설하고 있는 책으로 인식되고 있다. 유사한 인식은 글을 쓰는 집필자들에게도 발견된다. 필자들은 사전을 펼쳐보며 자신이 사용하려고 하는 개념이 사회 안에 어떻게 통용되고 있는지를 확인한다. 사전은 문자로 이루어진 다양한 의사소통 행위를 연결시키는 역할을 담당하고 있는 것이다.

사전의 유형은 사용된 언어에 따라서 단일어 사전(monolingual dictionary), 이중어 사전(bilingual dictionary) 및 다중어 사전(multilingual dictionary)으로 분류된다. 이병근에 따르면 단일어사전은 하나의 언어로 표제항과 풀이 문장을 제시한 사전이라면, 이중어 사전과 다중어사전은 표제항과 풀이 문장이 서로 다른 언어로 구성된 대역사전(對譯辭典)이다. 이중어 사전은 대역사전 중에서도 표제항을 하나의 다른 언어로 풀이한 사전을 말한다.[1]

이중어 사전은 국민국가를 단위로 하는 근대적 자본주의 체재가 자리매김 되고 서로 다른 민족 국가 간의 언어적 소통이 중요시되기 시작한 시기 편찬되었다. 이 시기 서양에서는 개별 국가의 국어사전이 편찬되었으며 국어사전은 자국어의 표준을 만들어내는 입법자이자 심판자의 역할을 담당하게 되었다.[2] 서로 다른 민족국가의 어휘를 대응시키는 역할을 담당한 이중어 사전은 개별 민족국가의 자국어 사전이 편찬되는 과정과 맞물려 제작되고 있었던 것이다. 반면, 동아시아의 경우 이중어 사전은 동아시아 각국이 기존 동아시아 문명의 중심국이었던 중국의 고문(古文) 대신, 자본주의 세계체제의 새로운 중심국이 된 서구의 언어와 새롭게 관계 맺는 과정에서 편찬되었다.[3]

한국에서도 이중어 사전은 개항 이후부터 본격적으로 편찬되기 시작했으며, 이 중 대부분은 서양 선교사들이 편찬한 사전이었다.[4] 최경

---

1 이상의 내용은 이병근, 「국어사전 편찬의 역사」, 『한국어 사전의 역사와 방향』, 태학사, 2000, 17쪽.
2 이상섭, 「『옥스포드 영어 사전』의 편찬 원칙과 형성 과정」, 『사전편찬학연구』 1, 연세대 언어정보연구원, 1988, 96~97쪽.
3 동아시아에서 이중어 사전이 탄생하게 된 배경은 윤영도, 「동아시아 근대 이중어 사전의 기원」, 『중국어문논역총간』 27, 중국어문논역학회, 2010 참조.
4 개항 이후부터 1930년대 중반까지 발간된 이중어 사전은 대략 50여 종이 넘는 것으로 추정되고 있다. 이중어 사전의 구체적인 목록은 황호덕, 「번역가의 왼손, 이중어 사전의 통국가적 생산과 유통」, 『상허학보』 28, 상허학회, 2010, 102~106쪽 참조. 그중 주되게 연구되고 있는 것은 프랑스 파리외방전교회 소속 신부들이 편찬한 『韓佛字典』(1880)을 비롯하여, H. G. Underwood의 『韓英字典』(1890), J. S. Gale의 『韓英字典』(1897), G. H. Jones의 『英韓字典』(1914) 등이다. H. G. Underwood와 J. S. Gale은 1920년대 중반까지 반복해서 이중어 사전을 편찬했기에 중요하게 연구되고 있는 인물들이기도 하다.

봉에 따르면, 당대의 사람들은 우리말 어휘와 외국어를 연결시켜 놓은 '이중어 사전'을, '조선어사전'의 대리물로 인식하기도 했다. 이는 1876 년 개항 이후 1938년 문세영의 『조선어사전』이 출간되기 이전까지 우리 사회에 조선어로 개념어의 의미를 해설한 사전이 부재했던 상황에 기인한다.[5] 그렇기에 한국에서 '이중어 사전'을 연구하는 작업은 '조선어 사전'이 없었던 시기 한국어 어휘의 실체에 접근하는 일로 이해될 수 있다. 조선어 사전이 없었던 시기 편찬된 이중어 사전에 연구자들이 주목하고 있는 이유 역시 그 사전에 실린 어휘들이 지니고 있는 시대적 대표성 때문이다.

근대화 관련 어휘들이 이들 사전에 표제어로 등재되었다면 그것은 당시의 한국이라는 사회 속에서 그 어휘들이 이미 사회화되었음을 뜻한다고 할 수 있다. (…중략…) 이러한 사정은 사전만으로 나아가서 문헌만으로 어떤 단어의 사용 여부를 결정함을 불안하게 하지만 사전에 일단 등재된 단어라면 **그 단어는 일단 그 사회에서 어느 정도로는 사회화되어 쓰였다고 볼 수밖에 없을 것이다.**[6]

따라서 사전에 등재된 말은 그 말의 최초 용례나 그 용례의 도입 순간보다 더욱 결정적인 함의를 지니고 있다. 사전은 용례보다 늦게 오는데, 최소한의 언중의 합의가 없는 한 어떤 그럴듯한 시도도 사전에는 등재될 수 없기 때문이다. **즉, 확정된 의미, 사회적 합의를 상상하며 번역의 과정을 연구**하려 할 때, 이중어 사전은 가장 표준적이고 확실한, 가장 기능적인 한편 계량화가 가능한 지표가 된다(물론 가장 효과적인 지표라고 주장하고 싶지는 않다).[7]

5   최경봉, 『우리말의 탄생』, 책과함께, 2005, 75쪽.
6   이병근, 「서양인 편찬의 개화기 한국어 대역사전과 근대화」, 『한국문화』 28, 서울대 규장각 한국학연구원, 2001.
7   황호덕·이상현, 「번역과 정통성, 제국의 언어들과 근대 한국어」, 『아세아연구』 54(3), 고

두 인용문은 유보적 단서를 달긴 했지만, 특정 어휘가 사전 안에 등재하기 위해서는 언중의 합의가 존재하고 있었다는 문제의식을 공유하고 있다. 사전에 실린 말들은 당대 사회에 사용되고 있었던(혹은 사용될 수 있었던) 어휘인 동시에, 당대의 언어에 다가설 수 있는 표준적 지표를 제공해주는 자료로 이해되고 있는 것이다.

또한 이중어 사전은 당대에 통용되던 어휘의 의미를 명확하게 규정하고 있으며 그 의미를, 영어를 비롯한 여타의 외국어와 대응시키고 있다. 이병근이 강조한 것처럼 근대 초기 교과서, 혹은 신문 및 잡지에 실린 어휘들은 그 어휘의 정의가 명확히 주어져 있지 않기에 개념의 의미를 파악하는 데 한계점을 지닌다.[8] 이시기 발간된 이중어 사전은 이러한 어려움을 극복하는 데 도움을 줄 수 있는 자료라는 점에서 연구할 의의를 지니고 있다.

2. 이중어 사전의 비교 연구와 한국어의 근대

외국인들이 편찬한 이중어 사전이 국어학사적으로 중요한 역할을 담당하고 있다는 점은 2000년대 이전의 연구들에서도 지적된 바 있다.[9] 2000년대 이후의 연구들은 1880년대부터 1930년대까지 발간된 다

려대 아세아문제연구소, 2011, 42쪽.

8 이병근, 앞의 글.

9 대표적 연구로는 다음을 들 수 있다. 이숭녕, 「천주교신부의 한국어 연구에 대하여」, 『아세아연구』 18, 고려대 아세아문제연구소, 1965; 이응호, 「『한불ᄌᆞ뎐』에 대하여」, 『한글』 179, 한글학회, 1983.

양한 이중어 사전을 체계적으로 비교하여 분석하기 시작했다는 점에서 이전 시기 연구와는 변별점을 지닌다. 연구대상이 된 이중어 사전의 범위도 2000년대 이전에는 『韓佛字典』(1880)에 집중되었다면 최근에는 한영사전뿐 아니라 영한사전에까지 확장되었다. 여러 시기에 걸쳐 편찬되었던 이중어 사전을 비교·분석하는 작업은 곧 이들 사전의 구성과 체재, 더 나아가 이들 사전에 등재된 어휘를 역사적 맥락에서 검토하는 작업으로 발전되었다.

2000년대 이후의 이중어 사전 연구에 중요한 영향을 미친 것은 2001년도 발표된 이병근의 연구였다. 이병근은 개항 이후 편찬된 이중어 사전 중 프랑스 파리외방전교회 소속 신부들이 편찬한 『韓佛字典』(1880), H. G. Underwood가 편찬한 『韓英字典』(1890), J. S. Gale이 편찬한 『韓英字典』(1897)의 주된 특성을 서술하며 이들 사전에 근대화 관련 어휘가 등재되어 있는 양상을 비교하고 있다. 이러한 비교 연구는 개별 이중어 사전이 지니고 있는 특성을 명료하게 드러낸 동시에, 한국어 어휘의 변천 양상을 통시적으로 분석하고 있다는 의의를 지닌다.

이병근에 따르면 Ridel 등의 프랑스 출신 신부들이 편찬한 『韓佛字典』(1880)의 경우에는 근대화와 관련된 어휘가 풍부하지 못했다. 이는 '문명' 혹은 '개화'와 관련된 civilisation 등의 개념이 사전에 나타나고 있지 않은 점을 통해서 확인될 수 있다. 반면 Underwood가 편찬한 『韓英字典』(1890)에서는 1부인 '韓英字典'보다 2부인 '英韓字典'에 근대화 및 기독교 관련 어휘가 많이 등재되어 있었다. 근대 사회와 관련된 어휘가 '英韓字典' 부분에만 등재되어 있었던 것으로 미루어 이병근은 근대화 관련 어휘가 당대의 한국 사회에서 통용되기는 했어도 "사회화되지 못했을 가능성"이 높다고 결론내리고 있다.[10]

반면 Underwood 사전 1부 '韓英字典'의 조력자이기도 했던 Gale이

편찬한『韓英字典』(1897)에는 世界地誌와 관련된 어휘가 풍부하게 선정
되었고 근대화 및 기독교 관련 어휘 또한 확산되어 있었다.[11] 이 점을
지적하며 이병근은 서구 문명과 관련된 지식이 1890년대 중엽 한국에
서 사회화되기 시작했다고 분석하고 있다.

　이병근은『韓佛字典』의 경우에는 이후의 사전편찬에 많은 영향을
미쳤다는 점에서, Gale의『韓英字典』의 경우에는 文語的표제어를 다량
포함하고 있으며 전문어까지도 등재하고 있다는 점에서 다른 대역사
전들과 구별되는 의의를 지니고 있다고 보고 있다.[12] 이러한 이병근의
연구는 이후의 이중어 사전 연구가『韓佛字典』과 Gale의『韓英字典』에
집중된 것과 맥락을 같이 한다.

　이지영과 이은령의 논문은『韓佛字典』과 1897년판 및 1911년판『韓
英字典』(J.S.Gale)을 비교하고 있는 대표적 연구다. 이 중 사전편찬사의
관점에서『韓佛字典』의 특징을 분석한 이지영의 논문[13]은 유해류(類解
類)[14]의 한자 표제항에 있는 한자어와『韓佛字典』및 그 이후의 사전들
의 의미 기술 부분에 있는 한자어를 비교 대상으로 삼아『韓佛字典』과
영향 관계에 있었던 텍스트를 살펴보고 있다. 계량적 분석을 통해 이
지영은『韓佛字典』이 이전 시기 유해류에는 등재되지 않았던 새로운

10　이병근, 앞의 글.

11　이병근은 다음의 예를 그 근거로 제시하고 있다. 첫 번째 '인류', '경장', '공평ᄒ다', '평등ᄒ
　다', '만국공법', '대통령', 'ᄌ유ᄒ다'와 같은 근대화 관련 단어들이 등재된 점, 두 번째 '요일
　(曜日)'의 개념이 확립된 점, 세 번째 서양의 전통에 따라 언어학의 품사를 비롯한 문법용어
　(문법, 명ᄉ, 대명ᄉ, 동ᄉ 등)들을 확립한 점.

12　위의 글.

13　이지영, 「사전편찬사의 관점에서 본『韓佛字典』의 특징 : 근대 국어의 유해류 및 19세기의『國
　漢會語』,『韓英字典』과의 비교를 중심으로」,『한국문화』48, 서울대 한국문화연구소, 2009.

14　유해류(類解類)는 외국어 통역을 담당하는 역관을 위한 역서에 나오는 어휘들을 모아놓은
　어휘집이다. 17세기 말엽부터 18세기 중엽에 이르는 약 80년간에 걸쳐 편찬된 유해류(類解
　類)는 유사한 의미에 따라 어휘들을 분류하여 이용에 편리하게 만든, 일종의 외국어사전으
　로 볼 수 있다. 홍종선 외,『국어사전학개론』, 제이앤씨, 2009, 37쪽.

한자어를 추가하고 있었다는 점, 『韓佛字典』이 Gale의 『韓英字典』에 상당한 영향을 미쳤다는 점을 지적하고 있다.

이은령 역시 『韓佛字典』과 Gale의 1911년판 『韓英字典』의 거시 및 미시구조를 비교하고 뜻풀이에 나타난 의미정보를 살핀 후, 『韓英字典』이 『韓佛字典』을 참조한 방식을 분석하고 있다.[15] 이은령은 『韓佛字典』과 『韓英字典』을 대상으로 추출된 표본 550쌍 중 74% 정도가 뜻풀이에서 유사성을 지니고 있음을 분석하며 『韓英字典』이 『韓佛字典』에 영향을 받았음을 지적하고 있다. 그렇지만 『韓英字典』과 『韓佛字典』은 표제어의 형태, 뜻풀이 방식, 뜻풀이의 내용 등에서는 다양한 차이를 보이고 있다는 점 또한 언급하고 있다.

이처럼 『韓佛字典』과 Gale의 『韓英字典』이 다층적 양태로 비교 분석되고 있는 것과 달리 Underwood가 1890년 발간한 이중어 사전의 경우에는 별다른 주목을 받지 못했었다. 이는 이 사전이 여타의 두 사전에 비해 소규모의 어휘만을 등재하고 있는 일상회화용 사전이라는 점에 기인하고 있다. 그러나 2010년 발표된 이상현의 연구[16]에서 지적되었듯이 Underwood의 사전은 『韓佛字典』 및 Gale의 『韓英字典』과는 달리 한국어의 구어적(口語的) 층위에 대한 정보를 제시하고 있는 자료로 볼 수 있다.

또한 Underwood의 사전은 1부가 '한영사전', 2부가 '영한사전'의 형태로 구성되어 있다. 1부 '한영사전'에서 한국어-영어의 순서로 배치된 한국어가 "풀이되어야 할 개념어로서의 특성"을 지니고 있었다면, 2부 '영

---

15 이은령의 연구는 『韓佛字典』(1880)과 『韓英字典』(1911, 2판)을 전자 입력하고, Xml로 형식화한 메타데이터를 활용하고 있다는 점에서 방법론적 특수성을 지니고 있다. 이은령, 「19세기 이중어 사전 『韓佛字典』(1880)과 『韓英字典』(1911) 비교 연구」, 『한국프랑스학논집』 72, 한국프랑스학회, 2010.

16 이상현, 「언더우드의 이중어 사전 간행과 한국어의 재편과정」, 『동방학지』 151, 연세대 국학연구원, 2010.

한사전'에서 영어-한국어의 순으로 배치된 한국어는 "외국어에 대한 번역어의 특성을 상대적"으로 더 지니고 있었다. 이상현은 Underwood 『英韓字典』의 2부 '영한사전'에서 "Truth"가 "춤, 춤 것, 진실훈 것"과 대응되고 있지만, 1부 '한영사전'에서는 "춤, 춤 것, 진실훈 것"과 같은 어휘들이 등재되어 있지 않은 데 주목한다. "춤, 춤 것, 진실훈 것"과 같은 어휘들은 "한영·영한이란 양 방향의 교환 관계"에서 truth와 대응 관계를 이루고 있지는 못했던 것이다. 그러한 한계에도 불구하고, Underwood의 사전은 "영한이란 번역적 구도를 제시"했으며 "서구문명을 체현할 번역어로서의 한국어"가 형성될 수 있는 기반을 만들어냈다는 의의를 지니고 있다.[17]

이는 1914년 발간된 Jones의 『英韓字典』이 한국어 어휘의 확충을 위해 "중국, 일본 등지에서 생성되던 신조어"를 학술적인 영어 어휘와 대응시킨 것, 1924년 발간된 Gale의 『三千字典』[18]이 "실제 한국에서 유통되는 중요한 대역어를 정리한 작업"이었던 것과 대비된다. 이상현은 Underwood 사전과 여타의 이중어 사전을 비교·분석하며 1890년에서 1920년에 이르는 30년 동안 '한글 문어(文語)를 구성하는 어휘'들과 영어 사이에 '등가교환의 관계'가 형성되었음을 지적하고 있다.[19]

이중어 사전과 한국어의 근대적 변화를 연결하려는 문제의식은 이 장의 서두에서 언급했던 이병근의 연구 또한 드러낸 바 있다. 그러나 이병근이 근대화 관련 어휘가 이중어 사전에 등재되어 있는지의 여부

---

17 이상현, 앞의 글, 241~259쪽.
18 1924년 편찬된 Gale의 『三千字典』은 한국어의 전체상을 제시해주는 완결된 사전을 만드는 데 출판의 목적이 있지 않았다. 이 사전은 한국어의 일부가 되어 있는 근대적 신어(新語)에 대한 지식을 획득하는 데 도움을 주기 위해 제시된 3,000항목의 어휘집이었다. 이상의 내용은 황호덕·이상현, 앞의 글, 2011, 50쪽.
19 이상현, 앞의 글, 226·259쪽.

만을 중점에 두고 연구를 진행한 것과 달리, 이상현은 Underwood의 사전을 포함한 이중어 사전들이 근대 한국어의 형태 자체를 조형해냈다고 보고 있다. 이중어 사전이 한국어의 근대적 재편 과정에 중요한 역할을 담당했다는 문제설정은 2010년 발표된 황호덕의 연구, 2011년 발표된 황호덕·이상현의 공동연구에도 나타나고 있다.

3. 한국(어문)학의 통국가적 생산과 이중어 사전의 역할

황호덕과 이상현은 이중어 사전을, '언어 간 번역' 현상의 근원에 다가갈 수 있는 길잡이이자 한국어와 영어 사이에 성립된 등가성 형성의 과정을 해명할 수 있는 자료로 규정하고 있다. 이중어 사전의 편찬이 "'한국어'의 범주와 정의가 사전적으로 확정되지 않았던 장소", 즉 "'국어'와 '국가'의 범위를 초과하는 단위"에서 이루어졌음을 부각시키고 있다는 점[20]에서, 2010년을 전후로 발표된 황호덕과 이상현의 논문들[21]은 '한국(어문)학의 통국가성(transnationality)'을 강조하는 연구로 정리될 수 있다. 2010년 발표된 황호덕 논문에 실린 다음 구절은 그러한 연구 경향의 핵심적 주장을 보여주고 있는 부분이다.

서구어의 번역으로부터 자국어를 창출하는 과정으로 이야기되는 일본의 근

---

20 황호덕·이상현, 앞의 글, 41~44쪽.
21 황호덕과 이상현이 수행한 일련의 연구들은 다음의 저작에서 확인할 수 있다. 황호덕·이상현, 『개념과 역사, 근대 한국의 이중어 사전』 1, 박문사, 2012.

대 학술 편성과는 달리, 한국에서의 서구어-한국어의 상호 형상화 도식은 '이입된 신조어들을 영어 문맥 안에 고정하려는 외국인들의 노력'을 통과해 진행되고 있었던 측면이 더해져 있었다. 또한 이러한 작업은 당연히 그러한 언어들의 생성지인 중국과 일본에서 생산된 어휘집 및 사전들을 참조하게 되는 경향을 통해 일본과 중국으로부터의 언어유입으로 이어졌다. 앞으로 살피겠지만, 그 과정에서 대량의 신생 한자어, 즉 신조어들이 근대 한국어 안에 기입되게 된다.

중요한 것은 이렇게 이입된 언어들의 목록—즉 이중어 사전들이 한국어 정리 작업의 원천으로서 작용한다는 사실이다.[22]

이러한 주장에는 다음과 같은 분석과 전제들이 담겨 있다. 첫 번째, 이중어 사전은 신생 한자어로 대표되는 학술 개념어가 한국어(더 나아가 동아시아)에 유통된 과정을 통시적, 공시적으로 파악할 수 있도록 도와주는 자료다. G. H. Jones의 『英韓字典』 서문에서 확인할 수 있듯이 이들 사전의 성립 자체가 재래의 한국어 속에서 창출되고 있던 신조어들, 또 창출되기를 희망하거나 불가피하게 도입되어야 할 개념들을 목록화하는 과정이었기 때문이다.

두 번째 이중어 사전이 비록 서양 선교사들의 포교를 위한 목적에서 생산되었으며, 중국어와 일본어 같은 여타의 외국어를 과잉 참조하여 만들어진 사전이라 할지라도 이들 이중어 사전의 편찬 작업에는 조선의 지식인들이 폭넓게 참여하고 있었다. 따라서 이중어 사전에 실린 어휘는 조선의 지식인들이 인준 가능할 정도로 일반화된 어휘였다고 볼 수 있다.

세 번째, 한국어와 한국(어문)학의 규범을 만들어낸 조선어사전 자체

---

22 황호덕, 「번역가의 왼손, 이중어 사전의 통국가적 생산과 유통」, 『상허학보』 28, 상허학회, 2010, 112쪽.

가 이중어 사전이 축적했던 한국어 어휘들을 참조했으며, 이중어 사전의 어휘 목록과 경합하는 과정에서 성립되었다고 볼 수 있다. 이는 앞의 장에서도 언급했듯이 조선어사전이 없었던 현실에서 이중어 사전이 우리말 사전의 역할을 오랜 기간 대신 담당하고 있었던 상황에 기인한다.

이상의 분석들을 바탕으로 황호덕은 근대 한국어 자체가 중역(重譯) 과정에서 산출되었다고 주장한다. 중역은 한번 번역된 말이나 글을 다시 다른 말이나 글로 번역하는 현상을 일컫는 말이다. 근대 한국어, 혹은 한국(어문)학의 형성 과정에서 중역의 문제는 한국과 일본 사이의 영향 관계, 즉 일본어로 번역된 서구의 텍스트(혹은 개념어)가 근대 한국어로 다시 번역[23]되는 현상에만 국한되어 이해되어 왔다. 황호덕은 이 점을 비판하며 한국어 안으로 신조어가 유입된 과정은 일본어와 조선어 사이에만 일어난 현상이 아니라, 보다 폭넓은 통국가적(transnational) 번역의 반복이었음을 부각시키고 있는 것이다. 이러한 주장은 근대 한국어, 혹은 한국학의 단선적 기원을 강조하는 견해들을 탈구축하려는 목적을 지니고 있다.

이후 2011년 발표된 황호덕과 이상현의 공동 연구 「번역과 정통성, 제국의 언어들과 근대 한국어」에서는 1920년대를 전후로 식민지 조선의 어문(語文) 지형이 변화하고 있는 양상이 연구되고 있다. 그 변화의 양상은 근대 한국어 혹은 근대 한국의 학술언어가 형성된 과정과도 밀접하게 관련되어 있었다. 이 논문에 따르면, 20세기 들어 편찬된 이중어 사전들은 "'조선어'가 보다 많은 영어 어휘(서구적 개념)를 번역·대체" 할 수 있는 언어로 변모하고 있는 과정을 반영하고 있었으며 그 과정은 "번역어(한국어 대역어)가 한국어의 일부로 자연 / 관습 / 토착화되

---

23   조재룡, 「중역(重譯)의 인식론」, 『아세아 연구』 54(3), 고려대 아세아문제연구소, 2011.

는 과정"과도 일치하는 것이었다.[24] 황호덕과 이상현은 '한국어 어휘' 와 '서구의 개념' 사이에 생겨난 번역 가능성의 문제에 입각해 이중어 사전 편찬의 역사를 세 시기로 구분하여 서술하고 있다. 각각의 시기 에 나타난 이중어 사전의 특성은 '유비', '등가', '분기'라는 개념에 의해 설명되고 있다. 제 1기에 해당하는 1880~1910년, 즉 초기 이중어 사전 이 생성된 시기는 한국어 어휘를 영어로, 혹은 서구의 개념을 한국어 로 풀이하는 유비 관계가 결정적이었던 시기이다. 반면 제2기에 해당 하는 1910~1920년 초반은 영어를 비롯한 서구어와 조선어가 일종의 등가관계를 형성하기 시작했던 시기였으며, 일본 번역어들의 이입이 확연해지던 시기였다.

3·1운동 직후에는 신어 및 술어 사전류가 본격적으로 등장했으며 이들 사전에서는 개념어를 영어 등의 외국어가 아니라 조선어로 해제 하려는 경향이 나타나기 시작했다. 황호덕·이상현은 이 시기를, "이 중어 사전과 단일어 사전 사이의 상호분절, 즉 분기"가 생겨나고 있던 때로 인식하고 있다. 3·1운동이라는 정치적 저항을 통해 식민지 조선 에 공론장이 생겨났지만, 역설적으로 그 공론장 안으로 "일본식 통사 구조와 어휘들을 내장한 일본 유학생 혹은 일본식 교육을 받은 독자들 이 대량 유입"되었다. 그 결과 일본어와 조선어 사이의 번역 가능성은 증대되기 시작했던 것이다.[25]

---

24 황호덕·이상현, 「번역과 정통성, 제국의 언어들과 근대 한국어」, 『아세아연구』 54(3), 고 려대 아세아문제연구소, 2011, 46쪽.

25 이상의 내용은 위의 글, 68쪽 및 93쪽 참조. 이 글에서 황호덕·이상현은 합법성(legality)과 정통성 혹은 정당성(legitimacy)을 구분한 후, "교육현장 / 법의 영역에서 관철된 합법성으로 부터, 담론장 혹은 공론장에서의 실천을 통해서만 확보가능한 정통성으로의 이동 기점을 3·1운동 후의 신문화운동"(65쪽)으로 설정하고 있다. 이들의 분석에 따르면, 일본제 신조 어는 1910년대 식민지 조선의 교육과 법의 공간에서 합법성(legality)을 획득한 채 유통되었 으며, 이 말들은 3·1운동 이후 형성된 공론장에서 정통성(legitimacy)을 확보하며 '고유어'로 인식되기 시작한 것이다.

이상 정리한 연구들에서 확인할 수 있듯이 근대 한국어는 이중어 사전을 포함한 다층적 번역을 통해 서구 및 일본식 개념어를 수용해왔다, 그러한 수용의 역사는 역설적으로 근대 한국어가 독자적이고 고유한 세계로 분기되어 온 과정과도 겹쳐져 있다. 그렇다면 구체적으로 어떤 개념들이 번역의 과정을 거쳐 근대 한국어로 안착되었을까? 또한 이중어 사전 연구는 그러한 번역 양상을 파악하는 데 어떤 도움을 줄 수 있을까? 다음 장에서는 이 부분을 검토하려고 한다.

4. 이중어 사전을 통해 본 'criticism'의 번역 양상

리디아 리우는 『언어횡단적 실천』에서 영어단어 'self'와 중국어의 '지[己]', '워[我]', '쯔워[自我]' 등의 단어 사이에 형성된 등가적 관계가 번역을 통해 생성된 것이자 근대적 외국어 사전을 통해 고정된 것이라고 주장한다. 리디아 리우의 주장에 입각한다면 서로 다른 언어 사이에 형성된 연관 관계는 번역으로 대표되는 '언어횡단적 실천'에 의해 생성된 것으로 결론내릴 수 있다.[26] 이중어 사전에 나타난 번역어는 이러한 문제의식을 입증해주는 자료로 볼 수 있다. 이중어 사전의 편찬자들은 특정한 시기마다 각기 다른 서양의 개념어들을 번역하려 시도 했고, 그 과정에서 복수의 번역어들이 유통되기도 했다.

1920년대 초반 Personality, Subjective, nature와 같은 어휘들의 번역

---

26 리디아 리우, 민정기 역, 『언어횡단적 실천』, 소명출판, 2005, 27쪽.

어가 모색되고 있던 것은 그 대표적 예로 볼 수 있다. 황호덕·이상현의 연구에 따르면 이들 어휘들은 1900년대 이전의 초기 이중어 사전에는 등재되지 못했던 표제항이었지만. 1910년대 이후부터 다양한 용어와 대응 관계를 맺기 시작한다.

Personality의 경우를 예로 들면, 이 단어는 1911년 Gale의 『韓英字典』부터 '인격'과 대응되기 시작했으며 1914년 편찬된 Johns의 『英韓字典』에서는 '품격, 인품, 인격'으로 번역되었다. 1925년 편찬된 『英鮮字典』[27]에 이르면 '긔인성, 인물'과 같은 번역어가 Personality와 대응되는 말로 추가되었다. "타고난 인간의 품성이 아닌 훈육 / 사회화된 본성으로서의 개인의 '성격', 소설 속의 '인물'" 등의 말이 새롭게 등가성을 확보해야 될 어휘로 인식되었던 것이다. subjective를 "주관덕"으로, nature를 '자연'으로 대응시킨 용례 또한 1920년대 이후의 영한사전에서 나타나기 시작했다. 이를, 황호덕과 이상현은 1910년에서 1920년대 초의 한국어에 언어사적 변동이 있었음을 보여주는 예로 인식하고 있다.[28]

황호덕과 이상현의 연구에서 언급되지는 않았지만 criticism 관련 어휘가 이중어 사전에서 번역되고 있는 양상 또한 주목해 볼 필요가 있다. 이 책의 1부 2장 1절에서 언급했듯이 19세기 후반의 이중어 사전에서 criticism과 관련된 어휘의 번역어로 제시되었던 단어는 '평론'이었다. 언더우드(Horace G. Underwood)가 편찬한 『韓英字典』(1890)에서 '평론'이라는 단어는 1부인 '한영사전'에서는 수록되어 있지 않지만, 2부

---

27 『英鮮字典』은 H. G. Underwood가 1890년 편찬한 『韓英字典』을 개정한 사전이다. 이 사전은 H. G. Underwood가 1916년 죽기 전, 직접 참여하여 개정 작업을 이끌었고, 1916년 이후에는 H. G. Underwood의 아들 H .H. Underwood(원한경)에 의해 완성되어 1925년 개정판이 나왔다. 이상의 내용은 박용규, 「한국교회사에서의 언더우드 위치」, 『신학지남』 281, 신학지남사, 2004, 60쪽 참조.
28 이상의 내용은 황호덕·이상현, 「번역과 정통성, 제국의 언어들과 근대 한국어」, 앞의 책, 63~64쪽 참조.

'영한사전' 부분에서 criticism 관련 단어의 번역어로 제시되고 있다. 『韓英字典』에서는 critic의 번역어로 '평론ᄒᆞ는 이', criticise의 번역어로 '평론ᄒᆞ오'가 제시되고 있었다.[29]

　19세기 후반기의 이중어 사전에서 '평론'이라는 어휘는 '토의하다', '의논하다', '판단하다', '중재하다'와 같은 다층적 의미를 내포하고 있었다. 게일(James S. Gale)이 편찬한 『韓英字典』(1897)을 예로 들면, "평론ᄒᆞ다"라는 어휘는 to discuss와 to arbitrate on과 대응되고 있으며, 같은 사전에서 to discuss는 "의론하다"와 연관된 어휘로도 제시되고 있다.[30]

　이중어 사전의 편찬자들은 '평론'이라는 말을 다양한 서구의 어휘들과 대응시키고 있었지만 criticism 관련 어휘의 번역어로 '평론'을 선택한 예는 Underwood 사전에 제한되어 있었다. Underwood가 사전의 1부인 '한영사전'이 아니라, 2부인 '영한사전'에서 '평론'이라는 단어를 수록했다는 것 또한 눈여겨 볼만하다. 이는 Underwood가 criticism과 대응할 수 있는 한국어 단어를 찾으려 했고, 그 과정에서 '평론'이라는 어휘를 발견했다는 것을 의미한다. 이상현의 연구에서 지적했던 것처럼 영어에서 한글을 번역하는 구도(영→한)는 한국어 어휘를 수집하여 영어로 풀이하는 방향(한→영)과는 다른 차원, 즉 영어 개념과 대응되는 한국어 어휘를 선택하는 행위였기 때문이다.[31]

　그렇다면 왜 Underwood는 criticism과 대응되는 어휘로 '평론'을 선택했을까? 이와 관련해서는 두 가지 점을 참고할 수 있다. 첫 번째로는

29　Horace Grant Underwood, 『韓英字典』, 橫濱 : 須原德義, 製紙分社 印刷, 1890(고려대 중앙도서관 소장).

30　James S. Gale, 『韓英字典』 초판, Yokohama : Kelly and Walsh, 1897, 470쪽(고려대 중앙도서관 소장). 이와 관련하여 1900년대를 전후로 한국에서 '평론' 및 '비평' 개념이 사용된 양상은 이 책의 1부 2장을 참고할 것.

31　이상현, 앞의 글, 2010, 241쪽.

'평론ᄒᆞ다'라는 말이 당대의 조선에서 비교적 널리 사용되던 어휘였음을 추측해볼 수 있다. 이는 1880년에 발간된 『韓佛字典』에도 '평론ᄒᆞ다'라는 어휘가 실려 있었던 것으로 입증된다. 두 번째, Underwood가 자신의 사전에서 critic 개념을 "평론ᄒᆞ는 이"로 번역한 부분에 삽입시킨 "Gov't-, 대ᄉᆞ간"[32]이라는 구절을 참고할 필요가 있다. Underwood는 critic 개념의 의미를, 왕권과 재상권에서 독립되어 왕과 관리의 정치 행위에 대해 자유롭게 판단하고 논의할 수 있었던 사간원의 역할[33]과 연결시키고 싶어 했던 것이다.

그러나 Underwood의 사전 편찬 작업에 참여했던 Gale의 『韓英字典』에도 '평론ᄒᆞ다'가 to discuss와 to arbitrate on과 대응되고 있는 것에서 확인할 수 있듯 '평론ᄒᆞ다'를 criticism과 연결된 단어로 여기는 견해는 근대 초기 한국 사회에서 보편화되지 못했다. 그 대신 1910년대에 이르면, '비평'이 criticism과 등가 관계를 맺는 어휘로 부각되기 시작한다. 1911년 다시 편찬된 Gale의 『韓英字典』 2판에는 '비평', '비평ᄒᆞ다'라는 어휘가 새롭게 등재되었고, 'criticism', 'To criticize'는 이 두 어휘의 번역어로 각각 제시되고 있다.[34]

1914년 미국 선교사 존스(George Heber Jones)에 의해 편찬된 『英韓字典』(1914)에서도 critic의 번역어로 "비편가(批評家), 감명자(鑑定者)", crticism의 번역어로 "비평(批評), 논박(論駁)"이 제시되어 있다.[35] 1910년대 이후

---

32 Horace Grant Underwood, 1890, 64쪽.

33 김영수, 「동아시아 군신공치제의 이론과 현실」, 『동양정치사상사』 7(2), 한국동양정치사상사학회, 2008, 41쪽.

34 '비평'과 '비평ᄒᆞ다'는 criticism 외에도 다양한 영어 어휘로 번역되고 있다. '비평'의 경우에는 'Criticism; censure; judgement'로, '비평ᄒᆞ다'의 경우에는 'To criticize; to find fault with; to discuss the merits of; to pass a verdict upon; to censure; to condemn'이 번역어로 제시되었다. 이상의 내용은 이은령 외, 2009, "웹으로 보는 한영자면 1.0(http://corpus.fr.pusan.ac.kr/dicSearch/)을 이용하여 분석한 것임.

35 George Heber Jones, 『英韓字典』, 東京: 教文館, 1914, 32쪽(고려대 중앙도서관 귀중서고 소장).

의 이중어 사전에서는 '평론'이 아니라, '비평'이 criticism과 관련된 어휘의 번역어로 채택되기 시작한 것이다. 존스의 사전에서 critic의 번역어로 '비평가'뿐 아니라, '감정자(鑑定者)'가 제시되고 있다는 점 또한 특이한 점이다. '감정자(鑑定者)'라는 번역어는 곧 '비평'이 '감상'을 통한 '판정' 행위와 연결되는 점을 드러내고 있다.

그렇다면 '비평'과 '평론'은 이후 어떤 과정을 거쳐 근대 한국어로 정착되었을까? 이 질문에 대답을 내리기 위해서는 이중어 사전에 등재된 어휘와 1938년에 편찬된 문세영의 『조선어사전』 표제항을 비교할 필요가 있다. 또한 1930년대 이후 criticism 개념이 번역되고 있는 양상, 그러한 번역이 조선어사전에 미친 영향 관계를 분석하기 위해서는 1930년대의 대표적 이중어 사전이자 『韓英字典』(1897)의 세 번째 개정판이기도 한 Gale의 『韓英大字典』을 살펴볼 필요가 있다.

1897년 Gale의 『韓英字典』 초판이 35,000단어만을 수록하고 있었던 것에 반해 1931년판 『韓英大字典』에는 한글 표제어가 82,000단어로 확장되어 있었다. (황호덕, 「번역가의 왼손, 이중어 사전의 통국가적 생산과 유통」, 117쪽) 『韓英大字典』에는 '비평'과 '평론'이 모두 criticism과 대응되는 단어로 등재되어 있다. 이는 1897년 Gale의 초판 『韓英字典』에서는 '평론ᄒᆞ다'라는 단어만이 등재되었고, 그 단어 또한 'criticism'이 아닌 "to discuss; to arbitrate on"으로 번역되었던 것과 변별된다. '평론ᄒᆞ다'는 1931년판 『韓英大字典』에도 'criticism'이 아니라 "to discuss; to arbitrate on"으로 번역되고 있다. 그러나 1931년판 『韓英大字典』에는 '평론ᄒᆞ다'와 별개로 '평론'이라는 명사형 어휘가 등재되어 있고, 이 말은 "crticism; review"로 번역되고 있다.

'비평 / 비평ᄒᆞ다'가 『韓英大字典』에서 모두 criticism과 관련된 어휘로 번역되고 있던 것[36]과 달리, '평론 / 평론ᄒᆞ다'는 서로 관련을 맺지 않고 있는 영어 어휘로 번역되고 있는 것이다. 이를 통해 '평론'이라는 어휘와 criticism 간에 형성된 등가 관계는, '비평'과 criticism 간에 형성된 등가관계에 비해 다소 불안정했음을 유추할 수 있다.

또 하나 눈여겨 볼 부분은 Gale의 1931년판 사전에 '비평'과는 별개로 '비판'이라는 개념이 등재되어 있으며 이 개념이 critique에 대응하는 언어로 상정되어 있다는 점이다. '批判'은 일본 학술계가 칸트 철학을 수용할 때 Kritik 개념의 번역어로 상정했던 어휘였으며 당대의 일본에서 '批判'은 '批評'과 병용되어 사용되기도 했다. '비평'과 '비판'을 같은 글에서 동시에 사용한 용법은 1910년대 중반 이후 이광수와 현상윤 등 일본 유학을 경험한 지식인들에게도 나타났다. Gale이 '비판'이라는 개념을 1931년판 사전에서 새롭게 등재했다는 점은 이 개념 안에 '비평'이라는 말로 온전히 포섭될 수 없는 의미가 내포되어 있었음을 의미한다.[37]

이중어 사전에서 criticism 관련 어휘의 번역어로 채택되었던 '비평'·'평론' 및 '비판'은 문세영의 『조선어사전』(1938)에 모두 등재되어 있다. '비평'이 "시비·선악·미추를 들어서 논단하는 것"으로 해설되고 있다면 "평론"은 "가치·선악을 논정하는 것"으로 풀이되고 있다. 이러한 어휘 풀이를 보면, 이중어 사전에서 '비평' 및 '평론'과 대응되는 말로 제시되었던 'censure' 및 'to arbitrate on'과 같은 의미는 문세영의 사전에서 누락된 반면, criticism에 대응하는 의미는 부각되어 있음을 확인할 수 있다. 또한 상대적으로 '평론'보다 '비평'이 아름다움 / 추함의 영역까지를 아우르는 포괄적 논단 행위로 제시되고 있었음을 확인할

---

36 "비평 : criticism, censure, judegement; 비평ᄒᆞ다 : To criticize, to find fault with, to censure, to condemn," James S. Gale, 『韓英大字典』 3版, 朝鮮耶蘇教書會, 1931(고려대 중앙도서관 소장).

37 일본 학술계에서 '비평'과 '비판'을 병용했던 양상은 石塚正英 외 감수, 『哲學·思想 飜譯語事典』, 論創社, 2003 참조.

수 있다. 반면 '비판'의 경우 『조선어사전』(1938)에는 "자세히 조사한 뒤에 판단하는 것"이라는 의미로 해설되고 있다. 이중어 사전에서 '비판'의 등가어로 제시되었던 'critique' 개념의 의미는 문세영 사전의 해설에서는 온전히 담겨 있지 않았던 것으로 보인다.[38]

criticism 관련 어휘가 번역된 예에서도 확인할 수 있듯이 이중어 사전은 서로 다른 어휘들이 서구적 개념어의 등가어로 제시되고 있었던 양상, 더 나아가 근대 개념어가 한국어 안에 안착된 과정을 분석하는 데 도움을 줄 수 있는 자료이다.

5. 남은 과제와 전망

리디아 리우의 저작 『언어횡단적 실천』은 이중어 사전 연구에 이론적 영감을 제공해준 저작 중 하나이다. 리디아 리우는 서구와 비서구 지역 사이에 일어나는 언어 간 상호 작용을 '언어횡단적 실천(translingual practice)'이라는 문제설정을 통해 재조명했다. 리디아 리우에 따르면 '언어횡단적 실천'에 관한 연구는 특정 개념이 번역될 때 그 개념의 의미는 번역자의 현지 환경 속에서 창안／발명된다는 점을 강조하고 있다.[39] 이러한 문제설정에 입각할 때 개념어의 본원적 의미보다는 개념어가 수용되고 유통되는 과정에서 생성된 미세한 차이들이 부각될 수 있는 것이다.

---

38 문세영, 『조선어사전』, 朝鮮語辭典刊行會, 1938(고려대 중앙도서관 소장) 참조.
39 리디아 리우, 앞의 책, 2005 참조.

2010년을 전후로 발표된 이중어 사전 연구는 리디아 리우와 유사한 문제설정하에 1880~1930년대까지 발간된 이중어 사전을 분석하고 있다. 이중어 사전을 분석하는 작업은 특정한 시기에 특정한 유형의 번역어가 부각되고 있는 양상, 더 나아가 그 번역어가 서로 다른 사전에서 유사한 양태로 정착되고 있는 양상을 파악하는 연구로 발전되고 있다. 더 나아가 이중어 사전은 근대 한국어 안에 서구식 혹은 일본식 개념어가 유통된 양상을 드러내주는 자료로 이해되고 있다. 이중어 사전에 대한 최근의 연구들은 이 지점에 주목하여 한국의 학술개념어가 형성되는 양상을 재조명하려는 문제의식을 드러내고 있다.[40]

근대 한국(개념)어의 형성 과정을 보다 심층적으로 탐색하기 위해서는 이중어 사전에 대한, 다음과 같은 후속 연구가 필요할 것으로 보인다. 첫 번째 이중어 사전에 담긴 어휘와 1938년 편찬된 문세영의 「조선어사전」을 비롯한 일련의 조선어사전에 담긴 어휘를 비교·분석하는 작업이 진행될 필요가 있다. 이는 이중어 사전에서 경합을 벌였던 복수의 번역어 중 특정 어휘가 한국어 안으로 안착되는 과정을 밝혀내는 작업으로 발전될 수 있을 것이다. 두 번째는 이중어 사전에서 부각된, 새로운 학술개념어가 신문과 잡지와 같은 근대 매체에서 어떻게 사용되고 있었는지를 탐색할 필요가 잇다. 이러한 탐색 작업은 번역된 개념어들이 한국 사회에 유통되었던 양상을 해명하는 데 도움을 줄 수 있을 것으로 보인다.

마지막으로 1920년대 초반 신어(新語) 사전 및 학술용어사전이 편찬되고 있는 상황을 재조명할 필요가 있다. 황호덕·이상현의 연구(2011)

---

40 이 연구들은 최근 영인본과 연구서의 형태로 출판되었다. 황호덕과 이상현이 기획한 이중어 사전 관련 자료는 이후의 이중어 사전 및 개념사 연구 작업에 많은 도움을 줄 수 있을 것으로 보인다. 황호덕·이상현, 『개념과 역사, 근대 한국의 이중어 사전』, 박문사, 2012; 황호덕·이상현, 『한국어의 근대와 이중어 사전 영인편』, 박문사, 2012.

에서는 이들 사전이 나타나고 있는 상황을 이중어 사전과 조선어사전이 분기하고 있는 징후이며, "일본제 번역어들이 조선인들의 담론적 실천 속에서 일종의 정통성을 획득"(93쪽)하게 된 과정으로 해석해냈다. 이러한 견해가 보다 구체적인 근거를 확보하기 위해서는 ① 1920년대 초반 조선에서 간행된 신어사전 및 학술용어사전을 동시대 일본에서 편찬된 학술용어사전(및 신어사전)과 비교하는 작업, ② 학술용어사전에서 제시된 어휘들이 1920년대 식민지 조선의 매체에서 사용되고 있는 양상을 분석하는 작업이 뒷받침될 필요가 있다. 그러한 작업을 통해서 중역(重譯)된 학술용어들이 식민지 조선에서 무엇을 창출해냈는지를 되돌아볼 수 있을 것이다.

제2장

1900~1920년대 '감각' 관련 개념의 사용양상 연구

김기진 비평에 나타난 '감각' 개념에 대한 재인식과 관련하여

1. '감각' 개념과 식민지 문학 연구

'지(知)·정(情)·의(意)' 담론의 출현은 근대문학의 형성 과정과 맞물려 있었다. 이광수, 최두선, 안확 등이 1910년대 제시했던 '지(知)·정(情)·의(意)' 담론은 '감정'에, 지식 및 도덕으로부터 분화된 독립적 위상을 부여했으며 근대문학을 감정과 밀접하게 연관된 영역으로 인식했다. 1920년에 이르면 '감정'에 대한 논의는 보다 세분화되기 시작했으며 그러한 논의의 과정에서 '감각'으로 일컬어진 영역에 대한 탐색또한 본격화되었다.

1920년대 초반 이광수와 신식을 비롯한 여러 논자들은 '쾌미', '영감'

등의 개념을 제시하며 문학적(文學的)인 것, 미적(美的)인 것의 본질을 규명하려 했다. 그 과정에서 '감각'은 미적(美的) 체험에 영향을 미치는 활동으로 인식되었다. 『개벽』에 문학론을 연재했던 현철 역시 '정신적 감정'과 '감각적 감정'을 구분한 후, 양자의 차이점에 대해 이야기했다. 이러한 논의들은 '감각'과 '아름다움', '감각'과 '감정' 사이의 관계를 탐색하는 논의로 발전되기도 했다. 1920년대 중반 주창된 제기된 김기진의 '감각의 변혁'론, 1930년대 임화 · 박용철 · 김기림 사이에 일어났던 기교주의 논쟁에서도 확인할 수 있듯이 '감각'은 1920~1930년대 문학 관련 논의의 중요한 쟁점으로 떠오르게 된다.[1]

식민지 시기 문학 담론을 대상으로 한 '감각' 관련 연구는 크게 세 가지 유형으로 정리된다. 첫 번째, 1920~1930년대 시단에 나타난 '감각' 논의를 다룬 연구는 식민지 시기 '감각' 관련 연구의 핵심을 이루고 있다. 이들 연구는 1930년대부터 시(詩)와 관련된 담론들의 강조점이 청각에서 시각으로 이동했다는 점을 지적[2]했고 임화와 김기림의 기교주의 논쟁에서 나타난 '감각' 관련 개념이 지니는 함의를 밝히려 시도했다.[3] 두 번째, 근대적 도시 문화가 발달한 1920년대 후반을 대상으로 삼은 연구로, 이들 연구는 식민지 조선에서 "에로 그로 넌센스"와 같은 감각적 자극을 추구하는 경향이 나타난 상황을 분석하고 있다.[4]

이들 연구는 이성 중심적 세계관에서는 부차적 영역으로 취급되던 '감각'을 본격적 논의 대상으로 설정했다는 점에서 의의를 지니고

---

1   1930년대 기교주의 논쟁에서 '감각'이 차지한 역할에 대해서는 고봉준, 「근대시에서 '감각'의 용법」, 『한국시학연구』 28, 한국시학회, 2010 참조.

2   윤지영, 「감각의 교체와 근대시의주체 형성」, 『여성문학연구』 17, 한국여성문학학회, 2007.

3   이와 관련된 논문은 고봉준, 앞의 글; 오세인, 「1930년대 문학과 '감각'의 문제」, 『한국시학연구』 30, 한국시학회, 2011.

4   소래섭, 『에로 그로 넌센스 : 근대적 자극의 탄생』, 살림출판사, 2005.

있다. 그러나 이러한 연구는 1920년대 후반 혹은 1930년대 문학 관련 담론에 나타난 '감각' 관련 개념의 의의를 규명하는 데 초점이 맞추어졌기에 1910년대 후반에서 1920년대 초·중반 문학 담론에서 '감각' 관련 논의가 빈번하게 나타났던 상황에 주목하지 않았다. 1930년대 이전에 나타난 '감각' 관련 개념의 사용 양상에 대한 연구는 1930년대 기교주의 논쟁 시기에 나타난 '감각' 관련 논의의 의미를 통시적 맥락에서 연구하는 데 도움을 줄 수 있을 것이다.

프로문학에 나타난 감각 관련 담론을 논의한 세 번째 경향의 연구[5]들은 '감각' 관련 연구의 대상을 1920년대 중반의 문학 담론에까지 확장했다는 점에서 의의를 지니고 있다. 이들 연구들은 1920년대 제기된 '감각의 변혁'론이 감각적 세계를 인간 노동의 역사적 산물로 파악하는 맑시즘의 영향을 받았다는 점을 지적했으며 새로운 인간형의 창출이라는 구상을 담고 있음을 지적했다. 그러나 이들 연구 역시 김기진 혹은 KAPF 비평에 나타난 '감각' 관련 담론이 1910~1920년대 형성되었던 '감정론'과 맺고 있는 관계를 명확하게 부각시키지 못했다. 그 결과 김기진의 '감각의 변혁론'이 미적(美的)인 것의 본질을 탐색하려 했던 1910년대 후반부터 1920년대 초반 문학 관련 담론의 문제의식과 대립(혹은 연결)되는 지점 또한 분석해내지 못했다.

기존 연구의 문제를 극복하기 위해 본 연구에서는 우선 1900~1920년대 감각 관련 개념의 사용 양상을 통시적으로 분석하려고 한다. 1900~1920년대 감각 관련 개념에 주목하는 이유는 다음 두 가지로 정리될 수 있다. 첫 번째 1900년대에는 근대 서구 학문이 수용되면서 '감각'의 역할을 규정하려는 담론들이 나타나기 시작한다. 그러한 담론들

---

5   손유경, 「프로문학과 '감각'의 문제」, 『민족문학사연구』 32, 민족문학사연구소, 2006; 오세인, 「1920년대 김기진 비평에서 '감각'의 의미」, 『비평문학』 39, 한국비평문학회, 2011.

은 이후 1910~1920년대 감각 관련 논의가 본격적으로 전개될 수 있게 끔 하는 학문적 토대를 만들었다는 의의를 지니고 있다. 본 연구에서는 1900년대 규정된 감각의 역할에 대한 견해가 1910~1920년대의 비평가들의 논의와 유사한 문제설정 하에 있었다는 점을 분석하려고 한다.

두 번째 1910년대 후반부터 1920년대 중반에 이르면, '감각'과 관련된 논의는 미적(美的)인 것의 본질을 탐색하려는 담론과 연결되기 시작했으며 '감각'의 역동적 역할을 강조하는 논의 또한 나타나기 시작했다. 이광수, 현철, 신식, 김기진 등은 이 시기 '감각'과 관련된 논의를 전개했던 비평가들이다. 기존의 연구에서는 개별 비평가의 문제의식에만 초점을 맞추어 논의를 전개했기에 유사한 시기 '감각' 관련 논의를 전개했던 이들 연구자의 문제의식을 비교하려 하지 않았다. 이광수, 현철, 신식, 김기진의 논의를 비교하며 본 연구는 1920년대 중반 김기진 비평에 나타난 '감각' 개념이 여타의 비평가들에게 나타난 '감각' 관련 개념과 차이를 만들어내고 있는 양상에 주목하려고 한다.

그러나 1900~1920년대 사용된 감각 관련 개념을 분석하려는 본 연구의 목적은 김기진 비평의 의의를 밝히는 데에만 한정되어 있지는 않는다. 특정한 개념은 역사적 변화 과정 속에서 일련의 의미 변화를 겪으며, 그러한 의미 변화는 사회적·역사적 변화의 실제적 측면을 이루고 있다.[6] 그렇기에 '감각' 관련 개념의 의미가 변화하는 과정을 추적하는 작업은 곧 그 과정을 만들어낸 사회적·역사적 효과에 대한 탐색으로 발전될 수 있을 것이다.

이와 관련하여 주목해야 할 부분은 '감각'이라는 개념어가 번역되고

---

6   나인호, 「레이먼드 윌리엄스(Raymond Williams)의 'Keyword' 연구와 개념사」, 『역사학연구』 29, 호남사학회, 2007, 462쪽; 나인호, 『개념사란 무엇인가 : 역사와 언어의 새로운 만남』, 역사비평사, 2011, 39쪽.

있는 양상이다. '감각'은 느낌을 의미하는 '感'과 깨달음을 의미하는 '覺'이 결합되어 사용되었다. 그러나 '感'과 '覺'이 결합하여 '感覺'이라는 개념으로 사용된 용례는 근대 이전에는 빈번하게 나타나지 않았다. '느낌'을 의미하는 '感'이라는 어휘는 '悟(感悟)', '懷(感懷)', '應(感應)' 등의 어휘들과 결합되어 주되게 사용되었다. 근대 서구 학문이 동아시아에 수용되기 시작하면서 '감각'이라는 말은 sense 및 sensation 혹은 독일어 Empfindung의 번역어로 정립되기 시작했다.[7]

Empfindung 혹은 sensation은 객관적으로 실재하는 대상과 인간의 인식 능력 사이에서 진행되고 있는 상호 작용을 일컫는 말로 이해된다.[8] 레이먼드 윌리엄스가 지적했듯이 sense 혹은 sensible과 관련된 단어들의 의미는 복잡하게 뒤얽혀 있다. 오늘날에는 '분별 있는'의 의미를 주로 내포하고 있는 sensible은 14세기부터 15세기에는 신체적인 감각을 의미하는 말로 사용되었으며 16세기 이후에는 부드러운 감정 또는 섬세한 감정이라는 뜻을 지니기도 했다.[9] 독일어 Empfindung 역시 칸트 철학에서 확인할 수 있듯이 우리의 인식과 실제세계를 결합하는 끈의 역할을 담당하는 활동을 일컫는 말이다. 또한, Empfindung은 '미(감)적'이라는 의미를 지니고 있는 'ästhetisch'와도 연관되어 있는 개념이기도 하다.[10] 칸트 철학에서 'ästhetisch'라는 말은 객관적으로 사

---

7   1900년대 이전 일본의 경우 『孛和袖珍字書』(1872)에서는 독일어 Empfindung의 역어로 '知覺'을 제시했으며, sensation의 번역어로 『英和辭典』』(1872)에서는 '感覺', '覺者', '見者', '哀情' 등이, 『英和字彙』(1882)에서는 '感覺', '知覺', '感情' 등이, 『和譯字彙』(1888)에서는 '感覺', '知覺', '感触' 등이 사용되었다. 그러나 일반적 사전과는 달리 전문적 철학사전인 『哲學字彙』(1881·1884), 『哲學大辭典』(1909) 등에서는 '感覺'이라는 말이 일관되게 독일어 Empfindung과 영어 sensation의 번역어로 사용되었다. 이상의 내용은 石塚正英·柴田隆行 監修, 『哲學·思想 飜譯語事典』, 論創社, 2003, 46쪽.

8   한국철학사상연구회 편, 「감각」, 『철학대사전』, 동녘, 1989, 18쪽.

9   레이먼드 윌리엄스, 『키워드』, 민음사, 2010, 426~427쪽.

10   'ästhetisch'라는 용어는 일반적으로는 쾌·불쾌의 감정과 관련되어 있으며 통상적으로 칸트

용될 때는 '감각(Emfindung)'과 연결되는 반면, 주관적으로 사용될 때에는 '감정(Gefühl)'과 연관되어 있는 것이다.[11]

이상을 통해서도 확인할 수 있듯이 '감각'이라는 말은 한편으로는 외부의 대상을 수용하는 인간의 능력을 지칭하는 동시에, 한편으로는 인간이 지니고 있는 '감정' 및 '미감적' 능력과도 밀접하게 연관되어 있는 개념이었다. 이 글에서는 ①'감각' 관련 개념의 다층적 의미와 ②'감각'이라는 용어가 번역되고 수용된 상황을 염두에 두며, 1900년대부터 1920년대 '감각' 관련 개념의 사용 양상을 분석하려고 한다.

2. '감각'의 역할 정립 : 외부 세계와 교섭하는 자아의 활동

1900년대 '감각'에 대한 논의는 인간 정신 활동의 특성을 규명하는 글들에서 주되게 진행되었다. 『태극학보』 6호에 실린 전영작의 「인생 각자에 관한 천직」[12]은 그 대표적 예이다. 이 글에서 전영작은 자신의 천직이 무엇인지를 자각하기 위해서는 '자기'라는 말이 무엇을 가리키

철학에서 '감성적'으로 번역되는 sinnlichkeit와는 구별된다. 이 용어는 '미적', '미감적', '감성적' 등으로 번역되는데 이 중 '감성적'이라는 번역어는 sinnlichkeit와 구별이 되지 않는다는 점에서 한계를 지니고 있다. 이 글에서는 ästhetisch의 통상적 번역어인 '미적(美的)'과 백종현의 번역어인 '미감(美感)적'을 혼용하여 사용하려고 한다. 사카베 메구미 외편, 이신철 역, 『칸트사전』, b, 2009 참조.

11 백종현, 「칸트 『판단력비판』」, 『철학사상』 별책 5(6), 서울대 철학사상연구소, 2005, 62쪽. 칸트는 『판단력비판』에서 '취미판단(Geschmack-surteil)'을 '미적(ästhetische) 판단'으로 규정하며 '미적(美的) 판단'이 쾌 / 불쾌의 감정과 주관적으로 관계 맺는다는 점을 지적했다. 칸트, 백종현역, 『판단력비판』, 아카넷, 2009, 192쪽.

12 전영작, 「人生各自에 關한 天職」, 「태극학보」 6, 1907.

는지를 알아야 한다고 주장한다. 전영작은 '자기' 안에는 '이성적 자아'와 '감각적 자아'가 존재한다고 말한다. 전영작에 따르면 "**理性的 自我**는 原來 純一ᄒ야 自己와 融合"하는 성격을 지닌다면, "**感覺的 自我**는 大槪 非我的 外界影響에 關係ᄒ야 自己에게 從屬지 오으랴는 傾向"을 가진다. 여기에서 '감각'은 자아와 바깥 세계를 교섭하는 활동을 일컫는 의미로 사용되고 있는 반면, '이성'은 '자아'의 순수한 활동으로 규정되고 있다. 전영작은 '이성'과 '감각'의 서로 다른 성격을 강조하는 동시에, 두 활동이 모두 '자아'라는 틀 안에서 양립하고 있다는 점을 강조한다.

그러나 이 중에서 전영작이 보다 초점을 맞추고 있는 것은 '이성적 자아'이다. 전영작에게 '감각적 자아'는 자기 밖의 세계와 관계하며 '자기에게 종속'되지 않으려는 경향을 지닌 것으로 이해되었다. 전영작은 외계(外界)의 영향력에 종속되지 않도록 이성을 발달시키는 방법을 모색하고 있었던 것이다. 이상을 통해 확인할 수 있듯 전영작은 '이성-감각'의 이분법적 구도에 입각하여 감각을 사유했으며, 감각을 자기 바깥의 세계와 자아가 교섭하는 작용인 동시에, 이성에 의해 통제되어야 할 활동으로 사유했다.

'감각'을 자아의 중요한 활동 중 하나로 본 전영작의 견해는 1900년대의 다른 지식인들의 글에도 유사한 양태로 반복되었다. 그러나 그들은 자아의 활동을 '이성-감각'으로 구분했던 전영작과는 달리, 인간 정신 활동을 보다 다층적 층위로 구분하고 있다. 또한 그들은 구분된 활동 영역 속에서 감각이 어떠한 역할을 수행하고 있는지에 대해서도 논하고 있다. 그러한 논의들은 대체로 서양의 근대 학문을 수용하고 소개하는 글들에서 나타나고 있다.

『대한학회월보』에 실린 「심리학의 정요(精要)」[13]에서 한흥교는 '心을 연구하는 학문'으로 심리학을 규정한 후, 마음에는 여러 종류의 구별이 존재한다고 말한다. 이 글에서는 마음의 상태를 크게 세 가지, 인식(認識)·감정(感情)·의사(意思)로 구분하고 있다. 한흥교는 '감각'과 '인식'을 대동소이한 것으로 규정하고 있으며, '감각'을 통해 사물의 같거나 다른 관계를 식별하는 작용을, '인식'으로 정의하고 있다. '인식', '감정', '의사'로 인간 마음의 상태를 구분한 것은 인간의 정신 활동을, 知·情·意의 세 분야로 구획한 1910년대 문학 관련 담론의 문제의식을 연상하게 한다. 그러나 한흥교의 글에서는 '인식' 및 '감정', '의사'로 지칭된 영역에 대한 깊이 있는 탐색은 발견되고 있지 않으며, 그 결과 '감각'과 '인식', '감각'과 '감정'의 연결 지점과 차이점에 대한 연구는 진행되지 않았다.

'감각'과 '감정'의 관계에 대한 탐색은 권보상의 「法學用語解」나 류근이 역술한 「教育學原理」에서 보다 심층적으로 진행되었다. 권보상은 "五官의 感覺作用"으로 인해 외계(外界)의 현상에 대한 '感情'이 생겨나게 되며, "知覺作用으로 인해 外界現象에 대한 意識"이 발생하게 된다고 말한다.[14] 한흥교가 '감각'을 '인식'과 동일한 활동으로 규정한 것과 달리 권보상은 '감각'을 '감정'의 영역과 연관시킨 대신, '지각'을 '의식'의 영역과 연관시키고 있다. 권보상에게 '감각'은 자아 바깥의 대상과 접촉하는 활동이자, 자아의 감정 형성에 영향을 미치는 활동이었던 것이다.

류근 역시 '감각'을 '지각'과 구분하였다. 류근은 「교육학 원리」[15]에

13　한흥교, 「心理學의 精要」, 『대한학회월보』 4, 1908.
14　권보상, 「法學用語解」, 『대동학회월보』 3, 1908.
15　류근이 역술한 「교육학원리」는 '육화(肉化)', '교화(教化)', '감화(感化)', '훈화(訓化)'라는 세 층위에서 교육의 원리에 대해 서술하고 있는데, 류근은 이 말을 각각 '체육(體育)', '지육(智育)', '정육(情育)', '덕육(德育)'과 동일시하고 있다. '지', '정', '의'로 인간의 정신 활동을 구분한 권보상과는 달리 류근은 '지', '덕', '체', '정'의 네 층위에서 교육학의 원리를 서술하고 있다. 이러한 구분은 교육학의 연구 분야를 지육, 덕육, 체육으로 삼분한 방식에 대한 비판에서 비롯되었다. 류근은 지·덕·체 론이 감정의 영역을 소홀히 하고 있다는 점을 비판하며 '정육(情育)'의 필요성 또한 강조하고 있는 것이다.
　　로크와 스펜서의 교육 사상의 영향을 받은 지·덕·체 론은 신체의 능력을 강조하며 전대

서 감각기관에 의해 사물을 받아들이는 것을 '감각'으로 규정한 반면, "마음이 감동(感動)한 바를 수용하는 것"[16]을 '지각'으로 보았다. 또한 류근 역시 '감각'이 감정에도 영향을 미친다고 서술하고 있다. 「교육학원리」에서는 인간의 감정을, '감각의 감정', '상념의 감정', '이기와 동정의 감정'으로 구분하고 있는데 이 중 '감각의 감정'은 근육의 접촉 및 운동할 때 생겨나는 감정, 혹은 후각·미각·시각·청각 등 감각기관과 연관된 감정으로 서술되고 있다. 이러한 정리에서 중심이 되고 있는 것은 '육체'로, '감각적 감정'은 육체를 따라 "自然히 發生ㅎ는 者"[17]으로 규정되고 있다.[18]

이상을 통해 확인할 수 있듯이 근대 초기의 논의들은 서양의 근대 학문인 심리학, 철학 등을 수용하며 인간의 정신 활동을 구분하기 시작했다. 하지만, 그러한 구분의 구체적 양상은 논자마다 제각기 달랐다. '감각'의 역할을 규정하는 논의에서도 유사한 문제를 발견할 수 있다. '감각'은 한편으로는 '인식'과 동일시되기도 하였고, 다른 한편으로는 '감정'에 영향을 미치는 활동으로 이해되기도 하였다. 정신 활동에서 '감각'이 차지하는 위상은 모호하게 정립되었지만, 대다수의 논자들은 '감각'을 외부 세계와 교섭하는 자아의 활동이라는 점에서는 생각을

의 교육이 지식 편향적으로 흐르는 것을 비판했다. 1899년 일본에서 출판된 能勢榮의 『교육학』은 일본교육학의 기본체계와 기초를 놓은 책이며 이 책의 체제는 지육론, 덕육론, 체육론으로 이루어져 있었다. 1900년대 발표된 교육학 관련 저술은 일본 교육학서의 번역서이거나 그것을 참고로 하여 찬술된 것이기에 대부분 지·덕·체 三育論의 틀을 갖추고 있었다. 1900년대의 지·덕·체 담론과 관련된 내용은 김성학, 『서구교육학 도입의 기원과 전개』, 문음사, 1996, 111~117쪽; 권보드래, 『한국 근대소설의 기원』, 소명출판, 2002, 40~41쪽 참조.

16 류근, 「교육학원리」, 『대한자강회월보』 7, 1907.
17 류근, 「교육학원리」, 『대한자강회월보』 10, 1907.
18 반면 '상념의 감정'은 '희로애락과 연관된 감정'으로 이해되고 있으며 '이기와 동정의 감정'은 사적인 것 및 공적인 것과 관련된 감정, 종교 및 윤리와 관련된 감정, 심미적 감정 등과 연관된 것으로 규정되고 있다.

같이 했다. 이러한 문제의식은 1910년대부터 1920년대 초반까지의 감각 관련 논의에서도 지속되고 있었다.

3. 감각 활동과 미적(美的)인 것의 관계 설정

'감정'이라는 영역의 독립성을 강조한 후 이에 근거하여 '문학'의 의의를 설명했던 1910년대의 담론들은 미적(美的)인 것의 본질을 정의하기도 했다. 그 과정에서 '감각'은 '감정'과 밀접하게 연관된 영역으로 규정되었으며, '감각'과 '미적인 것'의 관계를 탐색하려는 논의들 또한 등장했다. 이광수의 「文學이란 何오」를 그 대표적 예로 들 수 있다.

1910년대 중반 『매일신보』에 발표된 「文學이란 何오」[19]에서 이광수는 문학이 학문이 아니라는 점을 부각시키며 "文學은 某 事物을 硏究함이 아니라 感覺함"이라고 말한다. 여기에서 '감각'은 '연구'와는 다른 태도로 사물을 대하는 방식을 말한다. 바로 연결된 문장에서 이광수는 "文學者라 하면 人에게 某 事物에 關한 知識을 敎하는 者가 아니요, 人으로 하여금 美感과 快感을 發케 할 만한 書籍을 作하는 人"이라고 말한다. '문학'이라는 영역을 매개로 '감각'은 '美感', '快感'과 같은 용어와도 긴밀하게 연결되고 있다. 이광수에게 '감각'은 사물을 대하는 특수한 방식으로 이해되고 있었으며, 감각적 행위 중 하나인 문학은 아름다움과 관련된 느낌(美感), 즐거움과 관련된 느낌(快感)을 수반하는 것으로

---

19 이광수, 「文學이란 何오」, 『이광수 전집』 1, 삼중당, 1963.

인식되고 있었다.

이 중에서 '쾌감'이라는 용어는 1910년대의 문학론에서 반복적으로 나타나고 있다. 다음부분을 살펴보자.

그러면 우리가 文學을 맛보아 그것이 生命이 有하다하면 우리의 心的狀態의 엇더한 部分이 滿足함을 엇을가 다시 말하면 快感을 엇을가.

(최두선, 「문학의 의의에 관하야」, 『학지광』 3호, 217쪽)

上述한 바와 如히 文學의 用은 吾人의 情의 滿足이라. 重疊하는 憾이 有하나, 情의 滿足에 對하여 數言을 更陳키를 許하라. (…중략…) 美라 함은, 즉 吾人의 快感을 與하는 者이니 眞과 善이 吾人의 精神的 慾望에 必要함과 如히, 美도 吾人의 精神的 慾望에 必要하니라.

(이광수, 「문학이란 하오」, 위의 책, 510쪽)

인용문에서 최두선은 문학으로 인해 생겨난 개인의 심적(心的) 변화에 착목하여 문학의 의의를 논하고 있다. 이때 '쾌감'은 '만족'이라는 말과 함께 개인의 마음에 생긴 변화의 상태를 의미하고 있다. 최두선은 그 변화가 일어나는 영역을, '정(情)'으로 규정하고 있는 것이다. '쾌감'이라는 말은 앞에서도 언급했듯이 이광수 또한 강조했다. 이광수에게 '미(美)'는 쾌감을 동반하는 것이며 그 쾌감은 정신적 욕망과도 유사한 성격을 지닌다.

1910년대의 문학 관련 논의는 곧 '문학' 혹은 '미'가 개인이 느끼는 쾌/불쾌의 정서와 연결되어 있음을 인지하기 시작했다. 쾌/불쾌의 느낌을 통해 '미'를 규정하려 했다는 것은 이광수와 최두선이 개인의 주관적 정서에 근거하여 미적(美的)인 것을 판단하려 했음을 의미한다.[20]

1920년대에 이르면 '감각', '쾌감', '미(美)'의 관계를 보다 체계적으로 탐색한 글들이 발표되었다. 「문학이란 하오」에서 '감각'과 '쾌감'을 연결시켰던 이광수는 1925년 『조선문단』에 발표된 「문학강화」에서는, '쾌'의 느낌을 여러 층위로 구분하여 서술하고 있다. 이광수는 「문학강화」에서 문학 혹은 예술품의 본질이 되는 것을 '쾌미(快味)', 혹은 재미라고 말한다. 즉 이광수는 흥미에서 오는 '쾌'의 느낌을 예술의 본질로 이해한 것이다.

이광수는 이 글에서 쾌미(快味)를 두 개의 하위 범주로 분할하고 있다. 첫 번째 범주는 육체적 만족에서 오는 '쾌미(快味)'이며 이광수는 이를, '감각'을 통해 들어오는 '쾌미(快味)'라고 설명한다. 이광수는 '감각적 쾌미(快味)'가 문학 작품을 통해 얻게 되는 쾌미(快味)와 변별된다는 점을 강조하고 있다. 두 번째, 이광수는 문학 작품을 통해 얻게 되는 쾌미(快味)를 "전정신의 만족의 쾌미(快味)", 혹은 "영혼의 만족의 쾌미(快味)"라고 부르고 있다. 이광수에게 그 쾌미는 "'나'라고 부르는 인격 전체"에서 생겨나는 것이다.

① 그러나 우리는 이 快味가 **오직 눈과 귀라는 感官**, 즉 본다, 듣는다 하는 **感覺으로만** 생긴다고는 할 수 없다. 우리가 스스로 經驗하는 바와 같이, 그 快味는 퍽 깊은 무엇에 생기는 것과 같고 또 우리가 「나」라고 부르는 **人格 全體**에서 생기는 것 같다.

(이광수, 「문학강화」, 『이광수 전집』 16, 삼중당, 1964, 69쪽)

---

20 이러한 견해들은 '미적(ästhetische) 판단'에 대한 칸트의 견해와 맥락을 같이 한다. 앞에서도 언급했듯이 칸트는 '미적(ästhetische) 판단'이 쾌 / 불쾌의 감정에 입각해 있으며 주관적 성격을 지닌다고 보았다.

② 우리가 이러한 노래를(즉 문학으로 또는 더 널리 말하면 모든 예술을) 읽을 때에, 또는 읽은 것을 들을 때에, 經驗한 快味는 **一般 感覺으로 하는 그것보다도** 「깊」고 또 部分的이 아니요, **全的**(全神經的, 全經驗的 또는 全人格的)이다.

(이광수, 「문학강화」, 『이광수 전집』 16, 삼중당, 1964, 69쪽)

인용문 ①에서 확인할 수 있는 것처럼 이광수는 '감각'의 역할을, 감각기관을 통해 외부 세계와 접촉하는 활동으로 국한시키고 있다. 그렇기에 이광수는 예술을 감상할 때 눈과 귀와 같은 감각기관이 필요하긴 하지만, 예술적인 즐거움의 본질은 감각에서 찾을 수 없다고 말한다. 인용문 ②에서도 '감각'은 본질적 예술 체험을 부각시키기 위한 비교 수단의 역할만을 담당하고 있다. 이광수는 예술적 쾌미(快味)가 감각보다 깊고 전체적인 영역에서 생겨난다는 점을 강조하고 있다. 즉 이광수는 '감각'적 쾌미(快味)를 통해서는 예술적 체험의 본질에 이를 수 없다고 판단한 것이다.

감각의 한계를 규정하며 미적인 것의 본질을 서술하는 담론 체계는 1920년대 『개벽』에 실린 문학론에도 나타나고 있다. 『개벽』에 연재되었던 문학론인 「玄堂獨吠」에서 현철은 인간의 감정을, "'감각'의 원인으로 일어나는 감정"과 "직접 마음에서 일어나는 감정"으로 구분하고 있다.[21] 전자를 '감각적 감정'으로, 후자를 '정신적 감정'으로 명명한 후 현철은 '감각적 감정'을 '정신적 감정'보다 열등한 감정이라고 평가하며 문학을 통해 표현할 가치가 있는 감정은 '정신적 감정'뿐이라고 단정한다. 이때 현철이 제시하고 있는 '감각적 감정'의 예는 모두 감각기관을 통해 생겨난 감정으로 한정되고 있다. 현철은 달이 뜬 것을 보고

---

21 曉鐘生, 「玄堂獨吠 第五說 : 文學에 表現되는 感情」, 『개벽』 8, 1921.

아름답다고 느끼는 감정, 쇠북소리를 듣고 슬프다고 느끼는 감정을 '감각적 감정'의 예로 든 반면, 인생무상과 같은 감정을 '정신적 감정'과 연결시키고 있다.

이는 현철 역시 '감각'을, 감각기관을 통해 바깥의 사물을 수용하는 작용으로만 사유하고 있었음을 의미한다. 현철은 '감각'이 '감정'에 영향을 미친다는 것 또한 알고 있었지만, 감각기관의 영향을 받은 감정은 미적인 것의 본질에 해당하지 않는 것으로 평가했다. 반면 현철은 감각기관의 영향을 받지 않은 '정신적 감정', 즉 "무형한 것이 직접으로 마음에 감촉되어 일어나는 감정"을 순수하고 우열한 감정으로 판단하고 있다.

현철의 예를 통해서도 확인할 수 있듯 1920년대 문학 관련 담론은 감각이 미적인 체험과 관련되고 있음을 인지했지만, 감각이 '미적인 것의 본질'에는 다다를 수 없는 한계를 지니고 있다는 점 또한 부각시켰다. 『개벽』에 실린 강호학인(신식)의 「문학과 영감」에서도 이 점이 명확하게 드러나고 있다. 「문학과 영감」 역시 인간의 심리적 활동 중 감정의 중요성을 부각시키고 있다. '영감'은 감정의 중요성을 강조하는 개념으로 등장하고 있으며 신식은 '감각'과의 비교를 통해 '영감'의 중요성을 부각시키고 있다.

> 이 靈感이야말로 다만 肉的 感官만 가지고는 도저히 경험할 수도 업고 感得할 수도 업는 것이외다. 대개 우리가 무슨 사물을 인식할 때에는 반듯이 感官의 힘을 빌어야만 되는 것이야 물론 사실이지만 우리에게는 또 내면의 선천적 필연성의 範疇가 잇서야 그의 대상을 인식하는 것과 가티 이 靈感에도 우리가 물론 視聽味臭觸 등 외계의 감각을 빌 것이야 역시 사실이외다. 그러나 **그 감각만으로는 도저히 靈感을 어들 수가 업는가 합니다.** 만일 그 감각만으로도 靈感을 바들 수가 잇다 하면 우리 인류는 소아나 대인이나 부녀나 남자나 懶惰者나 신

경불구자나 무학자나 유식자나 매일 觸處에 다가티 靈感을 바닷슬 것이지만 사실은 그러치 안습니다.

(江戶學人, 「文學과 靈感」, 『개벽』 25호, 1922)

　신식은 '영감'을, 감각 기관만 가지고는 깨달을 수 없는 것으로 규정한다. 이때에도 '감각'은 '감각기관'을 통해 외부의 사물을 수용하는 활동으로 인지되고 있으며, 그렇기에 '감각'은 '육체' 혹은 '외계(外界)'와 연관된 개념으로 제시되고 있다. 필자는 '영감'을 얻는 과정에서 '감각' 또한 일정한 역할을 차지한다고 인정했지만, 궁극적으로는 '감각'을 넘어선 지점에 '영감'이 위치하고 있다고 주장한다. 문학의 근원이 '영감'에 있다고 본 필자는 '영감'을 받을 수 있는 주체 또한 특수한 주체, 즉 "靈的 心眼을 가진 인격자"로 한정짓고 있다.[22]

　신식의 논의에서도 확인할 수 있듯 1920년대 초반, '감각'은 육체 및 감각기관과 연관된 활동으로 인지되었고, 그렇기에 '영' 혹은 '영혼'에 비해 부차적인 것으로 인지되었다. '감각'은 미적 체험의 경계에 위치하지만, 그 체험의 본질에는 다다를 수 없는 한계를 지닌 활동으로 규정된 것이다. 그 대신 문학적인 것, 혹은 미적(美的)인 것의 본질은 '영혼'이나 '정신'에 있다고 규정되었다. 이러한 규정을 통해 1920년대의 평자들은 문학적인 것 혹은 미적인 것을 식별할 수 있는 자신들만의 방식을 정립하려고 시도했다. 김기진이 주창한 '감각'의 변혁론은 바로 그 식별 방식에 균열을 가하려 했다는 점에서 의의를 지닌다.

22　신식의 글에서 부각된 '靈'이라는 말은 1910~20년대 한국문학에 발표된 시, 소설, 평론 등에서 빈번하게 발견된다. 이철호에 따르면, 그 말들은 에머슨 등의 초월론적 철학에 영향을 받고 있었으며, '자아'가 자신을 구속하는 억압으로부터 해방되어 새롭게 탄생하는 순간을 부각시키고 있다. 이철호, 「한국 근대문학의 형성과 종교적 자아 담론」, 동국대 박사논문, 2006, 47~48쪽 참조.

4. '감각'의 변혁론과 '실감(實感)'이라는 판단 기준

『생장』 2호에 실린, 김기진의 「감각의 변혁」(1925)은 제목에서부터 '감각' 개념을 부각시키고 있다. 김기진은 '감각하는 것'과 '의욕하는 것'을 생활과 동일시하고 있으며, 문예는 생활에 기초를 두고 발생하는 것이라고 말한다. 1920년대 초반 이광수와 현철이 '감각'을 '쾌미' 혹은 '감정'과 연결시킨 것과 달리, 김기진은 '감각'을 '생활'과 연결시키고 있는 것이다.

김기진이 강조하고 있는 '생활'은 '노동' 및 '생산 활동'과 밀접한 관련을 맺고 있었다. 김기진은 「금일의 문학, 명일의 문학」에서 현대인의 생활 상태에서 출발하여 문학을 바라보는 관점을 "문예사의 유물사관적 견지"라고 말한다. 김기진에 따르면, 역사적 유물론은 '정신'이 "사회 상태에 의해서, 노동에 의해서, 생산 방법에 의해서" 규정된다고 보는 시각이다.[23] '감각'에 의미를 부여하는 김기진 시각의 이면에는 이러한 유물론적 시각이 깔려 있는 것이다.

'감각'의 한계를 부각시켰던 현철·이광수와는 달리, 김기진은 '감각'의 중요성을 역설했다. 현철과 이광수가 '감각'의 역할을, 감각기관을 통해 바깥의 사물을 받아들이는 것으로 한정했다면, 김기진은 '감각'을, 생존하고 있는 존재자의 의욕을 일으켜 내는 원동력인 동시에, 생명의 근본적 요소인 '생활'을 구성해주는 활동으로 규정했다.[24] 더 나

---

[23] 김기진, 「금일의 문학, 명일의 문학」, 『김팔봉 문학 전집』, 문학과지성사, 1988, 23쪽. 앞으로 이 책과 관련된 인용문은 저자 이름과 글의 제목, 쪽수만 표기하도록 한다.

[24] 손유경은 김기진이 초기 비평에서 '감각'이라는 용어를, 타인의 고통에 대한 '정서'적 감응 능력부터 인간의 '본능', 그리고 인간을 둘러싼 세계에 대한 정확한 '인식'까지를 아우르는 개념으로 사용하고 있다고 분석했다. 또한 김기진이 '감각'이라는 명사 대신 '감각하다'라는 동사를 사용했다는 점을 지적하며 그 결과 김기진이 '감각'이라는 개념으로부터 실천적 함의를 도출했다고 결론 내린다. 현철과 이광수가 사용했던 '감각' 개념과 김기진의 '감각' 개

아가 김기진은 "감각되었던 것이 문자로 표현"[25]되는 과정에서 문예가 생겨났다고 말한다.

> 그러나 모든 文字로 表現된 感覺이 모도 다 藝術的이냐 하면 그것은 그럿치 못하다. 거긔에는 藝術的인 것과 非藝術的인 것이 잇다. 그럼으로 感覺한 것을 取捨選擇할 必要가 잇고 洗鍊한 必要가 잇는 것이다. 幻覺이라든가 錯覺이라든가 하는 感覺現象은 그흔 것이다. 그러나 그보다도 정확한 感覺을 나는 더 고흔 것이라고 한다. 事物을 정확하게 感覺한다는 것은 알음다운 일이다.
>
> (김기진, 「감각의 변혁」, 37쪽)

김기진은 이광수와 현철 등이 미적인 것의 본질에 이르지 못했다고 규정했던 '감각'을 '예술적' 영역의 핵심 요소로 부각시켰다. 그러나 김기진 역시 문자로 표현된 감각 모두를 예술적인 것으로 규정하고 있지는 않다. 인용문에서 확인할 수 있듯이 김기진은 예술적인 것과 예술이 될 수 없는 것을 식별하는 기준을 제시하려 시도했던 것이다. '정확한 감각'이 바로 김기진이 제시하고 있는 기준이다. 김기진은 '환각'과 '착각' 역시 미(美)를 지니고 있지만, 그보다 더 아름다운 일은 "사물을 정확하게 감각"하는 것이라고 말하고 있다.

인용된 부분의 뒤에 배치된 사례를 살펴보면 김기진이 강조하고 있는 '정확한 감각'의 의미를 유추할 수 있다. 김기진은 바람이 부는 날 배꽃이 날려 떨어지는 것을, 나비로 착각한 노래를 사례로 들며, 그 노래에서도 아름다움이 발견된다고 말한다. 그러나 김기진은 그 노래에

넘을 비교하는 작업은 손유경의 결론을 통시적 관점에서 재구성하는 계기가 될 수 있을 것으로 보인다. 손유경, 앞의 글, 147쪽 참조.

25 김기진, 「감각의 변혁」, 앞의 책, 37쪽.

서 발견된 미(美)를 "손장난감 같은 '미(美)'"라고 비판한다. 아울러 김기진은 파업의 과정에서 공장주의 감언에 넘어간 노동자의 잘못된 상황 판단을 함께 비판하고 있다. 그렇기에 손유경은, 김기진이 강조한 '정확한 감각'을, "감각적 세계를 인간 노동의 역사적 산물로 파악"하는 관점으로 이해했다. 손유경에 따르면 '정확한 감각'은 "감각적 세계를 자명한 것으로 인식하게 하는 부르주아 컬트의 "쑤부러진 교화"로부터 개개인의 감각을 해방하는" 것과 같은 일이다.[26]

본 연구에서는 손유경 분석의 전체적 방향에는 동의를 표하지만, 김기진이 비판하고 있는 것은 '감각적 세계'를 자명한 것으로 인식하는 부르주아적 태도에만 국한되지 않는다는 점을 덧붙이려고 한다. 김기진은 세계를, '환상을 통해 감각(환각)'하거나 '실제와 다르게 감각(착각)'하는 행위 또한 비판적으로 바라보고 있었다. '정확한 감각'이라는 표현에는 '환각'과 '착각'을 정확하지 못한 감각으로 규정하는 가치 판단이 담겨져 있는 것이다.

김기진은 실제 비평을 하는 과정에서도 개별 시인들의 시세계에 나타난 환각을 비판적으로 바라보고 있다. 「감각의 변혁」과 비슷한 시기에 발표된 「현 시단의 시인」(『개벽』, 1927.3~1927.4)에서 이를 확인할 수 있다.[27] 이 글에서 김기진은 개별 시인의 시 세계에 드러난 환상적 요소를 비판적으로 바라본다. 이러한 시각은 이상화와 박영희의 시를 평가하는 부분에서 두드러진다. 김기진은 이상화의 시에 대해 "환상과 정

---

26 손유경, 앞의 글, 148쪽.
27 이 글에서 김기진이 비평하고 있는 작가들은 변영로, 김억, 주요한, 조명희, 박종화, 김석송, 이상화, 홍사용, 김소월, 백기만, 양주동이며, 이들은 모두 1920년대 시단을 대표하는 시인들이다. 이들을 평가할 때 김기진은 반복적으로 '감각'이라는 용어를 사용하고 있다. 예를 들면 변영로에 대해서는 "감각에 있어서는 가장 예민한 시각을 가진 사람"이라고 말하고 있으며, 주요한의 시에 대해서 "그의 감각은 김억 씨와 마찬가지로 그의 시에서 활동하지 않는다"고 비판하고 있다. 김기진, 「현시단의 시인」, 앞의 책, 218~236쪽 참조.

열의 원무를 춤추는 다혈성의 시인"(「현 시단의 시인」, 230쪽)이라고 말하며 최근에 와서는 그 환상적 분자가 많이 사라졌음을 지적하고 있다.

김기진은 한 시인의 시세계에서 환상적 요소가 사라지는 과정을 필연적 추세로 인식하고 있다. 김기진에게 환상은 현실에 절망한 개인이 은둔하는 영역이며 허무 사상이 배태되는 곳이다. 김기진은 그 허무사상에서 필연적으로 반역적 태도가 잉태될 것으로 보았다. 그렇기에 김기진은 환상적 요소가 사라진 이상화의 시 세계에 대해 긍정적 평가를 내린다. 이는 박영희를 환각파 시인으로 규정하며 "환각은 착각을 더불어 오는 때도 있었다"(「현 시단의 시인」, 231쪽)고 비판한 것과 맥락을 같이 하고 있다.

김기진은 감각의 역동적 역할을 강조했고, 이를 통해 미적인 것의 성격을 새롭게 규명하려 했다. 그렇지만 그러한 시도는 '환각'과 '착각'이 아닌 감각, 즉 '정확한 감각'을 미적(美的)인 것의 본질로 상정하려는 목적을 내포하고 있었다. 환각과 착각에 대한 비판은 김기진 비평에서 '실감'이라는 용어가 중요한 역할을 차지하는 것과 맥락을 같이 한다.

김기진은 소설 작품에 대해 비평하는 과정에서 '여실(如實)하다'라는 표현, 혹은 '실감'이라는 용어를 빈번하게 사용하고 있다. '여실하다'라는 표현은 현진건의 「불」(「1월 창작계 총평」)과 주요섭의 「인력거꾼」(「신춘 문단 총관」)을 평가하는 부분에서 사용되었으며 '실감'이라는 용어는 최서해의 「이역원혼」을 고평하고 박영희의 소설인 「철야」와 「지옥순례」를 비판하는 부분(「문예 월평 : 산문적 월평」)에서 사용되었다.

　(1) 작자는 충실하게, 그 건실한 필치로, 상해의 인력거꾼 생활을, **우리의 눈앞**에 전개시켰다. 중국땅을 밟지 못하고 그들 인력거꾼들의 생활에 대한 지식이 없는 나로서는 이 작품에 나타난 인력거꾼의 생활을 수긍하는 수 외에 별 길이

없다. (…중략…) 작자는 도처에서 그 인도적 입각지에서 이 불쌍한 아찡의 생활을 **여실하게** 그리어내면서 무한한 동정을 기울이고 있다.

(김기진, 「신춘문단총관」, 앞의 책, 238~239쪽)

(2) 작품 「지옥순례」가 **작품으로 성립되기 위하여**서는 칠성이 아버지 진달이의 그 단말마적 기갈에 대한 **실감의 고조**가 무(無)하고는 만두장사를 죽이고 감옥으로 가는 것이 아무리 하여도 **작자의 고의이지 사실은 아니다.** 즉 바꾸어 말하면 2, 3일간을 굶고 지내온 진달이 그 범죄성을 감추어가지고 있는 기갈에 대한 실감의 고조가 이 소설의 가장 큰 요건인데 작자는 그 요건을 무시하였다.

(김기진, 「문예월평 : 산문적 월평」, 앞의 책, 270쪽)

인용문 (1)에서도 확인할 수 있는 것처럼 '여실(如實)하게'라는 말은 인력거꾼의 생활을 실제와 유사하게 독자에게 보여주는 것을 의미한다. '실감'이라는 말 역시 '여실(如實)하게'와 유사한 의미를 지니고 있었다. 인용문 (2)에서 김기진은 주인공의 굶주림을 묘사하지 않은 채 주인공의 살인 행위만을 그린 박영희의 「지옥순례」를 비판하며 그러한 결론은 "작자의 고의이지 사실"은 아니라고 말한다. 이러한 표현에서도 확인할 수 있듯 김기진은 소설 속 사건이 소설 밖의 실제 상황과 유사하게 형상화되었을 때 '실감'이라는 용어를 사용했다.

'실감'이라는 용어는 김기진뿐 아니라 당대의 여러 문인들이 공통적으로 사용하고 있었다. 예를 들어 이상화는 『개벽』 60호(1925.6)에 실린 「지난달 시와 소설」에서 이기영의 「가난한 사람들」을 평하며 "실생활의 단편을 기록"한 것 같다고 말한 후 이를 '실감'과 연관시킨 바 있다. 『조선문단』 합평회에서도 현진건과 염상섭 등은 최서해의 소설에 '실감'이 나타난 것을 고평하고 있다.[28] 김기진과 함께 KAPF의 초기 활동을 주도했던 박영희는 '묘사'와 '실감'을 연결시켜 소설 작품을 평가하는 비평이 몰계급적 한계를 지닌다고 주장하며 김기진을 비판하기도 했다.[29] 그러나 김기진은 박영희와는 달리, 문학 작품이 '실감'을 갖추고 있는가를 중요하게 생각했으며, '실감'은 한 편의 작품이 소설로서의 요건을 갖추었는지를 판단하는 잣대라는 점을 강조했다.

김기진이 부각시키고 있는 '실감'은 「감각의 변혁」론에서 제시되었던 '정확한 감각'과 유사한 문제의식을 내포하고 있다고 볼 수 있다. '실감' 혹은 '정확한 감각'이라는 말에는 '실제와의 유사성'이라는 판단 기준이 내재되어 있다. 김기진은, '실제와의 유사성'이라는 기준에 입각해 문학적인 것과 문학이 될 수 없는 것을 식별하려고 했으며 그 기준에 입각했을 때 '환각' 혹은 '착각'은 미적(美的)인 것의 영역에서 배제된다. '실감'이라는 용어에는 '정확한 감각'이라는 기준에 부합하는 문학 작품을 긍정적으로 평가하려는 김기진의 가치 체계가 담겨 있었다.

5. 결론 : '감각' 관련 담론의 지평 확장과 공통감각의 발견

'감각'이라는 말은 문학뿐 아니라 철학, 심리학, 교육학 등의 여러 분

28　「조선문단 합평회」, 『조선문단』 7, 1925. 이와 관련된 논의는 다음의 연구들에서 진행된 바 있다. 박현수, 「최서해 소설의 승인 과정과 에크리튀르의 문제」, 『반교어문연구』 26, 반교어문학회, 2009; 김도경, 「1920년대 전반 비평에 나타난 소설 개념의 재정립」, 『한국문예비평연구』 33, 한국현대문예비평학회, 2010.
　　강용훈, 「근대 문예비평의 형성 과정 연구」, 고려대 박사논문, 2011.
29　박영희, 「투쟁기에 잇는 문예비평가의 태도」, 『박영희 전집』 III, 영남대 출판부, 1997, 191쪽.

과학문에서 널리 사용되고 있는 개념이다. 이 말은 영어 sense 및 sensation 혹은 독일어 Empfindung의 번역어로 자리매김 되었으며 외부의 대상을 수용하는 인간 활동을 의미하는 용어로 사용되고 있다. 이러한 용법은 1910년대 이전부터 정립되기 시작했다.

1900년대 '감각'에 대한 논의는 인간 정신 활동의 특성을 규명하는 글들에서 주되게 진행되었다. 이 글들은 인간의 정신 활동을 다층적 층위로 구분했으며, 그러한 논의들 중 일부는 인간의 정신 활동을 지(智) · 정(情) · 의(意)로 구분하기도 했다. 이 시기에 '감각'은 한편으로는 지(智), 즉 인식의 측면과 연관된 활동으로 이해되었고, 다른 한편으로는 정(情), 즉 감정에 영향을 미치는 활동으로 논의되었다. 정신 활동에서 '감각'이 차지하는 역할은 명확하게 정립되지 않았지만, 서구의 학문을 수용하여 소개했던 1900년대의 논자들은 '감각'을 외부 세계와 교섭하는 자아의 활동으로 규정하기 시작했다.

1910년대 중반부터 1920년대 초반에 이르면, '감각' 관련 담론의 지평은 확장되기 시작한다. 첫째 '감각' 개념은 '미적(美的)인 것'의 본질을 탐색하는 논의들에서도 사용되기 시작했다. 이러한 논의들 역시 '감각'을, 감각기관을 통해 자아 외부의 사물을 수용하는 활동으로 정의했다. 이 시기의 논의를 대표하는 이광수와 현철, 신식 등은 '감각'이 미적(美的) 체험과 관련되었다고 보았지만, '감각'만으로는 미적 체험의 본질에 다다를 수 없다고 역설했다. 이들은 미적인 것의 본질을 '영혼'이나 '정신'과 관련된 영역에서 찾으려고 했다.

둘째 1920년대 중반에 이르면, '청각', '시각', '후각' 등의 오감(五感)만을 '감각'으로 규정하던 시각에서 벗어나 감각의 역동적 역할을 강조하는 논의가 나타나기 시작한다. 이러한 문제의식은 김기진의 비평 「감각의 변혁」에서 확인될 수 있다. 1900년대부터 1920년대 초반까지의 논자들은 '감각'의 역할을, 감각기관을 통해 외부의 사물을 수동적으로 받아들이는 것으로 한정했다. 그러나 김기진은 '감각'이 존재자의 의욕을 일으켜내는 원동력이자 존재자의 생활을 구성해내는 활동이라고 보았다. 더 나아가 김기진은 '감각' 개념을 통해 예술적인 것과 비예술적인 것을 식별하는 기준을 확립하려고 시도했다. 이는, '영혼'이나 '정신', '인격'을 통해 미적(美的)인 것의 본질을 규정하려 했던 현철·이광수·신식 등의 논의와 김기진의 비평이 변별되는 지점으로 볼 수 있다.

이후 김기진은 개별 주체의 감각만을 논의했던 전 시대의 문제설정에서 벗어나, '대중'이라는 집합적 주체가 공통으로 지니고 있는 '감각'을 탐색하려고 시도했다. 이러한 시도는 1920년대 후반부터 김기진이 주창했던 대중화 담론에서 맹아적 형태로 드러나고 있다. 김기진은 조선의 문학적 전통이 당대 대중 독자의 감각과 상상력을 규범화하고 있다고 보았고 그 규범으로부터 벗어날 방법을 모색했다.

1927년 12월 10일부터 12월 15일까지 『동아일보』에 연재된 「감상을 그대로 : 약간의 문제에 대하여」는 김기진이 독자의 문제를 본격적으로 거론한 글이다.[30] 이 글에서 김기진은, 모든 작품은 당대 "독자의 감각과 상상력에 영합하는 부분을 가지고 출생"한다고 말하며 문예 작품을 수용하는 독자의 감각을 문제 삼으려 하고 있다. 당대의 프로문예 비평가들이 작가의 계급적 세계관을 중요시한 것과 달리, 김기진은 독자의 문학 수용 방식을 주목했던 것이다.

---

30 김기진은 문학 작품 속에 나타난 '실감'을 중요한 요소로 생각한 동시에, 문학 작품을 통해 '독자의 정서를 고양시킬 수 있는 힘'에도 주목했다. 「무산 문예 작품과 무산 문예 비평」에서 김기진은, 모든 문학은 창작자 자신의 정서를 전염시키는 것을 추구한다고 말하며 '선전을 위한 소설'이 따로 존재할 수 없음을 강조했다. 이는 김기진이 문학 창작자와 독자 사이의 감정적 교류에 관심을 기울이고 있었음을 드러내준다. 1920년대 후반에 이르면, 김기진은 '문학 대중화'와 관련된 비평을 연이어 발표하며 독자들이 소설 작품을 읽을 때 받는 '느낌(=感)'에 보다 주목하게 된다.

① **민족적 · 감각적 · 문학적 전통**은 어떠한 시대와 사회에서든지 우리가 짐작하고 있는 정도보다 이상으로 유력하게 움직이고 있다는 것을 우리는 안다. 다시 말하면 문학적 전통은 **독자의 기호와 감정과 상상력과 감각의 농담(濃淡)의 정도**를 어느 정도까지 — 전체가 아니다. 어느 정도까지나 — 를 규범하며 독자 사회의 이러한 현상은 즉시 작가에게 반영되어 작품으로 드러나게 된다는 것이다.

② **조선의 문학적 전통**은 다시 말하면 **독자의 기호와 감정, 상상과 감각력**은 얼마만큼 종래의 우리의 문예를 어떠하게 규범하였다는 것을 알 수 있는 것이다. 동시에 우리들의 무산 문예도 비록 문예 형식의 역사적 약속(즉, 전통)은 필요에 응하여서 전연히 무시하고 파괴한다 할지라도 필경에는 기분(幾分)의 전통적 요소를 포함하게 된다는 것까지도 우리는 짐작할 수 있다.

(김기진, 「감상을 그대로」, 앞의 책, 305쪽)

"민족적 · 감각적 · 문학적 전통"이라는 표현을 통해서 알 수 있듯이 김기진은 문학적 전통이 감각적 성격을 지니고 있다는 점 또한 의식하고 있었다. 김기진이 볼 때 문학적 전통은 독자의 기호와 감정 및 상상력, 그리고 감각을 규범화하고 있으며, 규범화된 독자의 상상력과 감각은 작가, 더 나아가 조선의 문예 전체에 영향을 미치는 것이다. 무산계급 문예운동 역시 이러한 문학적 전통에서 자유로울 수 없다는 점을 김기진은 강조하고 있다. 대중 독자의 기호와 감각을 문제 삼았던 이 글의 문제의식은 이후 「문예시대관 단편」(『조선일보』, 1928.11.9~11.20), 「대중소설론」(『동아일보』, 1929.4.14~4.20), 「프로 시가의 대중화」(『문예공론』2호, 1929.6), 「예술의 대중화에 대하여」(『조선일보』, 1930.1.1~1.14)에까지 지속되었다.

대중화론에서 김기진이 간헐적으로 사용한 '감각'이라는 용어는 '민족'이라는 말과 결합되어 있다. 이는 김기진이 예술가 개인의 감각이 아니라 조선사회의 대중이 공통적으로 지니고 있는 감각을 파악하려 했음을 의미한다. 김기진의 대중화론은 특정한 시대의 사람들이 동시에 지니고 있는 감각, 즉 '공통감각(sensus communis)'을 파악하려고 했던 문제설정에 기반을 두고 있었던 것이다.[31]

김기진은 산문을 발표하던 시기부터 예술가 개인이 아니라 보다 많은 사람들이 공통으로 지니고 있는 감성을 문제 삼으려는 모습을 보여 줬다. 「프로므나드 상티망탈」(1923)에서 "최대 다수의 영성"이라는 표현을 사용하며 예술가의 영성이 집합적 주체의 영성과 괴리될 수 있다는 점을 지적했다.

> 최대 다수의 심정과 예술가라는 당신네들의 심정과는 **일맥의 통류**(通流)가 있을 것이며 최대 다수의 영성과 당신네들의 영성과의 **혼연한 교향악**이 있어야 할 것이다.
>
> 그러나 최대 다수를 과신하는 것은 실패를 보는 것이다. 우리는 러시아의 밟아온 역사의 발자국을 그대로 밟을 필요는 없는 것이다.
>
> (김기진, 「프로므나드 상티망탈」, 앞의 책, 415쪽)

'통류'와 '교향악'이라는 표현에서도 확인할 수 있듯이 김기진은 당대의 예술가들이 집합적 주체의 영성과 소통할 수 있는 지점을 모색했

---

31 나카무라 유지로에 따르면, '공통감각(common sense)'이라는 말에는 사회 속에서 사람들이 공통(common)으로 지니고 있는 판단력(sense)이라는 의미 외에도, 인간의 오감(五感)을 통합하는 종합적인 감득력(sense)이라는 의미 또한 담겨져 있다. 한 인간 속에 있는 모든 감각들을 통합하여 얻는 공통감각은, 한 사회에서 사람들이 공통으로 지니는 정상적인 판단력, 즉 상식과 대응하는 것이다. '사회 통념으로서의 상식'은 공통감각이 오감을 통합하는 방식이 타성화 되어 사람들에게 공유되었을 때 생겨나는 것이다. 이상의 논의는 나카무라 유지로, 고동호・양일모 역, 『공통감각론』, 민음사, 2003, 17~67쪽 참조.

다. 당대의 문인들이 예술가 개인의 자율적 감성을 강조했다면, 김기진은 '다수'의 사람들이 지니고 있는 공통된 성격의 감성에 주목했던 것이다. 그러나 김기진에게 '다수'는 예술가 개인의 고립된 영역을 반성하게 만드는 기제인 동시에, 교화되어야 할 대상이기도 했다. 이는 「프로므나드 상티망탈」(1923)과 「지배계급 교화, 피지배계급 교화」(1924)에서 김기진이 '최대 다수의 교화(敎化)'가 필요하다고 말하고 있는 것과 연관된다.

「프로므나드 상티망탈」, 「지배계급 교화, 피지배계급 교화」에서 김기진은 전통적 독서를 통해 형성된 대중의 감각을 전면적 비판의 대상으로 삼고 있지는 않다. 하지만 「지배계급 교화, 피지배계급 교화」와 같은 글에서도 김기진은 조선의 어린이들에게 애상적 문장을 가르쳐서 센티멘탈리즘에 빠지게 해서는 안 된다고 주장한다. 이러한 부분은 이후 대중화론을 주창하는 과정에서 김기진이 센티멘탈리즘을 조선 대중의 공통감각으로 간주한 것과도 긴밀하게 연결되고 있다.

감각의 역동적 역할을 강조하고 대중의 공통감각을 발견했다는 의의를 지니고 있지만 김기진의 '감각' 담론은 몇 가지 부분에서 한계 또한 지니고 있었다. 김기진은 '감각'의 능동적 역할을 부각시키며 미적(美的)인 것의 성격을 새롭게 규명하려 했지만, 그의 감각론은 '환각'과 '착각'을 미적인 것의 영역에서 배제하는 효과를 수반했다. 김기진은 '실감', '정확한 감각'과 같은 표현을 통해 '실제와의 유사성'이라는 판단 기준을 부각시켰고, 그 기준에 이르지 못한 감각들을 비판적으로 평가했다. 그 결과 김기진의 비평에서는 환상과 감각 활동이 지니는 관계, 환각이 지니는 미적 의의는 탐색될 수 없었다.

또한 김기진은 대중 독자의 공통감각을 발견하고 이를 재편하려는 문제의식을 드러냈지만, 공통감각을 재구성해낼 수 있는 대중의 역량을 불신했다.[32] 김기진은 프롤레타리아 문예의 대중화를 위해 대중의 잠재적 역량을 어떻게 이끌어낼 수 있을지를 구체적으로 논의해내지 못했으며, 이는 '감각의 변혁'론에서 표출되었던 김기진의 문제의식이 보다 발전된 형태로 정립되지는 못했다는 것을 드러내는 근거로 볼 수 있을 것이다.[33]

---

[32] 「문예시대관 단편 : 통속소설 소고」(『조선일보』, 1928.11.9~11.20)에서 김기진은 현재 조선 사람의 보통 감정을 센티멘털리즘으로 정의하며 통속소설이 일반 독자의 흥미를 이끌어낸 원인을 분석하려고 한다. 김기진이 센티멘털리즘에 주목한 것은 당대 대중독자에게 커다란 영향을 미쳤던 이광수 소설을 의식했기 때문이기도 하다. 김기진은 이광수 소설이 독자들에게 인기를 끌 수 있었던 원동력을, 숙명적 세계관을 기저에 두고 있는 센티멘털리즘에서 찾았다. 김기진은 이광수 소설의 세계관을 비판적으로 보고 있긴 하지만, 대중 독자를 바라보는 김기진의 시선은 근본적으로는 이광수에게 의존하고 있다. 그렇기에 김기진은 이광수의 견해에 따라 대중 독자들은 "돈과 사랑과 이것으로 말미암아 일어나는 갈등" 밖에 알지 못한다고 단정한다.
이러한 김기진의 대중화론에는 '감각의 변혁'론을 제기할 때 김기진이 강조했던 문제의식, 즉 '감각'의 층위에서 대중의 정서를 새롭게 구성하려는 문제의식은 발견되고 있지 않다. 김기진은 대중을 무지하고 둔감하고 의지가 상실된 자로 규정하며 그렇기에 대중에게는 "직접적 교양과 훈련"(「대중소설론」, 『동아일보』, 1929.4.14~4.20)이 필요하다고 강조한다. 유사한 주장은 「예술의 대중화에 대하여」(『조선일보』, 1930.1.1~1.14)에서도 발견된다. 김기진은 대중의 교양을 발전시켜야 한다는 점을 빈번하게 강조했으며, 교양을 습득할 수 있도록 대중을 훈련시키는 과정을 통해 '고등하고 논리적인' 프롤레타리아 소설과 '통속적이고 평범한' 대중소설 사이의의 간극은 좁혀질 수 있을 것으로 보았다.
대중화론을 주창하는 과정에서 김기진은 대중의 능력을 선험적으로 규정하는 오류를 범했다. 미적(美的)인 것을 감각하고 판단할 수 있는 대중의 역량을 불신했다는 점은 김기진의 대중화론이 지니는 한계로 볼 수 있다.
[33] 이러한 결론을 보완하기 위해서는 1920년대 후반부터 1930년대 초반 제기된 대중화 담론에서 김기진을 비롯한 당대의 비평가들이 '감각'의 문제를 어떻게 사유했는지를 구체적으로 분석할 필요가 있다. 그 분석 작업은 후속 연구에서 본격적으로 진행하려고 한다.

1. 기본자료

『한국개화기 학술지』1·2·3차분, 한국학문헌연구소 편, 아세아문화사, 1976·1978·1989.
『소년』, 『학지광』, 『청춘』, 『신문계』, 『반도시론』, 『창조』, 『폐허』, 『백조』, 『개벽』, 『조선문단』, 『조선지광』, 『문예공론』, 『매일신보』, 『동아일보』, 『조선일보』.

김기진, 홍정선 편, 『김팔봉 문학 전집』, 문학과지성사, 1989.
김동인, 『김동인 전집』 16, 조선일보사, 1988.
김 억, 『안서 김억 전집』 5, 한국문화사, 1987.
박영희, 『박영희 전집』, 이동희·노상래 편, 영남대학교출판부, 1997.
양주동, 양주동전집간행위원회 편, 『양주동 전집』 11, 동국대 출판부, 1998.
염상섭, 권영민 외편, 『염상섭 전집』 12, 민음사, 1987.
이광수, 주요한 외편, 『이광수 전집』, 삼중당, 1963.
임 화, 임화문학예술전집편찬위원회 편, 『임화 문학예술 전집』, 소명출판, 2009.
_____, 임규찬·한진일편, 『신문학사』, 한길사, 1993.

박현수 편, 『한국 근대문학 재생산제도 자료집』, 성균관대 대동문화연구원, 2008.
임규찬·한기형 편, 『카프 비평자료 총서』, 태학사, 1989.
한국학진흥원 편, 『한국현대소설 이론 자료집』, 국학자료원, 1992.

2. 사전 자료

Felix Clair Ridel, 『韓佛字典』, Yokohama : C. Levy, Imprimeur-Libraire, 1880(국학자료원 영인본, 1994).

Horace Grant Underwood, 『韓英字典』, 横濱 : 須原德義, 製紙分社 印刷, 1890(고려대 중앙도서관 소장).

James S. Gale, 『韓英字典』 초판, THE YOKOHAMA BUNSHA, 1897(고려대 중앙도서관 소장).

_____, 『韓英大字典』 3版, 京城 : 朝鮮耶蘇教書會, 1931(고려대 중앙도서관 소장).

George Heber Jones, 『英韓字典』, 東京 : 新文館, 1914(고려대 중앙도서관 소장).

문세영, 『조선어사전』, 京城 : 朝鮮語辭典刊行會, 1938(고려대 중앙도서관 소장).

이은령 외, "웹으로 보는 한영자뎐 1.0(http://corpus.fr.pusan.ac.kr/dicSearch/)", 저작권위원회 제호 D-2008-000027-2, 2009.

3. 국내 논저

1. 연구 논문

강용훈, 「1920년대 소설의 인물형상과 하층민 여성」, 『한국문예비평연구』 31, 한국현대문예비평학회, 2010.

_____, 「월평의 형성 과정과 월평 방식의 변화 양상」, 『한국문예비평연구』 34, 한국현대문예비평학회, 2011.

_____, 「한국 근대 문예비평의 형성과정 연구」, 고려대 박사논문, 2011.

_____, 「1900~1920년대 '감각' 관련 개념의 사용양상 연구」, 『한국문학이론과 비평』 54, 한국문학이론과 비평학회, 2012.

_____, 「이중어 사전 연구 동향과 근대 개념어의 번역」, 『개념과 소통』 9, 한림과학원, 2012.

강헌국, 「반재현론의 행방」, 『민족문화연구』 48, 고려대 민족문화연구원, 2008.

고봉준, 「근대시에서 '감각'의 용법」, 『한국시학연구』 28, 한국시학회, 2010

구자황, 「1920년대 독본의 양상과 근대적 글쓰기의 다층성」, 『인문학연구』 74, 충남대 인문과학연구소, 2008.

구장률, 「근대지식의 수용과 소설 인식의 재편」, 연세대 박사논문, 2009.

권보드래, 「진화의 갱생, 인류의 탄생」, 『대동문화연구』 65, 성균관대 대동문화연구원, 2009.

김경남, 「1900년대 사회비평 서사와 근대적 글쓰기」, 『겨레어문학』 44, 겨레어문학회, 2010.

김교봉, 「근대 전환기 「시사평론가사」의 유형과 전개」, 『어문학』 54, 한국어문학회, 1993.

김도경, 「1920년대 전반 비평에 나타난 소설 개념의 재정립」, 『한국문예비평연구』 33, 한국현대문예비평학회, 2010.

김동식, 「한국의 근대적 문학개념 형성과정 연구」, 서울대 박사논문, 1999.

김영민, 「근대 매체와 독자 창작 참여 제도 연구(1)」, 『현대문학의 연구』 43, 한국문학연구학
    회, 2011.

김영수, 「동아시아 군신공치제의 이론과 현실」, 『동양정치사상사』 7(2), 한국동양정치사상
    사학회 2008.

김영철, 「매신문단의 문학사적 의의」, 『국어국문학』 94, 국어국문학회, 1985.

김윤희, 「근대 국가구성원으로서의 인민 개념 형성(1876~1894)」, 『역사문제연구』 21, 역사
    문제연구소, 2009.

김재영, 「이광수 초기 문학론의 구조와 와세다 미사학」, 『한국문학연구』 53, 동국대 한국문
    학연구소, 2008.

김종철, 「한문산문 '論'의 갈래성격과 글쓰기 특성」, 『동방한문학』 18, 동방한문학회, 2000.

김지영, 「학문적 글쓰기의 근대적 전환」, 『우리어문연구』 27, 우리어문학회, 2006.

_____, 「최남선의 『시문독본』 연구」, 『한국현대문학연구』 23, 한국현대문학회, 2007.

_____, 「문학 개념체계의 계보학」, 『민족문화연구』 51, 고려대 민족문화연구원, 2009.

김춘식, 「신시 혹은 근대시와 조선시의 정체성」, 『한국문학연구』 28, 동국대 한국문학연구
    소, 2005.

김춘희, 「한국 근대문단의 형성과 등단제도 연구」, 동국대 석사논문, 2000.

김현주, 「'사회'와 비평/소설의 글쓰기」, 『한국 근대문학 연구』 10, 한국근대문학회, 2004.

_____, 「논쟁의 정치와 『민족개조론』의 글쓰기」, 『역사와 현실』 57, 한국역사연구회, 2005

_____, 「근대 개념어 연구의 동향과 성과」, 『상허학보』 19, 상허학회, 2007.

_____, 「1920년대 전반기 사회주의 문화담론의 수사학」, 『대동문화연구』 64, 2008.

_____, 「식민지에서 '사회'와 '사회적' 공공성의 궤적」, 『한국문학연구』 38, 동국대 한국문학
    연구소, 2010,

김행숙, 「『태서문예신보』에 나타난 근대성의 두 가지 층위」, 『국어국문학』 36, 국어국문학
    회, 2001.

나인호, 「레이먼드 윌리엄스(Raymond Williams)의 'Keyword' 연구와 개념사」, 『역사학연
    구』 29, 호남사학회, 2007.

노대환, 「1905~1910년 문명론의 전개와 새로운 문명론 모색」, 『유교사상연구』, 한국유교학
    회, 2010.

류시현, 「식민지시기 러셀의 『사회개조원리』의 번역과 수용」, 『한국사학보』 22, 고려사학
    회, 2006.

류한영, 「근대문학 형성기 비평 논리의 변화 양상 연구」, 서울대 석사논문, 2009.

문경연, 「한국 근대초기 공연문화의 취미 담론 연구」, 경희대 박사논문, 2008.

문한별, 「근대전환기 학회지의 서사체 투영 양상」, 『우리어문연구』 35, 우리어문학회, 2009.

문혜윤, 「'수필' 장르의 명칭과 형식의 수립과정」, 『민족문화연구』 48, 고려대 민족문화연구
　　　원, 2008.

_____, 「조선어 문학의 역사만들기와 '강화(講話)'로서의 『문장』」, 『한국 근대문학 연구』
　　　20, 한국근대문학회, 2009.

박용규, 「한국교회사에서의 언더우드 위치」, 『신학지남』 281, 신학지남사, 2004.

박종린, 「1920년대 초 정태신의 마르크스주의 수용과 '개조'」, 『역사문제연구』 21, 역사문제
　　　연구소, 2009.

_____, 「1920년대 초 공산주의 그룹의 맑스주의 수용과 '유물사관 요령기'」, 『역사와현실』 67,
　　　한국역사연구회, 2008.

_____, 「일제하 사회주의사상의 수용에 관한 연구」, 연세대 박사논문, 2006.

박진영, 「최남선의 『시문독본』 초판과 정정합편」, 『민족문학사연구』 40, 민족문학사연구소,
　　　2009.

박태규, 「쓰보우치소요와 현철」, 『일본문화학보』 32, 한국일본문화학회, 2007.

박헌호, 「'계급' 개념의 근대 지식적 역학」, 『상허학보』 22, 상허학회, 2008.

_____, 「동인지에서 신춘문예로 : 등단제도의 권력적 변환」, 『대동문화연구』 53, 성균관대
　　　대동문화연구원, 2006.

박현수, 「최서해 소설의 승인 과정과 에크리튀르의 문제」, 『반교어문연구』 26, 반교어문학
　　　회, 2009.

백　철, 「비평에 대한 이해」, 『어문론집』 5, 중앙어문학회, 1969.

서승희, 「『조선문단』에 나타난 문학제도의 의미 연구」, 이화여대 석사논문, 2005.

소영현, 「청년과 근대」, 『한국 근대문학 연구』 11, 한국근대문학회, 2005.

손유경, 「프로문학과 '감각'의 문제」, 『민족문학사연구』 32, 민족문학사연구소, 2006.

손정수, 「자율적 문학관의 기원」, 『민족문학사연구』 20, 민족문학사학회, 2002.

송혁기, 「한문산문 '說' 體式의 문학성 再考」, 『한국언어문학』 58, 한국언어문학회, 2006.

_____, 「論說類 산문의 문체적 특성과 작품양상」, 『동방한문학』 31, 동방한문학회, 2006.

송효정, 「식민지 후반기 문학의 근대 기획 양상」, 고려대 박사논문, 2010.

신범순, 「애국계몽기 '시사평론가사'의 형성과 정치적 위기의식의 문학화」, 『국어국문학』
　　　97, 국어국문학회, 1987.

신지연, 「근대적 글쓰기의 형성과 재현성」, 고려대 박사논문, 2005.

_____, 「신시논쟁의 알레고리」, 『한국 근대문학 연구』 18, 한국근대문학회, 2008.

양승국, 「1920년대 '신파극·신극 논쟁' 연구」, 『한국극예술연구』 2, 한국극예술학회, 1992.

오세인, 「1920년대 김기진 비평에서 '감각'의 의미」, 『비평문학』 39, 한국비평문학회, 2011.

_____, 「1930년대 문학과 '감각'의 문제」, 『한국시학연구』 30, 한국시학회, 2011.

유문선, 「신경향파 문학비평연구」, 서울대 박사논문, 1995.

유민영, 「현철에 대한 연극사적 고찰」, 『동양학』 15, 단국대학교 동양학연구소, 1985.

윤영도, 「동아시아 근대 이중어 사전의 기원」, 『중국어문논역총간』 27, 중국어문논역학회, 2010.

윤지영, 「감각의 교체와 근대시의 주체 형성」, 『여성문학연구』 17, 한국여성문학학회, 2007.

이가원, 「한문 문체의 분류적 연구(2)」, 『아세아연구』 3권 2집, 고려대 아세아문제연구소, 1960.

이경돈, 「『조선문단』에 대한 재인식」, 『상허학보』 7, 상허학회, 2001.

이경훈, 「청년과 민족」, 『대동문화연구』 44, 성균관대 대동문화연구원, 2003.

이기인, 「카프 초기 논쟁에 대한 재검토 : 소위 내용 형식 논쟁의 성격」, 『한국문학이론과 비평』 19, 한국문학이론과비평학회, 2003.

이병근, 「국어사전 편찬의 역사」, 『한국어 사전의 역사와 방향』, 태학사, 2000.

_____, 「서양인 편찬의 개화기 한국어 대역사전과 근대화」, 『한국문화』 28, 서울대 규장각 한국학연구원, 2001.

이봉범, 「1920년대 부르주아문학의 제도적 정착과 『조선문단』」, 『민족문학사연구』 29, 민족문학사연구소, 2005.

이상섭, 「『옥스포드 영어 사전』의 편찬 원칙과 형성 과정」, 『사전편찬학연구』 1, 연세대 언어정보연구원, 1988.

이상현, 「언더우드의 이중어 사전 간행과 한국어의 재편과정」, 『동방학지』 151, 연세대 국학연구원, 2010.

_____, 「근대 조선어·조선문학의 혼종적 기원 : 「조선인의 심의(1947)」에 내재된 세 줄기의 역사」, 『사이間SAI』 8, 국제한국문학문화학회, 2010.

이숭녕, 「천주교신부의 한국어 연구에 대하여」, 『아세아연구』 18, 고려대 아세아문제연구소, 1965.

이영미, 「1920년대 대중화논쟁 연구」, 고려대 석사논문, 1984.

이영희, 「게일(Gale)의 『한영ᄌᆞ뎐』 연구」, 대구가톨릭대 석사논문, 2001.

이은령, 「19세기 이중어 사전 『韓佛字典(1880)』과 『韓英字典』(1911) 비교 연구」, 『한국프랑스학논집』 72, 한국프랑스학회, 2010.

_____, 「이중어 사전으로 본 문화번역」, 『코기토』 70, 부산대 인문학연구소, 2011.

이응호, 「『한불즈뎐』에 대하여」, 『한글』 179, 한글학회, 1983.

이종호, 「일제시대 아나키즘 문학 형성연구」, 성균관대 석사논문, 2005.

이주라, 「1910~1920년대 대중문학론의 전개와 대중소설의 형성」, 고려대 박사논문, 2011.

이지영, 「사전편찬사의 관점에서 본 『韓佛字典』의 특징 : 근대 국어의 유해류 및 19세기의 『國漢會語』, 『韓英字典』과의 비교를 중심으로」, 『한국문화』 48, 서울대 한국문화연구소, 2009.

이철호, 「한국 근대문학의 형성과 종교적 자아 담론」, 동국대 박사논문, 2006.

_____, 「신경향파 비평의 낭만주의적 기원」, 『민족문학사연구』 38, 민족문학사연구소, 2008.

이향철, 「근대 일본에 있어서의 『교양』의 존재형태에 대한 고찰」, 『일본역사연구』, 일본사학회 13, 2001.

임상석, 「『시문독본』의 편찬과정과 1910년대 최남선의 출판 활동」, 『상허학보』 25, 상허학회, 2009.

_____, 「1910년 전후의 작문교본에 나타난 한문전통의 의미」, 『국제어문』 42, 국제어문학회, 2008.

임형택, 「소설에서 근대어문의 실현 경로」, 『대동문화연구』 58, 대동문화연구원, 2007.

장명학, 「근대적 공론장의 등장과 정치권력의 변화 : 『독립신문』 사설을 중심으로」, 『한국정치연구』 16(2), 서울대 한국정치연구소, 2007.

장사선, 「한국 근대 초기 문예평론 형성의 비교문학적 연구」, 『한국현대문학연구』 26, 한국현대문학회, 2008.

전기철, 「개화기 지식계급 논설의 발달과 근대비평의 형성」, 『어문연구』 97, 한국어문교육연구회, 1998.

전은경, 「『대한매일신보』의 '편편기담'과 '쓰는 독자'의 출현」, 『한국현대문학연구』 30, 한국현대문학회, 2010.

_____, 「『만세보』의 '독자투고란'과 근대 대중문학의 형성」, 『어문학』 111, 한국어문학회, 2011.

정우택, 「한국 근대 초기시에서 '외래성'과 '민족성'의 문제」, 『한국시학연구』 19, 한국시학회, 2007.

조두섭, 「황석우의 상징주의 시론과 아나키즘론의 연속성」, 『우리말글』 14, 우리말글학회, 1996.

조은숙, 「한국아동문학의 형성과정 연구」, 고려대 박사논문, 2005.

조재룡, 「중역(重譯)의 인식론」, 『아세아 연구』 54(3), 고려대 아세아문제연구소, 2011.

_____, 「중역(重譯)과 근대의 모험」, 『탈경계 인문학』 4(2), 이화여대 이화인문과학원,

2011.

진은영, 「감각적인 것의 분배」, 『창작과비평』 148, 창비, 2008.

차태근, 「문학의 근대성, 매체, 그리고 비평정신」, 『대동문화연구』 59, 성균관대 대동문화연구원, 2007.

차혜영, 「『조선문단』 연구」, 『한국문학이론과비평』 32, 한국문학이론과 비평학회, 2006.

최갑수, 「서양에서의 공공성과 공공영역」, 『진보평론』 9, 2001.

최성윤, 「한국 근대초기 소설 작법의 형성과정 연구」, 고려대 박사논문, 2009.

최소인, 「공통감각 : 규범적 보편성인가 보편적 가능성인가?」, 『해석학연구』 12, 한국해석학회, 2003.

최형익, 「한국에서 근대 민주주의의 기원」, 『정신문화연구』 96, 한국학중앙연구원, 2004.

한기형, 「근대문학과 근대문화제도 그 상관성에 대한 시론적 탐색」, 『상허학보』 19, 상허학회, 2007.

_____, 「최남선의 잡지 발간과 초기 근대문학의 재편」, 『대동문화연구』 45, 성균관대 대동문화연구원, 2004.

_____, 「근대잡지와 근대문학 형성의 제도적 연관」, 『대동문화연구』 48, 성균관대 대동문화연구원, 2005.

한단석, 「일본 근대화에서의 칸트철학수용과 그 토착화」, 『일본학보』 25, 한국일본학회, 1990.

허 수, 「1920년대 초 『개벽』 주도층의 근대사상 소개양상」, 『역사와 현실』 67, 한국역사연구회, 2008.

홍준형, 「시사단평과 근대 매체 산문의 계보」, 『중국어문논역총간』 27, 중국어문논역학회, 2010.

황병주, 「식민지 시기 '공' 개념의 확산과 재구성」, 『사회와 역사』 73, 한국사회사학회, 2007.

황호덕, 「1920년대 동인지 문학의 성격과 미적 주체 담론」, 성균관대 석사논문, 1997.

_____, 「한국 근대에 있어서의 문학 개념의 기원(들)」, 『한국사상과 문화』 8, 한국사상문화학회, 2000.

_____, 「번역가의 왼손, 이중어 사전의 통국가적 생산과 유통」, 『상허학보』 28, 상허학회, 2010.

황호덕 · 이상현, 「번역과 정통성, 제국의 언어들과 근대 한국어 : 유비 · 등가 · 분기, 영한사전의 계보학」, 『아세아연구』 54(3), 고려대 아세아문제연구소, 2011.

北鄕照夫, 「Jones編 『英韓字典』의 譯語에 대하여」, 고려대 석사논문, 1996.

2. 단행본

강영안, 『우리에게 철학은 무엇인가』, 궁리, 2002.

_____, 『칸트의 형이상학과 표상적 사유』, 서강대 출판부, 2009.

권보드래, 『한국 근대소설의 기원』, 소명출판, 2000.

권영민, 『한국 민족문학론 연구』, 민음사, 1988.

_____, 『한국 계급문학 운동사』, 문예출판사, 1998.

권태억 외, 『한국 근대사회와 문화』 Ⅲ, 서울대 출판부, 2003.

구인모, 『한국 근대시의 이상과 허상』, 소명출판, 2008.

김경미, 『소설의 매혹 : 조선 후기 소설비평과소설론』, 월인, 2003.

김복순, 『1910년대 한국문학과 근대성』, 소명출판, 1999.

김성학, 『서구 교육학 도입의 기원과 전개』, 문음사, 1996.

김영민, 『한국 근대소설사』, 솔, 1997.

_____, 『한국 근대문학비평사』, 소명출판, 1999.

_____, 『한국 근대소설의 형성과정』, 소명출판, 2005.

김우창, 『궁핍한 시대의 시인』, 민음사, 1993.

김윤식, 『근대한국문학연구』, 일지사, 1973.

_____, 『한국 근대 문예비평사 연구』, 일지사, 1976.

_____, 『임화연구』, 문학사상사, 1989.

_____, 『이광수와 그의 시대』, 솔, 1999.

_____, 『김동인연구』, 민음사, 2000.

김윤식 · 김현, 『한국문학사』, 민음사, 1973.

김윤식 · 정호웅, 『한국소설사』, 예하, 1993.

김인환, 『비평의 원리』, 나남, 1999.

_____, 『언어학과 문학』, 고려대 출판부, 1999.

_____, 『기억의 계단』, 민음사, 2001.

_____, 『문학과 문학사상』, 한국학술정보, 2006.

_____, 『의미의 위기』, 문학동네, 2007.

김지영, 『연애라는 표상』, 소명출판, 2007.

김채수, 『일본 사회주의 운동과 사회주의 문학』, 고려대 출판부, 1997.

김필동, 『지식변동의 사회사』, 문학과지성사, 2003.

김행숙, 『문학이란 무엇이었는가』, 소명출판, 2005.

김현주,『한국 근대산문의 계보학』, 소명출판, 2004.

_____,『이광수와 문화의 기획』, 태학사, 2005.

김홍규,『문학과 역사적 인간』, 창작과비평사, 1980.

_____,『한국문학의 이해』, 민음사, 1996.

나인호,『개념사란 무엇인가』, 역사비평사, 2011.

문학사와 비평연구회,『한국문학과 계몽담론』, 세미, 1999.

문한별,『한국 근대소설 양식론』, 태학사, 2010.

문혜윤,『문학어의 근대』, 소명출판, 2008.

민족문학사연구소 기초학문연구단,『한국 근대문학의 형성과 문학장의 재발견』, 소명출판, 2004.

박찬승,『한국 근대 정치사상사 연구』, 역사비평사, 1991.

_____,『언론운동』, 경인문화사, 2009.

박헌호 외,『작가의 탄생과 근대문학의 재생산 제도』, 소명출판, 2008.

박형익,『한국의 사전과 사전학』, 월인, 2004.

배수찬,『근대적 글쓰기의 형성과정 연구 : 논설문의 성립 환경과 문장 모델을 중심으로』, 소명출판, 2008.

백종현,『칸트『판단력비판』』, 서울대 철학사상연구소, 2005.

백 철,『신문학사조사』, 신구문화사, 2003.

소래섭,『에로 그로 넌센스 : 근대적 자극의 탄생』, 살림출판사, 2005.

손유경,『고통과 동정』, 역사비평사, 2008.

손정수,『개념사로서의 한국근대비평사』, 역락, 2002.

송민호,『개화기 소설의 사적 연구』, 일지사, 1975.

송하춘,『1920년대 한국 소설 연구』, 고대민족문화연구소 출판부, 1995.

_____,『탐구로서의 소설독법』, 고려대 출판부, 1996.

송호근,『인민의 탄생 : 공론장의 구조변동』, 민음사, 2011.

신용하,『신판 독립협회 연구』, 일조각, 2006

신재기,『한국 근대문학비평론 연구』, 고려대 민족문화연구원, 1996.

심경호,『한문산문의 미학』, 고려대 출판부, 1998.

조진기,『일본 프로문학론의 전개』 I, 국학자료원, 2003.

윤해동 외 편,『식민지 공공성 : 실체와 은유의 거리』, 책과함께, 2010.

이경훈,『오빠의 탄생』, 문학과지성사, 2003.

이병근,『한국어 사전의 역사와 방향』, 태학사, 2000.

이상우, 『식민지 극장의 연기된 모더니티』, 소명출판, 2010.

이선영, 『한국 근대문학비평사 연구』, 세계, 1989.

이종민, 『근대 중국의 문학적 사유 읽기』, 소명출판, 2004.

이화여대 한국문화연구원 편, 『근대계몽기 지식 개념의 수용과 그 변용』, 소명출판, 2004.

_____, 『근대계몽기 지식의 발견과 사유 지평의 확대』, 소명출판, 2006.

_____, 『근대계몽기 지식의 굴절과 현실적 심화』, 소명출판, 2007.

이희정, 『한국 근대소설의 형성과 『매일신보』』, 소명출판, 2008.

임상석, 『20세기 국한문체의 형성과정』, 지식산업사, 2008.

전은경, 『근대계몽기 문학과 독자의 발견』, 역락, 2009.

전복희, 『사회진화론과 국가사상』, 한울, 1996.

정대림, 『한국고전비평사 : 조선후기편』, 태학사, 2001.

정병호, 『실용주의 문화사조와 일본 근대문예론의 탄생』, 보고사, 2003.

정선태, 『개화기 신문 논설의 서사 수용 양상』, 소명출판, 1999.

_____, 『근대의 어둠을 응시하는 고양이의 시선』, 소명출판, 2006.

정우택, 『황석우연구』, 박이정, 2008.

정연희, 『근대서술의 형성』, 월인, 2005.

정요일 외, 『고전비평 용어 연구』, 태학사, 1998.

정진석, 『한국언론사』, 나남, 1990.

정한숙, 『현대한국문학사』, 고려대출판부, 1982.

조연현, 『한국현대문학사』, 성문각, 1973.

차혜영, 『한국근대문학제도와 소설양식의 형성』, 역락, 2004.

천정환, 『근대의 책읽기』, 푸른역사, 2003.

_____, 『대중지성의 시대』, 푸른역사, 2008.

한국철학사상연구회 편, 『철학대사전』, 동녘, 1989.

최경봉, 『우리말의 탄생』, 책과함께, 2005.

최수일, 『『개벽』 연구』, 소명출판, 2008.

최원식, 『한국 계몽주의 문학사론』, 소명출판, 2002.

한기형, 『한국 근대소설사의 시각』, 소명출판, 1999.

한기형 외, 『흔들리는 언어들』, 성균관대 동아시아 학술원, 2008.

허   수, 『이돈화연구』, 역사비평, 2011.

홍종선 외, 『국어사전학개론』, 제이앤씨, 2009.

황호덕, 『근대네이션과 그 표상들』, 소명출판, 2005.

3. 국외논저

Arendt, Hannah, 이진우 역, 『인간의 조건』, 한길사, 1996.

Badiou, A, *Manifesto For Philosophy*, State University of New York Press, 1999.

Bakhtin, Mikhail, 전승희 외역, 『장편소설과 민중언어』, 창작과비평사, 1998.

Balibar, Etienne, 최원·서관모 역, 『대중들의 공포』, b, 2007.

_____, 진태원 역, 『우리, 유럽의 시민들? : 세계화와 민주주의의 재발명』, 후마니
타스, 2010.

Barthes, Roland, *Writing Degree Zero*, Trans. by Annette Lavers and Colin Smith, New
York : HILL and WANG, 1980.

Benhabib, Seyla, 정대성 역, 『비판, 규범, 유토피아』, 울력, 2008.

Benjamin, Walter, 박설호 역, 『베를린의 유년시절』, 솔, 1992.

_____, 반성완 편역, 『발터 벤야민의 문예이론』, 민음사, 2003.

Bidet, Jacques, 박창렬 외역, 『『자본』의 경제학·철학·이데올로기』, 새날, 1995.

Burger, Peter, 김경연 역, 『미학이론과 문예학방법론』, 문학과지성사, 1987.

_____, 최성민 역, 『아방가르드의 이론』, 지식을만드는지식, 2009.

Derrida, Jacques, 김웅권 역, 『그라마톨로지』, 동문선, 2004.

_____, 진태원 역, 『법의 힘』, 문학과지성사, 2004.

Deleuze, G, 김상환 역, 『차이와 반복』, 민음사, 2004.

Eagleton, Terry, 김명환 외역, 『문학이론입문』, 창작과비평사, 1986.

Gadamer, Hans-Georg, 이길우 역, 『진리와 방법』, 문학동네, 2000.

Faucault, Michel, 이정우 역, 『지식의 고고학』, 민음사, 1996.

_____, 이규현 역, 『성의 역사』, 나남, 1997.

_____, 박정자 역, 『사회를 보호해야한다』, 동문선, 1998.

_____, 오생근 역, 『감시와 처벌』, 나남, 2004.

Habermas, Juregen, 한승완 역, 『공론장의 구조변동』, 나남, 2009.

Heidegger, Martin, 이기상 역, 『존재와 시간』, 까치글방, 1998.

Homer, Sean, 이택광 역, 『프레드릭 제임슨』, 문화과학사, 2002.

Jameson, Fredric, 여홍상 외역, 『변증법적 문학이론의 전개』, 창작과비평사, 1984.

Kant, I, 백종현 역, 『순수이성비판』, 아카넷, 2009.

_____, 백종현 역, 『판단력비판』, 아카넷, 2009.

Kosselleck.R, 한철 역, 『지나간 미래』, 문학동네, 1998.

Liu, Lydia H., 민정기 역, 『언어횡단적 실천』, 소명출판, 2005.

Lukacs, Georg, 반성완 역, 『소설의 이론』, 심설당, 1998.

Lunn, Eugene, 김병익 역, 『마르크시즘과 모더니즘』, 문학과지성사, 2008.

Masini, Federico, 이정재 역, 『근대 중국의 언어와 역사』, 소명출판, 2005.

Marx, K, 김수행 역, 『자본론』 I, 비봉출판사, 2000.

Moretti, Franco, 조형준 역, 『근대의 서사시』, 새물결, 2001.

Morson, Gary Saul · Emerson, Caryl, 오문석 외역, 『바흐친의 산문학』, 책세상, 2006.

Morton, S, *Gayatri Spivak*, Polity Press, 2007.

Negri, Antonio · Hardt, Michael, 윤수종 역, 『제국』, 이학사, 2001.

Ranciere, Jacques, 양창렬 역, 『정치적인 것의 가장자리에서』, 길, 2008.

_____, *The Politics of Aesthetics*, Continuum, 2006.

Said, Edward W, 박홍규 역, 『오리엔탈리즘』, 교보문고, 2000.

Schmid, Andre, 정여울 역, 『제국 그 사이의 한국』, 휴머니스트, 2007.

Spivak, Gayatari, 태혜숙 외역, 『포스트식민이성 비판』, 갈무리, 2005.

Taylor, C, 박찬국 역, 『헤겔철학과 현대의 위기』, 서광사, 1988.

_____, 이상길 역, 『근대의 사회적 상상』, 이음, 2010.

Wallerstein, I, 이수훈 역, 『사회과학의 개방』, 당대, 1996.

_____, 김재오 역, 『유럽적 보편주의』, 창비, 2008.

_____, 유희석 역, 『지식의 불확실성』, 창비, 2007.

Williams, R, 박만준 역, 『마르크스주의와 문학』, 지식을만드는지식, 2009.

_____, 성은애 역, 『기나긴 혁명』, 문학동네, 2008.

_____, *Keywords : a vocabulary of culture and society*, New York : Oxford University Press, 1983.

Young, Robert J.C, 김택현 역, 『포스트식민주의 또는 트리컨티넬탈리즘』, 박종철출판사, 2007.

_____, 김용규 역, 『백색신화』, 경상대 출판부, 2008.

Zima, Peter V, 허창운 · 김태환 역, 『이데올로기와 이론』, 문학과지성사, 1996.

_____, 서영상 외역, 『소설과 이데올로기』, 문예출판사, 1997.

_____, 이건우 역, 『문학텍스트의 사회학을 위하여』, 문학과지성사, 1998.

_____, 허창운 · 김태환 역, 『텍스트사회학이란 무엇인가』, 아르케, 2000.

_____, 김태환 역, 『모던 / 포스트모던』, 문학과지성사, 2010.

_____, *Modern / Postmoderne : Gesellschaft, Philosophie, Literatur*, A.Francke

Verlag Tübingen und Basel, 2001.

Zizek.S, 이수련 역, 『이데올로기라는 숭고한 대상』, 인간사랑, 2002.

_____, 이성민 역, 『까다로운 주체』, b, 2005.

柄谷行人, 박유하 역, 『일본 근대문학의 기원』, 민음사, 1997.

_____, 권기돈 역, 『탐구』 2, 새물결, 1998.

_____, 송태욱 역, 『일본정신의 기원 : 언어, 국가, 대의제, 그리고 통화』, 이매진, 2003.

_____, 송태욱 역, 『트랜스크리틱』, 한길사, 2005.

_____, 조영일 역, 『네이션과 미학』, b, 2009.

柄谷行人 외, 송태욱 역, 『근대일본의 비평』, 소명출판, 2002.

野口武彦, 노혜경 역, 『일본의 '소설' 개념』, 소명출판, 2010.

宮川 외편, 이수정 역, 『일본근대철학사』, 생각의나무, 2001.

家永三郎, 연구공간 '수유+너머' 일본근대사상팀 역, 『근대 일본 사상사』, 소명출판, 2006.

齋藤純一, 윤대석 외역, 『민주적 공공성』, 이음, 2009.

酒井直樹, 藤井たけし 역, 『번역과 주체』, 이산, 2005.

鈴本貞美, 김채수 역, 『일본의 문학개념』, 보고사, 2001.

李孝德, 박성관 역, 『표상 공간의 근대』, 소명출판, 2002.

石塚正英 · 柴田隆行 監修, 『哲學 · 思想 飜譯語事典』, 論創社, 2003.